일본 고전문학의 상상력

한양대 〈일본학국제비교연구소〉 비교일본학 총서 05

일본 고전문학의 상상력

한양대 일본학국제비교연구소 편

역락

어느 한 나라의 문화와 사상을 이해하기 위해서는 그 나라의 고전을 접해 보는 것이 필요불가결하다. 고전 속에는 시대를 초월하는 보편성과 함께 그 나라의 문화적 특수성도 함께 내재되어 있기 때문이다. 중국의 고전에 비해 우리에게 친숙치 않은 일본의 고전문학 속에는 오랜 세월 속에 축적된 거대한 '레토릭'의 세계가 있으며 그 근원에는 일본인의 상상력이 자리하고 있다. 무한한 것 같이 보이는 인간의 상상력도 개개인이 처한 시대적 배경과 자연환경, 이것을 일종의 문화적 유전자라고 한다면 이와 같은 문화적 유전자로부터 자유로울 수는 없는 듯하다. 비근한 예로 같은 보름달 속에서 동양인은 계수나무 밑의 떡방아 찧는 토끼를 연상하지만 서양인은 늑대인간의 변신을 상상해 왔다는 점은 시사적이다.

일본의 고전문학 속에 엿보이는 일본인의 상상력은 자연관이나 희로애락의 감정에서 우리와 미묘하게 다른 점을 느낄 수 있으나 무엇보다도 현저한 차이를 보이는 것은 '이계(異界)'라는 공간에 대한 인식이 아닌가 생각된다. 이것은 사후의 세계를 말하는 '내세'나 '타계'와는 다른 개념으로, '내세'가 죽은 자의 혼령이 머무는 곳을 말한다면 '이계'란 자신들의 삶의 영역으로부터 분리된 바깥 세계, 즉 '이세계(異世界)'를 말한다. 이 '이계'에는 '이인(異人)'이 거주하며 또한 '요괴'가 활동하는 공간이기도 하다.

오늘날 일본 애니메이션의 강력한 소프트 파워로 활용되고 있는 '요괴'는 이미 에도(江戶)시대에는 대중문예의 소재로써 정착되어 있음을 알 수 있는데 그것이 단지 공포의 대상이 아니었음에 유의할 필요가 있다.

흔히 우리의 도깨비에 대응되는 '오니(鬼)'는 '요괴'의 원형이라 할 수 있는데 14세기에 저술된 일본의 고전『쓰레즈레구사(徒然草)』에는 '오니'를 구경하고자 사람들이 몰렸다는 이야기가 나온다(본문 18쪽 참조). 이것이 18세기의 기보시(黃表紙)에는 '오니'를 사람들 앞에 내놓으면 절호의 구경거리로 돈을 벌 수 있을 거라고 생각하여 돈을 주고 '오니'를 사와 집에서 키웠다는 야마에몬(山右衛門)의 일화(본문 27-31쪽 참조)가 등장하는데, 이와 같이 공포의 대상인 '오니'를 인간의 생활 속으로 끌어들이는 발상의 전환 속에서 일본인의 문화적 상상력의 특징을 엿볼 수 있을 것으로 생각된다.

이 책에 수록한 12편의 글은 일부 고전 작품의 스토리 전개나 표현기법에 관한 내용과 함께 대부분이 일본의 고전문학에 등장하는 '이계'와 '내세'를 주제로 다룬 것들로 그 어느 것도 일본인의 상상력에 접근하는 통로가 될 수 있을 것이다. 이 글들을 통하여 우리에겐 이문화로 다가설 수 있는 일본 고전문학의 세계를 독자들이 접해보고 공감할 수 있다면 총서의 기획자로서 더없는 보람이라 할 수 있을 것이다.

　끝으로 이 책은 지난 2021년 11월에 '일본 고전문학의 상상력'을 테마로 본 연구소에서 개최한 국제심포지엄이 직접적인 발간의 동기가 되었다. 코로나 팬데믹 상황 속에서 온라인으로 개최된 심포지엄에 멀리 해외에서 참가해 주시고 기꺼이 원고를 집필해 주신 캐나다의 양 샤오제(楊曉捷), 일본의 기바 다카토시(木場貴俊)와 한경자, 중국의 웨 위엔쿤(岳遠坤) 선생님, 그리고 한국 측 이시준, 김경희, 김정희, 황동원, 조은애, 금영진, 김소영, 권도영 선생님께 다시 한 번 감사드린다. 아울러 이 책의 편집과 간행을 위해 수고해주신 도서출판 역락의 이대현 사장님과 강윤경 대리님께도 감사의 마음을 전한다.

2022년 2월

일본학국제비교연구소 소장 이강민

차례

일본 고전문학의 상상력

에도江戶의 오니鬼와 요괴

—쓰레즈레구사徒然草 주석에서 기뵤시黃表紙 모노가타리物語로—

양 샤오제楊曉捷

일본 전통 문화에서 오니(鬼)는 큰 위치를 차지해 왔다. 오래 전 나라(奈良) 시대, 헤이안(平安) 시대부터 오니는 두려운 존재였기 때문에, 오니가 노리는 인간은 그 손아귀에서 벗어나기 위해 필사적으로 발버둥치며 싸워왔다. 또한 오니는 뿔이 난 머리, 붉은 색, 거대한 몸 등 뚜렷한 특징을 가진 모습으로 인식되어 왔다. 에도(江戶) 시대가 되자 오니는 그 전시대와 마찬가지로 오니임과 동시에 요괴(妖怪), 요물(化け物), 유령(幽靈) 등 다양한 존재로 모습을 바꾸며 인간과의 관계에 있어서 복잡하고 다채롭게 관여하기 시작했다.

이 글에서는 에도 시대 문인들의 중세고전에 대한 주석, 그리고 에도의 독서인들과 보통 민중이 즐겨 읽던 기뵤시(黃表紙) 작품을 통해, 에도 사람들이 보고 느낀 오니와 요괴의 몇 가지 측면을 추적하고 스케치하고자 한다.

1. 오니에 대한 호기심과 그를 둘러싼 언설

『쓰레즈레구사(徒然草)』에는 오니(鬼)를 테마로 한 단락이 하나 있다. 저자 겐코(兼好)는 이 명수필의 취지에 대해 어디까지나 자신의 견문과 경험을 써내려가는 것이라고 했는데, 일상에서 벗어난 오니를 소재로 삼은 경우에도 그 원칙에서 벗어나지 않았다. 오니에 관한 단락은 짧지만, 잘 언급되지 않는 오니의 또 다른 모습을 보여 주었다.

세50번째 단락 '오초(応長) 시절'. 원문은 다소 긴 문장으로 이루어져 있는데, 문학전집이나 여러 종류의 현대어역, 외국어역 등으로 쉽게 읽을 수 있으므로 여기서는 전문(全文) 인용은 하지 않겠다. 그 내용을 요약하면 다음의 세 구성으로 이루어져 있다. 오초 시절에 오니로 둔갑한 여인이 있어서 이를 도읍지로 데려와 사람들에게 구경거리로 보여줬다는데, 실제로 이를 봤다는 사람은 아무도 없다. 이어서 비슷한 시기에 도읍에서 실제로 오니가 나타났다는 얘기를 들은 사람들이 이를 보려고 몰려들었으나 결국 보지 못하고 계속 기다리다가 몰려든 사람들끼리 싸움까지 벌어졌다. 마지막으로 도읍에 전염병이 창궐했는데, 이는 오니가 한 짓이라고 한다. 이렇게 이 단락은 작자 본인이 체험한 소문의 전파, 자기 자신도 하마터면 말려들뻔 한 사건의 경위, 그리고 일종의 후일담 등 성격이 다른 세 개의 사건과 경험을 절묘하게 한 단락에 포함시키면서도, 오니의 존재, 인간과의 관련 등에 대한 인식이나 비판은 신중하게 피하고 있다.

『쓰레즈레구사』를 애독하며 『쓰레즈레구사』에 일본을 대표하는 고전으로서의 지위를 부여한 것은 17세기 이후 에도 시대 문인들이라는 연구가 있다.[1] 여기에서는 『증보 쓰레즈레구사 주석 대성(增補徒然草注釈大成)』[2]을 참조하여 『쓰레즈레구사』의 오니 관련 단락에 대한 에도 문인들의 대표적인 해석을 두세 곳 읽어보자.

『쓰레즈레구사』를 해설하기 위해서는 겐코와 같은 입장에 서서 겐코를 칭송하는 것이 자연스러운 입각점일 것이다. 그러한 발언의 대표적인 예는 『쓰레즈레구사 제초대성(徒然草諸抄大成)』(아사카 산세이(浅香山井), 1688년)이다. 해당 단락에 대해 "그러나 인간이 둔갑해서 요물이 되었다는 등의 소문에 놀라서 다른 사람과 이야기를 주고 받은 인간은 이 일로 인해 발생한 피해를 이미 입었다. 이에 반해 이런 이야기를 듣고도 마음이 동하지 않는 사람은 피해를 입지 않았다. 바로 겐코는 마음이 동하지 않았고, 그것이 밝혀졌으니 훌륭하다". 이와 같은 비평은 『쓰레즈레구사 문단초(徒然草文段抄)』(기타무라 기킨(北村季吟), 1795년)에도 있다. "여기에 겐코의 생각이 나타나 있다. 그렇게나 세상 사람들이 뛰어다니며 떠들어댔으니 결코 허무맹랑한 이야기는 아니었을 것이다. 겐코가 이런 이야기에 대해 처음

1   川平敏文(2015), 『徒然草の十七世紀—近世文芸思潮の形成—』, 岩波書店.
2   三谷栄一・峯村文人(1986), 『増補徒然草解釈大成』, 有精堂出版.

부터 마음이 움직이지 않았던 것은 명백하다". 마음만 움직이지 않으면 오니가 찾아오지 않으며, 겐코가 그런 훌륭한 모범을 보여 주었다는 논리다. 어느새 일부 인간들의 마음속에 오니가 진짜로 파고들었다고, 이야기의 전제가 바뀌었다.

위와 같이 겐코가 한 말을 상세히 주석하지 않고, 오로지 세간에서 오니에 대한 언설이 유행한 것에 주목한 주석도 있다. 『나구사미구사(なぐさみ草)』(마쓰나가 데이토쿠(松永貞徳), 1652년)는 다음과 같이 말했다. "훌륭한 세상에는 기린이나 봉황이 나타난다고 하는데, 그런 이상한 소문이 나돈 것은 그 무렵이 흉흉한 해였기 때문일 것이다". 기린 봉황이 나타나면 성대(聖代)이고, 민중을 현혹시키는 소문이 나면 흉한 해라는, 즉 사실 여부가 중요한 것이 아니라 유언비어가 떠도는 이상 이미 말세라는 논법이다.

그리고 이 추론은 다음 단계로 발전했다. 즉 소문과 유언비어가 떠도는 이상 그 이유를 따져봐야 하고, 어찌 되었건 그것은 그 시대의 정치와 긴밀하고 불가분의 관계가 있다는 결론이 내려졌다. 『쓰레즈레구사 언해(徒然草諺解)』(난부 소주(南部草寿), 1669년)는 장문의 추리 끝에 "나라의 군주가 행하는 정치가 옳지 않으면 으레 요언(妖言)이나 괴이(怪異)가 나타나는 법이다"라는 결론을 내렸다. 또한 『쓰레즈레구사 노즈치(徒然楚槌)』(하야시 라잔(林羅山) 작, 1672년)에서는 "일본에서도 모두들 괴이한 얘기를 하지만, 본인이 확실히 봤다는 사람은 거의 없다. 그러나 군자가 덕이 없어서 정치를 제대로 하지 않으면, 천지의 화(和)를 깨고, 따라서 예기치 못한 일이 생기기

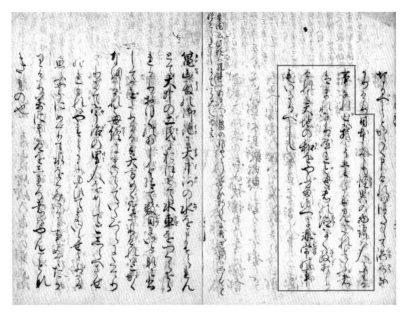

〈그림 1〉 하야시 라잔(林羅山) 『쓰레즈레구사 노즈치(徒然埜槌)』(35뒷면, 36앞면). 인용한 부분은 선으로 표시했다.

도 한다."[3]〈그림 1〉며 '군주의 덕'을 궁극적인 결론으로 삼았다.

이상과 같이 여러 주석을 읽어 내려가면서 비교해 보면, 각각 말하고자 하는 부분이 조금씩 그러나 확실히 겐코의 문장에서 멀어지면서, 각각의 주석자가 품고 있던 역사·사회에 대한 견해, 나라의 운영이나 군주의 이상형이 주석이라는 이름을 빌려 나타나 있다는 것을 알 수 있다. 바꾸어 말하면, 주석 작업을 하면서 에도의 문인들이

3　　林羅山(1621), 『徒然埜槌』. 新日本古典籍総合데이타베이스 (https://kotenseki.nijl.ac.jp/biblio/200010479/viewer).

기록한 것은 겐코의 발언이 하나의 출발점이기는 하지만, 그 사정거리가 겐코가 의도했던 것보다 훨씬 더 멀리, 때로는 전혀 무관계한 지점을 대상으로 삼았다는 것이다. 이런 독해와 향유의 완성도를 어떻게 평가하든 오늘날 우리가 생각하는 주석과는 상당히 거리가 있다고 할 수 있다.

2. 비주얼 오니를 해석하다

에도 시대의 『쓰레즈레구사』 향유는 결코 문자로 된 해석, 주석에 그치지 않았다. 문자와 더불어 두루마리그림(巻物) 등을 포함한 여러 매체, 그 중에서도 특히 서적에서는 그림을 활발히 이용하였다. 원문의 단락 나누는 방법 등이 판본마다 상당히 달라서 정확한 숫자를 제시하는 것이 다소 복잡하지만, 작품의 80% 이상의 단락이 회화화되었고, 일부는 많은 장면이 연속적으로 이어진 장대작(長大作)이었다.[4] 이 그림들은 결코 겐코의 문장을 단순히 비주얼적으로 만든 것이 아니라, 화가의 자유로운 상상이나 창조가 풍부하게 담겨져 있기 때문에, 읽는 사람에 따라서는 그야말로 중세시대에 만들어진 또 하나의 고전 주석이다.

---

4 塩出貴美子(2014), 「「なぐさみ草」の挿絵について：『徒然草』の絵画化」, 『奈良大学大学院研究年報』Vol.19., 島内裕子(2016), 「『徒然草絵抄』の注釈態度」, 『放送大学研究年報』Vol.33.

오니를 테마로 한 제50번째 단락을 그림화 한 것 중에 다음의 세 개의 예를 살펴보자.

〈그림 2〉는 『나구사미구사(なぐさみ草)』(마쓰나가 데이토쿠(松永貞徳), 1652년)에 게재되어 있는 그림이다.[5] 이 그림의 내용은 제50번째 단락에 쓰여 있는 세 가지 사건 중 두 번째뿐이다. 즉 오니가 출현한다는 소문이 퍼지자 구경하려고 모여든 사람들이 우왕좌왕하다가 결국 한

〈그림 2〉 마쓰나가 데이토쿠(松永貞徳), 『나구사미구사(なぐさみ草)』(권2, 33앞면). 원문을 읽지 않으면 그림 속의 인간과 오니의 관계를 전혀 알 수 없다.

곳으로 모이고, 오니가 나타나지 않자 허를 찔린 사람들이 싸움까지 벌이는 내용이다. 막무가내인 남자들은 마치 싸움을 예견이라도 한 듯 긴 몽둥이를 무기로 들고 나와 휘두르며 서로 맞붙어 싸우고 있다. 이와 같이 화면에는 이해하기 어려운 요소가 많아서 겐코가 쓴 이야기와 어디까지 합치할지 여러 가지 의문이 든다. 한편 그림 상

---

5   松永貞徳(1652), 『なぐさみ草』巻8 (慶安五年自跋). 구성은 본문, 어휘 해석, 그림, 요지로 이루어져 있다. 그림이 있는 단은 156단이다. 新日本古典籍総合데이터베이스(https://kotenseki.nijl.ac.jp/biblio/200016213/viewer).

단에 진좌한 오니의 모습은 한층 더 기이하다. 구름 위에 자리잡은 설정, 눈에 띄는 뿔과 손톱은 확실히 헤이안, 중세부터 자주 등장하던 오니의 형상으로, 『기타노텐진에마키(北野天神絵巻)』등에서 지진과 불을 뿌려대며 분주하게 움직이는 모습을 떠올리게 한다. 다만 여기서는 구름 위에 있는 오니가 인간에게 그렇게 무서운 악행을 저지르는 힘을 갖지 못한다. 오니는 인간과 관련 없는 공간에 있으면서 인간의 행동을 위협하지도 않고, 오니를 보고 싶어하는 인간들의 호기심을 충족시켜 주지도 않으며, 오히려 인간의 행동에 어안이 벙벙해 놀라고 있다. 어딘가 얼이 빠진 무기력하고 우스꽝스러운 오니다. 이어서 〈그림 3〉은 『쓰레즈레구사 에쇼(つれづれ草絵抄)』(나무라조하쿠(苗村丈伯), 1691년)다.[6] 사람들이 기다리던 오니가 완전히 지상으로 내려왔고, 게다가 민중이 그를 둘러싸고 모여들고 있다. 여기서 먼저 눈여겨볼 사항은 오른쪽 스님의 모습에 '겐코 법사'라는 글귀가 곁들여짐으로써 작자(作者) 본인이 직접 화면에 나타났다는 점이다. 지금까지 제1인칭 시점에서 읽어 온 『쓰레즈레구사』는 작자 본인의 등장으로 인해 시점이 완전히 바뀌었다. 작자의 시선을 따라 체험해 온 이야기들은 주인공의 출현으로 인해 갑자기 타인의 체험이 되었고, 독자와 책의 거리가 일시에 멀어졌다. 한 편 화면의 왼쪽 구석에 위치한 오니는 사실 겐코의 『쓰레즈레구사』에서는 사람들

---

6   苗村丈伯(1691), 『つれづれ草絵抄』卷2. 본문과 그림만으로 구성되어 있다. 그림이 있는 단락은 209개이다. 新日本古典籍総合데이타베이스(https://kotenseki.nijl.ac.jp/biblio/200016349/viewer).

〈그림 3〉 나무라 조하쿠(苗村丈伯), 『쓰레즈레구사 에쇼つれづれ草絵抄)』(상권 24앞면). 인간의 걷는 모습, 달리는 모습은 에마키(絵巻)의 기법을 계승하고 있다.

이 한 번도 본 적이 없다고 되어 있었다. 즉 『쓰레즈레구사』의 서술 내용과 그림 사이에 큰 간극이 생긴 것이다. 우왕좌왕하는 사람들은 복장과 움직임이 각양각색이어서, 오니를 향해 달려가는 사람들도 있고, 손가락으로 가리키며 다른 사람을 불러오는 사람도 있으며, 반대 방향으로 도망가는 사람도 있다. 도대체 여기에 나타난 오니가 과연 여자가 둔갑해서 오니가 되었다는 그 오니인지, 아니면 소문으로 듣던 오니가 내려온 것인지 알 길이 없다. 그보다 이 오니의 모습을 잘 관찰하면 풀린 가슴 옷깃과 맨발, 흐트러진 옷 등으로 미루어 보아, 오히려 보통 남자로 보인다. 그렇다면 무서운 머리나 손톱은 단순한 가장 도구에 지나지 않고, 연극의 한 컷처럼 군중 속에 들어온 것일까. 겐코가 쓴 내용과는 무관한 것이므로 모두 추측에 의존할 수밖에 없다.

〈그림 4〉의 『쓰레즈레구사 에이리(つれつれ草ゑ入)』(우메무라 이치

로베이(梅村市郎兵衛), 1717년)는 상기의 『쓰레즈레구사 에쇼』의 구도를 계승했다.[7] 두 그림의 차이를 굳이 든다면, 『쓰레즈레구사 에이리』는 그림 속의 군중 수가 줄었고 모두가 한결같이 도망치고 있으며, 이에 반해 위협하는 오니의 모습이 더 과장되게 그려졌다. 그리고 오니의 발톱이 인간에게 더 가까워져서 연극 혹은 가장행렬의 양상이 한층 더 농후하게 반영

〈그림 4〉 우메무라 이치로베이(梅村市郎兵衛), 『쓰레즈레구사 에이리(つれつれ草ゑ入)』(상권, 47뒷면). 구도는 『쓰레즈레구사 에쇼』를 계승하면서, 같은 내용을 보다 좁은 공간에 응축시키기 위한 고안을 했다.

되어 있다. 이 장면을 조용히 바라보고 있는 것은 역시나 침착한 겐코 법사였다. 그림으로 된 『쓰레즈레구사』 주석은 비주얼적인 상황을 그려 넣으면서 문자로 된 주석처럼 반드시 본문에 충실하거나 본문을 엄격하게 해석하는 것을 기본방침으로 삼지는 않았다. 그 대신 위에서 본 것처럼 겐코를 방관하는 모습으로 출현시키고, 오니의 모습에 착목하고, 오니의 행동을 연출하고, 구경하러 온 민중과의 상

---

7   梅村市郎兵衛(1717), 『つれつれ草ゑ入』卷2. 본문과 삽화로 구성되어 있고, 그림은 모두 32개이다. 早稲田大学図書館古典籍総合데이타베이스(http://www.wul.waseda.ac.jp/kotenseki/html/bunko30/bunko30_e0104/index.html).

호 관계 등을 통해, 겐코가 쓴 오니 이야기를 보고만 있어도 미소가 나오는 한 컷으로 만들어냈다. 그림에 의한 주석은『쓰레즈레구사』를 빌려 어느새 스스로가 하나의 주체적인 표현을 하였다.

3. 요괴와 구경거리

에도 문인들의 오니와 요괴에 대한 인식이 중세 수필을 해설한 주석서에 굴절되어 나타나 있다면, 일반적인 독서인이나 보통 사람들을 위해서 창출된 읽을거리 세계에서는 오니와 요괴가 어떻게 변용되고, 어떠한 모습을 가졌으며, 어떠한 허구의 세계가 구축되었을까. 이 물음에 대한 답을 찾기 위해 기보시(黄表紙)작품을 읽어보고자 한다.

기보시(黄表紙)는 노란 표지가 달린 책의 형태에서 명명된 작품군으로 에도의 출판 역사에서 독특한 위치를 점하고 있다. 1책(冊)은 5첩(帖)으로 이루어져 있으며, 하나의 작품은 2책 혹은 3책으로 구성된다. 생동감 있는 그림이 좌우 양면에 가득 펼쳐지고, 그림 상단에는 가나(仮名)로 된 글이 적혀 있어서 스토리를 전달하며, 그림 사이사이에는 등장인물의 발언이 적혀 있다. 에도 시대 동안 얼마나 많은 작품이 출판되었을까. 메이지(明治) 시대 이후 번각되어 활자화

된 작품만 해도 300편이 훨씬 넘는다.[8] 고전작품의 연구대상으로 충분히 주목 받고 있다고는 할 수 없으나, 그림과 글이 함께 있기 때문에 읽기 쉽고, 그 뒤에 방대한 독자가 존재한다는 점에서 문학적인 매력과 가치가 명백하므로 앞으로 더욱 많이 발굴될 것을 기대한다.

먼저 『혼노요이미세모노(本能見せもの)』(쓰쇼(通笑) 작, 기요나가(清長) 그림, 1780년)부터 살펴보고자 한다. 그림에 쓰여진 글에 따르면 이야기는 다음과 같이 시작된다.

이야기의 주인공은 야마에몬(山右衛門)이라는 이름의 남자다. 이 남자가 돈벌이를 하기 위해 고심하며 혼자 '강가에서 낚시'를 하고 있는데, "일곱이나 여덟 살 정도 먹었을 법한 작은 오니가 머리에 뿔한 자루를 달고, 새빨간 머리카락과 꼭 접시처럼 생긴 눈"을 하고 눈앞에 불쑥 나타났다. 야마에몬은 처음에는 "간담이 서늘할 만큼 놀랐"지만[9] 〈그림 5〉 바로 자기 자신을 진정시켰다. 게다가 돈에 집착이 강한 그는 이게 자신에게 큰 기회라고 생각했다. 오니를 사람들 앞에 내놓으면 절호의 구경거리라고 생각하고는 그 작은 오니 뒤를 쫓아갔다. 그리고 야마에몬은 작은 오니가 사는 집을 알아내고 돈을 조금 집어주고 집으로 데리고 왔다.

---

8   楊曉捷,「黃表紙活字目録」, (http://emaki-japan.blogspot.com/2021/10/13510123-1909-https-dl.html).

9   通笑(1780), 『本能見せもの』 冊3, 『黃表紙百種』(続帝国文庫34, 博文館, 1909), 『黃表紙集』(『近代日本文学大系12』, 国民図書, 1926)에 번각 수록. 新日本古典籍総合데이타베이스 (https://kotenseki.nijl.ac.jp/biblio/100053394/viewer).

〈그림 5〉『혼노요이미세모노(本能見せもの)』(1앞면). 오니의 특징인 뿔 2개가 1개가 되었다.

이 희귀한 오니를 손에 넣은 야마에몬은 바로 큰 구경거리로 꾸며야겠다고 마음먹었다. 계획이 점점 구체화되면서 사당패에 부탁하여 원숭이춤같은 재주까지 가르치고, 구경하는 요금도 이렇게 저렇게 정했다. 그런데 이 오니에게 보통 아이가 먹는 음식을 먹였더니 뿔이 뚝 부러져버렸다. 오니라는 간판을 잃어버렸기 때문에 구경거리로 만들려던 애초의 계획은 아예 시작조차 못했다. 준비하느라고 빚만 남은 야마에몬은 야반도주나 다름없이 아내와 가족을 버리고 많은 사람들 속에 몸을 숨기면서 배를 타고 이즈(伊豆) 지방으로 향했다. 그는 이즈 지방에서 잠깐 돈벌이에 성공했지만 또 생각지도 못한 실패를 해서 소인도(小人島)에 표류하게 되었다. 이 이야기의 후반부에는 큰 반전이 있다. 구경거리를 만들어서 돈을 벌려고 여러 국면에서 지혜와 머리를 써온 이 남자는 결국 소인도에서 거대한 몸집을 가진 구경거리로 일하는 운명이 됐다.

이와 공통된 테마의 작품이 한 편 더 있다. 바로『가이단후데하지

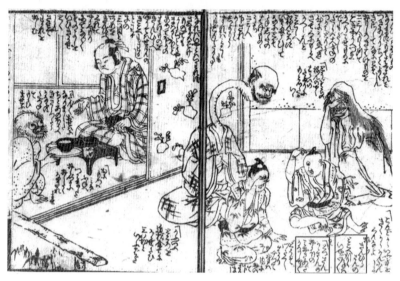

〈그림 6〉 『가이단후데하지메(怪談筆始)』(8뒷면, 9앞면). 집 떠나는 것을 슬퍼하는 아이를 보고 부모는 "내년까지다"라며 필사적으로 달래고 있다.

메(怪談筆始)』(짓펜샤 잇쿠(十遍舍一九) 글 그림, 1796년)다. 이 작품의 배경은 그 유명한 긴피라(金平) 지옥 순회다. 여기에 전개되는 요괴들의 세계에는 연극과 유곽이 있고, 먹고 마시고 즐기는 등 어디까지나 인간 세상과 평행하게 존재하며, 지극히 평화적이고 흐뭇한 풍경이 펼쳐진다. 어느 날 사카타 긴피라(坂田金平)는 인간 세상으로 돌아가기 위해 가지고 갈 선물을 물색하기 시작했다. 그리고 어린 요괴로 정했는데, 그 이유가 세상 사람들에게 보여주기 위해서였다. 호화스러운 행렬을 준비하여 귀환하지만, 이야기의 제일 마지막 부분에서 요괴를 넣어둔 바구니를 열자 그 요괴는 한 줄기 연기만을 남기고 완전히 사라져 버렸다. 〈그림 6〉은 긴피라가 요괴 가족과 거래를 하는 장면인데, 눈이 3개인 요괴 아이와 눈이 1개인 요괴 아이가 "긴피라님 집으로 가는 건 싫어요, 싫어요", "아버지 어머니 얼굴을 보는 건 이게 마지막이군요"라고 말하고 있다.[10]

재차 지적할 필요도 없이 오니나 요괴를 구경거리로 삼는 이야기는 겐코의 "이세 지역에서 여자가 둔갑한 오니를 데리고 도읍으로 왔다"는 문장을 떠올리게 하며 겐코가 기억했을 일련의 전개 과정을 보여 준다. 읽는 사람에 따라서는 위의 기뵤시의 두 이야기는 겐코의 경험을 과감하게 부연(敷衍)하며, 겐코의 진실인지 허상인지 알 수 없는 희미한 기억을 진지하게 재현하고, 그 이야기를 처음부터 구체적으로 그려낸 것처럼 보인다. 그리고 오니와 요괴를 이야기의 중심에 세웠지만, 그들에게서는 공포도 증오도 느껴지지 않고 그저 모습만 다를 뿐 인간의 삶과 나란히 평행선을 걸으며 서로를 간섭하지 않고 존재했다. 거기에서 양자 간에 생겨난 접점이 바로 구경거리였고, 한 때의 즐거움을 제공함으로써 일상을 보다 풍요롭게 했다. 볼거리를 제공하는 연극, 난숙(爛熟)했다는 평가까지 받은 에도의 연극 문화, 무대와 관객이 있는 사회생활 그 자체가 이야기의 세계를 굳건히 뒷받침하고 있었다.

---

10 十遍舎一九(1796), 『怪談筆始』2冊. 『黃表紙百種』, 『黃表紙集』에 번각 수록. 国立国会図書館디지털콜렉션(https://dl.ndl.go.jp/info:ndljp/pid/10301800).

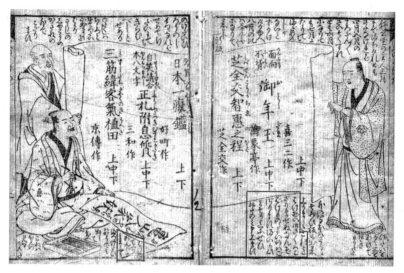

〈그림 7〉『기산진이에노바케모노(龜山人家妖)』(1뒷면, 2앞면). 출판보다 먼저 나온 광고. 간판에 쓰인 타이틀은 모두 실제로 성공한 작품이었다.

4. 오니가 만들어질 때까지

에도 문화를 대표하고 또한 에도 문화를 형성한 것 중에 하나는 출판과 서적의 유통이었다. 그 발전과 발달의 일단을 살펴보는데 있어서 출판의 뒷이야기를 제재로 한 작품군이 있다. 작자와 출판인의 자의식이 반영되어 있어 독서인의 흥미를 유발한다. 그중에는 다음과 같이 요괴가 얽혀 있는 기뵤시 작품이 있다.

작품명은 『기산진이에노바케모노(龜山人家妖)』(호세이도 기산지(朋誠堂喜三二) 글, 기타오 시게마사(北尾重政) 그림, 1787년)이다. 이 이야기는 유명한 출판업자 쓰타야 주자부로(蔦屋重三郎)가 작가 기산지 (喜三二)를 찾아가 새해인사를 하는 데서 시작된다. 다음 봄에 출판할 작품을 써달라는 의뢰였다. 작품 하나를 기획하고 출판하는 데 1 년이나 걸린다는 사실도 놀랍거니와 그보다 더욱 놀라운 것은 출판업자가 작품의 내용까지 주문한다는 사실이다. 주자부로는 주저하지 않고 딱 잘라서 말했다. "지금까지 요괴가 나오는 작품이 없습니다. 어떻게든 요괴를 소재로 해서 좋은 작품이 하나 없겠습니까? 이번 달 말까지 꼭 부탁 드리겠습니다." 작가 기산지는 "요괴가 나오는 이야기로 하나 생각해 봅시다"라고 순순히 수락하면서, 아직 작품 내용은 전혀 안 정해졌지만, 우선 타이틀만 지어서 주자부로에게 건네주었다.[11] 〈그림 7〉

그때부터 기산지의 격투가 시작되었다. 팔리는 작품을 만들어내는 것은 결코 쉬운 일이 아니다. 친구인 기산진(亀山人), 오카모치 호소미(岡持細見), 메이세이도(明誠堂)에게 의논하며 도움을 청하지만, "외다리와 외눈" "입이 귀까지 찢어진" 요괴는 너무 흔해서 신선함이 없고, "배우가 실은 요괴였다"는 것도 촌스럽게 보일 게 분명하다. 이것도 안되고 저것도 안된다며 고군분투했다. 이렇게 허송세월로 시간을 보내며, 주자부로와 기산지는 서로 한쪽이 재촉하면 한쪽은 얼버무리면서 1년의 대부분이 지나 버렸다.

---

11   朋誠堂喜三二(1787), 『亀山人家妖』3冊. 『黄表紙百種』, 『黄表紙集』, 『江戸の戯作絵本』(권二, 社会思想社, 1981年)에 번각 수록. 国立国会図書館디지털콜렉션(https://dl.ndl.go.jp/info:ndljp/pid/8929457).

『기산진이에노바케모노(龜山人家妖)』는 결국 기대했던 것과는 상당히 다른 작품이 되었다. 골계스럽고 재미있는 그리고 생동감 있는 요괴가 아니라, 형체가 없는 추상적인 설교로 가득했다. "그러므로 속이는 것도 속임을 당하는 것도 사람의 마음이며, 이는 바보로 만드는 것도 바보가 되는 것도 사람의 마음이라는 것과 같은 이치다". "요괴는 모두 마음에서 생기는 것이므로 마음이 올바르면 요괴를 만날 일이 없다. 모두 마음의 방황에 불과하다". 오니도 요괴도 인간의 마음에 존재하며, 원래는 모습도 형태도 없는 것이라는 결론은 앞에서 언급한 『쓰레즈레구사』 주석에 나왔던 도덕적 언설을 떠올리게 하고, 깊이 공명하는 결말이었다.

출판 뒷이야기라고 하면 생각나는 작품 중에, 책의 내용이 정해진 뒤 일어나는 일들을 상세히 담은 기뵤시 작품에 있다. 목판을 새겨서, 한 장씩 인쇄하고, 책으로 엮어서 점포에 나열하는 등의 바쁜 공정을 알기 쉽게 설명하면서 풍류와 언어유희도 빼놓지 않은 수작(秀作)『아타리야시타지혼도이야(的中地本問屋)』(짓펜샤 잇쿠(十遍舎一九) 글 그림, 1802년)가 바로 그것이다.[12]

책을 만들어 유통시킴으로써 사람들이 읽을 수 있는 환경을 만드는 출판 활동은 한 시대의 문화이기 전에 에도에서는 무엇보다도 하

12　十遍舎一九(1802), 『的中地本問屋』(享和二年序). 『黄表紙廿五種』(『日本名著全集江戸文芸之部11』, 日本名著全集刊行会, 1926), 『江戸の戯作絵本』巻6(社会思想社, 1985), 『作者胎内十月図・腹之内戯作種本・的中地本問屋』(戸戯作文庫, 河出書房新社, 1987), 『「むだ」と「うがち」の江戸絵本: 黄表紙名作選』(笠間書院, 2011)에 번각 수록. 国立国会図書館디지털콜렉션 (https://dl.ndl.go.jp/info:ndljp/pid/2537597).

나의 상업 활동이었다. 출판인, 작가 그리고 제작에 종사하는 장인들에 의해 성립된 후 하나의 발달된 시스템, 성숙한 산업으로 성장했다. 여기에는 돈벌이에 대한 집착과 경제적 성공에 따른 자극도 당연히 있었다. 이러한 창작활동에 있어서 독자에게 큰 관심을 받는 오니나 요괴의 모습이 결국은 작가의 상상에 의해 만들어진 것에 불과하다는 냉정한 시선이 존재했다는 것, 이것이 무엇보다 중요하고 간과해서는 안될 지점이다.

5. 여행하는 콩요괴(豆妖怪)

마지막으로 살펴볼 작품은 『가이단마메닌교(怪談豆人形)』(분케이도(文渓堂) 글, 도리 기요쓰네(鳥居清経) 그림, 1779년)이다. 마찬가지로 요괴가 주인공이지만, 이 요괴들은 예상치 못했던 일면을 보여준다.

콩인형 요괴들이 소인도(小人島)에 살고 있었다. 특별한 이름이 있는 것도 아니지만 다양한 모습을 한 유쾌한 요괴들이다. 매일매일 평범한 삶을 보내는 것을 못마땅하게 여기던 중 "일본으로 가서 요괴 수행을 하자"며 변화와 자극을 찾아 떠나기로 굳게 마음을 먹었다. 때마침 바다를 건너가는 배가 있어서, 요괴들은 그 배에 몸을 숨기고 손쉽게 일본 땅을 밟았다.

여기서부터 콩인형 요괴들의 일본 일주가 시작되었다. 요괴들이니만큼 마음먹은 대로 이동하고, 어디든 자유자재로 들를 수 있었

〈그림 8〉『가이단마메닌교(怪談豆人形)』(5뒷면, 6앞면). 송이버섯은 미호노마쓰바라(三保松原)의 특산품일 것이다. 작은 요괴들 앞에서는 송이버섯조차 거대하게 보였다.

다. 그들이 둘러본 곳은 이름난 일류 명승지였다. 요괴들은 그저 멋진 풍경을 구경하는 데 그치지 않고 가는 곳마다 해당 지역의 요괴들에게 교류를 청했다. 작품에 쓰여 있는 각 지역의 요괴들을 살펴보면 요시노산(吉野山)에서는 '이모야마 산의 요괴 감자 캐기(妹山の 化物芋堀坊)'와 '세야마 산의 요괴 곱추(背山の化物背虫坊)', 사가(嵯峨) 지역에서는 '거대하고 엄청난 입도(大きくてすさまじき入道)', 하코네야마(箱根山)와 후지산(富士の山)에서는 '요괴대장 대타법사(化物の親 玉大陀法師)', 그리고 미호노마쓰바라(三保松原)에서는 '송이버섯 요

괴(松茸化物)'[13]〈그림 8〉 등이다. 어디를 가든지 요괴들은 큰 소리로 "나는 소인도의 요괴입니다"라고 분명하게 자기소개를 하고, 교류가 성립됐음을 확인하면 아무 미련 없이 다음 장소로 이동했다.

콩인형 요괴들은 이윽고 에도로 갔다. "하코네야마(箱根山)를 넘어 동쪽으로 가면 촌스럽게도 요괴가 없다"던 평판처럼 과연 요괴가 없었기 때문에, 지금까지 해온 교류는커녕 오히려 이번에는 자신들이 에도의 화류계와 연회장으로 억지로 끌려다니며 구경거리가 되고 말았다. 이러다 죽는 게 아닌가 하고 덜덜 떨던 요괴들은 결국 방에 걸린 학의 그림을 보고 겁을 먹고 일제히 도망쳐서 모습을 감추었다. 이야기는 학에 대한 칭찬으로 막을 내린다.

이 작품의 요괴도 겐코가 『쓰레즈레구사』에서 말한 오니의 모습과 중첩된다. 여성이 둔갑한 오니를 데리고 도읍지로 올라갔다는 것 자체가 바로 여행이다. 게다가 목적지가 도읍지인 이상 중간에 여러 곳을 들르고 지나쳤음에 틀림 없다. 이렇게 오니의 입장에서 보면 그 경험은 콩인형 요괴들의 편력과 다르지 않은 것이었다. 또한『쓰레즈레구사』의 여자 오니는 도읍지로 향했고 콩인형 요괴들이 최종적으로 도착한 곳도 에도였다. 도읍지와 시골의 대립은 겐코가 반복해서 써온 테마 중에 하나였다. 기뵤시의 작가는 에도를 "촌스럽다(野暮)"는 한마디로 자학적이고 자조적으로 처리하였는데, 여기에

---

13   文渓堂(1779), 『怪談豆人形』2冊. 『黄表紙百種』, 『黄表紙集』, 『黄表紙廿篇』(耕文社出版本部, 1929年)에 번각 수록. 新日本古典籍総合데이타베이스(https://kotenseki.nijl.ac.jp/biblio/100061887/viewer).

서는 에도 문인들의 뭔가 시원스러울 만큼 높은 자부심이 엿보인다.

이세(伊勢) 신궁을 비롯하여 지방 신사 참배, 사찰을 대상으로 한 순례는 에도 사람들의 여행의 형태를 보여주는 것으로 그 시대와 사회에서 인기 있는 존재였다. 콩인형 요괴들의 행동에 의해 결과적으로 그러한 것들이 표현되고 생생하게 인식되었다.

6. 오니는 큰 웃음 속에서 다시 태어난다

『쓰레즈레구사』에 그려진 오니를 하나의 기점으로 하여, 지금까지 겐코의 경험, 겐코의 서술에 대한 에도 문인들의 주석, 그 서술 양상을 비주얼적으로 그려낸 주석 그림, 그리고 그들의 영향을 받으며 오니와 요괴를 제재로 한 기뵤시 작품을 살펴보았다. 여기에는 오니와 요괴를 둘러싸고 전개되고 변용되어 온 하나의 길이 보인다.

나라(奈良)시대, 헤이안(平安)시대, 그리고 겐코가 생활한 가마쿠라(鎌倉)시대에 오니라고 하면 지옥을 떠올리거나, 신사·사찰의 유래를 묘사한 두루마리 그림에 나오는 형상이 사람들의 뇌리에 정착되어 있었다. 오니는 불을 뿜으며 구름 위를 달리고, 잔인한 도구를 휘두르면서 죄지은 인간에게 괴로움을 주고 징벌을 내리는 역할을 맡았다. 그러한 오니는 두말할 나위도 없이 인간이 두려워하는 존재였으며 악을 자행해서는 안 된다는 교훈의 도구였다. 이에 반해 겐코는 병을 초래하고 재앙을 일으키는 오니와 더불어 인간이 둔갑한 오니, 여행하는 오니, 인간의 관심과 호기심을 자아내는 오니, 그리고 무엇보다도 그런 오니를 보려고 우왕좌왕하는 민중의 모습을 전함으로써 후세 사람들이 놓치기 쉬운 오니의 또 다른 측면을 가르쳐 주었다.

이러한 오니와 요괴의 모습은 에도 시대가 되자 크게 변용되었다. 기뵤시 작품에 나오는 오니와 요괴는 인간이 사는 이 세상과 평행한 세계에 살고, 인간에 대해 관심이 있으며, 다양한 형태로 인간과 접점을 가지면서도 결국에는 그들이 사는 세계로 되돌아간다. 오니와 요괴는 교육이나 설교의 수단이 되었지만 중심적인 지위를 독점하지 않게 되었고, 다양한 장면에서 사람을 즐겁게 했지만 사람을 두려움에 떨게 하는 통력(通力)을 잃기 시작했다. 인간과 동등해지면서 인간에게 쫓겨나 인간으로부터 도망치는 골계스런 모습은, 근세 이후 나타난 오니와 요괴의 새로운 얼굴이었다고 할 수 있을 것이다.

인간이 오니에 대해 품었던 권위는 실추되었고 그 떨어진 자리에는 민중의 웃음만이 남았다. 그리고 엔터테인먼트의 대상이 된 귀신과 요괴의 허상을 기억하자.

참고 문헌

원문 출전

市場通笑(1780),『本能見せもの』冊3. 新日本古典籍総合데이타베이스(https://kotense-ki.nijl.ac.jp/biblio/100053394/viewer)

梅村市郎兵衛(1717),『つれつれ草ゑ入』巻2. 早稲田大学図書館古典籍総合데이타베이스(http://www.wul.waseda.ac.jp/kotenseki/html/bunko30/bunko30_ e0104/index.html).

十遍舍一九(1796),『怪談筆始』2冊. 国立国会図書館디지털콜렉션(https://dl.ndl.go.jp/info:ndljp/pid/10301800).

十遍舍一九(1802),『的中地本問屋』. 国立国会図書館디지털콜렉션 (https://dl.ndl. go.jp/info:ndljp/pid/2537597).

苗村丈伯(1691),『つれづれ草絵抄』巻2. 新日本古典籍総合데이타베이스(https://kotenseki.nijl.ac.jp/biblio/200016349/viewer).

林羅山(1621),『徒然埜槌』. 新日本古典籍総合데이타베이스 (https://kotenseki.nijl.ac.jp/biblio/200010479/viewer).

文渓堂(1779),『怪談豆人形』2冊. 新日本古典籍総合데이타베이스(https://kotenseki.nijl.ac.jp/biblio/100061887/viewer).

朋誠堂喜三二(1787),『亀山人家妖』3冊. 国立国会図書館디지털콜렉션(https://dl.ndl.go.jp/info:ndljp/pid/8929457).

松永貞徳(1652),『なぐさみ草』巻8 (慶安五年自跋). 新日本古典籍総合데이타베이스(https://kotenseki.nijl.ac.jp/biblio/200016213/viewer).

서적·잡지 논문

川平敏文(2015),『徒然草の十七世紀−近世文芸思潮の形成−』, 岩波書店 塩出貴美子(2014),「「なぐさみ草」の挿絵について:『徒然草』の絵画化」,『奈良大学大学院研究年報』Vol.19.

三谷栄一・峯村文人(1986),『増補徒然草解釈大成』, 有精堂出版.

기타자료

楊暁捷, 「黄表紙活字目録」,(http://emaki-japan.blogspot.com/2021/10/13510123-1909-
　　httpsdl.html).

에도 괴담의 보편과 특수

기바 다카토시木場貴俊

1. 시작하며

이 논문에서는 에도 시대의 괴담(에도괴담)을 '보편'과 '특수'라는 관점에서 생각해보고자 한다.

'괴담'이라는 말을 사전에서 확인해 보면, '불가사의한 이야기. 수상한 이야기. 기분이 나쁜, 무서운 이야기. 특히 괴물, 유령 등의 이야기'(『일본 국어 대사전』제2판)라고 되어 있다. 이어서 '수상한'을 찾아보면, '정체를 확실히 알 수 없는 것, 보통이 아닌 사항에 대해 갖는 기이한 느낌을 말함'(『일본 국어 대사전』제2판)이라고 되어있다. 즉, '괴담'은 '보통이 아닌 것의 이야기'라는 것이 된다.

다음으로 에도 시대 괴담의 특징에 대해, 다카다 마모루(高田衛)는 ① 불법(佛法)을 통해 중생을 궤도하는 이야기 속 불교계 괴담, ② 중국 소설계 괴담, ③ 민속계 괴담 이라는 세 가지로 나누고 있다.[1] 또한 기고시 오사무(木越治)는 ① 중국소설의 영향, ② 햐쿠모노가타리 (百物語) 괴담회,[2] ③ 지역 한정형 괴담본의 편집·간행, ④ 불교계 괴이담의 민간전승으로의 유입을 그 특색으로 지적하고 있다.[3]

두 사람의 지적을 참고해 에도 시대의 다양한 괴담을 읽으면 요상한 사건·사물을 다룬 괴이의 내용이나 이야기를 전개하는 틀 등, 여러 유사점을 발견할 수 있다. 이러한 유사한 괴이에 착안한 작품집도 지금까지 만들어져 왔다.[4]

여기에서 본문의 주제인 '보편과 특수'와 관련지어 이야기하자면 괴담의 보편성은 '요상한'='보통이 아닌'것으로 수렴한다. 요상한 내용이 아니면 '요상한 이야기'라는 괴담의 의미도 성립하지 않게 된다. 하지만 많은 괴담이 유사하다는 사실은 '읽어본 적이 있는' 이야기, 더 부연해서 이야기하자면 '잘 알고 있는' 이야기라는 말이 된다. 패턴화된 '비슷한 이야기'라고 할 수 있다. 몇 번이고 비슷한 이야기를 읽으면, 독자는 거기에 포함된 요상함에 익숙해져서 그 이야기는 더 이상 괴담이 되지 않는다.

---

1   高田衞(1989), 「解説」, 『江戸怪談集』中, 岩波書店.
2   역주: 밤에 사람들이 모여 순서대로 괴담을 이야기 하는 모임. 촛불 100개를 켜고 이야기 하나가 끝날 때마다 촛불을 한 개씩 꺼, 100번째가 꺼져 어두워졌을 때 괴물이 나타난다고 믿었던 것.
3   木越治(2006), 「怪異と伝奇Ⅰ」, 揖斐高·鈴木健一編 『日本の古典―江戸文学編』, 放送大学教育振興会.
4   예를 들면, 柴田宵曲(1963), 『妖異博物館』, 『続妖異博物館』, 青蛙房 등.

괴담으로 성립하기 위해서는 다른 이야기에 없는 부분 즉, '새로운 기괴함'이 끊임없이 요구된다. 말하자면 괴담에는 '요상함'이라는 보편과 '새로운 기괴함'이라는 특수가 공존하고 있다는 것이다.

이러한 생각을 바탕으로 에도 시대 괴담의 보편(요상함)과 특수(새로운 기괴함)가 어떤 식으로 관련되는가를 살피고자 한다. 하지만 에도 시대의 괴담에는 많은 종류가 있다. 여기에서는 에도 시대 이전부터 전해져 온 괴이가 에도 시대에 어떻게 다뤄지는지를 다양한 사례를 들어서 생각하고자 한다.

2. 말하는 말(馬)

생물이 인간의 언어를 말하는 이야기는 많다.[5] 새가 지저귀는 소리가 인간의 말이었다던가, 꿈속에서 소가 무엇인가를 계시했다라는 것이 그것이다. 특히, 『니혼료이키(日本霊異記)』[6]상권 제10화 「아이의 물건을 훔쳐 사용한 후, 소로 환생해 일을 하여 이상한 일이 드러난 이야기(子の物を偸み用ゐ、牛となりて役はれて異しき表を示す縁)」 등, 윤회전생이나 인과응보를 나타내는 불교 설화 중에서 소가 인간의

---

5   말을 하는 동물에 대해서는, 徳田和夫(2004),「鳥獣草木譚の中世―〈もの言う動物〉説話とお伽草子『横座房物語』―」, (福田晃ほか編), 『講座日本の伝承文学』10, 三弥井書店을 참조할 것.

6   역주: 일본의 가장 오래된 불교 설화집. 810-824년경 성립.

말을 하는 사례가 많이 보인다.

그러한 소와 비교해 말은 인간의 말을 하는 사례가 적지만, 본 논문의 목적인 괴담의 보편과 특수의 관계를 생각 하는 데는 큰 참고가 된다.

말이 말을 하는 것은 일본에 한정된 괴이가 아니다. 중국의 구담실달(瞿曇悉達)[7] 등이 엮은 『개원점경(開元占経)』(718~726년 성립)의 권118에는 「마점(馬占)」이라는 권이 있어, 그 안에 '마비명(馬悲鳴)·마능언(馬能言)'이라는 항목이 있다. 거기에는 "『천경』에서 말하길(중략) 또 말하길 '말이 말을 할 수 있는데, 그 말이 길한 내용이면 길할 것이고, 흉한 것을 말하면 흉할 것이다. 『여씨춘추』에서 말하길, "나라가 어지러울 때 생기는 괴상한 일은 말이 말하는 것"[8]이라 하여, 말이 말하는 것이 길흉의 징조라고 해석되어 있다.[9]

다음으로 일본의 사례로서 무로마치 시대(室町時代)의 후시미노미야 사다후사 친왕(伏見宮貞成親王)의 『간몬닛키(看聞日記)』[10]를 보면,[11] 말하는 말이 두 번 기록되어 있다. 먼저, 오에이(応永)31년(1424)

---

7 역주: 생몰년 미상. 중국 당나라 시대의 인도인 천문학자.

8 『天鏡』曰 (中略) 又曰「馬能言、如其言吉、則吉、言凶、則凶」、『呂氏春秋』曰「乱国之妖、馬乃言」

9 중국 철학서 전자화 계획에 의해 공개된 것을 열람하였다(최종 열람일 2021년 12월 4일). https://ctext.org/wiki.pl?if=gb&chapter=123852

10 역주: 무로마치 시대 전기의 정치, 사회경제, 사상, 문화 등 각방면에 걸친 기본사료로서 중요한 일기. 1416~48년까지의 기록.

11 宮内庁書陵部編(2006), 『圖書寮叢刊 看聞日記』3, 明治書院.

8월 21일에 "듣기로는 요즈음의 일이라고 하는데, 무로마치도노의 말은 이세 이나바로부터 받은 것인데, 그 말이 말을 했다고 한다. 그 것을 들은 사람은 주변에 사람이 없었기에, 말이 말을 하는가 하고 놀라자, 말이 끄덕였다고 한다. 불가사의한 일이었기에 이것을 상부에 아뢰고, 하치만구에 신마로서 바쳤다고 한다"[12]라는 내용이 있다. 무로마치도노(室町殿, 아시카가 요시모치(足利義持))의 말이 말을 하고 끄덕였기에, 불가사의한 일이라 여겨 보고하고, 겐지(源氏)와 인연이 있는 이와시미즈하치만구(石清水八幡宮)에 신성한 말로써 헌납하였다는 것이다.

다른 한 예는 오에이(応永)32년(1425)년 2월 28일에 기록된 「정월 중 갖가지 괴이 풍문항설을 믿기는 어렵지만 기록해 둔 것(正月中種々恠異風聞巷説雖難信用聊記之)」 중, "또한 간레이(管領)의 마굿간의 말이 말을 하길, 곧 뼈가 부러질 것이니 반드시 잘 치료해야 할 것이라고 했다. 그 때, 마굿간의 말들이 같은 말을 하며 큰소리로 울었다고 한다"[13]라는 부분이다. 막신(幕臣)의 필두인 간레이 하타케야마(畠山)씨의 마굿간에 있던 말이 말을 한 것이다. 실은 하루 전인 2월 27일에 당시 쇼군(将軍)인 아시카가 요시카즈(足利義量)가 병사했는데, 요

---

12   抑聞、此間事也云々、室町殿御馬、伊勢因幡被預、彼馬物を言、厩之者聞之、傍に無人厩上に居人、同聞之、馬物を云けるとて、驚見、馬うなつく云々、不思儀之間披露申、八幡神馬被引進云々

13   又管領〈畠山〉厩馬物を云、只今に骨を折へし、能々可養云々、其時厩馬共同様にいなゝくと云々

시카즈 사망 다음 날에 그해 정월에 일어난 갖가지 괴이에 대한 풍문항설을 기록하고 있다는 것에서 괴이를 요시카즈의 죽음에 대한 예고로 여긴다는 사실을 살필 수 있다.[14] 앞선 요시모치의 말이 말을 한 것도 이와시미즈와의 관련성을 생각한다면, 요시카즈의 사망을 알리는 흉조였다고 생각하는 것이 가능하다.

당시 괴이는 '(신불에 의해 일어난 정치적인)흉조'라 이해되었다.[15] 말이 말하는 것 또한 중국의『여씨춘추』와 마찬가지로 흉조로써 이해되고 있었던 것이다.

그리고 근세의 사례로 눈을 돌리면, 몇가지의 특징이 있다. 첫 번째로 불교와의 관계이다. 스즈키 쇼산(鈴木正三)·기운운포(義雲雲歩) 편『가타카나본 인가모노가타리(片仮名本 因果物語)』(1661년 간행)[16] 중 권20「말이 말한 일(馬の物言ふ事)」에는 두 가지 사례가 소개되어 있다.[17] 한 가지는,

> 무슈 가나가와에서 여행객이 숙소를 빌렸는데, 비가 내리고 있었기에 집 주인의 옷을 훔쳐 입고 가려고 하자, 누군가가 '그것은 집 주인의 옷이 아닌가. 어째서 입고 가는

---

14   西山克(2010),「再論·室町将軍の死と怪異」,『人文論究』59-4.

15   東アジア恠異学会編(2009),『怪異学の可能性』, 角川書店 등.

16   역주: 에도전기의 가나조시(仮名草子). 불법을 설명하기 위한 괴이담, 인과담을 수록한 것.

17   주1 전게서 수록.

가'라고 하기에, 주변을 둘러보았지만 사람이 없었다. 못
들은 체하고 나가려고 하자, 다시 같은 말을 말이 하는 것
이었다(후략)[18]

와 같은 것이다. 가나가와에서 여행객이 숙소를 빌려준 집 주인의
옷을 훔치려고 했을 때 말에게 저지당한다. 말은 자신이 전생에는
집 주인의 조카였으며, 신세를 갚기 위해 말로 환생했다고 말하고
있다.

다른 하나는,

강주에 있는 어느 집에 도둑이 들어 물건을 훔치려할
때, 그 집에 있던 말이 사납고 무섭게 굴었다. 잠시 후 잠잠
해져 다시 집을 나서려고 하자 말이 쫓아와서는, '훔친 물
건을 당장 놔두거라'라고 했다.[19]

라는 얘기로, 오미 지방(近江国)[20]의 어느 집에 도둑이 든 이야기이다.

18　武州神名川に、旅人、宿を取りて、雨降りける故、亭主の羽織を盗み著(き)て行かん
　　とするに、何者やらん、「其れは亭主の羽織也。何とて著て行くぞ」と云ふほどに、
　　傍らを見れども人はなし。聞かぬ由にて出でんとすれば、亦右の如く言ふを聞くに馬
　　也。(後略)

19　江州にてある家に、盗人入りて物を取らんとするに、彼の家の馬、狂ひて怖しき体
　　也。暫し静まつて、又出でんとするに、馬追ひ掛けて、「其の取り物遣るまじ、速か
　　に置け」と云ふ。

20　역주: 현재의 시가현(滋賀県)에 해당하는 지역.

여기에서도 마찬가지로 말이 사람의 말로 도둑을 타이르고 있다. 도둑이 말에게 자세한 사정을 묻자, 자신은 전생에 이 집 주인의 쌀을 훔친 것 때문에 말로 환생했다고 대답했다. 두 가지 사례 모두 전생의 인연에 의해 사람이 말로 환생했기 때문에 사람의 말을 할 수 있게 된 것이다.

이러한 사례는 이 밖에도, 아사이 료이(浅井了意)의 『간닌키(堪忍記)』(1659년 초판)[21]권5 법사의 감내(堪耐) 제17 「가와치 지방[22] 유게의 법사가 말이 된 일(河内国弓削の法師馬に成たる事)」[23]에서도 볼 수 있다. 수행승이 가와치 지방 헤구리 마을(河内国平群の里)에 숙소를 빌려 머물렀을 때 나쁜 마음이 생겨 침구를 훔치려고 하자, 마굿간의 말이 '그것을 훔쳐 도망가면, 다음 생에는 몇 배로 돌려받게 될 것이다'라고 설교를 한다. 이 말은 근처의 유게(弓削)에 살았던 법사로, 은혜를 갚기 위해 말로 환생해서 일을 하고 있다는 것이다.

그리고, 『잇큐쇼코쿠모노가타리(一休諸国物語)』(1672년경 간행)권4 「말이 말한 일(馬の物いふ事)」에는 마찬가지로, 집주인의 동생이 은혜를 갚기 위해 말로 태어난 이야기가 있다.[24]

예로 든 이야기들은 사람이 소로 환생한 인과응보담과 크게 다르지 않다. 즉, 소와 말은 호환성이 보이는 것이다. 또, 이들 이야기에

---

21 역주: 훈계를 목적으로, 인내에 관한 일본과 중국의 설화를 모은 설화집.

22 역주: 현재 오사카부(大阪府)의 동남부에 해당하는 지역.

23 坂巻甲太(1993), 『叢書江戸文庫29 浅井了意集』, 国書刊行会.

24 武藤禎夫·岡雅彦編(1976), 『噺本大系』3, 東京堂出版.

서는 좋든 나쁘든 주인에게 부채가 있고, 그것을 갚기 위해 환생해서 일을 하고 있다. 그리고 노동으로 변제(많은 경우 금액이 제시된다)가 끝나면, 죽는 것으로 결말을 맺는 이야기가 많다.

두 번째 특징으로서 흉조가 있다. 이것 또한 앞선 시대부터 전해진 것으로, 에이슌(英俊) 『다몬인닛키(多聞院日記)』[25]의 덴쇼19년(1591) 5월 4일 주[26]에 보면, '교토의 주라쿠다이에는 괴이한 일들이 많다(京都集(聚)楽には恠異共数多)'고 하며, 그 중에 '히데요시의 말이 말을 했다(上の御馬物云)'는 내용이 보인다. 도요토미 히데요시(豊臣秀吉)가 정무를 볼 겸 저택으로 덴쇼15년(1587)년에 건설한 주라쿠다이(聚楽第)는 고요제이천황(後陽成天皇)이 행차하는 등, 히데요시의 권세를 상징하는 장소였는데, 괴이가 빈번하게 일어났다. 괴이는 '구유(口遊)' 즉, 떠도는 소문에 지나지 않았지만, 기도를 올렸다는 점에서도 히데요시 정권에 있어서 괴이가 흉조로 여겨졌다는 사실을 추측할 수 있다.

문예물로서는 『간닌키』의 작자인 아사이 료이가 편찬한 괴담집 『오토기보코(伽婢子)』(1666년 간행)[27]의 권13에 「말이 사람의 말을 하는 괴이(馬人語をなす怪異)」가 있다.[28] 무로마치 막부 9대 장군 아시카

---

25 역주: 에이슌 외의 다수의 사람들에 의해 1478~1618년 기록된 일기로, 전국시대에서 근세초기의 사회, 문화를 알 수 있는 귀중한 사료.

26 竹内理三編(1978), 『続史料大成 多聞院日記』4, 臨川書店.

27 역주: 중국의 괴담의 번안 등, 괴이담 68화를 수록. 근세 괴이소설의 선구로 여겨진다.

28 松田修他(2001), 『新日本古典文学大系』75, 岩波書店.

가 요시테루(足利義凞(義尚))가 병에 걸려 고생했을 때, "마굿간에 묶여 있던 회색 말이 갑자기 사람처럼 말을 하며, '이제는 어렵겠지'라고 하자 옆에 있던 황갈색 말이 호응하며 '그거 슬프군'이라고 말했다"[29]는 사태가 일어났다. 그리고 "모두 이것을 듣고 말이 말을 한 것이 틀림없다 하였다. 몸의 털이 쭈뼛 설 정도로 무서웠는데, 다음 날 정말로 요시테루 공(公)이 돌아가셨다"[30]라 하여, 그 이튿날 요시테루가 세상을 뜬 것으로 전한다. 이것은, 『간몬닛키』의 요시카즈의 사망 징조를 방불케 한다. 단, 선행하는 『간몬닛키』나 『다몬인닛키』가 소문을 기록하고 있는데 반해 『오토기보코』는 소문을 문예화한 것이라 평가할 수 있다.

마지막으로, 말이 말을 하는 것이 범죄에 이용된 사례를 소개하고자 한다. 겐로쿠(元禄)6년(1693)에 「말이 말을 한 사건(馬のもの言ひ)」이 그것이다. 당시 발표된 공표문을 보도록 하자.

하나, 요즈음 말(馬)이 말(言)을 한다고 퍼뜨려, 또다시
그 법도에 따르지 않고 전년에도 뜸을 뜨고 침을 놓으려
고 한자가 있었다. 누가 그렇게 퍼뜨렸는가. 한 마을씩 순
서대로 이것을 말한 자를 앞으로 차근차근 조사해 기록할

---

29 むまやにつながれたる芦毛の馬、たちまちに人のごとく物いふて、『今はかなはぬぞや』といふに、又となりの川原毛の馬、こゑを合せて、『あらかなしや』とぞいひける

30 みな是を聞に、正しく馬共のものいひける事疑なし。身の毛よだちておそろしくおぼえしが、次の日はたして義凞公薨じ給ひし

것이다. 처음 그러한 말을 퍼뜨린 사람은, 어느 말이 말을 했는지, 이와 같이 약을 제조하는 방법은 어느 의서에 있는 것인지, 적혀 있는 그대로 이야기해야 할 것이다. 한 마을씩 사람별로 적어 색출할 것이며, 이러한 사실을 숨기는 자가 있다면 그것에 연루된 자일 것이다.

6월 17일[31][32]

사람의 말을 하는 말을 선전도구로, 그것을 이용해 약을 판매하려고 한 사건이다. 현대의 '영감상법(靈感商法)'[33]과 통하는 이 사건은 사람들을 홀리는 헛소문으로 규정되어, 많은 관계자들이 엄한 처벌을 받았다. 그것은 당시의 장군 도쿠가와 쓰나요시(德川綱吉)에 의한 민간 통제의 일환이었다고 평가되고 있다.[34] 이 사건은 말이 말을 한다는 괴이(한 소문)를 악용한 사례인 동시에, 괴이가 당시의 사람들의 마음을 현혹시킬 가능성이 있음을 드러내고 있다.

말이 말을 하는 것 자체는 그 이후에도 일어나고 있다. 교쿠테이

31　一、頃日馬のもの言候由申触候、先年も灸はり之儀申ふらし、又々ヶ様之儀申出不届
　　ニ候、何者申出候哉、壱町切ニ順々に、はなし候者先々たんだへ可書上之、初而申出
　　し候者有之候ハ、何方之馬もの申候哉、書付いたし早々可申出候、殊ニ薬之法くみ
　　申ふらし候由、何之医書に有之候哉、壱町切ニ人別ニたんだへ書付可罷出候、隠置候
　　ハ可為曲事候、有体ニ可申出者也
　　六月十七日(以下略)

32　近世史料研究会編(1994),『江戸町触集成』2, 塙書房, 2926番.

33　역주: 평범한 물건에 마치 초자연적인 영력이 깃들어 있는 것처럼 속여, 부당한 이득을 취하는 상법.

34　倉地克直(2008),『徳川社会のゆらぎ』, 小学館.

바킨(曲亭馬琴) 등이 편집한 『도엔쇼세츠(兎園小説)』(1825년 성립)[35]의 「일곱가지 불가사의(七ふしぎ)」 중, 가이 지방(甲斐国)[36]에서 일어난 '일곱가지 기이(七奇異)'(1791년)에 "기리이시 마을에서 1리 정도 산으로 들어간 이시하타 마을에서 말이 사람의 말을 했으나, 단 한번 뿐이었으며 그 이후로는 없었다."[37]는 내용이 있다.[38] 이것은 『호쿠에쓰셋푸(北越雪譜)』[39]의 저자인 스즈키 보쿠시(鈴木牧之)로부터 얻은 정보였다.[40]

이상, 말이 말을 한다는 괴이는 중세 이전에는 괴이=흉조로서 기록되어 있는데(소문의 형태로 유포), 근세가 되면 문예로서 승화되거나 범죄에 이용되었다. 이것은 말이 말을 한다는 괴이 그 자체보다도 그것을 어떻게 표현하는가에 커다란 변화가 있었다고 할 수 있다.

그리고 에도 시대에 사람의 말을 하는 괴물로서, 코로나 시국인 2020년의 일본에서 붐이 되었던 '아마비에(アマビエ)'(1846년)[41]나 그

---

35 역주: 에도와 각 지방의 기담 약 300화를 기록한 것으로, 에도 시대 사람들의 생활을 알 수 있는 귀중한 정보가 많다.

36 역주: 현재의 야마나시현(山梨県)에 해당하는 지역.

37 右村 (切石村)より一里許山に入石畑村に而、馬為人話候事、尤一度切にて後無其事

38 日本随筆大成編輯部(1973),『日本随筆大成 第2期』1, 吉川弘文館.

39 역주: 에도 시대 후기 에치고(越後)의 자연과 생활을 묘사한 서적.

40 『曲亭来書集』花之巻 (国立国会図書館デジタルコレクション 최종열람일 2021년 12월 4일). https://dl.ndl.go.jp/info:ndljp/pid/2585163?tocOpened=1

41 역주: 일본의 요괴로, 바다에서 나타나 풍작을 예언하거나 전염병이 유행하면 모습을 드러내 사람들에게 알려주고 사라진다.

것에 앞서 나타난 '진자히메(神社姬)'[42]나 '구단(件)'[43]과 같은 '예언수(予言獸)'[44]를 들 수 있다. 이러한 예언하는 괴물에 대해 가가와 마사노부(香川雅信)는, '(신불이 드러내는 정치적)흉조'라는 괴이의 위기관리 메커니즘이 당시 상실되었기 때문에 괴물 스스로가 미래를 예언하게 되었다고 평가하고 있다.[45] 이 점에 대해서는 흉조로서의 정치적 괴이가 막부 말까지 기능하고 있는 사례도 보이기 때문[46]에 보류할 필요가 있으나, 메시지를 전하는 것이 신불이 아니라 괴물로 발신자가 변한 것은 이 시기의 특징이라 할 수 있을 것이다.

3. 명동(鳴動)

다음으로 '명동(鳴動)'을 들어보겠다. 명동이란, 사찰이나 신사, 신체(神体)[47]나 불상, 신목, 무덤 등이 울리며 움직이는 현상으로, 특히, 이와시미즈하치만구(石清水八幡宮)나 도노미네(多武峯), 미나세 신궁

---

42   역주: 일본의 요괴로, 뿔이 두 개 달린 인면어와 같은 모습이며, 전염병을 예언 한다는 전승이 규슈지방에 남아있다.

43   역주: 일본의 요괴로, 반인반우(半人半牛)의 모습이며, 태어난지 몇일 이내에 재해나 역병을 예언하고 죽는다고 한다.

44   湯本豪一(2005), 『日本幻獸図説』, 河出書房新社; 常光徹(2016), 『予言する妖怪』, 国立歴史民俗博物館 등.

45   香川雅信(2020), 「驚異と怪異―モンスターたちは告げる―」, 『特別展 驚異と怪異―モンスターたちは告げる―ガイドブック』, 兵庫県立歴史博物館.

46   주16의 전게서.

47   역주: 신령이 깃든 물체로, 신 그 자체, 신의 본체로서 숭배의 대상물이 되는 것.

(水無瀬神宮) 등 왕권과 관련있는 사찰과 신사에서 일어났을 경우, 그것은 왕권의 흉조로 여겨졌다.[48]

그 예로서 교토 히가시야마(京都東山)에 있는 쇼군즈카(将軍塚)를 들 수 있다. 헤이안경(平安京)을 조성한 간무 천황(桓武天皇)이 사람 모형을 묻은 이 장소에서는, 오래된 기록 이외에 『헤이케 이야기(平家物語)』[49] 「천도(都遷)」에서의 다이라노 기요모리(平清盛)의 후쿠하라(福原) 천도나 『다이헤이키(太平記)』[50]의 「천하의 요괴에 관한 일(天下妖怪事)」 등에서 불길한 징조로서 명동이 있었다고 한다. 근세에 이르러서도 도요토미 히데요시가 죽기 전(1598년 『도다이키(当代記)』[51]), 또 고모모조노 천황(後桃園天皇)이 죽을 때 도노미네(多武峯)와 함께(1779년 『조쿠시구쇼(続史愚抄)』[52]) 쇼군즈카(将軍塚)가 명동했다고 한다(울렸다고 한다).[53]

에도 시대의 명동을 보면 다음과 같은 다섯 가지 특징을 들 수 있다. 첫 번째로, 흉조이다. 이것은 이전 시대에서 이어받은 요소이다. 분카(文化)4년(1807년) 8월에 에도(江戸)의 후카가와 도미오카하지만

---

48 명동에 대해서는, 西山克(2002), 「中世王権と鳴動」, (今谷明編), 『王権と神祇』, 思文閣出版, 笹本正治(2020), 『鳴動する中世』, 吉川弘文館 등을 참조할 것.

49 역주: 가마쿠라 전기의 군기모노가타리(軍記物語). 13세기 초반 성립. 다이라 씨(平氏)의 흥망성쇠를 불교적 무상감을 기조로 하여 서사적으로 그린 작품.

50 역주: 남북조 시대의 군기모노가타리. 50년에 걸친 남북조 동란의 역사를 그리고 있다.

51 역주: 오다 노부나가, 도요토미 히데요시 정권기부터 에도 막부 성립기까지의 정치, 군사, 사회 상황을 편년체로 기록한 작품.

52 역주: 가메야마 천황 즉위부터 고모모조노 천황에 이르는 편년체 역사서.

53 木場貴俊(2020), 「政治」, 『怪異をつくる』, 文学通信.

구(深川富岡八幡宮)에서 제례를 할 때, 많은 구경꾼들이 올라가 있던 에이타이 다리(永代橋)가 무너져서 천명 이상이 사망한 사건에서 예를 찾을 수 있다. 이시즈카 호카이시(石塚豊芥子)『가이단분분슈요(街談文々集要)』[54]에는 사건이 일어나기 전날, 하치만구(八幡宮)의 단상이 명동했다는 풍문이 기록되어 있다.[55]

문예물에서는 쇼카도(章花堂)『긴교쿠네지부쿠사(金玉ねぢぶくさ)』(1710년 간행)권8「이마가와의 갑옷이 명동한 일(今川の鎧鳴動の事)」[56]을 들 수 있다. 이마가와 요시모토(今川義元) 비장의 갑옷이 "아무 일도 없었는데 궤짝 안에서 스스로 울리기 시작해, 처음에는 조금씩 덜그럭 거렸지만 나중에는 격렬하게 움직여, 약 4시간이 되자 겨우 겨우 멈춘"[57]일이 있었다. 그것을 불길하게 여긴 총명한 신하의 간언을 듣지 않고 "울리는 것은 길한 것이며 흉한 것이 아니다"[58]라는 우매한 신하들의 해석을 믿었기 때문에 오케하자마 전투(桶狹間の戦い)에서 패배했다는 것이다. 이에 대해, 작자는 "만약 수상한 일을 보았을 때는 하늘이 알려주는 화(禍)의 전조가 아닌가 여기고 대단히 조심해야 한다는 이야기"[59]이며, "만약 하늘에서 돈이 떨어진다고 해

---

54 역주: 분카·분세이 시대(1804~1829)의 풍문을 기록한 서적.

55 石塚豊芥子編(1993),『近世庶民生活史料 街談文々集要』, 三一書房.

56 木越治校訂(1994),『浮世草子怪談集』,(『叢書江戸文庫34』), 国書刊行会.

57 何事もなきに、櫃の内にておのれと鳴初、鳴出しは少しづゝがらノ\となりしが、後にはおびたゞしく、やうノ\二時ばかりして鳴やみぬ

58 鳴事は吉にして、凶にあらず

59 もしあやしき事を見る時は、天よりしめし下さるゝ禍の前奏ぞとこゝろへ、ずいぶん

〈출세호라(出世ほら)〉

도, 보통과 다르다면 요괴라 생각해야 할 것이다. 이마에 뿔이 난 말을 보더라도, 어쨌든 익숙치 않은 수상한 일이라면 그것은 하늘에서 흉한 일이 생길 것을 보여준 것이라 깨닫고, 부디 행동을 조심해야 할 것이다"[60]라고 견해를 밝히고 있다.

두 번째로, 명동하지만 흉조가 아닌 경우가 있다. 오타 난포(大田南畝)『한니치칸와(半日閑話)』(1823년 이전)[61]는 고즈케 지방(上野国)[62]의 어느 백성의 딸이 머리가 길고 항상 심신미약 상태였기 때문에 결혼을 하지 못한 채로 어느 날 병사하고만 이야기를 전하고 있다. 그 딸의 유언에 따라 머리카락을 자르지 않고 절에서 화장을 한 지 7일 후 불법에 따른 예식을 행했을 때 무덤이 명동하여 다섯 장(丈)[63] 정도 땅이 움푹 꺼졌다. 하지만 근처의 민가에서는 한 사람도 부상

身を慎にしくはなし

60 たとへ、天から小判がふらふとも、常にあらざる事は、夭怪としるべし。額に角ある馬を見よとも、とかく目なれぬあやしひ事ならば、これ天道より凶を示し給ふ所と心得て、よく八其身を慎むべきものなるをや。

61 역주: 난포가 20세부터 74세에 이르기까지 보고 들은 잡다한 이야기를 기록한 것.

62 현재의 군마현(群馬県)이 주로 해당되는 지역.

63 역주: 한 장(丈)은 약 3M였다. 따라서 다섯 장은 약 15M.

자가 발생하지 않았다고 한다.[64] 이것은 토지가 함몰되기 직전에 명동한 것으로 흉조는 아니었지만 딸의 기행과 함몰이 연결되어 괴담조(調)를 띠고 있다.

세 번째로 생물에 의한 명동, 즉 명동이 생물에 의해 물리적으로 일어나는 경우이다. 대표적인 것으로는 '뱀 탈출(蛇抜け)'이나 '뱀 무너짐(蛇崩れ)'이라 불리는 것이 있는데, 토사류(土石流)를 중심으로 한 토사 붕괴는 땅 속에 있는 커다란 뱀이 빠져나갔기 때문에 생기는 것이라는 것이다. 그리고 소라고둥(法螺貝)이 빠져나가는 '소라고둥 탈출(法螺抜け)'이라고 불리는 것도 있다(대량의 소라고둥이 빠져나가는 것으로 인식 되던 것이 거대한 소라고둥이 빠져나가는 것으로 그 이해가 변해 간다).[65] 소라고둥 탈출(法螺抜け)의 사례로서, 모토지마 도모타쓰(本島知辰)의 『게쓰도켄몬슈(月堂見聞集)』[66]에는, "(1716년)7월 중순경부터 야마토 지방에 있는 가쓰라기 산이 크게 명동하였다. 소라고둥이 산으로부터 빠져나가 그 간 곳을 알 수가 없다. 그 후 나라(奈良)의 쓰즈라 산이 두 개로 갈라져 그 사이로 물이 흘러나왔다. 가쓰라기 산이 명동한 영향일 것이다."[67]라고 되어 있다.[68] 또, 도산진(桃山

---

64 日本随筆大成編輯部(1975), 『日本随筆大成第1期』8, 吉川弘文館.

65 齊藤純(2021), 「大蛇と法螺貝と天変地異」, (小松和彦編), 『禍いの大衆文化』, KADOKA-WA.

66 역주: 1696~1734년의 견문잡록.

67 七月中旬の比より、大和国葛城山、大に鳴動す。法螺貝山より出て其行衛知らず。之に依り南都の葛籠山二つに破れて、其の中より水出る。葛城山の鳴動の響成るべしと也.

68 森銑三・北川博邦編(1982), 『続日本随筆大成』別巻3, 吉川弘文館.

人)작·다케하라 슌센사이(竹原春泉斎)그림『에혼 햐쿠모노가타리(絵本百物語)』(1841년 간행)[69]에는 '출세호라(出世ほら)'라고 하는 소라고 둥과 뱀을 절충시킨 괴물이 그려져 있다.[70]

그 밖에도 노마 슈조(野間宗蔵)「괴담기(怪談記)」(『인슈키(因州記)』내 수록, 1724년 초고)[71]의 50단「주산촌에서 사지의 집이 명동한 일(蜘山村にて佐治か家鳴動する事)」이라는 가옥의 사례가 있다. 짧은 문장이므로 전문을 싣는다.

사지 씨의 집이 한낮에 지진이 일어난 것처럼 흔들려, 집 밖으로 나왔지만 아무 일도 없었다. 그 후 때때로 그랬는데, 사지가 키우던 붉은 털을 가진 개가 여우를 한 마리 잡자 그 이후로 멈추었다 한다(사지헤이 우에몬에게 직접 들은 것을 기록함)[72][73]

이것은 이나바(因幡)의 이야기로 여우가 명동의 원인으로 여겨지고 있다.

---

69 역주: 그림이 포함된 에도 시대에 유행한 햐쿠모노가타리 괴담본의 일종.

70 竹原春泉斎(2006),『桃山人夜話 絵本百物語』, 角川書店.

71 역주: 4권으로 구성된, 돗토리현의 가도나 명소 등이 기록된 서적.

72 佐治氏在宅白昼に屋を地震の如く動かす、家の外ゑ出れは何の事もなし、其後も折々如此、佐治か養ける赤犬有て、狐を一疋取りてより止たると也〈佐治平右衛門直説を以記〉

73 福代宏(2003),「野間宗蔵の「怪談記」について」,『鳥取県立博物館研究報告』40. https://www.pref.tottori.lg.jp/secure/1072787/3246.pdf

네 번째로 '벤와쿠쇼(弁惑書)'라는 괴이에 대해 당시의 지식을 구사하여 해설하고 논단한 서적이 18세기 이후 많이 간행되게 된다.[74] 그 대상에는 당연히 명동도 포함되었다.

니시카와 죠켄(西川如見) 『와칸헨쇼카이이벤단·덴몬세이요(和漢変象怪異弁断·天文精要)』(1714년 간행)는 괴이(천변지동)를 중국의 운기론(運気論, 기의 운행에 의해 삼라만상을 설명하는 이론)에 근거해 해설한 것으로,[75] 명동 또한 기의 운동에 의해 설명되고 있다. 권7「가옥 명동 그리고 신사 고총 명동(家屋鳴動幷神社古塚鳴動)」에서는 다음과 같이 설명한다.

> 가옥이 명동하는 것은 모두 땅의 기운이 그 밑으로부터 일어나 울리는 것이다. (중략) 생각컨대 야마토 야마시로의 쇼군즈카가 울린 일이 고기록에 많이 보이고 그 외의 각 지방에서도 이러한 일이 많은데, 모두 땅의 기운이 발동하여 일어나는 일이다.[76]

명동은 땅의 기운에 의한 운동이며 앞서 소개한 쇼군즈카(将軍塚)

---

74 堤邦彦(2004), 『江戸の怪異譚』, ぺりかん社.

75 西川忠亮編輯(1899), 『西川如見遺書』5, 国立国会図書館デジタルコレクション, 최종열람일 2021년 12월 4일. https://dl.ndl.go.jp/info:ndljp/pid/991285

76 家屋鳴動の事、皆地気其下より発つて鳴声あるもの也、(中略)按に日本山城の将軍塚鳴動の事、古記に載る処繁し、此外諸国に此類多く有是、皆地気発動の所為なり

의 명동도 같은 것이라고 한다. 또 권5 「산명(山鳴)」도 같은 방법으로 설명되어 있다.

산이 울리는 일은 예로부터 많이 일어나는데, 모두 땅 속에서 기운이 일어나서 생기는 일이다. (중략) 또 많은 사람들이 '덴구타오시'라고 부르는 현상도 이 땅 속 기운이 원인이다. (중략) 모든 땅 속 기운의 변동에는 갖가지 뜻이 있는데, 수상한 것도 있는가 하면 그렇지 않은 것도 있다.[77]

산이 울리는 것 뿐 아니라, '덴구타오시(天狗倒し)'라고 하는, 산에서 나무가 쓰러지는 소리가 들려 현지에 가보면 아무것도 일어나지 않은 괴이 또한 산명과 마찬가지로 땅의 기운에 의한 것으로 파악하고 있는 점은 주목할만 하다.

가와다 마사노리(河田正矩)『다이헤이벤와쿠 긴슈단(太平弁惑 金集談)』(1759년 간행) 권2 「가옥의 명동을 규명한 것(屋宅の鳴動を弁する事)」에도, "천지가 드넓기에 갖가지 수상한 일도 있을 수 없다고 하기 어렵고 대부분은 각각 이유가 없지 않다. 가령 가옥이 명동하더라도 그렇게 놀랄 일이 아니다. (중략) 이것은 창고 안에 무엇인가 울릴만한 것이 있어서 일어나는 것이다. 그 원인이 없이는 울리지 않

---

77 山鳴之事、古今多き事なり、皆地中奮気之所為なり、(中略)又は天狗倒しと号する者 多く有之、皆地気の所為なり、ハ(中略)総て地気の変動には様々の義有り、怪にして 又怪には非す

는다."[78]라 하여, 명동이 생기는 것은 반드시 이유가 있다고 하여 그 원인을 찾고 있다(여기서는 목재의 건조나 부패, 쥐의 소행 등을 들고 있다.)

벤와쿠쇼(弁惑書)[79]라는 계몽적 요소도 에도괴담의 특수성이라 할 수 있을 것이다.[80]

마지막으로 패러디로서의 명동이 있다. 이하라 사이카쿠(井原西鶴)『사이카쿠 쇼코쿠 바나시(西鶴諸国はなし)』(1685년 간행)[81] 권1의 4 「우산의 신탁(傘の御託宣)」[82]을 요약하여 소개한다.

---

78 天地の間広く候へは、さま／＼の恠しき事も有ましき事とは申かたく候へ共、大方はそれ／＼に由緒なき事も候まし。仮令屋宅の鳴動するとも、さのみ驚くへき事にも候まし。(中略)是は蔵のうちに何そ鳴る理の有ての事成へし。其理なくして鳴申まし。伊藤龍平(2020),「翻刻『太平弁惑金集談』」,『国学院大学近世文学会会報』6.

79 역주: 弁惑는 辨惑으로 미혹됨을 분별한다는 의미.

80 이러한 괴이를 논단하는 관점은, 에도 시대에 베스트셀러가 된 『쓰레즈레구사(徒然草)』제206단의 '괴이를 보고도 수상히 여기지 않을 때, 그 괴이는 오히려 성립되지 않게 된다(怪しみを見て怪しまざる時は、怪しみかへりて破る)'를 필두로, 이하라 사이카쿠(井原西鶴)『사이카쿠 쇼코쿠 바나시(西鶴諸国はなし)』서문 '생각해보면, 사람은 괴물이며, 세상에 없는 것은 없다(昆をおもふに人はばけもの、世にない物はなし)'(사람을 포함한 세상 어디에나 불가사의한 일은 존재한다)나, 야마오카 겐린(山岡元隣)·겐죠(元恕)『고킨 햐쿠모노가타리 효반(古今百物語評判)』(1686년 간행) 권4 '그 진기함에 대해, 혹자는 괴물이라고 이름을 붙여 이상하다고 말하지만, 세상에 불가사의한 것은 없고, 세상 모두가 불가사의한 것이다(其珍しきに付きて、或はばけ物と名付け不思議と云へり、世界に不思議なし、世界皆ふしぎなり)' 등, 17세기 후반의 지식인들 사이에서 공유된 인식이 기저에 있었다고 생각된다(기바 다카토시(木場貴俊),「民衆の怪異認識」, 주49 전게서 등을 참조할 것).

81 역주: 각 지역의 기담 등을 모은 설화집의 성격을 띈 근세 우키요조시(浮世草子)

82 西鶴研究会編(2009),『西鶴諸国はなし』, 三弥井書店.

기슈(紀州)[83] 가케즈쿠리(掛作)라는 곳의 우산이 '신풍(神風)'에 날려서 히고 지방(肥後国)[84]의 깊은 산속의 외딴 마을인 아나사토(穴里)에 떨어져 버린다. 우산을 본 적이 없었던 마을 사람은 날아온 우산을 이세 신궁(伊勢神宮)의 내궁에서 모시는 신체(神体, 아마테라스오오미카미(天照大神))라고 오해하여 제단을 만들어 모시게 되었다. 숭상을 받게 되면서 우산에 '정신(性根)'이 깃들게 되어서 '제단을 끊임없이 울리고 흔드는 일이 끊임이 없'고 아름다운 여성을 무녀로 삼으라는 신탁까지 내리기 시작했다. 대역(身代わり)으로 한 과부를 대기시켰지만 아무런 소식도 없었기 때문에 화가 나 우산을 부수어 버렸다.

숨겨진 마을·비행설화·어리석은 마을 이야기·성적인 내용 등 여러 화형(話型)이 구사된 이야기인데, 주목하고자 하는 것은 자신을 이세 신궁의 신이라고 착각한 우산의 행동이다. 무엇보다 이세 신궁의 신이 날아서 이동하는 것은 '도비신메이(飛神明)'라 불려, 17세기 초반에 그 예를 찾을 수 있다(『도다이키(当代記)』). 또 "제단을 끊임없이 울리"는 것도 이세 신궁 내의 건물이 울리는(명동하는)것에서 유래한다.[85] 이것들은 모두 이세 신궁의 신이 메시지로서 일으킨 현상,

---

83   역주: 현재의 와카야마현(和歌山県)과 미에현(三重県) 남부에 해당하는 지역.

84   역주: 현재의 구마모토현(熊本県)에 해당하는 지역.

85   木場貴俊, 「大坂」, 주49 전게서.

즉 괴이이다. '정신(性根)'이 깃든 우산의 행동은 이세 신궁의 신이 나타내는 괴이의 패러디이며, 원인인 신에 대해서도 야유하고 있는 것이다.

고대로부터 명동은 (정치적인)흉조 = 괴이로서 알려진 유명한 것이었다. 그리고 근세가 되면 종래의 흉조 이외에도 정치성을 동반하지 않는 단순히 수상한 현상으로서, 나아가 패러디로 개작되거나 지성에 의한 변단 등, 새로운 요소=신기성을 수반하여 이야기되기 시작했다.

4. 우부메(産女, ウブメ)

마지막으로 우부메(産女)라는 괴이를 다루고자 한다.[86] 이것은 출산하는 과정에서 사망한 모친(모자)이 변화한 것으로 아기를 안고 있는 여성의 모습이며, 밤중에 통행하는 사람에게 아기를 안으라고 강요하는 존재이다. 그리고 에도 시대가 되면 중국의 '고획조(姑獲鳥)'(출산하다 사망한 여성이 변화한, 밤에 우는 독조(毒鳥))와 동일시되게 된다.

괴이 현상에 우부메가 처음 등장하는 것은, 『곤쟈쿠모노가타리슈

---

86   우부메에 대해서는, 木場貴俊「ウブメ」(주49 전게서), 기바 다카토시(2019), 「에도 문화 속 요괴」(한양대일본학국제비교연구소), 『요괴 또 하나의 일본의 문화코드』, 역락을 참조할 것.

(今昔物語集)』(12세기 전반)⁸⁷ 권27「요리미쓰의 부하, 다이라노 스에타 케가 우부메를 만난 일(賴光の郎等平季武、産女に値へる語)」이다. 이하, 번호를 붙여 내용을 정리한다.⁸⁸

① 미노 지방(美濃国)⁸⁹의 와타리(渡)라는 강변에 밤에 우 부메가 나타나 통행인에게 울고 있는 아기를 안아 달라고 강요한다.

② 이야기를 들은 다이라노 스에타케(平季武, 미나모토 노 요리미쓰(源賴光) 사천왕 중 한명)가 담력을 시험할 겸 와타리로 향한다. 그리고 우부메가 말한 대로 아기를 안으 니, 이번에는 돌려달라고 쫓아온다. 스에타케는 아기를 돌 려주지 않고 그대로 숙소까지 돌아와 버린다. 숙소에 도착 해 사람들에게 소매에 품고 온 아이를 보여주려고 하자 나 뭇잎으로 변해 있었다.

③ 마지막에, "이 우부메라고 하는 것은, '여우가 사람을 속이기 위해 변한 것이다'라고 말하는 사람이 있고, 또 '여 자가 아기를 낳으려다가 죽었는데, 영혼이 남은 것이다'라 고 하는 사람도 있다고 전해진다"⁹⁰라는 해설이 붙어있다.

---

87   역주: 천축(인도), 신단(중국), 본조(일본)의 설화를 모은 설화집

88   池上洵一編(2001),『今昔物語集 本朝部』下, 岩波書店.

89   역주: 현재의 기후현(岐阜県) 남부에 해당하는 지역.

90   此の産女と云ふは、「狐の、人謀らむとて為る」と云ふ人も有り、亦、「女の、子産む とて死たるが、霊に成たる」と云ふ人も有りとなむ語り伝へたるとや

〈고획조(姑獲鳥)〉

　　그리고 에도 시대 들어 많은 '고전'이 간행되게 되는데, 『곤쟈쿠모노가타리』도 그 안에 포함되어 있었다. 이자와 나가히데(井沢長秀, 호는 반룡(蟠龍))에 의해 개정·재구성된 『고테이 곤쟈쿠모노가타리(考訂今昔物語)』(1720년 간행)권7 왜부13 '괴이전'에, 앞선 설화가 「다이라노 스에타케 고획조와 만난 일(平季武姑獲鳥に値ふ語)」이라는 제목으로 게재되어 있다.[91]

『곤쟈쿠모노가타리슈』와 비교하면 다음의 세 가지에서 차이점이 보인다. (ⅰ) 표제에서도 알 수 있듯이 우부메의 표기가 '고획조(姑獲鳥)'로 통일되어 있다. 이것은 앞서 서술했듯이 에도 시대에 정착된 우부메＝고획조 설을 반영한 것이다. (ⅱ) 앞서 번호를 붙인 ③의 우부메에 대한 해설이 삭제되어 있다. 그 대신 (ⅲ) '고획조(우부메)'가 다이라노 스에타케(平季武)에게 아기를 건네주는 장면의 삽화가 들어감으로서 시각적으로 내용을 파악할 수 있게 되어있다(〈고획조(姑獲鳥)〉그림).

　　다음으로 류카소 히로스미(流霞窓広住) 『하나시구사햐쿠쇼 가이단야레키초(野史種百章 怪譚破几帳)』(1799년 간행)권2 「임협이 고획조

91　稲垣泰一編(1990), 『考訂今昔物語』前編, 新典社.

를 만난 이야기(任侠逢姑獲鳥)」를 들고자 한다. 이것도 번호를 붙여 내용을 소개한다.[92]

① 이즈미 지방(和泉国)[93] 사카이(堺)의 악당 '우시노 구로하치(牛の黒八)'가 동료와 밤에 이야기를 하고 있는데, 소조(窓蔵)라는 사람이 와서는, 아라레마쓰바라(霰松原)라는 곳을 지나는데, "마르고 행색이 초라한 여자가 머리는 산발을 하고 젖먹이 아기를 안고와서는, 나에게 '아기를 안아주시오'라고 하는데 허리 밑으로는 피로 물들어 무섭기가 비할데가 없었다"[94]라며 도망쳐 왔다.

② 구로하치(黒八)는 그것은 소조(窓蔵)가 겁쟁이라서 여우와 너구리가 변신한 것임이 틀림없다며 현장을 확인하러 간다. 아라레마쓰바라(霰松原)에 가보니 들은 대로 아기를 안고있는 야위고 초라한 여자를 만났다. "이 아이를 안아 주시오"라고 하기에, 구로하치는 "알겠다"고 답하고 두말 하지 않고 아이를 받아 안으니 그 여자는 흔적도 없이 사라졌다.

③ 동료들이 있는 곳에 돌아온 구로하치는, "우부메의

---

92 伊藤龍平(2011),「翻刻『野史種百章 怪談破几帳』」,『澁谷近世』17.

93 역주: 현재의 오사카부(大阪府) 남부에 해당하는 지역.

94 痩おとろへたる女とて髪を乱し乳呑子を抱き、某に『抱て給はれ』と云。腰より下は血に染、その恐ろしさたとへるにものなし

아이를 데려왔다"며 아기를 보여주며 자랑하고는 다음 날 낮에 정체를 밝히겠다며 데리고 갔다. 하지만 다음 날이 되어도 아기는 변하지 않고 여전히 건강했다. 젖을 먹여줄 사람이 필요했기에 주변의 도움을 받았다. 아기를 버릴 수도 없어서 관청에 이야기를 하니, "네가 맡은 아이니 네가 키워야 한다"는 판결이 내려, 거스를 수도 없어, 결국 유모를 들여 키우게 되었다.

④ 후에 들은 바로는, 친구들 중 구로하치를 미워하는 자가 있어, 아라레마쓰바라에 버려진 아기가 있는 것을 보고, '걸인 여자를 고용해 고획조로 꾸며낸 일'로, 버려진 아이를 구로하치에게 넘긴 것이었다.

읽어보면 알 수 있듯이, '고획조' 표기 등, 이 이야기는 『고테이 곤쟈쿠모노가타리』의 구조를 기반으로 창작된 것이다. 또 마지막에 모두를 웃게 하기 위한 '반전(落ち)'으로서 ④를 추가하고 있다. 괴담, 그리고 그것을 뒤집은 무용담이었던 『고테이 곤쟈쿠모노가타리』의 설화가 우스운 이야기로 전환된 것이다.

또 여기에서 구로하치에게 원한을 품고 있던 자가 고획조를 '꾸몄다'. 즉 괴이를 인위적으로 창출하고 있다. 이것은 18세기 후기 이후의 도시문화로서의 한 측면, 즉 가가와 마사노부가 말한 '요괴혁명'(괴이가 공포에서 오락의 대상으로 전환하는 것)을 반영하고 있다고

할 수 있다.[95]

5. 끝으로

본 논문에서는 중세 이전의 괴이(말하는 말, 명동, 우부메)를 예로 들어 그것이 근세 단계에서는 어떻게 이야기되고 있는가를 고찰했다. 그 결과 근세에는 이전의 이야기들과 비슷한 소문이나 이야기가 각지에서 관찰된다는 것, 그리고 문예화(출판)의 과정에서 패러디나 계몽 등의 새로운 요소가 가미된다는 것을 알 수 있었다. 거기에는 『고테이 곤쟈쿠모노가타리』와 같은 고전의 출판 등, 출판문화의 전개가 배경에 있다.

또한 이번에 고찰한 근세 이전부터 나타나는 통시적인 괴이의 경우, 현상 그 자체에서의 커다란 변화는 보이지 않았다. 그러한 의미에서 괴이 자체는 보편적이며 변하지 않는 것이었다. 그러나 취향이나 결말과 같은 괴이를 둘러싼 상황이라는 측면에서 새로운 특징이 나타났다. 에도 시대에 전해진 예전의 괴이는 그것을 둘러싼 상황에 특수성이 부여됨으로써 에도 시대의 괴담으로서 새로운 재미가 부가되는 경향이 있었다.

마지막으로 현대 일본의 괴담이 처한 상황에 대해 언급해두고자

95   香川雅信(2013), 『江戸の妖怪革命』, 角川学芸出版.

한다. 현대 일본의 괴담은 '실화괴담'이 과반을 점하고 있다.

'실화'라는 것은 자신의 체험담을 포함하여 불가사의한 체험을 한 사람으로부터 취재한 체험담으로, '실화괴담'은 체험을 한 사람이 존재한다(본인, 친구, 친척, 동료 등). 다시 말해 출처가 확실히 보증되는 괴담이며, 작자·화자에 의해 창작되지 않았다는 사실을 전제로 한다(쓰거나 말하는 시점에서 작자에 의해 기록되므로 엄밀히는 창작이라고 할 수 있지만, 그 점에 관해서는 언급하지 않는 것이 암묵적인 룰로 되어 있다).

'실화괴담'의 특징을 이토 류헤이(伊藤龍平)가 다음과 같은 세 가지로 정리하고 있다.[96]

> ① 이야기를 하거나 쓰는 사람이 손을 대기 이전부터 있는, 원형이 되는 이야기의 '민낯'을 그대로 제시한다(고 하는 기교).
> ② 전승 가능성의 부정. 실화이기 때문에 같은 이야기가 여럿 존재하는 것은 자연스럽지 못하다(비슷한 이야기는 존재하지만 동일한 이야기는 있을 수 없다). 이것은 예전부터 전해온, 장기간에 걸쳐 이루어진 전승의 가능성을 부정하는 것이지만 간접적으로 전해들은 이야기라는 정도의 전승 가능성은 허용된다.

---

96 伊藤龍平(2021), 「実話怪談の未成感と解釈について 「型」からの逸脱と「物語」の拒否」, 『現在学研究』7.

③ 현재 시간대의 이야기여야 한다. 이야기를 하고 있는
장소와 이야기의 내용이 연결된다. 다시 말하면 시대적인
단절감이 없는 이야기이다.

이토 류헤이는 이상의 것들이 괴담이 갖는 보편적이고 통시적인
특징이라고 한다.

또한 '실화'라는 점에 관해서 이쿠라 요시유키(飯倉義之)는 '완결
되지 않은 느낌'에 주목한다.[97] '실화괴담'은 실제로 일어난 것이다.
이어지는 인과(因果)나 기승전결 없이 설명이 불가능한 채로 적히거
나 이야기 될 때 의미가 있는 것이다. 아울러 '실화괴담'이란 '인간의
상식이 통용되지 않는 상황에 농락당하는 사람들'을 다루는 괴담으
로 규정할 수 있다.

한편 이토 류헤이는 이쿠라 요시유키의 주장을 기반으로 '미완(未
完)'이라는 키워드로 '실화괴담'을 파악한다.[98] 이것은 '실화괴담'이
결말뿐 아니라 발단이나 중간에도 누락된 경우가 많다는 것에 주목
한다. 어째서 이런 일이 발생했는가(발단), 어째서 이렇게 전개되었
는가(중간), 어째서 이런 결과가 나왔는가(결말) 등이 불명확한 채로
의문을 남기고 이야기가 끝나는 '실화괴담'은 이야기의 틀을 갖지
않으며 이야기 속에 갇히는 것을 거부한다. 다시 말하면 이야기되지

---

97   飯倉義之(2016), 「怪談の文法を求めて 怪談実話 / 実話怪談の民話的構造の分析」, (一柳
    廣孝・飯倉義之), 『怪異の時空2 怪異を魅せる』, 青弓社.
98   이토, 주41 논문.

않거나 기술되지 않은 부분이 독자의 상상 속에서 전개된다는 사실이 '실화괴담'의 중요한 부분이 된다는 이야기이다.

이쿠라 요시유키와 이토 류헤이 두 사람이 주장하는 '완결되지 않은 느낌'과 '미완'은 에도 시대의 괴담에서도 찾을 수 있다. 이토 류헤이가 이야기한 것과 같이 '실화괴담'은 보편적이고 통시적인 특징을 갖기 때문이다. 대표적인 예로 4대 쓰루야 난보쿠(四世鶴屋南北)의 『도카이도요쓰야카이단(東海道四谷怪談)』(1825년 초연)을 들 수 있다. 이 작품은 권선징악이라는 보편적인 틀을 부수는 특수한 전개를 내용으로 한다. 구체적으로는 다미야 이에몬(民谷伊右衛門)에 의해 드러나는 '악'의 세계와 그 '악'을 능가하는 오이와(お岩)의 저주가 흥미롭다. 그리고 다미야 이에몬이 죽었는지 살았는지, 오이와가 원한을 풀고 성불했는지 어떤지도 알 수 없다. 실로 '불확실'한 채로 결말을 맞는다.[99]

이상, 에도괴담을 보편과 특수의 관점에서 살펴보았는데, 이후에는 근대 이후도 시야에 넣어 검토를 할 필요가 있을 것이다. 이를 통해 괴담이란 무엇인가에 대한 보다 심도 있는 답변을 찾을 수 있을 것이다.

---

99 廣末保(1993), 『四谷怪談』, 岩波書店; 木場貴俊(2021), 「「こわいもの見たさ」の近世文化史」, (安井眞奈美ほか編), 『身体の大衆文化』, KADOKAWA.

참고문헌

원문 출전

池上洵一編(2001), 『今昔物語集 本朝部』下, 岩波書店.

石塚豊芥子編(1993), 『近世庶民生活史料 街談文々集要』, 三一書房.

伊藤龍平(2011), 「翻刻『野史種百章 怪談破几帳』」, 『澁谷近世』17.

伊藤龍平(2020), 「翻刻『太平弁惑金集談』」, 『国学院大学近世文学会会報』6.

稲垣泰一編(1990), 『考訂今昔物語』前編, 新典社.

木越治校訂(1994), 『浮世草子怪談集』, (『叢書江戸文庫34』), 国書刊行会.

近世史料研究会編(1994), 『江戸町触集成』2, 塙書房, 2926番.

宮内庁書陵部編(2006), 『圖書寮叢刊 看聞日記』3, 明治書院.

西鶴研究会編(2009), 『西鶴諸国はなし』, 三弥井書店.

坂巻甲太(1993), 『浅井了意集』, (『叢書江戸文庫29』), 国書刊行会.

竹原春泉斎(2006), 『桃山人夜話 絵本百物語』, 角川書店.

竹内理三編(1978), 『続史料大成 多聞院日記』4, 臨川書店.

日本随筆大成編輯部(1973), 『日本随筆大成 第2期』1, 吉川弘文館.

日本随筆大成編輯部(1975), 『日本随筆大成 第1期』8, 吉川弘文館.

松田修他(2001), 『新日本古典文学大系』75, 岩波書店.

武藤禎夫・岡雅彦編(1976), 『噺本大系』3, 東京堂出版.

森銑三・北川博邦編(1982), 『続日本随筆大成』別巻3, 吉川弘文館.

서적·잡지 논문

기바 타카토시(2019), 「에도 문화 속 요괴」(한양대일본학국제비교연구소), 『요괴 또 하나
　　　　의 일본의 문화코드』, 역락.

飯倉義之(2016), 「怪談の文法を求めて 怪談実話/実話怪談の民話的構造の分析」,
　　　　(一柳廣孝・飯倉義之), 『怪異の時空2 怪異を魅せる』, 青弓社.

伊藤龍平(2021),「実話怪談の未成感と解釈について「型」からの逸脱と「物語」の拒否」,『現在学研究』7.

香川雅信(2013),『江戸の妖怪革命』, 角川学芸出版.香川雅信(2020),「驚異と怪異−モンスターたちは告げる−」,『特別展 驚異と怪異−モ

ンスターたちは告るー ガイドブック』, 兵庫県立歴史博物館.

木越治(2006),「怪異と伝奇I」, (揖斐高・鈴木健一編),『日本の古典−江戸文学編』, 放 送大学教育振興会.

木場貴俊(2020),「政治」,『怪異をつくる』, 文学通信.

倉地克直(2008),『徳川社会のゆらぎ』, 小学館.

小松和彦編(2021),『禍いの大衆文化』, KADOKAWA.

齊藤純(2021),「大蛇と法螺貝と天変地異」

笹本正治(2020),『鳴動する中世』, 吉川弘文館

柴田宵曲(1963),『妖異博物館』,『続妖異博物館』, 青蛙房

高田衛(1989),「解説」,『江戸怪談集』中, 岩波書店.

堤邦彦(2004),『江戸の怪異譚』, ぺりかん社.

常光徹(2016),『予言する妖怪』, 国立歴史民俗博物館 등.

徳田和夫(2004),「鳥獣草木譚の中世−〈もの言う動物〉説話とお伽草子『横座房物語』−」, 福田晃ほか編『講座日本の伝承文学』10, 三弥井書店

西山克(2002),「中世王権と鳴動」, 今谷明編『王権と神祇』, 思文閣出版,

西山克(2010),「再論・室町将軍の死と怪異」,『人文論究』59-4.

東アジア怪異学会編(2009),『怪異学の可能性』, 角川書店 등.

湯本豪一(2005),『日本幻獣図説』, 河出書房新社.

기타자료

중국 철학서 전자화 계획 https://ctext.org/wiki.pl?if=gb&chapter=123852『曲亭来書集』花之巻 (国立国会図書館デジタルコレクション) https://dl.ndl.go.jp/info:ndljp/pid/2585163?tocOpened=1

西川忠亮編輯(1899),『西川如見遺書』5 (国立国会図書館デジタルコレクション) https://
dl.ndl.go.jp/info:ndljp/pid/991285

福代宏(2003)「野間宗蔵の「怪談記」について」(『鳥取県立博物館研究報告』40) https://
www.pref.tottori.lg.jp/secure/1072787/3246.pdf

근세 도상 자료를 통해 본 일본인의 상상력의 계보[*]

금영진

1. 서론

일본인의 기발한 발상과 상상력을 이해하는데 있어서 일본 근세 시대의 풍부한 도상 자료는 그 좋은 연구 대상이 된다. 이에 본고에서는 이러한 도상 자료를 통해 본 일본인의 상상력의 계보에 대해 살펴보았다. 구체적으로는 다음의 두 가지 키워드 주제를 중심으로 검토를 진행하였다.

첫 번째로는, 영웅의 용력 발휘 장면에서 보이는, 무거운 돌을 들어 올리거나 던지는 행위를 묘사한 삽화에서의 발상에 대한 검토이다.

* 본고의 제2장 「영웅의 용력 발휘 장면」은, 기발표 졸고 금영진(2013), 「근세 삽화 속의 「던지기」용력 발휘 장면과 일본인의 상상력」, 『일본연구』(56), 한국외국어대학교 일본연구소, 65~81면의 일부를 발췌, 수정 가필한 것임을 밝혀둔다.

무거운 돌을 위로 들어 올리거나 집어던지는 것과 같은 용력 발휘는 지구의 중력을 거스를 수 있을 정도로 도상 속 인물의 힘이 세다는 것을 의미한다. 그런데 일본 근세 시대에 그려진 용력 발휘 장면을 다룬 삽화를 보면, 개중에는 무거운 돌을 위가 아닌 옆으로 집어던지는 장면 묘사가 심심찮게 목격된다. 그리고 이는 우리가 아는 일반적인 상식과는 다소 동떨어진 발상이라 할 수 있다.

두 번째로는, 2020 도쿄 올림픽 개막식(2021년 7월 23일)에 선보인 픽토그램 공연에서 확인된 일본인 특유의 상상력의 계보이다.

"일본이 일본 했다."라는 평가가 들려 올 정도로 기발한 발상과 상상력이 돋보인 해당 공연의 경우, 일본 근세 시대의 닌교 조루리(人形浄瑠璃)에서의 인형 조종을 담당한 구로코(黒子)의 복장 및 기뵤시(黄表紙) 삽화 속에 등장하는 선인과 악인의 도상 이미지와도 관련이 있어 보인다. 즉, 이미 오래전부터 이러한 기발한 발상과 상상력이 일본문화 속에서 꽃을 피우고 있었음을 일본 근세 도상 자료를 통해 알 수 있는 것이다.

이에 본고에서는 이 두 개의 키워드 주제를 중심으로 일본 근세 시대의 도상 자료를 검토, 그 속에 면면히 흐르고 있는 일본인의 상상력과 발상의 계보에 대해 살펴보고자 한다.

2. 영웅의 용력 발휘 장면과 상상력의 계보

동아시아 한자 문화권에 있어서 힘
센 영웅의 용력 발휘 장면이라고 한
다면, 우선 항우(項羽)가 무거운 정
(鼎)을 들어 올렸다는 『사기(史記)』
'항우본기(項羽本記)' 第七의 내용(「항
우는 키가 8척이고 힘이 좋아 세 발 달린
쇠솥을 들어 올렸다.(籍, 長八尺余, 能力扛
鼎)」을 떠올리기 쉬운데, 중국의 『수
호전(水滸伝)』에 보이는 무송(武松)의

〈그림 1〉

용력 발휘 장면〈그림 1〉[1] 또한 그러한 용력 발휘담의 연장선상으로
볼 수 있다.

무거운 돌을 하늘 높이 들어 올렸다 자신이 되받는 무송의 이러한
용력 발휘 장면은 교쿠테이 바킨(曲亭馬琴)이 편역하고 가쓰시카 호
쿠사이(葛飾北斎)가 그린 『신펜 스이코가덴(新編水滸画傳)』(9편 90권 90
책, 1805~1835년 간행) 제3편 제6책 권 21의 삽화에서도 확인되는데,
〈그림 2〉[2] 흥미로운 사실은, '위로'가 아닌 '옆으로'라는 운동 방향성

---

1   駒田信二(1967), 『水滸伝』(上), (『中国古典文学大系第28巻』), 平凡社, p.355에 영인된 「明刊
    李卓吾評忠義水滸全伝」(楊定見本)의 삽화를 전재하였음을 밝혀 둔다.
2   본고에서는 와세다 대학 소장본(請求記号:ヘ21 00875出版書写項:[出版年不明]岡田群玉
    堂, 心斎橋博労町(大阪) 形態:90冊;23cm 目録題:新訳水滸画伝 序題:水滸, 訳水滸弁2-9編の編訳

〈그림 2〉

의 차이가 보인다는 점이다.

그리고 이러한 차이가 발생하게 된 것은, 『수호전』의 삽화가(挿画家-에도 시대의 화가는 에시(絵師)이나, 독자의 이해를 돕고자 삽화가로 칭함.)가 '들어 올리기'라는 용력 발휘의 요소에 주안점을 둔 반면, 『신펜 스이코가덴』의 삽화가는 '집어 던지기'라는 요소에 보다 주목했기 때문이 아닐까 필자 나름 추정하고 있다.

그렇다면 과연, 왜 이러한 차이가 양국 삽화 사이에서 발생하게 되었는가 하는 궁금증이 다시 일게 되는데, 일본 특유의 용력 발휘담의 발상과 삽화가의 상상력 등이 한데 어우러져 그러한 변화를 초래하지 않았을까 여겨지는 것이다. 즉, 일본 근세 삽화 속에서는 영웅이 무거운 돌 혹은 적을 집어 던지는 장면이 자주 목격되는데, '들어 올리기'라는 종적인 운동 방향성이 주로 보이는 중국의 그것에 비해,[3] '집어던지기'라는 횡적인 운동 방향성이 더 강조되고 있음을

者:高井蘭山 序:桐菴老人。文化2-天保9年刊の後刷)의 화상 데이터를 이용하였음을 밝혀 둔다.

3 『수호전』에서 노지심(魯智深)이 술이 마시다 여흥으로, 까마귀가 시끄럽게 울어대는 버드나무를 안아 뿌리째 뽑아 버리는 장면이 보이는데, 이 역시 종적인 방향성이 보이는 용력 발휘의 한 예라 할 수 있다.

알 수가 있다.

예를 들어, 스케이(嵩渓)가 그린『모모타로 에마키(桃太郎絵巻)』(1814년 성립)에는, 아직 어린 모모타로가 무거운 돌절구를 이웃의 소년들에게 '집어 던지는' 용력 발휘

〈그림 3〉

장면이 〈그림 3〉[4]과 같이 보인다. 그리고 이 장면의 경우, 돌을 위로 '들어 올린다'는 종적인 운동 방향성보다는, 들어 올린 돌을 옆으로 '집어 던진다'는 횡적인 운동 방향성에 더 주안점을 두었다고 볼 수 있다.

그렇다면 왜 이런 차이가 발생하게 된 것일까? 그것을 이해하기 위해서는 니시무라 시게노부(西村重信)가 그린『재판 모모타로 무카시가타리(再版桃太郎昔語)』(1777년 간행, 2책)에 보이는, 모모타로가 커다란 돌을 한 손에 들고 용력을 발휘하는 다음의 장면 속에 내포된 일본인 특유의 발상을 먼저 이해할 필요가 있다〈그림 4〉.[5]

얼핏 보기에는 대개의 용력 발휘담에서 흔히 보이는, 무거운 돌을 아래에서 위로 '들어 올리는' 용력 발휘 장면과 별반 다르지 않아 보이지만, 사실 이 장면 속에는 '돌 던지기'라는 일본 특유의 용력 발휘

---

4   다카마쓰시(高松市) 역사 자료관(歷史資料館) 소장본.
5   叢의 会(2006),『江戸の子どもの本』, 笠間書院, p.14에 영인된 大東急本을 전재하였음을 밝혀 둔다.

대결의 요소가 내재 되어 있는 것이다. 즉, 모모타로는 돌을 들어 올려 용력을 과시하는 것만으로 그치는 것이 아니라, 1대 1로 서로에게 돌을 던져 주고받는 '돌 던지기' 용력 대결을 제안 하고 있는 것이다. 그리고 그 점은 삽화 속에 보이는 모모타로의 다음 대사를 통해서도 곧 확인할 수가 있다.

"봤지, 알겠어? (이 돌을) 받을 자는 없는가?"
(見さ、知ったか。受け取り手はなひか。)[6]

그렇다면 일본 근세 삽화에 보이는 이러한 돌 던지기 용력 발휘의 용례에 대해 좀 더 구체적으로 알아보자.

사토 사토루(佐藤悟)씨는 '돌 던지기의 변모(石投げの変貌)'라는 논문에서, '돌 던지기' 용력 발휘 대결을 도상화한 최초의 예로서, 마이노혼(舞の本)인 『요우치소가(夜討曽我)』(1630년대 간행)의 「오쿠노에서의 사냥 이야기(奧野の狩の事)」를 들고 있다. 사나다(眞田)와 마타노(又野)의 이 대결에서는, 결국 지친 마타노가 돌을 버리면서 사나

다가 승리하게 되는데, 사나다가 마
타노 열 사람 몫의 힘을 가진 장사라
는 사실이 입증됨으로써 '돌 던지기'
용력 대결은 그 막을 내리게 된다.[7]
〈그림 5〉[8]

〈그림 5〉

그리고 여기에서 우리는, 한국과
중국에서는 무거운 돌을 사람이 들어
올리거나 위로 높이 던져서 힘을 과
시하는 종적 방향성이 보이는 방식이
용력 발휘의 일반적인 패턴이지만,
그와는 달리 일본에서는 돌을 서로에게 던지고 받는 횡적 방향성이
보이는 용력 대결방식이 일찍이 존재하고 있었음을 알게 된다.

한편, 근세 초기의 삽화 속에 보이는 이러한 돌 던지기 용력 대결
의 도상 장면은, 세월의 흐름과 더불어 변형을 일으키게 되는데, 세
로로 세워서 주고받던 종래의 돌〈그림 5〉이 가로로 눕혀진다거나,
각진 장방형의 돌이 점차 둥그스름한 형태로 바뀌는 따위의 변화가
바로 그러하다.〈그림 6〉[9]

---

7   (又野、弓手に相付け、取りはて候へども、力の落つるしるしか、かしこヘがはと捨てたりけ
      り。伊豆、相模の人々は、此由を御覧じて、又野十人が力を、真田は持つて有やとて、一度に
      どっとぞ笑ひける。) 佐藤悟(2004), 위의 논문 p.78.

8   佐藤悟(2004),『浮世絵芸術』146号, p.78에 소개된 오카야마대학(岡山大学)소장본의 삽
      화임.

9   佐藤悟(2004), 위의 논문 p.88.

이 두 삽화는 사나다와 마타노의 돌 던지기 용력 발휘 대결 장면을 가부키 배우가 연기한 것을 그린 것인데, 사토 씨에 의하면, 왼편 삽화에 등장하는 두 배우는 각각 5대째 이치카와 단주로(市川団十郎)와 3대째 이치카와 야오조(市川八百蔵)이고, 오른편 삽화의 두 배우는 사카다

〈그림 6〉

한고로(坂田半五郎)와 이치카와 단조(市川団蔵)라고 한다.

삽화에서의 돌의 방향이 세로에서 가로로 바뀐 이유는 가부키에서의 두 손으로 돌을 집어 들은 포즈 연기를 함에 있어, 아무래도 세로보다는 가로가 더 편했기 때문이 아닐까 추정된다. 또, 돌의 모양이 둥글게 혹은 각진 장방형으로 달라진 이유까지는 알 수 없으나, 오른편 도상에 보이는 배우의 둥근 근육질 체형과, 역시 들고 있는 둥근 돌의 볼륨의 유사성으로 보아, 돌의 둥근 모양과 배우의 둥근 볼륨의 근육 체형을 일치시키려 했던 것은 아닐까 추정된다. 그리고 이러한 돌 던지기 용력 발휘 대결의 도상 이미지가 가부키나 그림을 통해 오랜 세월 전승되면서 일본인들 뇌리에 깊이 각인되어 온 것은 분명해 보인다.

일본인들의 용력 발휘 장면에 대한 독특한 발상의 예로 이하라 사

이카쿠의 『사이카쿠 쇼코쿠 바나시(西鶴諸国ばなし)』제4권 제6화「힘없는 대불(力なしの大仏)」의 삽화를 들 수 있다. 힘을 쓰지 못한다고 세상 사람들로부터 비웃음을 산 것을 원통하게 여긴 아버지 대불 마고시치(大仏のまごしち)가 자신의 아들인 도바의 소불(鳥羽の小仏)에게 어렸을 적부터 송아지를 들어 올리는 훈련을 시킨 끝에 큰 황소를 들어 올리는데 성공한 장면이 그것이다.〈그림 7〉[10]

〈그림 7〉

그리고 이를 통해 우리는 불과 9살에 불과한 소년이 무거운 소를 거꾸로 들어 올린 해당 삽화를 통해 작가가 이야기 속의 장면을 어떻게 이해하고 상상했는지 알 수 있다. 사람이 말이나 소를 들어 올린다고 했을 때 어떤 식으로 들어 올렸을지를 상상하는 방식은 사람마다 또는 문화권에 따라 얼마든지 다를 수 있지만, 거꾸로 뒤집힌 상태에서 전혀 꼼짝을 못하는 소의 모습을 묘사한 사이카쿠의 삽화가 소년의 용력을 효과적으로 잘 강조하고 있음을 알 수 있다.

용력 발휘 장면에서 상상력을 발휘하여 등장인물의 용력을 과장하거나 강조하는 이러한 방법은 일본의 다른 도상 자료에서도 또한

10　「西鶴諸国はなし : 大下馬. 巻4」国立国会図書館デジタルコレクション
　　https://dl.ndl.go.jp/info:ndljp/pid/1139970

목격할 수 있는데, 이솝 우화의 도상을 변형시킨 다음 장면 역시 그러한 경우라 할 수 있다. 우타가와 구니요시(歌川国芳)가 그린 '오미노쿠니의 용감한 유녀 오카네(近江の国の勇婦於兼)'〈그림 8〉[11]는 그 좋은 예이다.

이 그림은 일본 중세 설화집인 『고콘초몬주(古今著聞集)』에 등장하는 괴력의 여인 오카네(お金)를 소재로 한 것인데,[12] 〈그림 9〉[13]에서도 알 수 있듯이, 사실은 프랑스의 이솝 우화에 나오는 삽화 속의 '사자와 말'의 구도를 '유녀와 말'의 구도로 변용시킨 것이다.[14] 그리고 유녀 오카네가 말고삐와 연결된 줄을 그림으로써, 줄을 한 발로 꽉 밟

---

11 歌川国芳(1797-1861) 画, 「오우미노쿠니의 용감한 유녀 오카네(近江の国の勇婦於兼)」 木版色摺, 天保初期(1830年頃) 성립.

12 이 도상에 등장하는 오카네는 중세 설화집인 『고콘초몬주(古今著聞集)』 第十巻 「오미나라의 유녀 오카네가 괴력을 발휘한 일(近江国の遊女お金が大力の事)」에 등장하는데, 가이즈(海津)의 유녀였던 그녀는 날뛰는 거친 말의 고삐를 게타 끝으로 밟아 못 움직이게 할 정도의 괴력이었다고 한다. (近比, 近江國かいづに, 金といふ遊女ありけり。…その比, 東國の武士大從にて京上すとて, 此かいづに日たかく宿しけり。馬ども湖に引入てひやしける, 其中に竹の棹さしたる馬のゆゝしげなるが, 物に驚てはしりまいける。人あまた取付て引とゞめけれども, 物ともせず引かなぐりて走けるに, この遊女行あひぬ。すこしもおどろきたる事もなくて, たかき足太をはきたりけるに, 前をはしる馬のさし繩のさきを, むずとふまへてけり。ふまへられて, 馬かひこづみて, やすゝととゞまりにけり。人々目を驚かす事かぎりなし。) 永積安明・島田勇雄校注(1966), 『古今著聞集』, 日本古典文学大系84巻, 岩波書店, pp.304~305.

13 日本経済新聞社(2011), 『没後150年歌川国芳展図録』, pp.1~342.

14 勝盛典子(2011), 『近世異国趣味美術の史的研究』, 臨川書店, pp.1~502에 의하면, 고베 시립박물관(神戸市立博物館) 학예원이었던 가쓰모리 노리코씨는 에도 시대의 하타모토(旗本)가 가지고 있던 프랑스어판 이솝이야기의 삽화 중에서 구니요시(国芳)의 이 우키요에(浮世絵)와 닮은 것이 있다는 사실을 발견하였다고 한다. 그리고 그 성과를 2010년 박사학위논문(京都大学) 및 이 저서에서 소개하고 있다.

<그림 8>　　　　　　　　　　　<그림 9>

아 말이 날뛰지 못하게 제압하는 용력 발휘의 새로운 장면으로 재탄
생시킨 것이다. 서로 아무런 관련도 없는 일본 중세 설화집 속의 여
주인공과 이솝 우화의 삽화 속 말이 일본인 작가의 상상력 발휘를
통해 서로 만나 용력 발휘 장면을 합작해 낸 경우라 할 수 있다.[15]

3. 도쿄 올림픽 픽토그램 쇼의 상상력의 계보

원래대로라면 2020년 여름에 열렸어야 할 도쿄 올림픽이 우여곡
절 끝에 코로나로 뒤숭숭했던 2021년 여름에 치러지게 되었다. 개막
식 하이라이트는 물론 성화 점화였지만, 가장 인상적이었던 것은 단
연 픽토그램 쇼였다.〈그림 10〉[16]

15　금 영진(2015), 「일본도상(図像)문화를 통해 본 동물조합의 방법과 의미―언어유희·
　　미타테(見立て)·복합을 중심으로―」, 『비교 일본학』34집, 한양대학교 국제 비교 일본
　　학 연구소, 21~41면.

16　「올림픽 개회식 달군 '픽토그램맨'」, 『오마이뉴스』, 2021.7.26.
　　http://star.ohmynews.com/NWS_Web/OhmyStar/at_pg.aspx?CNTN_CD=A0002753245

〈그림 10〉

〈그림 11〉

픽토그램은 고속도로 휴게소나 주유소를 알리는 이정표, 남녀 화장실, 비상구, 금연 장소를 나타내는데 흔히 쓰이는 그림문자로, 1964년 도쿄 올림픽에서 각 종목을 나타내는 데 이미 채택된 바 있다.

그리고 필자는 2020 도쿄 올림픽 개막식에서 화제를 모았던 픽토그램 쇼를 보면서 어디서 많이 본 듯한 느낌이 들었고, 일본에서 매년 열리는 한 방송사의 프로그램인 '전일본 가장 대상(全日本仮装大賞)'을 곧 떠올렸다. 〈그림 11〉[17]

시청자 참가형 프로그램인 전일본 가장 대상의 경우, 전국노래자랑처럼 예선을 거쳐 매년 1, 2월에 최종 결선이 치러지는데, 해당 프로그램에서 참가자들이 가장 흔히 쓰는 방식이 바로 2020 도쿄 올림

---

17   2020년 2월 1일 방영된 「第97回 欽ちゃん&香取慎吾の全日本仮装大賞」에서 우승한 신체조 작품 https://kichijoji.me/column/artandcraft/fujimura-performance0201/

픽에서 본 바로 그 픽토그램
쇼 형식이라 할 수 있다.

〈그림 12〉

도쿄 올림픽에서는 흰색과
파란색이라는 대회 엠블럼 기
조 색을 바탕으로 한 분장을
픽토그램 쇼 출연자들이 하였
는데, 가장 대상에서는 흰색
또는 검정을 기본으로 한 분장이 일반적이며, 경우에 따라서는 물론
그 외의 다른 색깔 복장으로 얼굴과 몸 전체를 분장하기도 한다. 그
리고 이러한 분장 방식은 인형을 조종하는 사람의 얼굴을 가리는 분
라쿠(文楽) 공연에서 흔히 이용되어 온 방식이기도 하다.〈그림 12〉[18]

한편, 도쿄 올림픽 픽토그램에서 사람의 머리를 동그란 원으로 표
현하였는데, 이는 물론 사람의 머리를 '아타마(頭)'라 부르고 선인
(善人)을 '젠다마(善玉)', 악인(悪人)을 '아쿠다마(悪玉)'라 부르는 것
에서도 알 수 있듯이, 사람의 머리를 둥근 구슬, 즉 다마(玉)로 인식
하고 표현한 관념과 무관치 않다.

그리고 픽토그램을 이용한 이 같은 인간의 묘사방식은 현대 일본
만화의 가까운 뿌리라 할 수 있는 에도 시대의 기뵤시(黄表紙) 삽화
에서 흔히 보는, 선인과 악인의 도상 이미지 젠다마, 아쿠다마와 상
당히 유사하다. 즉, 1790년에 간행된 산토 교덴(山東京伝)의 기뵤시

---

18   「黒衣とは？」https://bunrakukimono.com/kurogo-001-641

〈그림 13〉

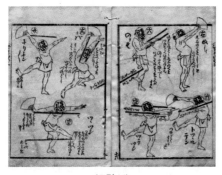

〈그림 14〉

(黃表紙) 작품 『신가쿠하야 소메구사(心学早染草)』에는 마음속의 천사와 악마 사이에서 유혹과 싸우는 주인공의 모습을 묘사한 삽화가 다음과 같이 보인다.〈그림 13〉[19]

머리에 적혀 있는 둥근 원 속의 '선(善)' 또는 '악(悪)'이라는 글자로 누가 신인인지, 또 누가 악인인지를 바로 알 수 있다. 1811년에 이치무라좌(市村座)에서 최초 상연된 가부키 무용 '시치마이 쓰즈키 하나노 스가타에(七枚続花の姿絵)' 속에서 아쿠다마 춤이 등장하였고, 1815년에 그려진 가쓰시카 호쿠사이(葛飾北斎)의 『오도리 히토리 게이코(踊獨稽古)』에서는 아쿠다마 춤을 추는 방법에 대한 해설을 담은 삽화가 보이기도 한다.〈그림 14〉[20]

---

19 『心学早染艸：3巻』国立国会図書館デジタルコレクション
    ://dl.ndl.go.jp/info:ndljp/pid/9892682
20 『踊獨稽古』国立国会図書館デジタルコレクション
    ://dl.ndl.go.jp/info:ndljp/pid/8929362

그리고 1832년에는 가부키 무용인 '산자 마쓰리(三社祭)'가 최초로 상연되게 되는데, 여기에서는 젠다마 역할을 하는 사람과 아쿠다마 역할을 하는 사람이 각각 얼굴에 선 또는 악이라 적힌 둥근 가면을 얼굴에 쓴 채 춤을 추었고, 이것이 호평이었다고 한다.〈그림 15〉[21] 가부키에서는 구마도리(隈取)의 색깔이 빨강이면 선인, 파랑이나 갈색이면 악인을 의미하는 식으로 등장인물이 선인인지 악

〈그림 15〉

〈그림 16〉

인인지를 나타내는 방법이 있지만, 얼굴에 선, 또는 악이라는 글자를 적은 둥근 가면으로 나타내는 방법이 새로 추가된 것이다.

한편, 〈그림 16〉[22]은 '유즈 넨부쓰 엔기 에마키(融通念仏縁起絵巻)'에 등장하는 역병 요괴들이 인간의 집을 방문하는 장면이다. 이중 쓰노

---

21   「三社祭」http://www.memezawa.com/bando/sanja.html

22   「融通念仏縁起」国立国会図書館デジタルコレクション
      https://dl.ndl.go.jp/info:ndljp/pid/2543190

〈그림 17〉　　　　　　　　　　　〈그림 18〉

한조(角盥漱)라는 요괴는, '햣키노즈(百鬼の図)'(근세 초기)에도 등장하는, 4개의 손잡이가 달린 실내용 세숫대야 쓰노다라이(角盥)가 요괴로 변신한 것〈그림 17〉[23]이다. 그리고 일본인의 상상력은 세숫대야와 세숫대야 손잡이가 각각 요괴의 얼굴과 뿔로 표현되는 요괴를 만들어내는 데에만 그치지 않았다.

　1845년 경에 성립한 우타가와 구니요시(歌川国芳)의 '도게 도모로코시 이시바시노 쇼사노코토(道外とうもろこし 石橋の所作事)'에서는 옥수수와 호박(버섯이라는 설도 있음), 그리고 고구마를 의인화시킨 다음과 같은 장면이 보인다.〈그림 18〉[24] 옥수수의 수염이 머리털로 '미타테'되었다는 점에서 한국인이 상식적으로 생각하는 옥수수의 상하 방향과는 반대이지만, 일본고전 도상 자료를 들여다보면, 이처

23　「百鬼ノ図」国際日本文化研究センター
　　://lapis.nichibun.ac.jp/ema/Detail?tid=14&sid=01&did=01
24　「道外とうもろこし　石橋の所作事」http://mizukism.jugem.jp/?eid=21

럼 식물이든 도구든 가리지 않고 무엇이든 의인화할 수 있는 유연한 발상과 상상력이 발휘되어왔음을 알 수 있다. 참고로 여기에서 옥수수 수염이 머리털로 표현된 이유는 가부키(歌舞伎)『렌지시(連獅子)』에서의 사자 머리털 돌리기를 미타테했기 때문이다.

그리고, 구니요시의 그림에서 옥수수가 춤을 출 때 무대 뒤에 앉아 피리를 불고 있던 고구마는 라인 이모티콘에서는 '한시름 놓았습니다(ホッと(홋토)しました)'라고 말하는 모습으로 그려지는 경우가 많은데, 그 이유는 물론 삶은 고구마가 '홋(HOT)' 하기 때문으로 언어유희의 요소가 새로 가미된 것이다. 참고로, 라인 이모티콘에서 각광을 받는 야채 중 하나가 바로 이 고구마인데, 그것은 고구마라는 의미의 일본어 '사쓰마이모(さつまいも)'의 발음에 '이모티콘'의 '이모'가 들어있기 때문이다.

그리고 그러한 문화적인 토대를 바탕으로 하여 탄생한 것이 바로 라인(LINE)의 다양한 야채 스탬프 이모티콘이다. 한국의 카톡 이모티콘에서도 과일이나 야채를 의인화한 것이 없는 것은 아니지만, 라인에서의 야채 이모티콘의 풍부함에는 비할 바 아니다. 따라서 한국의 카톡과 일본의 라인 이모티콘에서는 각각 어떤 동물, 식물, 도구를 의인화하였는지 서로 비교 분석해 본다면 우리와는 또 다른 일본인들의 상상력을 확인할 수 있을 것이다.

한편, 일본 근세의 도상 자료 중에서는 국제 비교의 관점에서 살펴볼 가치가 있는 것들도 많은데, 그중 하나로 필자는 사이카쿠(西鶴)의 작품 속에 보이는 삽화를 들고 싶다. 예를 들어, 사이카쿠의

〈그림 19〉

〈그림 20〉

『혼초 니주후코(本朝二十不孝)』권3 제3화 「마음을 삼키는 뱀의 모습(心を飲まるる蛇の形)」에서는 뱀 그림에 혼이 불어넣어져 욕심 많은 아버지의 14세 아들을 뱀이 물고 흔드는 장면이 보인다.〈그림 19〉[25]

그런데 필자로서는 에도 시대에 그려진 이러한 도상 이미지가 왠지 낯설지가 않았다. 왜냐하면 이탈리아의 유명 자동차 브랜드인 알파 로메오(Al-fa-Romeo)의 엠블럼에서도 이와 유사한 도상 이미지가 보이기 때문이다. 해당 자동차 엠블럼은 창업지인 이탈리아 밀라노시의 성 조르조 십자가와 비스콘티 가문의 상징인 푸른 뱀 비시오네(큰뱀이라는 의미)가 사라센인(유색인)을 집어삼키는 장면을 표현한 문장(紋章)〈그림 20〉[26] 이렇게 둘을 서로 합친 것이다. 물론 알파 로메오 엠블럼 속의 뱀과 사이카쿠 작품의 삽화 속의

---

25   本朝二十不孝. 巻3、国立国会図書館デジタルコレクション
      https://dl.ndl.go.jp/info:ndljp/pid/1142880

26   Coat of arms of the House of Visconti, on the Arch-bishops' palace in Piazza Duomo, in Milan, Italy.

뱀은 하등의 관계가 없다. 다만, 서구권의 도상에서 보이는 상상력을 일본 근세 시대의 삽화에서도 확인할 수 있다는 점이 흥미롭다.

〈그림 21〉

그리고『사이카쿠 쇼코쿠 바나시』권4 제7화「잉어가 낳은 아이(鯉の散らし紋)」이야기의 삽화에서도 이와 유사한 도상이 보인다.〈그림 21〉[27] 다만 이 경우는 잉어가 아이를 입 밖으로 토해내는 장면으로, 중국에 있는 어머니가 바다에 버린 아이가 물고기에 의해 일본에 있는 아버지에게 보내진다는 설화를 바탕으로 만들어진 도상이다. 그리고 이는 마치 구약 성서에서의 고래가 요나를 토해내는 장면을 연상시키는 대목이기도 하다.

〈그림 22〉

그리고 이와 유사한 이미지는 고대 인도의 도상에서도 또한 확인할 수 있다. 힌두교의 신 비슈누의 아바타, 즉 화신인 거대 물고기 마쓰야(मत्स्य, Matsya)는 그 좋은 예이다.〈그림 22〉[28] 이 장면

27　「西鶴諸国はなし : 大下馬. 巻4」国立国会図書館デジタルコレクション
　　://dl.ndl.go.jp/info:ndljp/pid/1139970

28　Original uploader was BorgQueen—Scanned from the book Indian Myths & Legends,

은 물고기가 비슈누를 삼키는 장면이 아니라 입 밖으로 드러내어 물고기인 마쓰야가 비슈누의 화신임을 나타낸 장면이다.

〈그림 23〉

그리고 2020년 코로나 펜데믹 앞에서 일본인들은 자신들의 선조들이 상상해냈던 도상 속의 다양한 요괴 이미지를 간단히 현대로 소환하였다. 일본 후생성의 코로나 포스터에 등장한 아마비에(アマビエ)라는 역병을 퇴치해 주는 요괴 또한 그러하다.〈그림 23〉[29] 그리고 아마비에의 전신인 세 발 달린 바다 요괴 아마비코(海彦·尼彦)〈그림 24〉[30]를 상상해낸 일본인들은 당연히 산의 요괴인 야마비코(山彦)도 상상해 내었다.〈그림 25〉[31] 인간이 산에서 '야호'하고 외친 소리를 메아리로 다시 되돌려 주는 요괴가 바로 야마비코이다. 바다의 신 우미사치히코(海幸彦)와 산의 신 야마사치히코(山幸彦)의 신화가 있는 나라답게 자연스럽게 바다와 산의 요괴도 만들어 낸 것이다.

ISBN 1841861057

29 「知らないうちに、拡めちゃうから。」厚生労働省くらしや仕事の情報
:://www.mhlw.go.jp/stf/covid-19/kurashiyashigoto.html

30 「尼彦の肉筆画 (湯本豪一所蔵。」https://ja.wikipedia.org/wiki/%E3%82%A2%E3%83%9E%E3%83%93%E3%82%B3

31 『化物づくし』| 作者不詳 | 江戸後期] http://youkai-zukan.jugem.jp/?eid=4

〈그림 24〉　　　　　　　　　〈그림 25〉

　일본의 초창기 신칸센 열차 이름이 음속처럼 빠른 특급 열차라는 의미에서 메아리를 의미하는 고다마나 야마비코였던 점은, 광속, 즉 빛처럼 빠른 특급 열차라는 의미의 신칸센 이름 히카리(光り)와도 잘 어울리는 작명이다. 일본인의 상상력은 이러한 연상연결 작용에 의해서 확대재생산되는 측면이 강하다 할 수 있다.

　일본에서 세 번째 올림픽이 언제 개최될지는 알 수 없지만, 개막식 공연에서 "일본이 일본 했다."라는 평가가 나온다면, 그 토대가 되는 상상력의 계보를 알 수 있는 가장 손쉬운 방법은 이러한 일본 근세 시대의 도상 자료를 찬찬히 살펴보는 것이다.

4. 결론

이상으로, 근세 일본의 도상 자료를 통해 본 일본인들의 상상력의 세계와 그 계보에 대해 살펴보았다. 일본이 도상 문화가 발달한 만화 대국임은 두말할 나위 없다. 그리고 그러한 문화적 토대에서 창조된 도상 자료들을 들여다보노라면, 해당 그림에서 발휘된 일본인의 기발하고도 다양한 상상력의 세계를 엿볼 수 있다.

영웅의 용력 발휘 장면을 묘사한 도상 자료는 인류 문화 속에 헤아릴 수 없을 만치 많다. 그리고 해당 장면을 일본의 돌 던지기 용력 발휘 장면으로 재해석한 일본인 작가들의 상상력에 의해 우리는 마치 로케트를 쏘아 올리듯 무거운 돌을 하늘 높이 수직으로 집어 던졌던 『수호전』의 영웅 무송이 일본에서 그려진 삽화 속에서는 수평으로 돌을 집어 던지는 모습으로 바뀌게 되었음을 알게 된다.

도쿄 올림픽 픽토그램 쇼에서 선보인 인물 묘사방식 역시 마찬가지이다. 우리는 픽토그램 쇼에서의 올림픽 종목을 표현한 그림문자 요소나 연출 방식이 일본 근세의 인형극 등을 통하여 이미 발달되어 왔으며, 픽토그램쇼는 그동안 축적되어 온 일본인 특유의 발상과 상상력의 결과물임을 알게 된다.

현대 일본의 애니메이션에 등장하는 캐릭터나 라인 이모티콘에서 확인되는 야채나 사물의 의인화에서 확인되는 발상 역시 근세 시대의 기뵤시(黄表紙) 삽화나 에마키(絵巻) 등 일본 고전 도상 자료에서 그 면면한 흐름의 계보를 확인할 수 있음은 물론이다. 특히 사이카쿠와 같은 일본 근세 작가의 작품 속에 보이는 삽화들은 한일 비교나 동아시아 비교는 물론, 서구 문화권을 포함한 국제 비교의 관점에서도 얼마든지 다룰 수 있는 자료적 가치를 보인다는 점에서 특히 기억할 만하다 하겠다.

일본 근세의 도상 자료는 그러한 유니크한 도상 이미지를 끊임없이 창조해낸 일본인의 상상력의 계보와 그 흐름을 알 수 있게 해 준다는 점에서 일본문화를 이해할 수 있는 좋은 소재라 할 수 있다.

참고문헌

원문 출전

一画斎国広(2005), 『武者絵下絵図譜』, 恵文社.

叢の会(2006), 『江戸の子どもの本』, 笠間書院.

駒田信二(1967), 『水滸伝』(上), (『中国古典文学大系第28巻』), 平凡社.

佐藤悟(2004), 『浮世絵芸術』146호.

埼玉県立歴史博物館(1997), 『図録太平記絵巻』, 埼玉新聞社.

矢島新(2004), 「近世後期の武者絵馬について」, 『浮世絵芸術』147호, 国際浮世絵学会.

里功(2008), 『中国古典四大名著水滸伝』, 北京燕山出版社.

宗政五十緒 他(1996), 『井原西鶴集2』, (『日本古典文学全集』), 小学館.

日本経済新聞社(2011), 『没後150年歌川国芳展図録』.

勝盛典子(2011), 『近世異国趣味美術の史的研究』, 臨川書店.

서적·잡지 논문

금영진(2013), 「근세 삽화 속의 「던지기」용력 발휘 장면과 일본인의 상상력」, 『일본연구』(56), 한국외국어대학교 일본연구소.

_____(2015), 「일본도상(図像)문화를 통해 본 동물조합의 방법과 의미—언어유희·미타테(見立て)·복합을 중심으로—」, 『비교 일본학』34집, 한양대학교 국제 비교 일본학 연구소.

김학순(2021), 「전염병과 요괴 : 역병 예언과 퇴치 기원의 요괴」, 『일본연구(35)』, 글로벌일본연구원.

정민경 외 교주(2007), 『삼국지』하, 한국생활사 자료 총서, 학고방.

琴榮辰(2017), 「鬼の角と人魚の尾鰭のイメージ」, (小峯和明他『絵画·イメージの回廊日本文学の展望を拓く❷』), 笠間書院.

永積安明·島田勇雄校注(1966), 『古今著聞集』, (『日本古典文学大系84巻』), 岩波書店.

여성 괴담의 환상성과 현실 전복의 상상력

김경희

1. 머리말

환상성을 지닌 문화콘텐츠와 문학작품들이 세계적으로 대중의 인기를 얻고 있다. 이른바 풍부한 인문학적 상상력이 각광을 받는 시대이다. 이러한 환상물의 환대는 최근의 문화유행 현상으로 등장한 것이 아니다.[1] 더욱이 문학에서의 '환상'에 대한 욕구와 논의는 이미 오래전부터 이루어져 왔다고 할 수 있다.

---

[1] 대표적인 환상소설로 영국의 소설가 조앤 롤링이 쓴 『해리 포터와 마법사의 돌』(1997)을 시작으로 이어 출간된 『해리 포터와 비밀의 방』(1998), 『해리 포터와 불의 잔』(2000), 『해리 포터와 불사조 기사단』(2003), 『해리 포터와 혼혈 왕자』(2005), 『해리 포터와 죽음의 성물』(2007) 등의 『해리포터』시리즈를 들 수 있다. 조앤 롤링의 소설들은 인기에 힘입어 2001년에 1편이 영화화된 이래 2011년까지 여덟 편의 영화가 제작되어 흥행의 성공을 거두면서 세계적으로 '해리포터' 신드롬을 일으켰다. 또한, 해리포터의 열풍은 이전 작품들인 톨킨의 『반지의 제왕』시리즈(1954~1955), 루이스의 『나니아연대기』시리즈(1950~1956) 등과 같은 고전적 환상소설에 대한 관심을 불러일으키며 환상문학을 재평가하는 계기를 마련했다.

환상문학에 대해 체계적인 고찰을 시도한 학자로는 프랑스의 츠베탕 토도로프(Tzvetan Todorov)를 들 수 있다. 그는 『환상문학 입문』(1970)의 저서에서 환상문학의 장르를 규정하는 조건으로, 작품에 등장하는 자연법칙 속 존재가 초자연적 요소의 개입 앞에서 체험하게 되는 '망설임 hesitation'[2]을 강조했다. 토도로프의 환상문학론은 이른바 사실적인 소설과 구분되어, 문학과 유사한 것, 혹은 소설의 하위문학이라는 인식 하에 소홀히 취급되어 오던 환상문학을 순수 예술문학과 동등한 차원에 두고 하나의 장르로서 규정하는 최초의 시도였다. 이후 토도로프의 이론은 문학 연구자들에 의해 다양한 비판과 더불어 환상에 관한 논의를 불러일으키게 되는데, 대표적으로 로즈메리 잭슨(Rosemary Jackson)을 들 수 있다. 잭슨은 『환상성-전복의 문학』(1981)을 통하여 토도로프의 이론이 문학적 형식에만 지나치게 매달리고 있다고 비판하면서, 환상을 장르로서가 아닌 현실세계의 모순을 비판하고 타개해갈 수 있는 정치적 힘으로 받아들이는 현실에 대한 전복성[3]을 강조하였다. 이러한 환상문학에 대한 정의와

---

2   토도로프는 자연법칙만을 알고 있는 등장인물이나 또는 독자가 초자연적인 사건에 직면하여 경험하는 '망설임'을 환상 장르의 제1조건으로 정의한다. 츠베탕 토도로프 (2013), 최애영 역, 『환상문학서설』, 일월서각, pp.53~65.

3   잭슨의 환상문학론은 환상성을 미학적 차원보다는 정치적인 차원에서 다루고 있다. 환상문학의 주변부적 장르로서의 성격을 밝히는 작업에서 벗어나, 오히려 환상성의 전복적 의미에 주목함으로써 자신의 문학적 이데올로기를 펼친다는 점에서 기존의 환상문학 연구와 변별된다고 할 수 있다. 특히, 잭슨은 1919년에 출판된 '기이함 the uncanny'에 관한 프로이트의 논문에 주목하였다. 프로이트가 지적하는 기이함은 감추어진 것을 폭로하고 그렇게 함으로써 낯익은 것을 낯선 것으로 섬뜩하게 변형시키는 효과를 갖는 것인데, 잭슨은 이것을 실재적이면서 비실재적이고, 가시

논의들을 살펴보는 것은 환상문학을 읽어나가는 데에 있어서 좋은 지침이 될 수 있다. 여기서는 환상의 정의를 장르나 양식으로 나누기보다는 분석대상으로 삼는 작품 속에서 환상성을 읽어내는 요소로서 다루고자 한다. 또한, 잭슨이 주장한 환상성이 가진 현실 전복의 힘에 주목하여 현실세계와 환상세계가 어떠한 관계를 만들어내는지를 살펴볼 필요가 있다.

이 글에서 다루고자 하는 일본 문학의 경우를 살펴보자. 일본에서는 '환상'의 용어가 문학작품이나 소설 등에 적용되어 정착되는 시기를 1960년대로 추측한다. 그 이전에는 '괴담(怪談)', '괴기소설(怪奇小説)', '괴이소설(怪異小説)', '환상과 괴기(幻想と怪奇)' 등의 용어로 불리며 환상과 괴기, 괴담이 함께 다뤄지곤 하였다.[4] 스나가 아사히코(須永朝彦)는 일본 환상문학의 소재가 갖는 구체성에 주목하면서 괴이적 경향이 강한 것이나 반현실적인 기담과 괴담류의 이야기들을 환상의 대상으로 삼고 있다. 그리고 이미 에도(江戸) 시대에 중국 백화소설의 번안물들이 출판되면서 괴기소설의 붐이 일어나 많은 환상물의 유행이 있었다.

그 가운데 우에다 아키나리(上田秋成)가 쓴 『우게쓰 이야기(雨月物

적이면서도 비가시적인 환상문학의 모순적 특성을 이해하는 데에 중요한 독법으로 받아들였다. 로즈메리 잭슨, 서강여성문학연구회 역(2001), 『환상성-전복의 문학』, pp.238~241. 역자 해제 참조.

4   須永朝彦(2007), 『日本幻想文学史』, 平凡社, pp.10~12.

語)』(1776)는 당시 괴담으로서 호평을 받았다.[5] 특히 본 작품은 중국 명대의 유일한 문어체 소설집인 『전등신화(剪燈新話)』(1378)의 직접적인 영향을 받았을 뿐만 아니라, 『전등신화』의 영향권 하에서 창작된 조선의 『금오신화(金鰲新話)』(15세기)[6]와 『전등신화구해』(1559), 일본의 『오토기보코(伽婢子)』(1666) 등으로부터 영향이 확인되면서 출전연구에 많은 성과가 있었다. 『우게쓰 이야기』는 일찍이 괴담으로서 지니는 환상미에 대한 연구가 이루어지면서,[7] 작품 속 주제가

5　『雨月物語』는 1776년(安永5)에 간행되어, 1783년 이후에서 1787년 사이에 再刊이 이루어지고, 1798년 전후로 三版이 간행되었다. (中村幸彦(1990), 『上田秋成全集』第七巻, 中央公論社)

6　조선의 『금오신화』와 『우게쓰 이야기』의 영향관계에 대해서는 졸고(2013) (「근세기 동아시아 전기소설의 흐름—「이생규장전(李生窺墻傳)」과 「아사지가야도(浅茅が宿)」의 비교를 중심으로—」, 『일본언어문화』 제25집, 한국일본언어문화학회, pp.513~517.)를 참고바람.

7　환상성과 관련하여 종래의 『雨月物語』에 관한 괴기소설의 연구는 일찍부터 이루어져 왔다. 『雨月物語』를 '幻妖美'의 문장으로 파악하여 그 환상문학으로서 가지는 낭만적 성격을 처음으로 규정한 스즈키 도시야(鈴木敏也, 1916)(『雨月物語新釈』, 富山房)를 비롯하여, 야마구치 다케시(山口剛, 1931)는 「雨月物語片彩」(「国語国文」)에서 『雨月物語』의 예술성이 중국의 고전을 日本化시킨 점에 있다고 지적하여 『雨月物語』의 높은 예술적 가치에 주목을 했다. 그 후, 시게토모 기(重友毅), 마루야마 스에오(丸山季夫), 고토 단지(後藤丹治) 등에 의한 『雨月物語』의 전거연구와 함께 작품연구가 행하여졌다. '작가'로서의 秋成에 집중하게 된 시게토모 기(1946)는 『雨月物語の研究』(大八州出版)의 「秋成の幻想と物語の構想」에서 『雨月物語』에 나타난 작가의 지적요소를 나타내면서 『雨月物語』 집필 동기 속에 국학 연구를 통해 얻은 지식을 제시하는 요소가 있었음을 지적하여 지식인으로서의 작가상을 밝히고 있다. 이후, 나카무라 유키히코(中村幸彦), 모리야마 시게오(森山重雄), 다카다 마모루(高田衛)에 의한 괴기소설 연구를 들 수 있는데, 그 중 다카다 마모루는 「怪談と文学の間」(「日本文学」1957), 「秩序と私憤について」(「日本文学」1957)을 통해 아키나리 괴기소설의 기층에는 公的인 세계에 대립하는 私的이며 정념적인 모티브가 있음을 추출해 냄과 동시에 이것을 작가의 발분설로 써 증명하고 있다. 특히, 「怪談の思想—『雨月物語』の美学」은 커다란 성과라 할 수 있다. 이 외에도 『雨月物語』 연구는 작가 연구와 함께 연구 대상의 영역이 확대

명쾌하고 소설적 구성의 탁월함으로 인하여 일본 괴이소설사상 최고의 걸작으로 평가되었다.[8]

그런데 지금까지의 『우게쓰 이야기』에 관한 선행연구를 살펴보면, 괴담으로서 가지는 환상성에 대한 고찰은 괴이표현이 드러나는 비현실적이거나 초현실적인 요소를 지닌 부분을 중심으로 이루어졌을 뿐, 작품 전체의 환상성에 관한 구체적 고찰은 아직 이루어지지 못하였다. 그 이유로 짐작되는 것은 야스다 요주로(保田與重郎)를 필두로 시작된 아키나리 소설에 대한 근대문학적 평가[9] 등에 의해 근대소설로 해석하는 경향을 우선 들 수 있다. 그리고 무엇보다 전술한 토도로프나 잭슨의 예에서 살펴보았듯이 작품이 갖는 환상성이나 비현실성에 관한 논의가 문학의 중심부에서 소외되는 영역으로 간주됨에 따라 그 부분의 해석을 확대시키려 하지 않는 연구의 흐름도 부정할 수 없을 것이다. 그러나 소설의 환상성을 소설의 의미를 만들어가는 중요한 기제[10]라고 본다면, 좀 더 적극적으로 아키

되어 아키나리 작품 각 장르에 있어서 주목할 만한 연구 성과로 이어져 갔다.

8 『우게쓰 이야기』는 다루는 '주제가 명쾌하고 소설적 구성이 탁월하여 일본 괴이소설사상 최고의 걸작'으로 평가되고 있다. (高田衛(1983), 「雨月物語」, 『日本古典文学大辞典』 第一巻, 岩波書店, p.269) 그 밖에, 스나가 아사히코는 '번안 괴기소설의 걸작이자 근세 최고의 성과'라고 평한 바 있다. (『日本幻想文学史』 平凡社ライブラリー, 2007, p.180)

9 保田與重郎(1947), 「近代文芸の誕生」, 『秋成』, (『日本文学研究資料叢書』), 有精堂, p.251.

10 '소설은 허구이다'라는 말처럼, '소설은 환상이다'는 것도 자연스럽게 연상될 수 있을 것이다. 소설과 환상에 대해 구체적으로 이야기하기 위해서는 환상소설 무엇이 문제인가가 아니라 소설에서의 환상성이란 무엇인가라는 질문이 제기되어야 한다. 좀 더 구체적으로 말하면 소설은 환상적인 기법을 통해서 무엇을 얻고자 하는가, 혹은 환상적인 상상력, 무엇이 문제인가 등으로 질문의 형식을 바꿔야 한다. 최성실

나리 괴담소설의 환상성에 대한 논의가 필요하다고 생각된다.

따라서 이글에서는 『우게쓰 이야기』의 작품 중 남녀 주인공의 서사가 중심이 되는 애정 소설[11]로서 여성이 환상세계의 주인공으로 등장하는 「잡초 속의 폐가(浅茅が宿)」, 「기비쓰의 가마솥 점(吉備津の釜)」, 「뱀여인의 애욕(蛇性の婬)」의 여성괴담 세 편을 중심으로 전체적 서사구조를 통해 환상성이 어떠한 방식으로 표현되고 있는지를 살펴보고자 한다. 여성괴담을 통해 환상문학을 살펴보는 이유는 다음과 같은 특징들로 설명할 수 있다. 환상문학에서 남성중심적인 가부장제 사회 속의 여성은 흔히 절대적 타자로 주변화되어 현실 속에서 쉽게 배제되거나 제거된다. 그 존재기반의 취약함 때문에 공동체 가운데 처단되어야 할 악으로 취급되기도 하고, 다른 한편으로는 현실을 초월한 환상세계에 거주하는 신과 같은 존재로 간주되기도 한다. 즉, 환상문학 속 여성은 현실세계의 질서를 위협하는 위험한 존재이거나, 반면에 현실에는 존재할 것 같지 않은 고귀한 존재로 이분화되는 경향이 있다.[12] 여성괴담에 등장하는 일상을 뒤 흔드는 가장 중요한 핵심 모티브가 애정의 욕망이라는 점을 고려할 때, 환상

(2003), 「쟁점토론-환상소설에는 '환상'이 없다」, 대산문화, 여름호, webzine.

11 　아키나리의 애정소설에 나타나는 특징들을 살펴보면, 남자 주인공과 대립하게 되는 여성이 이계(異界)의 인물이거나 초월적인 존재로 변모하는 모습들과, 남녀 간에 혹은 자신과 자신이 속한 공동체 사이에서 욕망의 갈등과 충돌이 일어날 때에 현실적 논리에 입각한 직접적 대결이 아닌 비현실세계의 개입을 통한 간접적인 대결이 이루어진다는 점 등을 들 수 있다.

12 　심진경(2001), 「환상문학 소론」, 『한국문학과 환상성』, 서강여성문학연구회, 예림기획, p.27.

성을 살펴보기 위해서 애정소설이 유효한 텍스트가 될 것이다. 구체적으로는 작품의 서사구조를 '환상성의 발생', '환상세계의 체험', '환상 체험의 확대' 등으로 나누어 고찰하면서 환상의 서사 장치에 주목하여 분석을 통한 새로운 텍스트 읽기를 시도하고자 한다.

2. 환상성의 발생

아키나리의 세편의 애정소설을 중심으로 환상성이 발생하는 데에 어떠한 요소가 내재되어 있는지, 어느 지점에서 환상성이 발생하는지에 대하여 서사구조를 통해 살펴보도록 하자. 먼저, 이야기를 이끌어가는 주인공들의 인물설정과 관련하여 남자주인공과 여자주인공의 부조화 문제를 들 수 있다. 「잡초 속의 폐가」의 남자주인공 가쓰시로는 현실적으로 주위에서 환영받지 못하는 인물이다. '천성적으로 만사에 얽매이지 않는 성격에 힘든 농사일을 지겨워하더니 결국 집안 살림이 기울어 끝내는 궁핍하게 되었다'[13]는 문장에서 보듯이, 천성적으로 만사에 얽매이는 것을 좋아하지 않고 집착하기를 싫어하는 인물이다. 그렇다고 가쓰시로의 성격이 반드시 부정적인 면만을 갖고 있는 것은 아니다. 이후에 고향을 떠나 타지에서 생활할 때의 그는 '올곧은 성격(揉ざるに直き志)'으로 인해 주변 사람들

---

13 본문 인용은 『英草紙西山物語雨月物語春雨物語』(高田衛校注, 『新編日本古典文學全集78』, 小學館, 1995)에 따르며, 한글 인용은 필자의 번역에 의함.

에게 인정받고 마을 공동체 속에 일원으로 받아들여지는 모습을 볼수 있다. 그럼에도 불구하고 그의 성격은 꾸준함과 성실함이 밑천이 되어야 하는 농사일에는 맞지 않았고, 그로 인해 부모로부터 물려받은 많은 전답을 잃게 만드는 원인을 제공한다. 그리고 무엇보다 가장 극적인 부조화는 남자주인공과 짝을 이루는 여자주인공의 면모이다. 아내 미야기는 '다른 사람들의 이목을 끌 정도로 미모가 뛰어났으며 몸가짐도 빈틈이 없는 야무진' 여자로 등장한다. 뿐만 아니라 장사 경험이 전혀 없는 남편이 일확천금을 노리고 장사를 떠나려할 때에 만류해도 듣지 않자, 불안한 마음을 안고서도 정성껏 남편을 돕는 착한 아내였다. 그러한 아내에게 남편은 다음과 같은 약속을 하고 떠난다.

> "부목을 타고 떠도는 것 같은 불안한 타향에서 어찌 오랫동안 머물 수가 있겠소. 칡 나무 잎사귀가 바람에 나부끼는 올 가을에는 꼭 돌아오리다. 그러니 마음을 굳게 먹고 기다려주시오."[14]

가쓰시로가 남기고 떠난 '가을의 약속'[15]이 현실세계를 깨트리고

---

14 いかで浮木に乗つもしらぬ国に長居せん。葛のうら葉のかへるは此の秋なるべし。心づよく待ち給へ。 p.307.

15 남편의 '가을의 약속'이 내포하는 중층적 의미에 대해서는 이전 논문에서 상세히 다룬 바가 있으므로 참고 바람. 졸고(2008), 「『浅茅が宿』に見られる俳諧的手法」(『일본연구』제38호, 한국외국어대학교 일본연구소, 179면).

환상의 세계를 불러일으키는 중요한 요인이 되는 점에 대하여 살펴
보자. 가쓰시로의 말은 두 가지 점에서 이미 지키지 못할 약속임을
예고하고 있다. 하나는 "부목을 타고 떠도는 것 같은 불안한 타향에
서 어찌 오랫동안 머물 수가 있겠소."라는 말 속에 여러 해를 타향에
머물게 될 것이라는 의미가 내포되어 있다는 점[16]과 다른 하나는 "칡
나무 잎사귀가 바람에 나부끼는 올 가을에는 꼭 돌아오리다"는 말
은 약속한 그 가을에 돌아오지 못하여 결국 원한의 가을이 될 것을
암시하고 있다.[17] 그럼에도 불구하고, 남편은 "마음을 굳게 먹고 기
다려주시오"라는 말을 남기고 떠난다. 이것은 비단 남편이 지키지
도 못할 약속을 하고 떠난 것만을 의미하지 않는다. 남편은 원래 약
속을 해서는 안 되는 사람인 것이다. 천성적으로 만사에 얽매이는
것을 싫어하는 성격의 소유자로 대개 모든 일에 무심하게 행동하는
인물이다. 앞에서도 언급했듯이 올곧은 면이 있어 뜻을 세우고 앞을
향해 나아가지만, 장애물에 부딪히면 거기서 얼마든지 마음을 돌리
는 것이 가능하다. 문제는 그런 남편의 약속을 목숨보다도 더 중요
하게 생각한 아내라는 점이다. 이러한 남녀의 조화는 비극을 불러올
가능성이 크다. 작가는 이러한 인물 설정을 통해 두 주인공에게 문

---

16 남편의 '불안한 타향에서 어찌 오랫동안 머물 수 있겠소(いかで浮木に乗つもしらぬ国に
長居せん)'라는 말에는 『源氏物語』의 「いくかへり行きかふ秋を過ごしつつ浮き木に乗
りてわれ帰るらん」(松風, 明石の君)의 노래가 전거로 사용되었다. 같은 논문, p.179.

17 '칡 나무 잎사귀가 바람에 나부끼는 올 가을에는 꼭 돌아오리다'는 말에는 가을이 되
어 칡 나무 잎사귀가 바람에 나부껴 이파리 뒷면을 보인다고 하는 뜻의 말인 '우라미
[裏見]'가 원한의 뜻인 '우라미[恨み]'를 연상하게 하는 수사법이 사용되었다.

제가 일어날 여지가 있음을 예고하고 있는 셈이다.

다음으로 「기비쓰의 가마솥 점」의 남자주인공 쇼타로와 여자주인공 이소라의 경우를 살펴보자. 쇼타로의 인물설정에는 처음부터 문제를 드러내고 있다.

> 옛날 기비 지방 가야군 니이세라는 마을에 이자와 쇼다유라는 사람이 있었다. (중략) 쇼다유에게는 쇼타로라는 외동아들이 있었는데, 쇼타로는 가업인 농사일을 싫어하며 술을 즐기고 여색에 빠져서 아버지의 가르침을 따르려고 하지 않았다.[18]

쇼타로는 외동아들로 태어나 가업을 이을 의무가 있음에도 불구하고 가업인 농사일을 싫어하며 주색에 빠져 부모의 뜻을 거스르는 인물이다. 그는 가족과 소통하지 않을뿐더러 가장 가까운 이들에게 상처 주는 것을 아랑곳하지 않는 그야말로 공동체 속에서 환영받지 못하는 존재이다. 이러한 문제적인 남자주인공과 부부를 이루게 되는 아내 이소라 또한 그녀의 어머니가 이야기하는 문장을 통해 평범한 인격의 소유자가 아님을 엿볼 수 있다.

> 더욱이 딸아이도 사위가 될 사람이 사내답다는 소문을

---

18 吉備の国賀夜郡庭妹の郷に、井沢庄太夫といふものあり。(中略) 子正太郎なるもの農業を厭ふあまりに、酒に乱れ色に耽りて、父が掟を守らず。pp.342~343.

듣고서 시집갈 날만을 손꼽아 기다리고 있는데, 이처럼 혼
인을 취소하려 한다는 이야기라도 듣게 된다면 어떤 일을
저지를지 모릅니다. 그때 가서 후회해도 돌이킬 수 없을
거예요.[19]

이소라는 아름다운 용모에다 시부모와 남편을 헌신적으로 섬기
는 현모양처였지만, 자신의 욕망이 억압되고 마음에 상처를 입게 될
때에 어떠한 일을 저지를지 모르는 잠재된 본성을 지닌 인물이었다.
그러나 그녀가 가진 본성은 현실세계에서는 통용되지 못하고 금지
된 것이기에 쉽사리 드러나지 않는다. 그녀를 지배하는 봉건적 사회
체제와 가부장적 제도권의 현실세계가 파괴되었을 때에 그녀의 본
성은 비로소 가시화되고 발휘된다. 바람기를 버리지 못하는 남자와
현모양처나 무서운 본성이 잠재되어 있는 여자와의 결합은 결국
신의 뜻을 무시한 불순종에 대한 파경의 결말을 예고하게 된다.

세 번째 이야기인 「뱀여인의 애욕」에 등장하는 낭만 청년 도요오
와 신비스런 여성인 마나고와의 만남은 인간인 남자와 이계의 여인
과의 만남이라는 점에서 다른 이야기에 비해 전기성이 강하지만, 여
기에 등장하는 남자주인공과 여자주인공 역시 예외 없이 주변의 인
물들과 소통하지 못하는 비현실적인 인물들로 등장한다.

---

19 ことに佳婿の麗なるをほの聞きて、我が児も日をかぞへて待ちわぶる物を、今のよか
    らぬ言を聞くものならば、不慮なる事をや仕出さん。其のとき悔るともかへらじ。
    p.345.

기 지방의 미와사키라는 곳에 오야노 다케스케라는 사람이 있었다. (중략) 셋째 아들 도요오는 날 때부터 부드러운 성격을 타고났으나 오로지 풍류만을 즐기고 세상일에는 도통 관심이 없어 스스로 살아가고자 하는 자립심이 없었다.[20]

고상한 것을 좋아하고 풍류를 즐기는 도요오의 성격은 어업으로 생계를 꾸려가는 공동체 속에서는 아무런 쓸모가 없는 무용지물과 같은 존재일 뿐이다. 더구나 성실한 장남이 있는 덕분에 아무런 노력을 기울이지 않고도 살아갈 수 있는 책임감 없는 인물이다. 도요오가 가족들에게 어떠한 존재로 인식되고 있는가는 아버지의 생각을 통해 더욱 잘 알 수 있다. '재산을 나누어 줘봤자 저런 성격으로는 즉시 재산을 탕진해버리고 말겠지. 그렇다고 다른 집의 가업을 잇는 데릴사위로 보낸다 한들 결국은 잘 해내지 못해 걱정거리만 안겨줄 것이 뻔해. 차라리 제 마음 내키는 대로 하게 두어 나중에 학자가 되고 싶다면 학자가 되게 하고, 승려가 되고 싶다면 승려가 되게 해야지. 어차피 일생 동안 형의 도움을 받아 살아갈 수밖에 없다'[21]고 판단하고 있다. 그야말로 가족들에게 인정과 환영을 받지 못하는 주제

20　紀の國三輪が崎に、大宅の竹助といふ人在りけり。(中略) 三郎の豊雄なるものあり。生長優しく、常に都風たる事をのみ好みて、過活心なかりけり。p.357.

21　家財をわかちたりとも即人の物となさん。さりとて他の家を嗣しめんもはたうたてき事聞くらんが病しき。只なすままに生し立て、博士にもなれかし、法師にもなれかし、命の極は太郎が覊物にてあらせん。(pp.357~358)

에 남들이 모두 땀 흘려 일할 때에 책이나 끼고 다니는 한심한 지식인의 모습인 것이다.

그렇다면 고상한 것을 좋아하고 풍류를 추구하는 도요오의 성격이 현실 속에서 어떻게 나타나는가를 살펴보자. 작가는 작품 속에서 도요오가 욕망하며 추구하는 것이 무엇인지를 계속적으로 암시하고 있다. 도요오는 우연한 기회에 아름답고 신비한 여인인 마나고를 만나게 되는데, 첫눈에 빠져들게 되면서 그녀를 욕망한다. 세상의 일이나 가업에는 도통 관심이 없는 도요오는 마나고의 아름다운 모습에 정신을 차리지 못하고 그녀를 욕망하게 된 것이다. 마나고를 처음 보게 된 장면에서 '그 우아하고 아름다운 모습에 도요오는 자신도 모르게 가슴이 설레이고' 있고, 그리고는 곧 '이 세상 사람이라고는 생각되지 않을 정도로 아름다운 모습에 마음을 빼앗겨버리는' 모습을 보인다. 또한 마나고 일행의 정체가 의심되었지만, '마나고의 아름다운 용모에 빠져서 드디어 부부간의 백년해로를 약속하기'에 이른다.

이후 요시노에서 만난 노인 도사도 도요오에게 "자네는 미인으로 변신한 잡귀의 거짓 모습에 반하여 사내대장부의 마음가짐을 전부 잃어버렸네(畜が假の化に魅はされて丈夫心なし)"라고 충고하고 있다. 그러나 도요오의 성격과 성향은 자신에 대한 강한 반성과 회심이 일어나지 않고서는 좀처럼 바뀌지 않는다. 마나고로부터 멀리 떠나고자 다른 여성인 도미코와 결혼을 하게 될 때도, 도요오는 '도미코의 용모가 매우 뛰어나 무척 만족스러워'하고 있다. 남자주인공인 도요오

의 성격이 고상한 것을 좋아하고 풍류를 즐긴다고 묘사된 것은 다름 아닌 용모의 아름다움에 지배받고 있다는 것임을 알 수 있다. 그것을 작가는 계속 반복적으로 드러내고 있다. 도요오를 지배하는 욕망이 커지면 커질수록 현실세계와 공동체로부터 분리되어 가고 있다.

이렇듯 세 편의 애정소설에 등장하는 남자주인공들은 한결같이 문제가 있는 인물로서 그들이 속한 가족과 사회공동체 속에서 인정받지 못하는 존재임을 알 수 있다. 또한 그들과 조합을 이루는 여성들은 현실세계의 붕괴를 통해 환상성을 불러올 가능성이 엿보이는 부조화의 인물들이라고 할 수 있다.

그렇다면, 작품 속에서 환상성이 발생하는 지점에는 어떠한 서사적 장치가 있는지 살펴보도록 하자. 「잡초 속의 폐가」의 경우, 남편의 약속을 기다리는 아내 미야기 앞에 전란이 닥쳐온다.

> 기다리고 기다리던 가을이 되었건만, 남편이 돌아오기
> 는커녕 바람결에 들려오는 소식조차 없었다. 온통 험난해
> 진 세상처럼 믿을 수 없는 것이 사람 마음이라고 미야기는
> 남편의 박정함을 원망하며 자신의 처지를 슬퍼하여 낙담
> 하여 '이 몸의 처지를 남편에게 전해줄 이가 아무도 없구
> 나. 오사카(逢坂) 새야 약속한 가을이 저물었다고 그에게
> 전해다오.'[22]

---

22 秋にもなりしかど風の便りもあらねど、世とともに憑みなき人心かなと、恨みかなしみ

전기소설에 등장하는 주인공들은 일상이 파괴되는 다양한 비일상의 체험을 하게 된다. 전쟁이나 폭동이 일어나기도 하고, 기근, 역병 등의 천재지변이 엄습해오기도 한다. 그 가운데 전쟁은 인간에게 있어서 더구나 여자의 몸으로 겪는 재앙 중에 가장 무서운 불가항력적인 비일상의 사건일 것이다. 미야기는 그러한 상황이 닥쳤음에도 집을 떠나지 않고, 가을에 돌아오겠다는 남편의 말만을 오로지 믿으며 기다리기를 멈추지 않는다. 인간의 삶과 의지를 꺾어버리는 전쟁의 폭력성과 무심한 남편과의 약속을 끝까지 지키고자 하는 여인의 욕망이 서사적 장치로서 환상성을 불러오고 있다.

한편, 「기비쓰의 가마솥 점」의 이소라는 남편의 바람을 알고도 성심성의를 다하지만, 또 다시 남편에게 진정을 짓밟히고 무참히 버려지는 배신을 겪게 된다.

> 하지만 천성적인 바람기를 어찌하겠는가, 언제부터인가 도모 나루터에 사는 소데라는 유녀에게 깊이 빠지더니 끝내는 기적에서 빼내어 가까운 마을에 딴 살림까지 차려 놓고 밤이고 낮이고 거기서 날을 보내더니 집에는 돌아오지 않았다. 이소라는 이를 원망하여 어떤 때는 시부모님의 노여움을 앞세워 설득해보기도 하고, 또 어떤 때는 남편의 경박한 바람기를 원망하며 한탄해보았지만, (중략) 이렇게

おもひくづをれて、'身のうさは人しも告じあふ坂の夕づけ鳥よ秋も暮れぬと' p.308.

까지 배신을 당한 이소라는 오로지 남편만을 원망하고 한
탄하더니 결국에는 중병에 걸려 몸져눕는 신세가 되었다.[23]

이소라가 겪는 고통은 미야기가 겪은 불가항력적인 전란의 공포
는 아니었지만, 아내로서 남편에게 배신당한 고통은 전란만큼이나
처절한 것일 수 있다. 비록 직접적이지는 않더라도 남편의 잔인하고
도 고통스런 폭력을 마음으로 겪은 것이다. 미야기가 남편을 기다리
며 스스로 죽어갔다면, 이소라는 더 이상 살아갈 수가 없어서 제대
로 죽지도 못하고 원한을 품은 채 원령이 되었다. 남편의 폭력에 의
하여 이소라의 현실세계가 붕괴되어버린 바로 그 점에서 환상성의
발생 지점을 찾아볼 수 있다.

「뱀여인의 애욕」의 도요오는 마나고가 인간이 아니라는 것을 알
게 되지만, 여전히 그녀를 향한 욕망을 버리지 못한다. 그녀의 지속
적이고도 강렬한 유혹을 뿌리치지 못하고 욕망이 원하는 대로 따라
갈수록 도요오의 현실세계 또한 붕괴되어 현실로부터 영원히 분리
될 뿐이다. 인간은 환상을 통해 욕망을 풀고자 하는 의지를 암묵적
으로 드러내고 환상 속에서 자신의 억압된 욕망을 재구성하며 가공
하기도 한다. 그러한 점에서 볼 때 「뱀여인의 애욕」의 환상성의 발

23　されどおのがままの奸たる性はいかにせん。いつの此より鞆の津の袖といふ妓女にふ
かくなじみて、遂に贖ひ出だし、ちかき里に別荘をしつらひ、かしこに日をかさねて
家にかへらず。磯良これを怨みて、或は舅姑の怨に托て諫め、或は徒なる心をうらみ
かこてども、(中略)かくまでたばかられしかば、今はひたすらにうらみ歎きて、遂に
重き病に臥にけり。(345~347면)

생 지점은 도요오의 욕망 속에 존재한다고 할 수 있다.

3. 환상세계의 체험

이야기 속 남녀 주인공들이 환상세계를 체험하는 이면에는 어떠한 서사적 기법이 사용되었는지에 대하여 살펴보자.

「잡초 속의 폐가」에서는 칠 년 만에 집으로 돌아 온 남편과 그런 무심한 남편을 기다리다 혼령이 되어버린 아내가 해후하는 장면에서 환상세계가 진한 슬픔으로 그려지고 있다. 사랑하는 남편을 기다리다 죽어갔다면, 아니 죽어서 혼령이 되어서까지 기다렸다면 그러한 아내의 이야기는 동서고금을 막론하고 깊은 감동을 안겨줄 것이다. 「잡초 속의 폐가」라는 제목이 의미하듯, 폐가가 되어버린 그 곳에서 죽어서까지 기다린 미야기는 일명 일본 고전문학에서 널리 알려져 있는 '기다리는 여인(待つ女)'의 이미지이다. 그런데 그녀의 마음은 단지 기다리는 마음으로만 묘사되지 않는다. 환상의 장소가 되어버린 폐가에서 남편을 맞이한 미야기의 대사를 다음에 인용해 보자.

"오늘 이렇게 당신을 만났으니 이젠 오랜 슬픔도 원망
도 다 사라지고 그저 기쁘기만 합니다. 만날 날만 기다리
다 끝내 당신을 만나지 못하고 안타깝게 죽어버렸다면 다

른 사람은 모르는 원한만이 남았을 테지요."[24]

그녀가 살아 있는 존재였다면 미야기의 이야기는 오랜 기다림을
통해 쌓인 슬픔과 원망이 해소되었다는 의미로 들릴 것이다. 그러나
이미 혼령이 되어버린 아내의 말은 중의적인 의미를 갖게 된다. 이
렇게 당신을 만났지만, 내 마음에는 오랜 슬픔과 원망이 쌓였다. 당
신을 끝내 만나지 못하고 안타깝게 죽어버렸으니 당신이 알리 없는
원한만이 남았다는 것이다. 이러한 미야기의 마음을 여전히 알지 못
하는 남편은 그저 위로하고자, "밤도 깊고 꽤 늦었으니, 이제 잠자리
에 듭시다."라고 말하면서 자기중심적인 사고로부터 조금도 벗어나
지 못하고 있다. 남편은 아내의 상황과 마음을 알려고도 하지 않고
알 수도 없는 무심한 인물인 것이다. 결국 다음 날이 되어 환상이 사
라지고 현실로 돌아온 후에야 미야기가 남긴 노래를 통해 비로소 아
내의 마음을 이해하기에 이른다.

'그래도 돌아오겠지'라고 당신이 돌아올 날만 믿은 내
마음에 속아서 오늘까지 살아 온 목숨이여.[25]

미야기는 올 가을에 돌아온다는 남편의 말을 믿고 끝까지 기다렸

---

24 今は長き恨みもはればれとなりぬる事の喜しく侍り。逢を待間に恋ひ死なんは、人し
らぬ恨みなるべし。p.314.
25 'さりともと思ふ心にはかられて世にもけふまでいける命か' p.316.

던 것이다. 지키지 못할 약속을 남기고 떠나는 남편의 말은 언어적 폭력이라고 할 수 있다. 지키지도 않을 약속을 하고 그것에 얽매이지 않는 무심한 사람이 그러한 말로 약속을 해서는 안 되기 때문이다. 이 점에 대해 작가 아키나리는 언어의 이중적 의미를 사용하여 미야기의 두 마음을 드러내고 있다. 미야기의 노래는 남편이 돌아오기를 기다리는 마음과 결국 남편이 돌아오지 않을 것을 알았지만 기다릴 수밖에 없는 슬픈 마음, 그리고 남편과 소통하지 못하는 마음의 고통을 표현하고 있다. 환상세계를 통해서 현실에서는 전할 수 없는 미야기의 고통과 현실의 모순에 대해 이야기하고 있는 것이다.

「기비쓰의 가마솥 점」에서 환상체험은 주인공인 쇼타로 뿐만 아니라 독자들의 공포까지 극대화시키며 다음 장면에서 무서움은 극에 달한다.

　　활짝 열린 문 옆 벽에 묻은 피가 바닥에 뚝뚝 떨어져 흐르며 비린내를 풍기고 있었다. 그러나 시체나 뼈 따위는 아무데도 보이지 않았다. 히코로쿠가 달빛에 비추어서 가만히 살펴보니 처마 끝에 무엇인가가 매달려있었다. 불빛을 들고 비춰보니 남자의 상투만이 처마 끝에 매달려 있을 뿐 그 밖에는 아무 것도 없었다.[26]

---

26 明けたる戸腋の壁に腥々しき血濺ぎ流て地につたふ。されど屍も骨も見えず。月あかりに見れば、軒の端にものあり。ともし火を捧げて照し見るに、男の髪の髻ばかりかゝりて、外には露ばかりのものもなし。p.355.

남편의 배신으로 폭력성을 체험한 이소라는 복수를 통해 자신의 원한을 풀게 되고, 결국 쇼타로는 죽음을 맞이한다. 환상세계는 주인공의 현실세계에 대한 인식이 드러나는 곳이다. 즉, 이소라의 복수는 은폐되어 있던 그녀의 본성이 가시화되는 것이기도 하고, 그녀를 지배하는 현실세계의 문제에 대한 반란이기도 하다. 억압받고 짓눌려 있는 현실세계에서는 불가능한 상황들을 비현실세계에서 실현시키면서 그곳은 비실재적이면서도 실재적인 장소가 되는 셈이다. 환상세계 체험의 이유가 바로 이 점에 있다고 할 수 있다. 이러한 환상을 통해 쇼타로의 행동에 대한 인과응보적인 결말을 드러내고 있는 것이다.

한편, 「뱀여인의 애욕」의 환상 체험에는 도요오와의 애정에 집착하는 마나고의 욕망이 드러난다.

> 마나고는 방긋 웃으면서 "당신, 너무 이상하게 여기실 것 없습니다. 천지신명께 약속한 우리의 사랑을 당신은 빨리도 잊으셨지만, 이렇게 될 운명이었기에 다시 또 만나게 된 것이지요. 다른 사람들의 말을 진실로 여기고 또 다시 나를 멀리하려 하신다면 그 원한을 반드시 갚아드릴 것입니다."[27]

27　女打ちゑみて、「吾君な怪しみ給ひそ。海に誓ひ山に盟ひし事を速くわすれ給ふとも、さるべき縁にしのあれば又もあひ見奉るものを、他し人のいふことをまことしくおぼして、強に遠ざけ給はんには、恨み報ひなん。p.381.

마나고의 욕망은 오로지 도요오만을 향해 있다. 만약 도요오가 그 사랑을 거부하게 된다면 마나고는 욕망을 이루기 위해 어떠한 폭력도 감행하겠다는 것이다. 도요오와 비현실세계의 존재인 마나고의 만남이 지속되는 한 현실세계와 비현실세계는 공존하게 되며, 환상체험은 계속된다. 현실과 비현실의 세계가 공존하는 지점에서 도요오는 자신이 꿈꿔오던 이상적인 여인을 만났고, 마나고 역시 비록 이물일지언정 여자로서 도요오의 애정을 갈구하고 있다. 이러한 환상체험의 이면에는 서로 채워질 수 없는 남자와 여자의 욕망이 도사리고 있다고 할 수 있다.

4. 환상 체험의 확대

그렇다면, 환상세계의 체험이 끝난 이후는 어떻게 되는지에 대해 각 이야기의 결말부분을 살펴보도록 하자. 세 이야기 모두 개인의 환상 체험이 그들이 속해 있는 가족과 마을 등의 공동체로 확대되어 가는 것을 알 수 있다.

먼저, 「잡초 속의 폐가」에서는 우루마(漆間) 노인을 통해 공동체로 확대된다. 우루마 노인은 가쓰시로에게 미야기의 생전의 일과 죽음을 알리면서, 그 지방에 예로부터 전승되어 오는 데고나(手児女) 처녀의 전설을 이야기해 준다.

지금의 자네 이야기를 들으니 분명 죽은 자네 부인의 영
혼이 자네를 만나러 와서, 아마도 오랫동안 자네만을 기다
리다 가슴 속에 쌓인 한을 말하려 했던 것일 게야. (중략)
지금 세상을 뜬 자네 부인의 마음씨를 생각하니 그 옛날
데고나의 마음씨보다도 훨씬 여리고 또 대단히 아름다운
마음씨인 듯하네.[28]

가쓰시로는 우루마 노인의 이야기를 통하여 미야기의 마음 속에
오랫동안 쌓인 '원한'이 있었음을 알게 된다. 미야기의 이야기는 마
마(真間) 지역의 전승인 데고나 처녀의 이야기와 비교됨으로써 더욱
애절함을 느끼게 한다. 데고나의 전승이야기는 이러하다. 전설 속
데고나는 가난하지만 아름다웠던 처녀로 자신을 연모하는 많은 사
람들의 마음을 알게 되자, 어느 한 사람의 마음만을 받아들일 수 없
다고 생각하여 모두의 마음에 보답하고자 바다에 몸을 던졌다. 물론
데고나의 이야기는 현대를 살아가는 우리들의 상식적인 생각으로
는 납득이 잘 가지 않는다. 많은 남성들의 연모를 받게 되어 부담스
러운 마음이 된 것은 알겠지만, 굳이 그녀가 자살을 택할 필요가 있
었을까하는 의문이 들기 때문이다. 그러나 모든 이의 마음을 다 받
아들일 수가 없고, 자기 때문에 서로가 연적이 되어 싸우는 모습을

---

28 今の物がたりを聞くに必ず烈婦の魂の来り給ひて、旧しき恨みを聞え給ふなるべ
    し。(中略) 此亡人の心は昔の手兒女がをさなき心に幾らをかまさりて悲しかりけん。
    pp.319~320.

보고 차라리 물에 뛰어들어 생을 마감했다는 그녀는 적어도 순수한 마음의 소유자였던 것은 확실하다. 그러한 데고나의 이야기와 비교해 볼 때, 미야기의 행동은 더욱 깊은 감동과 슬픔을 독자들에게 안겨준다고 할 수 있다. 데고나는 모든 사람들의 마음에 보답하고자 바다에 몸을 던져 죽었지만, 미야기는 자신과의 약속을 잊어버린 무심한 남편, 자신의 마음을 전혀 알 리가 없는 남편을 위해서 고통스럽고 쓸쓸하게 죽어갔기 때문이다. 더구나 아내는 혼령이 되어서까지 남편과의 약속을 지키고자 했다는 점에서 데고나의 이야기보다 깊은 감동을 준다고 할 수 있다.

> "옛 사람들도 내가 죽은 아내를 그러워하는 만큼 마마
> 의 데고나를 그리워했겠지"
> 이를 듣는 사람들에게도 아내를 잃은 가쓰시로의 서글
> 픔이 그대로 전해져온다고 하는 것이다. 시모우사 지방을
> 자주 다니던 장사꾼이 전해준 이야기이다.[29]

이와 같은 미야기의 이야기는 가쓰시로의 개인적 체험으로 끝나지 않는다. 우루마 노인의 입을 통해 마을 공동체로 확대되고, 시모우사 지방을 다니는 장사꾼들에 의해 전해졌음을 알 수 있다.

---

29 「いにしへの眞間の手兒奈をかくばかり戀ひてしあらん眞間のてごなを」思ふ心のはし
　　ばかりをもえいはぬぞ、よくいふ人の心にもまさりてあはれなりとやいはん。かの國
　　にしばしばかよふ商人の聞き傳へてかたりけるなりき。p.321.

다음의 「기비쓰의 가마솥 점」에서는 쇼타로의 죽음 이후의 이야기가 말미를 장식한다.

> 날이 새고 나서 근처의 야산까지 찾아보았지만 끝내 쇼타로의 시체라고 여길 만한 것을 발견하지 못했다. 히코로쿠가 이 소식을 이자와 댁에 알리자 쇼다유는 놀라서 눈물을 흘리면서 이소라의 친정인 가사다 집안에도 이 소식을 전했다. 어찌 되었던 간에, 음양사의 점괘가 보기 좋게 적중하였으며, 기비쓰의 가마솥으로 점쳤던 흉조라는 결과도 끝내 틀리지 않았던 것이다. 이 이야기를 전해들은 사람들은 정말이지 영험한 일이라며, 두고두고 후세에까지 오랫동안 전했다고 한다.[30]

결국 아내의 원령은 남편의 목숨을 앗아갔을 뿐만 아니라 남편의 육신까지도 저 세상으로 데려갔다. 이소라가 그렇게까지 한 이유가 여자의 무시무시한 복수심 때문이었는지 아니면 애증의 마음에서였는지는 잘 알 수가 없다. 다만, 어떤 이유에서든지 두 사람의 결말은 비극으로 끝이 났고, 쇼타로의 첩인 소데의 사촌 히코로쿠에 의

---

30 夜も明けてちかき野山を探しもとむれども、つひに其の跡さへなくてやみぬ。此の事井沢が家へもいひおくりぬれば、涙ながらに香央にも告しらせぬ。されば陰陽師が占のいちじるき、御釜の凶祥もはたたがはざりけるぞ、いともたふとかりけるとかたり伝へけり。pp.355~356.

해 쇼타로의 죽음이 양쪽 집안에 알려지게 된다. 두 사람의 이야기는 분명 두 집안에 충격과 슬픔을 안겨주었고, 공동체로 확대되어졌음을 쉽게 짐작할 수 있다. 그러면서도 이야기의 마무리는 여자의 복수나 두 사람의 비극에 초점이 맞추어졌다기 보다는 음양술의 효험과 가마솥점의 영험함으로 끝이 나고 있다. 즉 쇼타로에게 원령인 이소라의 정체를 알려준 음양사의 점괘와 두 사람의 혼인을 허락하지 않았던 기비쓰 신사(吉備津神社) 신의 위력을 칭송하고 있는 것이다. 현실세계와 비현실세계를 오가는 인간 본성의 초월적인 부분에 인간세계를 지배하는 신의 존재가 군림하며 본 작품에는 전기적 환상성이 뚜렷하게 나타나는 것을 확인할 수 있다.

마지막으로「뱀여인의 애욕」의 결말부분에는 남자주인공 도요오의 인간적 성장과 함께 욕망만을 추구해 온 이계의 여인 마나고의 죽음이 그려진다.

'자네 역시 짐승의 거짓 모습에 반하여 사내대장부의 마음가짐을 전부 잃어버리고 말았네. 이제부터라도 장부다운 용기를 가지고 마음을 잘 다스린다면 이들 잡귀를 물리치는 데 이 늙은이의 힘은 빌리지 않아도 될 걸세. 아무쪼록 마음을 굳게 먹고 잘 다스리도록 하게.'하고 진심어린 충고를 해 주었다. (중략) 스님은 도조지에 돌아와 사람들을 시켜 본당 앞을 깊게 파서 쇠 주발을 묻게 하고 뱀들이 영원히 밖으로 나오지 못하도록 하였다. 지금까지도 도조

지에는 뱀이 묻힌 무덤이 남아 있다고 한다. 그 후 쇼지의
딸은 병이 나서 죽게 되었지만, 도요오는 무사히 목숨을
건졌다고 하는 이야기가 전해 내려오고 있다.[31]

앞에서 서술한 바와 같이, 도요오는 가족들과 공동체 속에서 존재
감이 없을 뿐더러 아무런 쓸모가 없는 인물이었다. 그는 타고난 부
드러운 성격으로 풍류를 즐기면서 세상을 살아가는 일에는 도통 관
심이 없었다. 그러기에 마나고라는 신비스런 여인에게 이끌릴 수밖
에 없었고, 결국엔 인간과 이물(異物)이 함께 하지 못하는 인간세계
의 도리와 규칙을 어기게 되면서 도요오 자신의 목숨이 위협받는 상
황에까지 이르게 되었다. 그리고 자신으로 인해 주변 사람들이 희생
당하는 것을 경험한 후에야 사내대장부의 마음을 회복하기로 결심
하고 인간적인 성장을 하게 된다. 이러한 과정을 통해 비로소 도요
오는 가족들과 공동체 속에서 인정을 받게 되고 소통하는 인간으로
거듭나게 된 것이다.

반면, 비록 인간은 아니었지만, 인간들의 세계에서 적극적으로 때
로는 당당히 인간과 관계하며 정욕과 욕망을 추구했던 마나고는 결
국 파멸을 맞이한다. 마나고의 행동은 인간이 아니라는 이유로 인간

---

31 儞又畜が仮の化に魅はされて丈夫心なし。今より雄気してよく心を静まりまさば、此
    らの邪神を逐はんに翁が力をもかり給はじ。ゆめゆめ心を静まりませ」とて実やかに
    覚しぬ。(中略) 蘭若に帰り給ひて、堂の前を深く堀せて、鉢のまゝに埋させ、永劫が
    あひだ世に出ることを戒しめ給ふ。今猶蛇が塚ありとかや。庄司が女子はつひに病に
    そみてむなしくなりぬ。豐雄は命羞なしとなんかたりつたへける。(379~387면)

세계로부터 배척당하고 제거되었지만, 한편으로는 인간이 가진 본성의 모습을 여실히 보여주었다고 할 수 있다. 그것은 어쩌면 여성이 자신의 순수한 본성에 충실할 때에만 보여줄 수 있는 모습이며, 인간세계를 지배하는 윤리와 도덕, 그리고 체면 아래에서는 추구할 수 없는 불가능한 행동일지 모른다. 이 부분에 대하여 다카다 마모루(高田衛)는 다음과 같이 이야기하고 있다. "모노가타리는 대단원의 막을 내린다. 전체적으로 볼 때, 이류의 사악한 욕망을 물리친 인간세계의 윤리와 도덕의 승리라고 볼 수 있다. 그러나 쇠 주발 속에 봉인되어 땅 속 깊이 영원히 묻히게 된 백사(白蛇) 마나고가 인간세계의 규칙을 모른 채 오로지 정욕만을 추구한 것이 그녀를 파멸로 이끌었다는 점에서 애절함도 엿보인다. 본 이야기가 던져주는 다양한 문제들은 적지 않을 것이다."[32] 이러한 점을 생각해볼 때, 아키나리는 환상을 통해서 인간과 사회의 근본적인 문제들을 성찰하고, 환상체험을 통해 현실의 전복을 보여주고자 했다고 할 수 있다. 본 이야기를 통해서 개인의 환상체험은 가족과 마을공동체로 확대되어 감과 동시에, 도조지(道成寺)라 절과는 관련한 전승으로 이어지는 것을 살펴볼 수 있다.

---

32 高田衛(1995),「蛇性の婬」,『英草紙西山物語雨月物語春雨物語』, 小学館78, p.387.

5. 환상장치와 여성, 그리고 전복의 상상력

인간은 누구나 욕망을 가지고 있으며, 자신의 욕망을 이루고자 애쓴다. 이것은 고대 인간으로부터 오늘날 현대사회인에 이르기까지 인간에게 주어진 본성의 지배를 받는 마음과 행동에 관여하는 기질이라고 할 수 있다. 인간이 추구하는 욕망은 사회공동체 속의 규범이나 도덕들과 충돌하게 된다. 그리고 갈등 상황과 충돌에 의해 현실세계가 붕괴되었을 때, 비로소 환상적 장치가 기능하게 된다. 그것은 현실을 전복시키는 상상력이 바탕이 된다. 그런 의미에서 환상의 일차적 기능은 욕망을 위한 무대장치를 제공하는 것이라고 할 수 있다. 환상의 역할은 단순히 초현실적 존재를 등장시키고, 비현실의 장소로 이끌어가기 위함만이 아니라, 오히려 현실의 연장선상에 있으며 현실 속 문제와 긴밀한 상관관계를 유지해 간다. 환상세계의 환상체험을 통해 인간은 비로소 억압되고 은폐된 욕망을 추구할 수 있게 되는 것이다. 예를 들면, 미야기의 환상에는 현실세계에서는 드러낼 수 없었던 남편의 무심함에 대한 원망의 마음과 소통하지 못하는 고통들이 투사되어 있다. 이 환상은 현실을 변형시키지는 못하지만, 남편의 후회와 깨달음을 가져오는 역할을 하고 있다. 이소라의 환상은 짓밟힌 현실세계에 대한 응징이자 쇼타로가 치러야 할 대가를 보여주고 있다. 이물인 마나고의 경우는, 인간과의 사랑을 인정받지 못하고 결국은 파멸하고 만다. 그러한 마나고의 환상은 현실세계에 영향을 주지 못하지만, 남자주인공으로 하여금 사내대장부의 마음을 회복하여 인간적으로 성장하게 되는 결과를 이끌게 된다.

　그렇다면 환상 속의 주체자로 등장하는 존재는 대부분이 왜 여성인가 하는 문제에 대해 이야기해보자. 욕망을 추구하는 입장은 남성과 여성에게 모두 적용될 수 있지만, 자신이 가진 욕망이 억압되고 무시되는 상황은 남성보다 여성에게 더욱 빈번히 일어나며, 때로는 가혹하다. 특히, 남성중심의 가부장적 사회에서 여성의 처지는 사회적 약자의 모습으로 나타난다. 이 글에서 다룬 세 편의 애정소설에 등장하는 여자주인공들을 통해서도 그녀들의 은폐된 욕망이 환상장치를 통해 변형된 모습으로 드러나는 것을 확인할 수 있다. 미야기는 전란이라고 하는 불가항력적인 상황 가운데에도 남편의 약속에 집착하며 망자가 되기까지 기다리는 모습을 보여준다. 이소라는 흠잡을 데 없는 여성이었지만, 남편의 배신으로 자신의 진정이 짓밟히자 마음에 치유할 수 없는 상처를 입는다. 그 원한이 그녀를 무서운 복수의 화신으로 변모하게 만들었다. 마나고 또한 도요오의 애정을 갈구하지만, 그에게 거부당하자 그의 목숨까지도 위협하는 무서운 본능을 드러낸다. 이러한 여성괴담에 사용되는 환상의 장치들은 전혀 새롭고 이질적인 것이 아니라, 익숙하고 낯익은 장소이거나 심정적으로 안정할 수 있는 공간을 통해 가시화되는 경우가 많음을 알 수 있다.

　결국 아키나리 소설에 있어서 환상성의 문제는 작가가 작품을 통해 이야기하고자 한 의도와 연결되어 있다. 즉, 인간에 대한 깊은 성찰을 바탕으로 인간이 도덕과 윤리에 지배받는 사회적 구성원으로 서 세상에서 경험하게 되는 문제들을 환상을 통해 고스란히 보여주 려고 했던 것은 아닐까. 그러한 의미에서 환상문학에 나타나는 환상 성에 대하여 더욱 적극적으로 다뤄볼 필요가 있을 것이다.

6. 맺음말

이와 같이 아키나리의 대표적 여성괴담인 「잡초 속의 폐가」, 「기 비쓰의 가마솥 점」, 「뱀여인의 애욕」을 중심으로 텍스트의 서사기 법을 통해 환상성이 어떠한 방식으로 표현되었는지를 살펴보았다. 작품 전체의 서사구조에 대하여 '환상성의 발생', '환상세계의 체 험', '환상 체험의 확대' 등으로 나누어서 고찰한 결과, 다음과 같은 결론을 얻을 수 있었다.

각 작품 속 '환상성의 발생'에는 환상을 불러일으키는 문제가 존 재하고 있다. 대부분의 남자주인공들은 성격에 문제가 있었고 현실 적으로 소외된 존재로서 세상과 소통하지 못하는 인물이었다. 그에 비해, 여자주인공들은 문제를 안고 있으면서 동시에 불완전한 타자 인 남자와 조화를 이뤄야만 하는 상황에 놓여 있었다. 그러한 문제 요소가 현실세계와 대치하며 충돌을 일으키는 지점에서 환상성이 발생하는 것을 확인할 수 있다.

'환상세계의 체험'에서는 주인공들이 체험하는 환상 이면의 세계에 불가항력적인 전란의 폭력이 배치되어 있거나, 작가 고유의 중의적 표현에 의한 언어적 수사가 서사장치로서 기능하고 있음을 살펴보았다. 또한 '환상 체험의 확대'에서는 환상이 끝나 일상으로 돌아간 이후가 서술되면서, 환상을 경험한 개인적 체험이 주변을 통해 공동체로 확대되는 것을 알 수 있다.

『우게쓰 이야기』의 여성괴담들을 환상문학의 시각에서 읽어보면, 각 작품마다 환상의 서사가 분명하게 나타나면서 환상체험을 통해 현실을 전복시키고 있음을 확인할 수 있다. 그 속에는 풍부한 환상적 서사장치들이 기능하고 있다. 작가의 인간 본성에 대한 이해와 사회 속에 살아가면서 부딪히게 되는 문제들을 환상을 빌어 전복시키고자 하는 바로 그 점에서 본 작품이 가지는 환상성의 의의를 찾을 수 있다.

참고문헌

원문 출전

高田衛校注(1995), 『英草紙西山物語雨月物語春雨物語』, (『新編日本古典文學全集78』), 小學館.

서적·잡지 논문

김경희(2008), 「『浅茅が宿』に見られる俳諧的手法」, 『일본연구』 제38호, 한국외국어 대학교 일본연구소.

김경희(2013), 「근세기 동아시아 전기소설의 흐름—「이생규장전(李生窺墻傳)」과 「잡 초 속의 폐가(浅茅が宿)」의 비교를 중심으로—」, 『일본언어문화』 제 25집, 한국일본언어문화학회.

김경희(2015), 「아키나리 소설에 나타난 서사기법과 환상성 연구」, 『외국문학연구』 59, 한국외국어대학교 외국문학연구소.

로즈메리 잭슨(2001), 서강여성문학연구회 역, 『환상성-전복의 문화』, 문학동네.

심진경(2001), 「환상문학 소론」, 『한국문학과 환상성』, 서강여성문학연구회, 예림기획.

츠베탕 토도로프(2013), 최애영 역, 『환상문학서설』, 일월서각.

井上泰至(1999), 『雨月物語論—源泉と主題—』, 笠間書院.

鵜月洋(1969), 『雨月物語評釈』, 角川書院.

金京姫(2007), 「「吉備津の釜」試論—俳諧的連想に注目して—」, 『近世文芸』84, 日本 近世文学会.

須永朝彦(2007), 『日本幻想文学史』, 平凡社, 2007.

長島弘明(2000), 「男性文学としての『雨月物語』」, 『秋成研究』, 東京大學出版會.

中村博保(1999), 「「浅茅が宿」の文章」, 『上田秋成研究』, ぺりかん社.

中村幸彦(1959), 『上田秋成集』, (日本古典文学大系56), 岩波書店.

保田與重郎(1947), 「近代文芸の誕生」, 『秋成』, (『日本文学研究資料叢書』), 有精堂.

우에다 아키나리上田秋成 문학 속 미야기상宮木像의 계보
―그 상상력의 근원에 대하여―

웨 위엔쿤岳遠坤

　미야기(宮木)라는 여성은 가공의 인물이지만, 우에다 아키나리(上田秋成)에게 강렬한 인상을 남긴 캐릭터 중 하나라고 추측할 수 있다. 만년의 가문집(歌文集)『쓰즈라부미(藤簍冊子)』에는 「간자키(神崎)의 유녀(遊女) 미야기의 무덤을 보고 만든 노래(見神崎遊女宮木古墳作歌)」라는 제목의 나가우타(長歌)가 수록되어 있다. 이 노래는 뒤에 그대로 「미야기의 무덤(宮木が塚)」에 인용되었다. 그 밖에도『우게쓰 이야기(雨月物語)』와『하루사메 이야기(春雨物語)』에는 미야기를 주인공으로 하는 단편이 한편씩 수록되어 있다. 「잡초 속의 폐가(浅茅が宿)」와 「미야기의 무덤」가 그것이다. 「잡초 속의 폐가」에서는 가을에 돌아오겠다고 약속하고 상경한 남편 가쓰시로(勝四郎)가 전쟁에 길이 막혀 7년 동안 고향에 돌아오지 못하자, 미야기는 남편이 돌아오기를 기다리다가 목숨을 끊는다. 「미야기의 무덤」는 유녀 미야기와 가와모리 주타베(河守十太兵衛)를 둘러싼 슬픈 사랑 이야기이

다. 등장인물 가운데 후지타유(藤大夫)라는 인물이 있는데, 미야기를 짝사랑해서 계략을 꾸며 주타베를 속여 죽여버린다. 이후 미야기는 어쩔 수 없이 후지타유에게 몸을 맡기지만, 어느 날 주타베가 죽은 진짜 원인을 듣고 분노하여 물에 몸을 던진다. 이야기의 원류를 찾아보면, 『전등신화(剪灯新話)』에 수록된 「애경전(愛卿伝)」이 그 원전이며, 아사이 료이(浅井了意)에 의해 새로 쓰인 「유녀 미야기노(遊女宮木野)」(목차의 표제는 「후지이 세이로쿠가 유녀 미야기노를 아내로 맞이하는 이야기(藤井清六遊女宮城野を娶る事)」로 되어 있다)가 중개 텍스트라는 것은 이미 널리 알려져 있다. 그 밖에도 이야기의 유형은 중국의 백화소설 『경세통언(警世通言)』에 수록된 「두십낭노심백보상(杜十娘怒沉百宝箱)」과도 비슷하다. 이 이야기는 일본에서는 쓰가 데이쇼(都賀庭鐘)에 의해 번안되어 「에구치의 유녀 박정함에 원한을 품고 주옥을 물속에 가라앉힌 이야기(江口の游女薄情を恨みて珠玉を沉むる話)」(『고금기담 시게시게야와(古今奇談繁野話)』)로 발표되었다. 본론에서는 선행하는 텍스트 「애경전」이나 「유녀 미야기노」와 비교하고, 「두십낭노심백보상」과 그 번안화인 「에구치의 유녀」 등의 관련 텍스트를 참고하며, 아키나리 작품에 나타난 미야기상의 특징을 그 상상력의 원천이 된 고전과 자극을 준 명나라 말기의 주정주의(主情主義) 문예사조와 이탁오(李卓吾)의 「동심설(童心説)」 등과 대조하면서, 동아시아적 시야에서 아키나리 문학에 나타난 정(情)의 발견 및 그 상상력을 자극한 여러 요소에 대해서 생각해보고자 한다.

1. 아키나리 문학 속 미야기상의 원류·애경과 미야기노

「애경전」은 『전등신화』 중에서도 유명한 단편 가운데 하나이다. 아사이 료이는 가나조시(仮名草子) 『오토기보코(伽婢子)』에서 시공과 인물 설정을 일본으로 바꾸고 유려한 일문으로 이야기를 새롭게 풀어썼다. 줄거리는 거의 같지만, 아사이 료이가 승려라는 점과 가나조시의 교훈성으로 인하여 물론 주제는 자연히 원작과 달라졌다.

먼저 「애경전」을 중심으로 줄거리를 소개하면 다음과 같다.

애경은 가흥(嘉興)이라는 곳의 이름난 창기이다. 조육(趙六)이라는 부잣집 아들이 애경의 재색을 흠모해 아내로 맞이한다. 아버지쪽 친척 중에 이부 상서(吏部尚書)가 있어 벼슬을 제수하겠다고 알려온다. 조육은 이 소식을 듣고 망설였지만, 애경이 공명(功名)은 중요하다고 권하여 집을 떠나 부임하게 된다. 애경은 집에 남아 시어머니를 정성껏 모신다. 곧이어 전란이 닥치자, 애경은 병사에게 능욕당하는 것이 두려워 지략을 발휘해 난폭한 병사에게서 도망쳐 스스로 목매달아 죽는다. 그 뒤에 조육이 집으로 돌아가 애경의 유령을 만난다. 애경은 명사(冥司)가 그녀의 정렬(貞烈)을 치하해 곧 남자로 다시 태어난다고 전한다.

「유녀 미야기노」는 「애경전」과 마찬가지로 시어머니를 모시고 남편을 위해 목숨을 버린 정절을 강조하고 있다. 그러나 상세한 부분은 바꾸고 있다. 예를 들어 남자 주인공이 상경하는 이유가 「애경전」에서는 공명을 위해서였지만, 「유녀 미야기노」에서는 외숙부를 간병하기 위해서이다. 이른바 어머니를 안심시키기 위한 효도라는 이유이다. 특히 부덕(婦德)이나 '도(道)'와 같은 가정 내 도덕에 관한 표현이 「애경전」보다 크게 강조되어 있다.

「애경전」의 저자 구우(瞿佑)는 원말명초(元末明初)의 시대를 살아간 한(漢)민족 지식인이었다. 아사이 료이도 센고쿠(戰国) 시대가 끝나고 얼마 지나지 않은 에도(江戶) 초기에 태어난 귀족 승려라는 점에서 같은 이야기에 같은 주제를 담고 있다. 즉, 유녀가 양갓집 여성이 되는 것은 하나의 메타포이다. 전쟁이 초래한 사회의 무질서를 한탄하고, 여성의 도덕성과 정절의 이미지를 통해서 가정의 재건 그리고 마침내 도래한 평화사회와 질서의 재건에 대한 희망을 담고 있다고 생각된다. 다만 작자의 입장 차이와 살았던 시대(전란의 한복판과 평화 시대 초기라는 차이)의 성격 때문에, 전자는 주로 여성 묘사를 통해서 전란 중에 일어나는 남성 지식인의 변절을 풍자하고 있다. 여주인공의 입을 빌려 "남편을 버리고 남편을 등지는 처첩, 봉록을 받으면서 군주를 잊고 나라를 등지는 사람이 부끄럽지 않은가(蓋所以愧乎為人妻妾而棄主背夫, 受人爵祿而忘君負國者也)"라고 동시대의 변절자를 풍자한다. 애경은 기녀 신분이지만, 그녀의 행동은 충분히 변절하는 남자를 부끄럽게 만들 만했다.

반면에 아사이 료이는 센고쿠 시대가 끝난 이후인 근세 초기에 활약한 가나조시 작가이자 승려이다. 그의 신분과 가나조시의 특징으로 인해서 교훈성이 한층 강해졌다고 예상할 수 있다. '여성의 도

(道)'와 '효행의 도(道)' 등의 '도(道)'를 강하게 주창하는 것이 특색이다. 민중을 교화하고 설법하는 것은 가나조시의 목적이자 작가 아사이 료이의 염원이기도 했다고 할 수 있다.

2. 아키나리 「잡초 속의 폐가」에서의 정(情)의 발견

그러나 근세 중기와 말기의 인물인 아키나리를 둘러싼 시대와 문화 상황은 전혀 다르다. 비록 여러 문제를 안고 있었음에도 사회는 안정되어 있었다. 다시 말해 무질서에서 질서로 바뀐 지 오래였다. 전란의 시대를 사는 사람들은 운명을 좌우할 수 없지만, 안정된 사회에서는 질서에 구속되는 정과 욕심에 사로잡혀 그것을 돌파하려는 이율배반이 존재한다. 특히 근세 중기 이후에 유교적 도덕에 대한 의문이 제기되면서 정욕을 긍정하는 풍조가 나타난다. 정욕을 긍정하는 풍조에서는 주자학에 반하여 일어난 양명학과 그 좌파(중국 학계에서는 주정주의(主情主義) 사조라고 부른다)와의 동시대성을 발견할 수 있다.

이런 문예 풍조 속에서 창작된 「잡초 속의 폐가」는 어떻게 번안되었을까?

이야기의 큰 틀은 앞에서 소개한 두 텍스트와 거의 동일하지만, 상세한 부분에서는 큰 차이를 보인다. 예를 들어 유녀 신분은 미야기라는 이름에서 연상할 수 있지만, 텍스트 안에서는 언급하지 않는다. 그리고 시어머니라는 인물도 등장하지 않는다. 다시 말해 처음부터 유교의 '효'라는 덕목에 해당하는 요소가 결여되어 있음을 알 수 있다. 이렇게 두 가지 요소가 결여되어 있기 때문에 처음부터 떠나는 남자와 기다리는 여자에 관한 사랑 이야기로 설정됨으로써 남녀의 애정이 농후해질 것을 예상할 수 있다.

그리고 가장 두드러진 개편 중 하나는 가쓰시로가 상경을 결심한 부분이다. 이 장면에서 미야기는 "이번에 가쓰시로가 장사할 물건을 사서 도성에 가는 것을 내키지 않는 일이라 생각해 온갖 말로 간언하지만(此の度勝四郎が商物買て京にゆくといふをうたてきことに思ひ、言をつくして諫むれど)"이라고 적혀 있다.

앞에서 살펴본 두 텍스트와 분명한 차이점은 남자의 결심이 확고한 반면에 여자 주인공이 '내키지 않는 일'이라 여기고 만류하려 한다는 점이다.

여기서 눈에 띄는 점은 여성의 내면묘사, 이른바 그것을 반영하는 감정표현이다. 가쓰시로가 상경한 이후의 장면에서는 미야기의 심경을 더욱 세밀하게 묘사하고 있다. 본문을 인용하면 아래와 같다.

어디로든 도망가고 싶었지만 "이번 가을을 기다리시오"라는 남편의 말을 믿으면서도 마음을 놓지 못하고 날짜를 세며 살고 있었다. 가을이 되었으나 바람에 들리는 소식도 없으니, 세상과 마찬가지로 의지할 수 없는 사람의 마음이라 원망하고 슬퍼하며 낙심하면서, '나의 근심은 / 고하는

이 없으니 / 오사카 고개 / 저녁 무렵의 새여 / 가을도 저
물었소(라고 그 사람에게 전해다오)'라고 읊었지만 여러
지방을 사이에 두고 떨어져 있으니 전할 방도가 없다.[1]

장사를 위해 상경하기로 결심한 남편에게 앞에서 설명한 '여주인
공'과는 다르게 공명이나 '효도의 도'를 헤아리지 않고, "가십시오"
라고 말하지 않고, 그저 불안과 미련이 담긴 말로 남편을 붙잡으려
한다. 남편이 떠나고 나서 그 '미련'은 이윽고 불안이 되고, 나아가
약속대로 돌아오지 않는 남편에 대한 '원한'이 되고 슬픔이 된다. 아
키나리의 소설에서는 여성의 심경을 있는 그대로 생생하게 묘사하
고 있다.

그에 비해서 「유녀 미야기노」는 다음과 같이 적고 있다.

세이로쿠(清六) 어찌해야 좋을지 대단히 걱정한다. 미야
기노가 말하기를 "노모가 생각하기를 이번에 상경하지 않
으면, 첫째는 자신에게 마음을 뺏겨 숙부를 잊었다고 할
것입니다. 둘째는 어머니의 뜻을 저버리는 불효라는 이름

1   본 논문의 「잡초 속의 폐가」 텍스트 인용은 쇼가쿠칸(小学館) 신일본고전문학전집
    『英草紙・西山物語・雨月物語・春雨物語』에 의한다. 이하 동일. [いづちへも遁れんもの
    をとおもひしかど、「この秋を待て」と聞えし夫の言を頼みつつも安からぬ心に日をかぞへて暮
    しける。秋にもなりしかど風の便りもあらねば、世とともに憑みなき人心かなと、恨みかなし
    みもひくづおれて、「身のうさは人しも告じあふ坂の夕づけ鳥よ秋も暮れぬ」とかくよめれど
    も、国あまた隔てぬれば、いひおくるべき伝もなし。]

을 받을 것입니다. 그냥 상경하세요. 그러나 노모는 이미
나이가 많아 병이 많습니다. 당신이 머나먼 도성으로 가버
리면 옛사람이 남긴 말에 '일을 하는 날은 많고, 부모를 모
시는 날은 적다'라고.[2]

「잡초 속의 폐가」의 가쓰시로와는 반대로, 주저하는 세이로쿠를
미야기가 효도의 도 이른바 '도리(理)'로 설득한다. 뒷부분의 헤어지
는 장면에서는 슬픔을 나타내는 표현도 보이지만,「잡초 속의 폐가」
정도로 미야기의 감정을 섬세하게 묘사하지는 않는다.

가쓰시로는 7년 만에 고향에 돌아와 아내가 이미 세상을 떠난 줄
도 모르고 하룻밤을 보낸다. 다음 날 아침 눈을 뜨고 자신이 머문 집
이「잡초 속의 폐가」라는 것에 놀라 근처에 사는 우루마(漆間) 노인
에게 일의 자초지종을 묻자, 노인은 다음과 같이 대답한다.

당신이 멀리 가버린 이후, 여름 무렵부터 병란에 휩쓸려
마을 사람들은 이리저리 도망가고 힘없는 사람들은 병사
로 끌려가니, 뽕나무밭은 순식간에 여우와 토끼의 소굴이

2   본 논문의 「유녀 미야기노」 텍스트 인용은 이와나미쇼텐(岩波書店) 신일본고전문학
대계 『伽婢子』에 의한다. (淸六いか゛すべきと案じわづらふ。宮木野いふやう、老母の思ひ
給ふところ、此たび京にのらずは、ひとつにはみづからに、心と゛まりて叔父の事を忘れたり
といはん。ふたつには母の心にそむく不孝の名をうけけ給はん。ただのぼり給へ。さりながら
老母すでに年たかく病おほし。君はるばるの都に行給は゛、むかしの人のいひをきし、事をつ
とむる日はおほく、親につかふるの日はすくなしとかや。)

되었소. 단지 열부(烈婦)만이 남편이 가을에 돌아온다는
약속을 믿고 집을 떠나지 않았소. 나 또한 다리가 안 좋아
백 걸음도 걷기 힘들었기에, 깊숙이 틀어박혀 밖으로 나오
지 않았소. 일단 수신(樹神) 등의 무서운 귀신의 거처가 되
어 버린 곳인데, 젊은 여자의 몸으로 용맹하게 견디셨소.
늙은 나의 물견(物見) 중에서도 안타까운 일이었소. 가을
이 가고 봄이 온 그해 8월 10일에 돌아가셨소.[3]

위 인용문에는 남편을 기다리면서 폐허가 된 집을 떠나지 않았고,
그러던 중에 세상을 떠났다고 적혀 있다. 그러나 미야기의 사인과
원전에 보이는 병사에게 당하는 모욕(정절을 강조하는 중요한 설정)에
관한 묘사는 전혀 보이지 않는다. 쇼가쿠칸(小学館) 신(新)일본고전
문학전집 주석의 "정조를 여자의 미덕으로 강조한 것은 근세에 들
어서부터였다. 그러므로 아키나리는 이 여성상을 근세풍으로 이상
화하여, 그러한 '용맹'함 속에서 여성의 가련함과 사랑의 형태를 말
하고자 했을 것이다"라는 추측은 타당하다고 할 수 있다. 그러나 본
문에는 '열부'라고 적고 있지만, 아키나리의 열부는 유교에서 말하

---

3   吾主遠く行き給ひて後は、夏の比より干戈を揮ひ出て、里人は所々に遁れ、弱き者ど
     もは軍民に召るるほどに、桑田にはかに狐兎の叢となる。只烈婦(さかしめ)のみ、主が
     秋を約ひ給ふを守りて、家を出で給はず。翁も又足蹇て百歩を難しとすれば、深く閉
     こもりて出です。一旦樹神などいふおそろしき鬼の栖所となりたりしを、稚き女子の
     矢武におはするぞ、老が物見たる中のあはれなり。秋去春来りて、その年の八月十日
     といふに死給ふ。

는 열부와는 의미가 다르다는 것만은 지적해두고 싶다. 미야기가 죽은 것은 몸의 정절을 지키기 위해서가 아니다. 단지 남편과의 약속 때문에 사랑하는 남편을 기다리다가 죽은 것이다.

미야기 유령의 대사 중에는 다음과 같은 표현이 있다.

> 한번 이별한 이후, 믿고 기다리던 가을이 되기 전에 두려운 세상이 되어, 마을 사람들은 모두 집을 버리고 바다를 떠돌고 산에 숨으니, 우연히 남은 사람은 욕심 많고 잔학한 마음을 가진 사람이 많아서, 이렇게 과부가 된 것을 잘 됐다고 여겨서인지, 교묘한 말로 유혹했습니다. 그러나 옥처럼 죽는 한이 있더라도 기와처럼 오래 살지는 않겠다고 몇 번이나 괴로움을 참고 견뎠습니다.[4]

이 글에서는 원전의 병사에 해당하는 인물도 보인다. 그러나 그것은 폭력으로 미야기를 욕보이려고 하는 병사가 아니라 우연히 남은 마을 사람이며, 교묘한 말로 접근하는 이른바 구애하는 남자이다. 게다가 최종 사인은 전혀 언급하지 않는다. 다시 말해 텍스트 자체에 미야기가 정절을 지키기 위해서 자살했다고는 어디에도 적혀 있

---

4   一たび離れまゐらせて後、たのむの秋より前に恐しき世の中となりて、里人は皆家を捨てて海に漂ひ山に隠れば、適に残りたる人は、多くの虎狼の心ありて、かく寡となりしを頼よしとや、言を巧みにいざなへども玉と砕けても瓦の全きにはならはじものをと、幾たびか辛苦を忍びぬる。

지 않다. 단, 이 부분에서도 미야기의 감정의 발로가 두드러진다.

"지금은 오랜 원한도 (사라져) 후련해져 기쁩니다. 만남을 기다리
다 애가 타서 죽어버리면 원한이 될 것입니다(今は長き恨みもはればれ
となりぬる事の喜しく侍り。逢を待つ間に恋ひ死なんは人しらぬ恨みなるべし)"
라고 미야기는 말한다.

여기에서도 기다리는 동안의 '원한'에 대해 언급하고 있다. 유령
미야기가 돌아온 남편과 하룻밤을 지내고 원한을 풀었다는 설정 또
한 여성의 덕목을 창현(彰顕)하는 선행 텍스트와는 주목하는 부분이
확연히 다르다. "우게쓰 이야기의 남자와 여자 이야기는 전부 결국
상대를 이해할 수 있었다는 오해와, 현실에서는 영원히 메꿔지지 않
는 남자와 여자의 단절을 그린 이야기이다"[5]라고 나가시마 히로아
키(長島弘明) 씨가 지적한 것처럼, '원한'은 남편에 대한 오해에서 비
롯된 심정이다. 이러한 오해로 인한 심정에 대한 묘사의 면밀함을
통해서 「잡초 속의 폐가」의 가장 중요한 특징은 여성의 내면 묘사,
이른바 '정(情)'의 발견이라고 할 수 있다.

3. 아키나리의 '순수한 마음(をさなき心)'과 이탁오의 동심설

우루마 노인은 미야기를 만요(万葉) 시대의 이성적인 여성 데고나

---

5   長島弘明(2000),「『雨月物語』における男と女の「性」」,『秋成研究』東京大学出版会,
     p.169. (初出は、長島弘明(1995),『国文学』40-7, 学燈社)

(手児女)에 비유해 평가하면서 다음과 같이 술회한다.

　　잠들지 못한 채 노인이 이야기했다. "내 할아버지의 그
할아버지도 태어나지 않은 아득한 옛날 일이요. 이 마을에
마마(真間)의 데고나(手児女)라고 하는 아주 아름다운 아
가씨가 있었다고 하오. 집이 가난하여 몸에는 삼베옷에 푸
른 깃을 달아 걸치고, 머리도 빗지 않고 신발도 신지 않았
지만, 얼굴은 보름밤의 달과 같고 웃으면 꽃이 곱게 핀 듯
하여 비단옷을 입은 도성의 귀부인보다 아름답다며 이 마
을 사람들은 물론이고 도성에서 파견된 무관과 이웃 지
방 사람까지도 호감을 전하며 연모했다네. 그러나 데고나
는 괴로운 일이라고 낙심하면서 많은 사람의 마음에 보답
해야 한다며 이 포구의 파도에 몸을 던졌다네. 이를 세상
의 안타까운 예로서 옛날 사람들은 노래로도 읊으며 이야
기를 전했지. 내가 어릴 적에 어머니가 재미있게 이야기해
준 이 이야기도 들으면서 안타까웠지만, 이 미망인의 심정
은 옛날 데고나의 <u>순수한 마음(をさなき心)</u>보다 몇 배는 더
슬펐을 것이오…"[6]

6　　寝られぬままに翁かたりていふ。「翁が祖父の其の祖父すらも生まれぬはるかの往古
　　の事よ。此の郷に真間の手児女といふいと美しき娘子ありけり。家貧しければ身には
　　麻衣に青衿つけて、髪だも梳らず、履だも履ずてあれど、面は望の夜の月のごと、笑
　　ば花の艶ふが如、綾錦に裏める京女臈にも勝りたれとて、この里人はもとより、京の
　　防人等、国の隣の人までも、言をよせて恋ひ慕ばざるはなかりしを、手児女物うき事

앞의 인용문은 우루마 노인의 술회이다. 선행연구에서 지적하고 있는 바와 같이, 『만요슈(万葉集)』 권9에 수록된 「가쓰시카 마마의 처녀를 읊은 노래(勝鹿の真間の娘子を詠む歌)」의 수사에 기초하고 있다 (쇼가쿠칸 신(新)일본고전문학전집 주석). 그러나 이 노래에서 환기되는 이미지가 「애경전」의 애경이나 「유녀 미야기노」의 미야기라는 열부 이미지 그리고 이야기의 경위와 전혀 다르다는 것을 간과해서는 안 된다. 오히려 '호감을 전해오는' 사람이 많아서 거기에 응할 수 없다는 플롯 설정은 앞에서 인용한 미야기의 대사와 호응하여 상호 보완적 효과가 있다. 옛 시가를 인용함으로써 미야기의 이야기를 보완하고 죽음의 원인에 관해서도 상기시킨다. 그러나 미야기의 죽음은 유교가 강조하는 정절을 지키기 위해서가 아니라 오히려 마음에서 우러나온 정(情)에 의한 것이다.

왜냐하면 미야기와 그 비유 대상인 '데고나'에 대해서 '순수한 마음'이라는 표현을 사용하고 있기 때문이다. 미야기의 '순수한 마음'은 정 때문에 물에 몸을 던지는 고대의 데고나보다 훌륭하다고 평가하고 있다.

'순수한 마음(をさなき心)'이란 무엇일까? 'をさなき'에는 어리다, 치졸하다, 미숙하다 등의 의미가 있지만, 당시에는 부정적 의미로

に思ひ沈みつつ、おほくの人の心に報ひすとて、此の浦回の波に身を投げしことを、世の哀れなる例とて、いにしへの人は歌にもよみ給ひてかたり伝へしを、翁が稚かりしときに、母のおもしろく語り給ふをきへいと哀れなることに聞きしを、此の亡人の心は昔の手児女が<u>をさなき心</u>に幾らをかまさりて悲しかりけん。

쓰이지 않았다. 오히려 '갓난아이(赤子)'처럼 순수하거나 순박하다 등의 인간의 본성을 긍정하는 의미로 사용되었다. 『고가네이사고(金砂)』(아키나리의 저서. 『만요슈』 연구서)에는 '순수하다'나 '순수한 마음'이라는 표현이 여러 번 사용되고 있다. 예를 들어 다음과 같은 단락이 있다.

> 지금은 보이지 않음에 그저 근심 걱정에 풀이 죽어, '저기 저 산아, 옆으로 비켜다오, 님의 마을의, 님의 집 안 보이오'라고 순수한 탄식을 하는 것이다. 생각다 못해 그저 순수한 옛 마음으로 돌아가, 막무가내로 바라는 것이다. 그 마음 그대로를 옛사람은 표현한 것이다.
>
> 『고가네이사고』[7]

가키노모토노 히토마로(柿本人麻呂)가 아내와의 이별을 아쉬워하며 미련이 남는 심경을 읊은 노래를 평하며 쓴 단락이다. 솔직한 마음의 발로를 '순수한 탄식(をさなきなげき)'이라 표현하고 있다. 그리고 이런 마음에서 비롯되어 어떤 것에도 영향을 받지 않은 자연 상태의 마음을 '순수한 옛 마음(をさなき昔の心)'이라고 지적한다.

---

7   텍스트 인용은 『上田秋成 全集』(中央公論社, 제3권 수록)에 의한다. (今は見えず成には、ただただ思ひうらぶれて、あの山よ、横をればばびけ、あなたの里の妹が家見んと、稚きなげきする也。思ひあまれば、何事もをさなき昔の心にかへりて、わりなきねがひをする也。其心のままを、いにしへ人は打出し也。)

에도 시대의 문예를 지배한 것은 주자학이 아니라 양명학과 그 좌
파였다고 나카노 미쓰토시(中野三敏) 씨는 지적한다. 유안위(劉岸偉)
씨도 에도 시대 중기의 문화 상황은 양명학 이후의 중국 사상계를
연상시킨다고 지적하고 있다.[8] 나카노 미쓰토시 씨는 나아가 아키나
리의 문예관을 논하면서 우에다 아키나리의 「우언론(寓言論)」의 핵
심 요소가 이른바 '교훈'이 아니라 '한탄'이나 '슬픔' 등과 같은 내면
의 감정묘사라는 점은 명나라 말기 양명학 좌파의 영향을 받은 것이
라고 지적하고 있다.[9]

여기서 보이는 '순수한 마음'과 비슷한 주장에서도 이탁오의 '동
심설(童心説)'과의 관련성을 찾을 수 있다.

> 동심이란 진심을 말한다. 만약 동심이 불가(不可)하다
> 면 진심이 불가하다는 것이다. 동심이란 순수 무구하고 최
> 초 일념의 본심이다. 만약 동심을 잃는다면 즉 진심을 잃
> 게 된다. 진심을 잃는다면 즉 인간 본연의 모습(眞人)을 잃
> 게 된다. 인간은 본연의 모습(眞)을 잃으면 다시 처음으
> 로 돌아갈 수 없다. 동자는 인간의 처음이다. 동심은 마음
> 의 처음이다. 어찌 잃어버릴 수 있으랴. 하지만 동심은 갑
> 자기 잃어버린다. 왜냐하면 처음부터 문견(聞見 견문과 식

---

8   劉岸偉(1994),『明末の文人—李卓吾中国にとって思想とはなにか』中央公論社, p.152.

9   中野三敏(1999),『十八世紀の江戸文芸—雅と俗の成熟』岩波書店, pp.86~89.

견)이라는 것이 귀와 눈에 들어와서 점점 마음의 주된 부분을 차지하면 동심을 잃어버리는 것이다. 어른이 되면 도리는 '견문'과 함께 (마음으로) 들어와 내적인 마음 대부분을 차지하고 동심을 잃어버린다. 시간이 흐를수록 도리와 견문이 더 많아지고 아는 것과 깨우친 것이 더 많아지기에 미명(美名)을 알고 좋아하며 그것을 높이려다 동심을 잃는다. 그리고 불미한 이름이 추하다는 것을 알고 이를 감추려다 동심을 잃는다. 도리와 문견은 모두 많이 독서함으로써 의리(義理)를 아는 데서 오는 것이다.

「동심설」(『이씨분서(李氏焚書)』 3권)[10]

　'갓난아이'도 이탁오의 '동심설'도 갓 태어난 갓난아이의 마음, 다시 말해 아직 도덕의 영향을 받지 않은 마음이야말로 '진심'이며 가장 아름답다고 말한다. 학습과 독서 등을 통해서 강요된 유교의 도덕은 인간 본래의 성품과 동심을 교정하는 것이며, 불학불려(不学不慮) 다시 말해 배움과 고려 없이 마음에서 나오는 행동을 '훌륭한

10　텍스트 인용은 『焚書·續焚書』(中国思想史資料叢刊·中華書局, 2009)에 의한다. (夫童心者、真心也。若以童心為不可、是以真心為不可也。夫童心者、絶假純真、最初一念之本心也。若失却童心、便失却真心。失却真心、便失却真人。人而非真、全不復有初矣。童子者、人之初也。童心者、心之初也。曷可失也？然童心胡然而遽失也。蓋方其始也、有聞見従耳目而入、而以為主于其内、而童心失。其長也、有道理従聞見而入、而以為主於其内而童心失。其久也、道理聞見日以益多、則所知所覚日以益廣、於是焉又知美名之可好也、而務欲以揚之而童心失。知不美之名之可醜也、而務欲以掩之而童心失。夫道理聞見、皆自多読書識義理而来也。)

남자(ますらを)' '호걸' 등으로 칭송한다.[11] '동심'을 잃어버리는 원인은 '문견'이 마음에 들어갔기 때문이며, 그 '문견'이라는 것은 독서를 통해 의리를 알게 된 것이다. 아사이 료이에게 미야기노의 행동원리는 마음에서 비롯한 것이 아니라 오히려 이른바 앞에서 설명한 '도리 문견'에 의한 가치판단이다. 「잡초 속의 폐가」에서 조형된 미야기야말로 이러한 '도리 문견'을 일절 입에 올리지 않으며, 그 행동원리는 언제나 자신의 마음에 충실하다고 할 수 있을 것이다. 다시 말해 굳게 결심한 남편의 행동을 이른바 '도리 문견'으로 판단하지 않고, 그저 불안함과 미련으로 솔직하게 표현하고 있다. 만류해도 남편이 여전히 집을 떠나버리자, 미야기의 마음은 미련에서 불안으로 변하고 나아가 약속을 지키지 않은 남편에 대한 '원한'이 되어 더욱 슬퍼진다. 모든 것이 심정의 발로이다.

남편을 떠나보내면서 되풀이하는 문구로 『고킨와카슈(古今和歌集)』의 와카를 인용함으로써 이별을 슬퍼하는 전통과 재회의 어려움을 암시하고 있다. 재회 장면에서의 보기 흉한 용모에 대한 묘사도 '원한'에서 비롯된 것이라고 장용매(張龍妹) 씨는 지적한다.[12]

확실히 미야기의 '원한'에 관한 묘사는 소설의 여러 장면에서 발

---

11   아키나리의 「学ばず受けず」와 「不学不慮」라는 사상의 관계에 관해서는 졸고(2016), 「『旌孝記』における秋成の思想に関する一考察—陽明学左派との関連を中心に—」, 『日本漢文学研究』(二松学舎大学) 11)에서 논한 바 있다.

12   張龍妹(2009), 「『剪灯新話』在東亜各国的不同接受—以「冥婚」為例—」, 『日語学習与研究』(中国·北京), p.70.

견된다. 자연스럽고 소박한 정(情)이며, 이른바 '순수한 마음'이기도 한 한 사람의 순수한 동심이다. 아키나리가 「잡초 속의 폐가」에서 조형한 것은 불학불려하고 일체의 도리를 모르는 여성의 모습이다.

이런 여성을 아키나리는 열부(烈婦)라고 표기하고 현명한 여인(さかしめ)이라는 훈을 달았다. 소설에는 분명히 '열부' '삼정의 절개(三貞の操)'라는 표현이 보이지만, 그것은 오히려 이러한 여성은 유교적으로 판단하면 이런 표현이 해당될 것이라는 판단이다. 즉, 전해지는 이야기 중에서는 유교에서 말하는 '열부'와 비슷할 것이다. 그러나 이러한 열부를 성취한 원인은 남편에 대한 사랑이며 오해로 인한 원한이며 슬픔이기도 하다. 이 점에 있어서는 선행하는 텍스트의 미야기 계보에 나타난 미야기 조형과 본질적인 차이를 보인다.

4. 「미야기의 무덤」에 나타난 미야기의 동심과 권력·지(知)의 악

아키나리는 만년에 다시 한번 미야기라는 여성을 주인공으로 작품을 썼다. 미야기의 부모와 출신 및 유녀라는 신분에 관한 내용이 적혀 있지만, 철저하게 동심을 관철한 여성상이 조형되어 있다고 할 수 있다. 그리고 동심의 반대인 권력·지(知)의 악을 파헤치는 것이 이 소설의 목적이라고 생각된다. 특히 「애경전」 등의 도덕을 강조하는 텍스트는 말할 것도 없이, 마찬가지로 번안 소설이자 명나라 주정주의 문예사조의 영향을 받아 창작되어 특히 여성의 정(情) 부분

을 수정한 「에구치의 유녀 박정함에 원한을 품고 주옥을 물속에 가라앉힌 이야기」와도 내용을 달리한다. 구체적으로 설명하면, 「에구치 유녀」 등의 관련된 유녀 유형은 모두 주인공인 유녀가 몸값을 치르고 빠져나와 가정(家庭) 다시 말해 질서로 복귀하고자 하는 소망이 강하게 나타나 있는 것에 비해서, 「미야기의 무덤」에 나타난 미야기의 행동 원리는 오로지 정을 따르고 있는 것처럼 보인다. 또한 사랑의 파탄은 남자의 변심이나 다른 요소에 의한 것이 아니다. 미야기를 짝사랑하는 후지타유로 대표되는 권력에 조종당한 지(知)야말로 미야기의 비극을 초래한 원인이라고 볼 수 있다. 특히 전자의 지는 아키나리가 비판해 마지않는 것 중 하나이며, '순수한 마음' 다시 말해 '배우거나 남에게 받지 않은(学ばず受けず)' 타고난 동심에 대한 찬양이다.[13]

5. 맺음말

마음의 발로를 찬양하는 아키나리가 이처럼 자연스러운 마음을 드러내는 것을 '순수한 마음'이라 평하는 것은 이탁오의 '동심설'과 인간의 성(性)을 주시하고 정과 욕을 긍정하는 동시대 문예사조에

---

13 이 부분은 비슷한 내용을 다음의 졸고에서 언급한 적이 있다. 여기에서는 그 취지를 정리했다. 졸고(2017), 「上田秋成の仏教観と『宮木が塚』における権力・智略と信仰」, 『アジア遊学』 207, 勉誠社.

그 근원이 있다. 아키나리 문학에 나타난 '미야기'의 계승이 선행하는 텍스트와 다른 점은 내면적인 정(情)의 발견이다. 「잡초 속의 폐가」에서도 「미야기의 무덤」에서도 결국 자살하는 미야기는 도덕을 위해 목숨을 바치는 것이 아니라 자신의 정을 위해 목숨을 바치는 여성으로 묘사된다. 특히 후자는 미야기와 호넨(法然)의 설화를 삽입하여 진정한 신앙이란 무엇인지 묻는 취지가 보인다는 점도 큰 특징이다. 이는 선행하는 '미야기상'과 가장 차이를 보이는 부분이며, 물론 사상적인 면에서도 훌륭하다고 할 수 있다. 아키나리는 도덕 자체를 부정하는 것이 아니라 외부에서 강요된 도덕이나 욕망이나 권력에 조종당한 도덕을 부정한다. 그 대신 그가 조형하는 '열부'는 참신하다고 할 수 있다.

중국의 전기(傳奇)는 아키나리에게 이야기의 큰 틀을 제공하고 있으며, 일본 고전은 아키나리에게 상상력을 발휘하는 소재를 제공한다. 예를 들어 「잡초 속의 폐가」나 「미야기의 무덤」에는 『만요슈』의 데고나 전설, 호넨과 유녀에 관한 설화가 절묘하게 삽입되어 있다. 문예 이념이나 사상적인 면에서는 명나라 말기의 주정주의 문예사조와 동심(순수한 마음)을 긍정하는 풍조가 아키나리의 상상력을 탄생시킨 중요한 문화적 토양이며, 동시에 그의 문예 창작에 사상성과 가치를 부여하고 도달점을 결정한 가장 중요한 요소이다. 단, 이러한 영향 관계를 증명하기 위해서는 보다 상세한 고증이 필요하다. 나카노 미쓰토시 씨는 시대 풍조에서 유추할 수밖에 없다고 지적했지만,[14] 이러한 유추 다시 말해 동아시아 특히 명나라 말기와 에도 시대의 시대 풍조라는 오히려 동시대적 풍조 하에 놓음으로써 아키나리의 특수성이 아니라 그러한 상상력을 품게 만든 시대적 요소와 동시대의 공통성에 대해 생각할 필요가 있다.

---

14 다음 논문에 이러한 논점이 보인다. 中野三敏(2009)「秋成とその時代」,『文学』1, pp.148~149.

참고문헌

원문 출전

李贄(2009),『焚書·続焚書』, (『中国思想史資料叢刊』), 中華書局.

上田秋成編集委員会編(1991),『上田秋成全集第三巻』, 中央公論社.

松田修·渡辺守邦·花田富二夫 校注(2001),『伽婢子』, (『新日本古典文学大系』), 岩波書店.

高田衛 外校注·訳(1995),『英草紙·西山物語·雨月物語·春雨物語』, (『新編日本古典文学全集』), 小学館.

서적·잡지 논문

岳遠坤(2017),「上田秋成の仏教観と『宮木が塚』における権力·智略と信仰」,『アジア遊学』207, 勉誠社.

岳遠坤(2016),「『旌孝記』における秋成の思想に関する一考察―陽明学左派との関連を中心に―」,『日本漢文学研究』11, 二松学舎大学.

張龍妹(2009),「『剪灯新話』在東亜各国的不同接受―以「冥婚」為例―」,『日語学習与研究』(中国·北京).

中野三敏(1999),『十八世紀の江戸文芸―雅と俗の成熟』岩波書店.

中野三敏(2009),「秋成とその時代」,『文学』1.

長島弘明(1995),『国文学』40-7, 学燈社.

長島弘明(2000),「『雨月物語』における男と女の「性」」,『秋成研究』東京大学出版会.

劉岸偉(1994),『明末の文人―李卓吾中国にとって思想とはなにか』中央公論社.

구로사와 아키라의 《거미집의 성蜘蛛巢城》 고찰

―전통예능 노能의 영향을 중심으로―

이시준

1. 서론

구로사와 아키라(黑澤明)는 셰익스피어의 4대 비극 중 하나로 알려진 『맥베스』를 일본의 전국시대의 이야기로 개작하여 1957년 1월 거미집의 성(蜘蛛巢城)을 공개했다. 『맥베스』는 오손 웰즈(1948)와 로만 폴란스키(1971) 등 많은 서양 감독들에 의해 영화화 되었으나 연출적인 면에서 단면적인 한계가 있었다고 평가되는데, 이에 대해 구로사와 아키라 감독의 《거미집의 성》은 셰익스피어 작품을 영화로 만든 작품 가운데 손에 꼽는 수작으로 간주되어 많은 비평가들의 조명을 받아왔다. 『맥베스』를 소재로 영화를 찍어야겠다고 생각한 이유에 대해서 구로사와는 "항상 생각하던 것이지만 일본의 시대극은 역사의 틀에 박힘, 즉 판에 박은 듯한 제재가 너무 많고, 표현 방법도 현대적인 것을 사용한 적은 전혀 없어요. 너무 그 형태가 고정

155

되어버렸고, 게다가 기묘하게도 그것이 조그맣게 쪼그라든 것 같은 느낌이 듭니다."[1]라고 밝히고 있다.

구로사와의 창작동기에 대해서는 쓰즈키 마사아키(都筑政昭)의 이하의 지적이 있다.[2]

> 작가적 사명 등의 모든 구속에서 자유롭게 되었을 때, 구로사와는 이전부터 품어왔던 3개의 야심을 이 「거미집의 성」에 걸었다. 첫 번째는 드라마 중의 드라마인 고전 셰익스피어를 다루고 싶다는 야심, 두 번째로 일본인 구로사와의 감성이 묻어나는 무사화의 세계, 세 번째는 오랜 세월 마음이 끌려온 노(能)의 세계를 마음껏 살리고 싶다. 이세 개의 정념이 한 번에 불타오른 것이었다. 구로사와의 교양이기도 한 서양과 일본 간의 융합이며, 오랜 세월의 꿈이었다.

쓰즈키씨의 지적은《거미집의 성》을 종합적으로 이해하는 데 도움이 되는데, 특히 필자가 주목하고자 하는 대목은 '서양과 일본 간의 융합'이었다는 점이다. 구로사와는 권력의 속성과 인간 욕망의 문제를 다룬 원작『맥베스』의 화두를 일본의 전국시대로 시대상을

---

1   ドナルド・リチー著, 三木宮彦訳(1979),『黒澤明の映画』, キネマ旬報社, p.202.
2   都筑政昭(2010),『黒澤明－全作品と全生涯－』, 東京書籍, p.276.

바꾸어 원작의 스토리를 개작하는 한편, 일본 고유의 전통극 양식인 노(能)의 형식을 도입해 영화 고유의 예술성을 부각시켰다.

본고는 구로사와가 원작 『맥베스』를 개작하는 과정에서 어떻게 전통예능을 활용하였고, 그 효과는 어떤 것이었는지에 대해 고찰하는 것을 목표로 한다. 필자는 이전에 졸론「구로사와 아키라의《거미집의 성》고찰 : 인물조형과 플롯을 중심으로」에서 원작과 영화의 서사(스토리)적 측면을 고찰했었는데, 본고는 전통극 노(能)와 관련한 구성, 연출, 음악에 대한 고찰로, 그 후속연구에 해당한다고 할 수 있다. 이미《거미집의 성》과 노(能)와 관련해서 선행연구가 있으나 대부분이 사실관련 기술이 대부분으로 연출의 효과에 대해서는 다소 설명이 부족한 면이 있다고 본다. 본고에서는 원작과의 차이를 염두에 넣으면서 연출의도와 효과 그리고 영화의 주제와의 관련성에 대해서도 언급하고자 한다. 관련된 선행연구는 각 절에서 소개하고자 한다.

2. 제목·구성

본 장에서는 영화의 제목과 구성에 보이는 노(能)의 영향에 관해 고찰하고자 한다. 내용의 이해를 돕기 위해, 원작 『맥베스』의 줄거리와 영화의 줄거리를 간단히 기술하면 이하와 같다.

『맥베스』의 줄거리

스코틀랜드의 장군 맥베스는 영주 뱅코우와 더불어서 개선하는 도중 황야에서 세 마녀를 만나 그와 뱅코우의 자손이 앞으로 왕이 된다는 예언을 듣는다. 이를 듣고 남모를 야심에 불붙은 맥베스는 망설이면서도 그 이상으로 야심 있는 부인에게 사주를 받아 때마침 자신의 성을 방문한 왕 덩컨을 시역(弑逆)하고, 그 후 뱅코우와 파이프의 영주 맥더프의 처자마저 죽인다. 하지만 맥베스는 뱅코우의 망령에 시달리고, 부인은 양심의 가책으로 말미암아 몽유병자가 되었다가 결국 죽는다. 두 번째 만난 마녀의 예언은 버남 숲이 던시네인 성으로 다가오지 않는 한, 또 여자에게서 태어난 자에게 맥베스는 결코 패하지 않는다고 예언한다. 그러나 덩컨의 아들 맬컴은 위장을 하기 위해 버남 숲의 나뭇가지를 들고 쳐들어오고, 맥더프는 달이 차기 전 어머니의 배를 가르고 나왔다고 말하며 맥베스의 목을 벤다. 그 뒤 덩컨의 아들이 왕위에 오른다.

《거미집의 성》의 줄거리

군웅할거의 전국시대. 거미집의 성(蜘蛛巢城)의 성주 쓰즈키 구니하루(都筑国春)에게 전령이 달려와 와시즈 다케토키(鷲津武時)와 미키 요시아키(三木義明)의 눈부신 활약으로 이누이(乾) 등의 적군이 물러갔다고 보고한다. 영주의 부름을 받고 두 장군은 거미집의 성으로 가는 도중, 거미손의 숲(蜘蛛手の森)에서 모노노케(物の怪)인 노파

를 만난다. 노파는 와시즈에게 "북성(北の城)의 주인, 이후 거미집의 성의 성주가 된다"고 하고, 미키에게 "제1 요새(一の砦)의 대장이 되고, 아들이 거미집의 성의 성주가 된다."고 예언한다. 그 날 밤, 노파의 예언대로 와시즈는 북성의 성주가 되고 미키는 제1 요새의 대장으로 승격된다. 와시즈의 처 아사지(浅茅)는 남편에게 예언이 알려지기 전에 주군 쓰즈키를 죽여야 한다고 종용한다. 계속해서 주군이 와시즈를 선봉대장으로 임명한 것은 그를 죽이려고 하는 의도가 있다고 해석하는 부인의 주장 앞에, 결국 와시즈는 주군을 시역(弑逆)한다. 미키의 도움도 있어 드디어 와시즈는 거미집의 성의 주인이 되었는데, 예언을 두려워하여 이후 미키마저도 죽인다. 이후, 주군의 아들과 그를 모시는 오다쿠라 노리야스(小田倉則保), 그리고 미키의 아들이 적군이었던 이누이와 함께 와시즈를 공격한다. 와시즈는 숲 속의 노파에게 미래를 묻고, 노파는 "거미손의 숲이 움직여 성을 향해 오지 않는 한 전투에지지 않는다."라고 예언한다. 이에 자신만만해지 와시즈였지만, 눈 앞에서 거미손의 숲이 움직여 성을 향해오는 것이 아닌가. 이누이 군이 위장하기 위하여 가지를 꺾어 몸을 숨기고 행진한 것이었다. 분노한 와시즈의 부하는 와시즈에게 활을 겨누어 그를 죽인다.

구로사와의 자서전 『두꺼비 기름(蝦蟇の油)』에 의하면 감독은 전시 중에 처음으로 노(能)를 보고 일본의 전통적인 미의 세계를 경험했다. 그는 일본의 노(能)를 완성시킨 제아미(世阿弥)의 예술론 저술

과 그에 관한 논문, 그 외 노가쿠(能楽) 관련서적을 읽었다고 회고하고 있다.[3] 그리고 그는 1983년, 젊은이들이 일본의 고유전통문화인 노(能)와 친숙해졌으면 하는 바람으로 각지의 노(能)의 무대를 촬영, 다큐멘터리 제작발표를 하고 와카야마(和歌山)의 도조지(道成寺), 이와테(岩手)의 주손지(中尊寺) 등 전체의 30%를 촬영했지만, 영화《란乱》의 완성에 전념한 탓에 미완으로 끝나고 말았다.[4]

《거미집의 성》이전에 노(能)의 영향을 확인할 수 있는 작품으로 《속 스가타산시로続姿三四郎》(1945년)와《호랑이 꼬리를 밟은 남자들虎の尾を踏む男達》(1945년 작, 1952년 2월 개봉) 등이 있다.《속 스가타산시로》의 주인공 산시로의 최대 적수는 히가키 형제들이었다. 그 중에 막내 겐자부로는 장애를 겪어, 스스로를 제어할 수 있는 힘이 없는 위험한 광기에 사로잡힌 캐릭터로 설정되고 있는데, 구로사와는 "머리에는 노(能)에서 사용하는 검은 머리털의 가발과 같은 것을 씌우고, 얼굴은 하얗게 칠하고 입술은 립스틱으로 빨갛게 칠하고 몸에는 흰옷을 입히고, 손에는 구루이사사(狂い笹, 노에서 등장하는 광인의 소품)를 들게 하였"다고 한다.[5] 한편,《호랑이 꼬리를 밟은 남자들》은 노(能)의 『아타카安宅』와 가부키(歌舞伎)의 『간진초勧進帳』를

3   黒沢明(1984),『蝦蟇の油』, 岩波書店, p.310.

4   류고쿠대학(龍谷大学)과 구로사와 프러덕션(黒澤プロダクション)이 제작한 '黒澤デジタ ルアーカイブ(http://www.afc.ryukoku.ac.jp/Komon/kurosawa/index.html)'에는 다큐멘터리 원고 일부가 공개되어 있다.

5   黒沢明(1984),『蝦蟇の油』, 岩波書店, p.289.

개작한 것으로, 스토리는 적절하게 두 원전을 이용하여 전체적으로 충실히 따르면서도, 희극적인 요소를 전면에 내세우고, 봉건적인 원전의 주제를 보다 현대적인 취향에 맞추어 쉽게 풀어내었다고 할 수 있겠다.[6]

그럼 이하 노(能)와의 관련성에 주목하면서 《거미집의 성》의 제목과 구성에 대해 살펴보고자 한다.

우선 영화의 제목에 대해서인데, 구로사와는 전국시대의 성을 조사해 보니 성 중에는 미로와 같이 된 숲을 이용하여 공격하는 적을 혼란에 빠뜨리는 예가 있고, 그 숲을 '거미손의 숲(蜘蛛の手の森)'이라 불렀기 때문에 이것을 영화의 제목으로 삼았다고 이야기 한다.[7] 감독의 말대로 '거미손의 숲'은 일단은 적의 공격으로부터 성을 보호하기 위한 '미로'의 기능을 한다. 하지만 심층적으로 보면 영화의 모두부분에서 와시즈와 미키가 이 숲 속에서 길을 잃고 몇 번이고 안개를 뚫고 빠져나와 다시 안개로 들어가는 장면이 연출되는데, '거미손의 숲'은 그들이 앞으로 사로잡힐 '권력의 망집'의 '미로'에서

---

6 구로사와는 카메라 워킹 및 편집기술과, 카메라의 시선 처리, 배경처리 등을 통하여 전통예능인 원작의 이미지를 그대로 살리거나 효과적으로 바꿈으로써 상대적으로 정적인 무대예술을 역동적인 영상으로 담고 있으며, 원작이 갖고 있는 게자(下座) 음악, 요곡, 마츠리바야시 등의 일본의 전통 음악적 요소를 효과적으로 사용하여, 일본 영화상, 최초로 시도되었던 뮤지컬 영화라는 점에서도 주목받을 가치가 있다. 졸론(2011), 「아타카(安宅)관문突破譚」, 『일본어문학 52권』, 일본어문학회, 273~296면 및 졸론(2011·2), 「구로사와 아키라의 「호랑이 꼬리를 밟은 남자들」考」, 『일본연구 제15집』, 289~309면 참조.

7 佐藤忠男(2002), 「蜘蛛巣城」, 『黒澤明作品解題』, 岩波書店, p.212.

빠져나오지 못할 운명을 상징한 것이기도 하다.

영화제목 '거미집의 성'이 전국시대에 실제로 전술에 사용되었던 '거미손의 숲'에서 힌트를 얻은 것은 감독의 코멘트로 명확한데, 제목의 '거미'에 주의하면 노(能)의 『쓰치구모土蜘蛛』에 등장하는 요괴, 즉 거미요괴(쓰치구모)가 연상된다. 이 연극은 가쓰라기산(葛城山)의 쓰치구모(土蜘蛛) 즉 거미요괴가 마에시테(前シテ)인 스님의 모습으로 나타나, 병상의 라이고(賴光)에게 거미줄을 던져 괴롭히고 도망가지만 끝내 라이고의 가신들에게 격퇴된다는 내용이다. 이 일화는 조루리(淨瑠璃)나 가부키에도 많은 버전이 생길 정도로 인기가 많았다. 쓰치구모의 정령은 라이고나 그의 가신들과 대항하기 위하여 거미줄을 던져 대적하는데〈그림 1〉, 이 무사들을 공격하는 장면이 이 극의 하이라이트가 되겠다. 요괴의 손에서 터져 나온 거미줄이 포물선으로 공간을 가를 때마다 관객들은 탄성을 터뜨리게 된다.

필자는 노(能)에 정통한 감독이 제목을 지을 때, 노(能)의 『쓰치구모』 또한 의식하였을 것으로 추측해 본다. 단순히 '거미'요괴가 등장할 뿐만이 아니라 더 나아가 거미요괴의 최후와 주군을 죽이고 스스로 성주가 된 영화의 주인공·와시즈 다케토키(鷲津武時)가 부하들에게 수많은 화살을 맞아 최후를 맞는 모습이 흡사하기까지 하기 때문이다〈그림 2〉. 군지 야스코(郡司康子)는 "마지막에 다케토키가 고슴도치처럼 죄업의 대가로 화살을 맞은 모습은 거미집 속에서 몸이 감겨 괴로워서 뒹구는 쓰치구모(土蜘蛛)의 정령을 방불케 한다."[8]라고 기술하고 있는데, 감독 역시『쓰치구모』의 거미 요괴의 최후와 와시즈 다케토키의 최후를 겹쳐서 보았을 가능성을 배제할 수 없다.

〈그림 1〉 라이고의 가신들에게 거미요괴가 거미줄로 공격하고 있다

다음으로《거미집의 성》과 노(能)의 구성에 대해서인데, 이와 관련해서는 이미 쓰즈키 마사아키(都筑政昭)의 간단한 지적이 있다.[9]

〈그림 2〉 거미요괴가 거미줄에 휩싸여 가신들의 칼을 맞고 최후를 맞는다

드라마의 구성도, 망령(シテ)이 나타나 과거의 죄업을 이야기하고 사라진다는 몽환노의 형식을 차용, 황폐한 거미의 성터를 보여주고, 이어서 옛날의 성이 나타나, 성주

8　　郡司康子(1957·4), 「『蜘蛛巣城』雑感」『映画評論』 이후 岩元憲児(1988), 「批評史ノート」, 『全集黒澤明第四巻』, 岩波書店, p.371에 수록됨.

9　　都筑政昭(2010),『黒澤明ー全作品と全生涯ー』, 東京書籍, p.277.

다케토키(시테シテ)가 갖은 악행을 저지르고 자멸하여 무
대에서 사라져가는 이야기로 구성하였다.

노(能)의 종류는 살아있는 사람이 자신에게 일어난 사건을 사건
별로 이야기하는 현재노(現在能)와 이 세상 사람이 아닌 망령이나 초
목의 정령 등이 인간의 모습을 빌려 나타나 나중에 자신의 정체를
밝히는 몽환노(夢幻能)의 형식으로 나뉜다. 쓰즈키의 언급은 위의 기
술뿐인데, 좀 더 구체적으로 영화의 구성과 노(能)와의 연관성을 살
펴볼 필요가 있겠다.

《거미집의 성》을 몽환노에 속하는『화살통簱』(二番目物, 修羅物)의
구성과 비교하면 정리하면 다음과 같다.

《거미집의 성》의 구성

(1) 오프닝 신: 현재의 황폐한 거미집의 성터의 '거미집의 성터(蜘
蛛巢城址)'라고 써진 나무비석

(2) 과거의 거미집의 성을 차지한 와시즈의 일화

(3) 엔딩 신: 현재의 황폐한 거미집의 성터의 '蜘蛛巢城址'이라고
써진 나무비석

『화살통簱』의 구성

① 행각승이 이쿠타 강(生田川)을 방문했는데 그 곳에 유서 깊은 매

화 나무를 보고 발을 멈춘다. 이때 마을 사람이 와서 미나모토노 요리토모(源賴朝)의 가신인 가지와라노 가게스에(梶原景季)가 자신의 매화나무로 만든 화살통의 일부를 꺽은 것이 이렇게 매화나무로 자랐다고 설명해 준다.

② 그리고 예전에 그 지역에 일어났던 전투이야기를 생생하게 들려주고는 자신이 가게스에의 망령이라고 고하고서는 자취를 감춘다. (나카이리中入)

③ 그날 밤 행각승의 꿈에 가게스에가 본래의 모습으로 나타나 수라도의 고통을 호소하고는 추선을 부탁하고 사라진다.

④ 행각승이 꿈에서 깨어난다.

영화(1)의 성터의 나무비석은 『화살통』①②에서의 '매화나무'에 해당되며, 마에시테(前シテ)의 마을사람에 해당하는 대상은 영화에 등장하지 않지만, 행각승인 와키(ワキ)는 바로 영화 관객에 해당된다고 하겠다. 성주의 지위를 둘러싼 암살과 전투를 다룬 영화(2)의 내용은 미나모토 가문과 다이라 가문의 전투에서 활약하는 가게스에를 그리는 『화살통』의 ③에 해당한다. 이어서 다시 현재의 시점으로 돌아오는 영화의 엔딩 신(3)은 꿈에서 깨어나 현실로 돌아온 『화살통』의 ④에 해당된다고 하겠다.

이상으로 쓰즈키씨의 지적을 토대로 영화와 노(能)의 구성을 비교해 보았는데, 이밖에도 와시즈를 둘러싼 과거의 음모와 전투에 해당하는 영화(2)의 내용 속에 또 하나의 노(能)의 구성을 연상시키는 장면이 있어 주목된다.

『거미집의 성』의 초반부는 와시즈 다케토키와 미키 요시아키 일행이 반란을 일으킨 이누이 군대를 토벌하고 주군에게 치하를 받기 위해 거미집의 성으로 가는 것으로 시작된다. 그러나 두 장수는 거미손의 숲을 지나던 한 허름한 초가집 안에서 실을 잣는 요파(妖婆)와 조우하게 된다. 요파는 하얀 머리를 흐트러뜨리고 물레를 돌리며 낮은 목소리로 노래를 부르곤, 와시즈에게 오늘밤부터 북쪽 성의 주인이 되고 머지않아 거미집의 성의 주인이 된다는 예언, 또 미키에게는 오늘밤부터 제1요새의 주인이며 그의 아들이 거미집의 성의 주인이 된다는 예언을 전한 뒤 사라진다. 이 기묘한 요파는 영화 후반, 와시즈가 미키 요시테루, 오다쿠라 노리야스 등의 연합군에 의해 궁지에 몰려 다시 예언을 듣기 위해 거미의 숲으로 향하게 될 때 다시 등장하게 된다. 그녀는 처음 만났을 때와 달리 광기가 담긴 어투로 자리에서 일어나 와시즈에게 '거미손의 숲이 움직여 거미집의 성으로 들이닥치지 않는 이상' 패배할 일이 없다고 예언하고 사라진다.

구로사와는 자신이 사랑했던 노(能)의 요소를 작품 곳곳에 새겨 넣었으며, 그 중 가장 눈에 띄는 것은 단연 요파와의 재회 장면이라고 할 수 있다. 구로사와의 요파 묘사의 방법은 기리노의 귀녀물(鬼女物)과 유사하며, 그 중 노(能)『구로즈카黑塚』[10]와 관련성이 깊다.

---

10 간제류(観世流)에서는 『아다치가하라安達原』라고도 한다. 우쿄(祐慶) 등의 야마부시(山伏)일행이 무쓰(陸奥)의 아다치가라하(安達ヶ原)에서 암자에서 거하게 된다. 그 숙소의 여주인(마에지테)은 실을 지으며 덧없는 세상의 무상함을 슬퍼한다. 밤이 되자

요파의 외양, 실을 자으며 부르는 노래, 연기는 노(能)의 방식, 특히 오니나 귀신을 주인공으로 하는 기리노(切能, 四·五番目物)의 주인공(시테)과 흡사하다. 이 기리노의 특징 중 하나는 꿈 혹은 어떠한 사건을 계기로 주인공이 모습을 바꾸어, 전반부 주인공인 마에시테(前シテ)와 후반부 주인공인 아토시테(後シテ)로 나뉘는 것이다. 영화 속의 요파의 모습을 노(能)에 비유하자면 와시즈와 미키 두 장수가 영화 초반부에 만났을 때의 모습이 마에시테, 후반부에서 와시즈와 재회했을 때의 모습은 아토시테라 할 수 있다. 기리노의 아토시테들은 대부분 하쿠토(白頭)라는 백발의 긴 가발을 쓰고 등장한다. 이 하쿠토는 여성의 긴 머리를 나타냄과 동시에 나이가 많은 귀(鬼)를 나타내는 연출이기도 한다. 『거미집의 성』의 요파 또한 이 하쿠토를 쓰고 등장하며, 이 하얀 산발로 인해 노(能)에 친숙한 관객은 바로 늙은 귀(鬼)라는 것을 알게 되고, 노(能)와 친숙하지 않은 관객이라도 나이를 먹은 광인이라는 인상을 강하게 갖는다.

아래의 그림과 같이 구로사와는 『구로즈카』의 전장(前場)과 후장(後場)의 시테의 모습을 영화에서도 구별하여 앉아 있는 모습에서 선 모습으로, 그리고 단정한 머리모양새에서 흐트러진 모양새로 나누어 연출하고 있다. 관객들은 전장에서는 여자주인의 고독과 업

여자는 장작을 구하러 나가면서 방을 들여다보지 말라고 당부하고 나간다. 일행 중의 한 사람이 그만 방을 들여다보게 되었고, 그 안에는 시체와 백골로 가득 차 있었다. 사람을 잡아먹는 귀녀(鬼女)였던 것이다. 일행은 곧바로 달아나지만 여자는 귀녀의 모습으로 변해(노치지테) 일행을 추격하고, 일행은 야마부시의 법력(法力)으로 그녀를 제압한다는 내용이다.

〈그림 3〉 전반부의 와시즈와 미키의 첫 번째 만남　　　〈그림 4〉 후반부의 와시즈와의 두 번째 만남

〈그림 5〉『구로즈카』의 마에시테　　　〈그림 6〉『구로즈카』의 아토시테

(業)을, 후장에서는 귀녀(鬼女)의 무서움을 영화의 요파의 이미지에 겹쳐서 감상했을 대목이다.『구로즈카』쪽에서 보면 와키(ワキ)는 와시즈가 되며, 와시즈와의 숲에서의 첫 번째 만남은 노(能)의 전장에 해당하며, 정체를 드러낸 귀녀(鬼女)와의 두 번째 만남은 후장에 해당된다. 전술했듯이 영화 전체가 노(能)의 구성과 유사하다고 한다면 노파와의 두 번의 조우는 소설이라면 '액자소설형식'과 버금가는 작은 노(能)가 삽입되어 있다고도 볼 수 있어 흥미롭다.

3. 연출

한편, 구로사와는 배역 연출에 있어서도 노(能)의 요소를 어떻게 차용할 것인지 온 정성을 쏟았다. 이에 대해서는 이하의 사토 다다오(佐藤忠男)와의 인터뷰에서 밝힌 구로사와의 설명이 시사하는 바가 크다. 장문이지만 인용하면 아래와 같다.[11]

숲속의 마녀는 원작의 각색시기부터 『구로즈카黒塚』라고 하는 노(能)에 나오는 요파(妖婆)와 같은 것으로 바꾸기로 했었습니다. 그것은 인간을 잡아먹는 바케모노(化物, 요괴)입니다. 서양의 마녀와 닮은 이미지를 찾으면, 일본에서는 그것밖에 없다고 생각했습니다. 그러나 그 외의 부분은 연출단계에서 궁리를 해 나갔습니다. 일반적으로 서양의 드라마는 인간의 심리라든가 환경을 통해서 캐릭터를 조형해 나갑니다만, 노(能)는 다르지요. 노(能)에는 우선 노면(能面)이 있고 그것을 계속 응시하고 있으면 노면에 맞는 인간이 되어 갑니다. 연기에도 가타(型)가 있어서 그 가타를 충실하게 실행하는 중에 누군가가 빙의하는 것이지요. 그래서 저는 배우들에게 각각의 역에 맞는 노면의 사진을 보여주고, 이 면이 당신의 역할이라고 말해 준 것

11   佐藤忠男(2002), 「蜘蛛巣城」, 『黒澤明作品解題』, 岩波書店, pp.210~211.

입니다. 와시즈 다케토기(맥베스)를 연기한 미후네 도시로에게는 헤이다(平太)라고 하는 노면을 보여주었습니다. 이것은 무장(武將)의 노면이지요. 미후네의 부인이 미후네에게 주군을 살해하라는 장면에서 그 노면과 똑 닮은 표정을 보여주었습니다. 아사지(맥베스부인)역의 야마다 이스즈에게는 샤쿠미(曲見)라는 노면을 보여주었습니다. 이것은 젊지 않은 미인으로 광란상태 직전의 여자의 모습이지요. 맥베스에게 살해당한 무장에게는 주조(中將)라고 하는 귀족의 망령의 노면이 어울린다고 생각합니다. 숲 속의 마녀는 야만바(山姥)라고 하는 노면입니다.

위의 내용은 요파의 연출과 관련된 전반부와 노의 가면(能面)과 등장인물의 연기와 관련된 후반부로 나눌 수 있는데, 본고에서는 구로사와의 설명을 조금 더 보충하고자 한다.

먼저 요파에 대한 연출에 대해서이다. 구로사와는 서양의 마녀를 일본의 노(能)에서 등장하는 망령으로 대치시켰다. 성을 향해 말을 달리는 와시즈와 미키는 거미손의 숲에서 길을 헤매다가 작은 초가집에 이르게 된다. 초가집 안을 살펴보니 슬픈 곡조를 읊조리며 실을 감고 있는 노파 한명이 보인다. 전술한 『구로즈카』의 물레로 실을 잣는 노파인 것이다. 억새로 만든 단조로운 작은 움집은 노가쿠의 무대장치를 떠올리게 한다. 구로사와는 "노가쿠의 경우 양식과 이야기는 한 몸입니다. 하지만 이 영화에서는 이야기를 어떻게 일본적인 사고방식에 맞출 수 있을까가 난제였죠. 이야기 자체는 뭐 잘 알고 있겠지만 요괴 노파라던가 유령과 같은 것에 대해서는 일본인의 감각은 또 조금 다르니까요."[12]라고 언급하고 있다. 노파는 여성의 외관을 하고 있지만 남성적 발성으로 목소리를 낸다. 노(能)의 이미지를 살려『구로즈카』의 음산한 이미지를 감각적으로 형상화한 것이다.『맥베스』의 3명의 마녀가《거미집의 성》에서는 한 명으로 축소된 것 또한 복수의 망령의 출몰은 일본인에게 위화감을 주기 때문이었으리라.

다음으로는 등장인물의 연기와 노(能)의 가면에 대해서이다. 헤이다는 가치슈라모노(勝ち修羅物)의 용맹스러운 무사에게 사용하는 가면으로, 남성의 영혼 등에 사용하는 아야카시(怪士)가면과 닮았지만 야아카시가 눈에 금이 들어가 있는 반면, 헤이다에는 들어있지 않다. 샤쿠미는 후카이(深井)와 비슷하게 중년여성의 역할에 사용되는 가면으로, 주걱턱인 특징에서 이 이름이 지어졌다. 여자가면에서는 이마의 좌우의 털을 먹으로 그렸지만, 후카이에서는 이마의 중앙부터, 샤쿠미에서는 관자놀이에 가까운 부분부터 털이 나오도록 그려져 있다. 주조는 귀족이나 다이라 가문의 귀족의 영에 사용하는 가면으로 아리와라노 나리히라(在原業平)가 모델로서, 나리히라의 별칭인 자이고주조(在五中将)에서 이름 지어졌다.

영화 속에서 와시즈 다케토키가 아내인 아사지에게 대주군을 살

---

12   ドナルド・リチー著, 三木宮彦訳(1979),『黒澤明の映画』, キネマ旬報社, p.205.

〈그림 7〉

〈그림 8〉

〈그림 9〉

〈그림 10〉

〈그림 11〉

〈그림 12〉

〈그림 13〉

〈그림 14〉

해하기로 결심한 뜻을 내비칠 때 짓는 표정〈그림 7〉은 노(能)의 가면 헤이다〈그림 8〉와 같다. 또한 아사지가 광란상태에 빠져 손에 묻은 피가 사라지지 않는다며 끊임없이 손을 씻는 장면에서 짓는 표정〈그림 9〉은 샤쿠미〈그림 10〉와 같다. 그리고 다케토키에게 살해당해 망령이 되어 나타난 미키의 표정〈그림 11〉은 주조〈그림 12〉와도 같으며, 영화 초반부에 다케토키와 미키에게 예언을 하는 요파(모노노케)의 표정〈그림 12〉은 야만바〈그림 14〉의 그것과 흡사하다.

표정뿐만이 등장인물의 연기에도 노(能)의 요소가 짙게 드러나는데, 전술한 요파이외에도 노(能)의 전형적인 몸짓을 보여주는 예가 와시즈 다카토기의 부인 아사지이다. 평론가들이 지적하듯이 와시즈가 쓰즈키를 살해하고자 아사지와 모의하고 살해를 이행하는 시퀀스는 노(能)의 형식의 이용을 설명함에 있어서 전형적인 예이다. 폐쇄된 공간속에서 대주군을 해치우라는 아사지, 그리고 그 말에 동요하는 와시즈. 두 사람이 노무대와 같이 폐쇄된 공간 속에서 특히 아사지는 엄격하게 절제된 동작으로 움직인다. 마취약을 넣은 술 단지를 대주군을 호위하는 병사들에게 대접하기 위하여 아사지는 노(能)의 스리아시(摺り足)로 무대를 좌우로 이동한다. 스리아시는 몸의 중심의 높이를 바꾸지 않으며, 뒤꿈치를 들지 않고 중심을 이동시켜, 자연히 걷는 동작이다. 이동 시 기본동작이 되는 스리아시는 '하코비(ハコビ)'라고 불리는데, 춤과 감정표현의 동작에 비하면 두드러지는 움직임은 아니지만, 숙련된 기본이 없으면 아름다운 하코비를 표현할 수 없다.

이외에 위의 시퀀스의 연출과 노(能)와 관련해서 필자는 이하 두 가지 점에 주목하고자 한다.

첫 번째, 아사지의 연출에 대해서이다. 일본의 기모노를 입은 여성들을 보면 보통 무릎을 꿇고 앉는, 즉 정좌(正座)로 앉는 것이 보편적인 듯하다. 그러나《거미집의 성》에서의 아사지는 다케토키와 대화하는 장면 등에서 반드시 한쪽 무릎을 세우고 앉는 모습이 보이는데, 이 또한 노(能)의 요소 중 하나라고 할 수 있다. 노(能)의 복장 중 여자의 겹옷, 가라오리(唐織)는 몸에 둘러 감는 겉옷으로 옷감이 두껍고 무게도 있어서 걷기 힘들며 특히 앉기가 힘들다. 참고로 간제(観世)·호쇼(宝生) 두 유파는 왼쪽 무릎을 세워 앉고, 곤파루(金春)·곤고(金剛)·기타(喜多) 등의 세 유파는 오른쪽 무릎을 세우는 것이 원칙이다.

또한 구부정한 자세로 서있는 아사지의 모습 또한 노(能)적이라 할 수 있다. 노(能)에서의 서는 자세는 마치 과장해서 표현을 한다면 스키 선수처럼 앞으로 기운 자세이다. 노(能)에서는 망령이 나타나는 일이 많아 이 세상에 남긴 원통한 일을 전신전령(全身全靈)을 다해 호소하기 때문에 신체까지도 앞으로 기운 자세(前傾姿勢)로 되었다고 한다. 영화에서의 아사지의 서있는 자세 또한 약간 구부정한 자세로 얼굴을 숙이는 장면이 많이 등장한다.

아사지는 와시즈가 대주군을 죽이러 방을 나가자 하야시(囃子)의 반주 속에서 춤(舞い)을 춘다. 와시즈가 쓰즈키를 살해하는 시퀀스는 엄격하게 절제된 형식 속에서 전개되는데 원작과 마찬가지로 와

〈그림 15〉기타류의『모토메즈카(求塚)』　　　〈그림 16〉아사지가 왼쪽 무릎을 세우고 앉아 있다

시즈의 살인 행위에 관한 직접적인 묘사는 없다. 대신 아사지의 노(能)에서 차용한 무용(舞い)은 '살인'의 극적 긴장감을 최고조로 끌어올리는데 일조한다. 고양된 감정을 억누르고 연출된 춤을 통해 살인을 암유하는 이러한 착상은 상징적인 노(能)의 미학을 관통하고 있다고 할 수 있다.

두 번째로 주목되는 점은 와시즈의 연출에 대해서이다. 아사지의 걸음걸이가 노(能)의 '스리아시'라고 한다면 와시즈의 걸음걸이는 노(能)의 '아시뵤시(足拍子)'의 기법이다. '아시뵤시'란 발로 무대 바닥을 밟는 것으로, 부인의 충동질에 주군인 구니하루(国春)를 살해하고 피가 뚝뚝 떨어지는 창을 들고 다시 아사지에게로 돌아오는 와시즈의 발걸음이 바로 '아시뵤시'라 할 수 있겠다. 연기자가 바닥을 어떻게 밟는가에 따라 다양한 감정이나 분위기를 표현할 수 있어 노(能)에서는 매우 중요시 되는 기법이다. 이 때문에 예로부터 노(能)

의 무대 바닥 아래에 항아리를 설치하여 소리를 잘 들리게 하기도 하였다. 바닥을 밟는 이 기술은 단순하게 밟는 소리를 내는 것이 아니라 매우 기교적인 어려운 동작인데, 와시즈 역할의 미후네 도시로(三船敏朗)는 이 부분을 훌륭히 수행하였다. 관객들은 그의 불안정한 '아시뵤시'를 통해, 아사지의 논리에 설복당해 끝내 주군을 살해한 와시즈의 양심의 가책 및 두려움·공포를 실감하게 된다.

또 한 가지 와시즈의 연기에서 주목되는 점은 절제된 아사지의 행동과는 달리 다소 분주한 행동을 보이는 와시즈의 움직임이다. 와시즈는 부인의 논리정연하고 냉철한 설득에 눈을 부릅뜨거나 변화무쌍한 얼굴표정을 짓고 몸을 부들부들 떤다. 특히 대주군을 죽인 이후에는 내부의 긴장감을 이기지 못하고 가쁜 숨을 몰아쉬며 쉼 없이 어깨를 들썩인다. 강렬한 감정의 동요는 행동에도 영향을 미쳐 비록 육중하게 움직이지만 걸음은 불안하기만 하다. 이러한 태도는 절제된 아사지의 행동양식과 대비되어 강조되었다고 단순하게 생각할 수도 있지만, 과장된 캐릭터의 연출 면에서 보면, 일종의 교겐(狂言)의 도게(道化)역이라 볼 수도 있지 않을까. 실제의 노(能)나 교겐에서는 엄중하게 구별된 역할이라 할지라도, 노(能)뿐만이 아니라 교겐에도 정통한 감독이 영화에서 노(能)·교겐 두 가지 장르를 한 공간에서 실현시켰다고 이해하는 것은 큰 무리가 아닐 것이라 생각된다.

4. 음악

《거미집의 성》은 스토리 구성, 무대, 등장인물의 연기 등 다방면에서 노(能)의 양식을 발상의 기점으로 하고 있는데, 음악에 있어서도 역시 노(能)의 요소를 차용하고 있다.

음악을 담당한 사토 마사루(佐藤勝)는 노(能)의 양식을 이용해 달라고 하는 감독의 요청에 따라 테이프레코더를 사서 간제회관(観世會館)에 가서 노가쿠의 음악을 녹음하여 연구했다.《거미집의 성》의 음악에 관해서는 니시무라 유이치로(西村雄一郎)의 논고가 대표적인데, 니시무라 씨는 오프닝 신의 타이틀 음악의 토속성과 미키 부자를 위한 연회석에서 노(能)『다무라田村』를 차용한 효과, 섬세한 음향효과의 사용 등을 지적하고 "침묵과 음향을 절묘하게 사용하면서 노(能)의 양식에 의한 섬세하고 판타스틱한 세계와 리얼리즘에 의한 남성적이고 다이내믹한 세계라고 하는 일견 상대적인 세계를 억지로 동거시킨 것이《거미집의 성》이다."[13]라고 평하고 있다.

이하 니시무라씨의 지적을 참고하면서 노(能)와 관련된 두 장면에서의 음악과 그 효과에 대해서 살펴보고자 한다.

첫 번째로 주목되는 것은 오프닝 신의 타이틀 음악에 대해서이다. 안개 속의 나무비석이 보이고, 안개가 걷히면서 산간에 우뚝 솟아 있는 거미성의 요새의 전경이 드러나는 동안 타이틀 음악이 흐른다.

---

13   西村雄一郎(1998),『黒沢明音と映像』, 立風書房, p.207.

보라, 망집의 성터를. 혼백이 여태 사는 듯하다. 수라의
길을 향한 집착. 예나 지금이나 변하지 않는구나(見よ妄執
の城の址。魂魄未だ住むごとし。それ執心の修羅の道。昔も今もか
わりなし).

위의 남자들의 '코러스'는 우타이(謠)를 부르는 노가쿠시(能楽師)
의 지우타이(地謠)가 아니라 서양의 오페라가수가 부른 것이다. 하
지만 노(能)의 우타이(謠)를 의식해서 전체적으로 복식호흡을 통한
저음의 노(能) 발성 특유의 떨리는 목소리로 부른다. 또한 전원이 하
모니가 아닌 같은 음높이로 부르고 있어, 묘하고 음산한 분위기를
연출한다. 이러한 전통음악인 노(能)에 서양악기를 이용한 서구적
인 음악을 교묘하게 혼용시키고 것은《호랑이 꼬리를 밟은 남자들》
을 연상시킨다. 오프닝 신에서 야마부시 모습으로 변장한 요시쓰네
일행이 호쿠리쿠(北陸)의 산을 넘어 오슈(奥州)로 향하는 산길을 걸
어가는 장면으로 연결되는 장면에서, 오케스트라 반주의 남성코러
스의 노래가 애달프게 울려 퍼지는데, 이러한 방식은 가부키의 나
가우타(長唄)의 이야기적인 역할을 합창에 옮긴 방법이다. 니시무라
씨는 위의 타이틀 음악에 관해서 사토 마사루(佐藤勝)가 그의 음악
스승인 하야사카 후미오(早坂文雄)의 "토착적인 곡상(曲想)을 확실하
게 파악하여, 더욱 넓고 크게 중후한 것으로 발전시켰다."[14]고 지적

---

14   西村雄一郎(1998), 『黒沢明音と映像』, 立風書房, p.200.

하고 있으나, 오히려 1945년 완성하고 1952년 2월에 개봉된《호랑이 꼬리를 밟은 남자들》의 음악이 상당부분 영향을 끼쳤을 가능성이 높다고 판단된다.

이 타이틀 음악은 엔딩 신에서도 연주되는데 전술한 영화의 구성 (1) 오프닝 신, (2) 과거의 와시즈를 둘러싼 스토리, (3) 엔딩 신이 각각 현재→과거→현재의 시점으로 되어 있다는 점을 상기해 볼 때, 타이틀 음악의 대사 "수라의 길을 향한 집착. 예나 지금이나 변하지 않는구나."는 너무나도 절묘하게《거미집의 성》의 주제와도 맞닿아 있다고 할 수 있다.

원작인 『맥베스』가 권력의 야망을 쫓아 살인을 한 주인공의 불안과 공포, 그리고 파멸을 통하여 선악의 대립과 인간의 본성을 시적으로 묘출했다고 한다면,《거미집의 성》은 이러한 맥베스의 개인 스토리의 틀을 가져와 인간사는 피가 피를 부르는 '야심의 악순환'의 굴레에서 벗어나지 못하는 세상임을 강조하고 있는 것이다.[15]

두 번째로 주목되는 것은 연회석의 우타이(謠)에 대해서이다. 극중, 와시즈가 처인 아사지의 권유로 친구인 미키와 그의 아들을 암살할 것을 지시하고, 거미집의 성의 큰 방에서 대외적으로는 미키

---

15   더불어 원작에 없는 폐방(開かずの間)의 설정의 의도에 대해서는 폐방이 군주 후지마루에게 모반을 일으킨 후지마키가 참수를 당한 장소임을 고려해야 할 것이다. 모반이 있었던 그곳에서 다시 와시즈 부부는 모반을 꾀하고 있는 것이며, 여기서 '피의 악순환'이라는 모티브는 더욱 강화된다. 결말부에서 주군을 살해한 와시즈가 다름 아닌 부하들의 화살을 맞고 장렬한 죽음을 맞게 되는 설정 또한 동일의 주제의식을 선명하게 부각시키고 있다고 할 수 있다.

부자를 초대한 연회를 열었을 때이다. 미키 일행을 기다리는 동안, 한 노장(老壯)이 나와 노(能)의 춤을 추며 노래를 불러 흥을 돋구고자 하였다.

이 보거라 귀신도 확실히 들어라, 옛날에도 이런 일이 있었다. 지카타라고 하는 역신을 섬긴 오니도 왕위를 배반한 천벌로 지카타를 버리고 파멸하였다.(いかに鬼神もたしかに聞け、昔もさるたましあり、千方といいし、逆臣に仕えし鬼も、王位を背く天罰にて、千方を捨つれば忽ち亡び失せしぞかし).

이 우타이는 무로마치 시대 초기에 성립되었다고 하는 노(能)『다무라田村』에 삽입되어 있는 것인데, 노(能)에서는 아토시테(後シテ)인 사카노우에노 다무라마로(坂上田村麿)가 와키(ワキ)인 승려에게 자신이 생전에 이세(伊勢)와 오미 지방(近江国)의 국경에 위치한 스즈카산(鈴鹿山)의 오타케마루(大嶽丸)를 천수관음의 가호를 받아 물리쳤다고 이야기하는 장면이다. 『다무라』는 사카노우에노 다무라마로의 전설을 소재로 한 것이고, 위의 우타이는 아토시테인 다무라마로가 다시 후지와라노 지카타의 전설을 인용하는 식의 다소 복잡한 내용으로 되어 있다. 이러한 점에서 다카하시 요시로(高橋与四朗)씨가 구로사와의 치밀함이 노(能)라고 하는 일본의 전통예능에 익숙하지 않은 외국인이나 그다지 노(能)에 소양이 없는 일본인에게

〈그림 17〉『田村』의 사카노우에노 다무라마로

〈그림 18〉 연회석에서 노장이 춤을 추며 우타이를 연기하고 있다

있어도 거리낌 없이 이해될 수 있는가[16]라고 한 부정적인 비평은 일단 수긍할 만하다. 하지만 전국시대의 승전을 축하하는 연회자리에서 고대의 전설적인 무사 다무라마로의 승전의 에피소드를 화제로 올리는 것이 부자연스러운 것은 아닐 것이다. 또한 노(能)에 대해 조금이라도 소양이 있는 관객이라면『다무라』가 전쟁을 테마로 한 슈라모노(修羅物) 중에서 전쟁에서 이긴 장군을 시테(シテ)로 하는 '가치슈라(勝修羅)'이며, 전쟁의 승리의 축언(祝言)의 내용을 담고 있다는 정도는 인지하고 있을 가능성이 높다.

다만 주의해야 할 것은 구로사와가 단순히 이 우타이를 승전의 축하 분위기를 돋구려고 한 것이 아니라는 사실이다.

다시 우타이의 내용을 살펴보면 다무라마로가 예시로 든 '지카타'

16   高橋与四朗(2000),『映画、この神話的なるもの』, 鳥影社, p102.

는 후지와라노 지카타(藤原千方)를 가리키고, '역신을 섬긴 오니'는 이른바 '후지와라노 지카타의 사귀(四鬼)'를 가리킨다.『다이헤이키太平記』제16권「일본 조정의 적日本朝敵事」에는 후지와라노 지카타(藤原千方)는 사귀(四鬼)와 함께 조정에 반란을 일으키지만 기노 도모오(紀朝雄)의 와카(和歌)에 의해 사귀(四鬼)는 해산되고 지카타는 결국 멸망하는 내용이 전해지고 있다.

영화 속에서 노장이 이 우타이를 연기하자 와시즈는 싫은 기색으로 불쾌해 하며 술잔을 다 비워 버린다. 그에게는 우타이가 귀에 거슬릴 뿐이었는데, 우타이의 '역신'은 성주가 되기 위해서 대주군을 죽인 '역신'인 자기 자신과 다름없기 때문이다. 노장의 가무 장면 이후 살해당한 미키의 망령이 나타나 와시즈는 정신착란 증세에 빠지게 되는데, 이 우타이는 와시즈의 소심함과 죄의식을 자극시켜 그의 불안정한 심리상태를 증폭시키는 역할을 한다. 감독은 원래의 노(能)의 우타이의 의미와 영화의 서사 전개상의 상황을 교묘하게 연결시켜 와시즈의 죄의식과 정신적인 혼란을 효과적으로 드러내고 있는 것에 성공하였다고 할 수 있겠다.

5. 결론

구로사와는 셰익스피어 원작『맥베스』를 개작하는 과정에서 일본 고유의 전통극 양식인 노(能)의 형식을 도입해 영화 고유의 예술성을 부각시켰다. 본고는 구로사와가 원전을 개작하는 과정에서 어떻게 노(能)의 요소를 활용하였고, 그 효과는 어떤 것이었는지 대해 고찰한 것으로 고찰의 결과를 정리하면 다음과 같다.

첫 번째, 영화제목 '거미집의 성'은 전국시대의 '거미손의 숲'에서 힌트를 얻은 것은 확실하나, 제목의 '거미'에 주의하면 거미요괴(쓰치구모)가 등장하는 노(能)『쓰치구모土蜘蛛』또한 감독이 염두에 넣었을 것이라 판단된다.

두 번째,《거미집의 성》의 (1) 오프닝 신(현재), (2) 과거의 와시즈를 둘러싼 스토리(과거), (3) 엔딩 신(현재)의 구성은 망령이나 초목의 정령 등이 인간의 모습을 빌려 나타나 자신의 과거를 들려주고 자신의 정체를 밝히는 몽환노(夢幻能)의 형식과 닮아있다. 이와 함께 와시즈가 숲속의 요파를 2번 만나게 되는데 감독이 차용한『구로즈카』쪽에서 보면 와키(ワキ)는 와시즈가 되며, 와시즈와의 숲에서의 첫 번째 만남은 노(能)의 전장에 해당하며, 정체를 드러낸 귀녀(鬼女)와의 두 번째 만남은 후장에 해당된다고 할 수 있다.

세 번째, 구로사와는 연출에 있어서『구로즈카』의 노파의 등장이나 노(能)의 가면의 참고 등에서 알 수 있듯이 등장인물의 연출에 전통극의 요소를 많이 도입하였다. 필자는 특히 아사지의 한쪽 무릎을 세우고 앉는 자세, 구부정한 모습이 노(能)와 관련이 있으며, 와시즈 또한 노(能)의 '아시뵤시(足拍子)'의 기법을 사용하였고, 절제된 아사지의 행동양식과 대비된 과장된 캐릭터는 교겐(狂言)의 도게(道化) 역을 연상시킨다고 지적하였다.

마지막으로 음악에 관해서인데 타이틀곡과 우타이(謠)가 주목된다. 먼저, 오프닝 신과 엔딩 신에 사용된 타이틀곡은 노(能)의 요소와 서구적인 음악을 교묘하게 혼용시킨 것으로 전작《호랑이 꼬리를 밟은 남자들》의 영향이 엿보인다. 그리고 연회석의 우타이는 사전지식이 부족한 관객에게는 충분하지 않을 수도 있지만,『다무라』속에서의 우타이의 의미와 영화의 서사 전개상의 상황이 교묘하게 연결되어 주인공의 죄의식과 정신적인 혼란을 효과적으로 드러내는 기능을 다하였다고 할 수 있다.

참고문헌

원문 출전

黒澤明(1988), 『全集黒澤明第六巻』, 岩波書店.

서적·잡지 논문

ドナルド・リチー著, 三木宮彦訳(1979), 『黒澤明の映画』, キネマ旬報社.

都筑政昭(2010), 『黒澤明ー全作品と全生涯ー』, 東京書籍.

高橋与四朗(2000), 『映画、この神話的なるもの』, 鳥影社.

西村雄一郎(1998), 『黒沢明音と映像』, 立風書房.

佐藤忠男(2002), 「蜘蛛巣城」, 『黒澤明作品解題』, 岩波書店.

岩元憲児(1988), 「批評史ノート」, 『全集黒澤明第四巻』, 岩波書店.

黒沢明(1984), 『蝦蟇の油』, 岩波書店.

이시준(2011), 「아타카(安宅)관문돌파담」, 『일본어문학 52권』, 일본어문학회.

이시준(2011·2), 「구로사와 아키라의 「호랑이 꼬리를 밟은 남자들」考」, 『일본연구 제 15집』.

일본〈혹부리영감〉설화의 춤과 제의적 성격[*]

―가구라神樂와 '혹 가면こぶ面'을 중심으로―

조은애

1. 서론

한국과 일본의 〈혹부리영감〉[1] 설화에서 '춤'과 '노래'라는 요소는 양국의 가장 큰 차이점이라는 점에서 주목받았지만, 왜 이러한 차이가 생겼는지에 대해서는 별달리 논의되지 않았다. 김종대는 춤과 노래의 차이를 한일 〈혹부리영감〉 설화의 차별화의 근거로 삼는 것은 의미가 없다고 하였다.[2] 즉 춤과 노래는 '음주가무'라는 표현처럼 동

---

*   본 원고는 조은애(2018), 「일본〈혹부리영감〉 설화의 춤과 제의적 성격―가구라(神樂)와 '혹 가면(こぶ面)'을 중심으로―」, 『열상고전연구』 65호, 열상고전연구회를 일부 수정 보완 하였습니다.

1   한국의 '혹부리영감'에 대응하는 일본어 제목은 직역하자면 '혹을 떼는 할아버지'가 된다. 그러나 내용면에 있어서 '혹을 떼인 할아버지'의 의미로 사용되고 있으며, 본고에서는 한국에서 통용되는 '혹부리영감'으로 통일하여 사용한다. 다만 인용문의 경우에는 해당 사례의 원문에 따라 번역하였다.

2   김종대(2006), 「혹부리영감譚의 형성과정에 대한 시고」, 『우리문학연구』 20, 56면.

시에 이뤄지는 것이니, 따로 구분할 필요가 없다는 것이다. 그러나 일본에서는 술자리 연회에서 장기자랑을 할 경우 노래보다는 춤을 선보이며, 특히 우스꽝스러운 춤으로 자리의 분위기를 살리는 것이 일반적이다. 또한 본고에서 다루게 될 신에게 바치는 제의로서의 예능은 '춤(舞)'이라고 인식하는 것이 일반적이다. 이 '당연함'으로 인해 일본에서의 연구 또한 〈혹부리영감〉의 춤에 주목한 경우는 찾아보기 힘들다. 그러나 한국의 노래와 일본의 춤이라는 요소가 가장 큰 차이점이라는 것은 한국과 일본의 〈혹부리영감〉 설화의 전승과 변화라는 측면에서 중요한 특징이며 그 의미를 고찰하는 것은 의의가 있을 것이다.

다음은 2014년에 간행된 그림책 『혹부리영감과 도깨비』의 표지 및 노인과 도깨비가 만나는 장면의 그림이다.[3]

---

3   오호선 글, 윤미숙 그림(2014), 『혹부리영감과 도깨비』, 길벗어린이.

책 표지에는 노인이 나무구멍에서 잠들고 도깨비들이 등장하는 장면이 그려져 있다. 본문에서는 "혹부리영감이 더듬더듬 산을 내려오다가 나무뿌리에 발이 걸려 그만 넘어졌어요. 옷에 묻은 흙을 툭툭 털면서 '아무래도 큰일 나겠다. 자고 가야겠는걸.' 중얼거리더니 고목나무 구멍에 들어가 등을 기대고 누웠어요."[4]라고 하며 노인이 나무구멍에 들어가게 되는 경위를 설명한다. 이어서 고목나무 주위에서 춤추고 노래하는 도깨비들의 흥에 겨운 모습에 할아버지도 함께 '춤'을 추는 모습이 그려진다. 노인과 도깨비의 만남 장면을 그릴 때 시각적 효과는 노래보다는 춤이 효과적일 수 있다. 그러나 노인이 도깨비를 만나는 공간이 '나무구멍'이라는 것과 노인이 춤을 춘다는 것은 일본의 〈혹부리영감〉 설화가 지니는 중요한 특징이라는 점에서 『혹부리영감과 도깨비』의 그림은 재고할 필요가 있다. 『혹부리영감과 도깨비』의 '나무구멍'과 '춤'에 대한 그림은 본문에 대응하는 내용으로 단순히 그림만의 문제라고 볼 수는 없다.[5] 책의 말미에는 한국 〈혹부리영감〉 설화의 전승과 주요 텍스트에 대해 간략히 정보를 소개하였지만, 이상의 모티브에 대한 출처나 일본의 〈혹부리영감〉과의 연관성에 대한 언급은 없다. 다만 김종대의 '음주가무'라는 지적처럼 본문에서 춤과 노래가 구분되지 않더라도, 그림

---

4   오호선 글, 윤미숙 그림(2014), 상게서, 4면.

5   본문에는 '한목소리로 노래를 부르고 겅중겅중 뛰고 몸을 흔들며 춤을 추었어요.' 라고 하여 춤과 노래가 동시에 묘사되고 있다. 오호선 글, 윤미숙 그림(2014), 전게서, 7면.

의 경우 '춤'이 보다 강조되고 있음은 고전 텍스트가 그림책으로 재편되는 과정에서 유의해야 할 부분이라고 생각된다. 권혁래는 고전 텍스트를 그림책으로 옮기는 작업은 글과 그림 간의 상호작용을 통해 재생산되는 고전소설의 새로운 해석 방식이라고 하였다.[6] 한국의 대표적 전래동화로 인식되는 〈혹부리영감〉은 다수의 그림책으로 출간되고 있다는 점에서 '춤'과 '노래'라는 차이는 반드시 구분되어야 할 모티브라고 할 수 있다. 그러한 의미에서 본고는 일본 〈혹부리영감〉 설화에서 제의적 성격의 '춤'의 의미를 고찰함으로서 한국의 〈혹부리영감〉 설화와의 차이를 명확히 하고자 한다.

일본의 '혹부리영감'은 일반적으로 '옆집 노인' 유형(隣の爺型)으로 분류된다. '옆집 노인' 유형의 이야기는 착한 노인과 나쁜 노인이라는 전제 및 두 사람의 대조적인 행위에 따른 인과응보를 주제로 한다. 그러나 일본의 〈혹부리영감〉의 가장 오래된 문헌으로 알려진 『우지슈이모노가타리(宇治拾遺物語)』(이하 『우지슈이』로 약칭)의 「오니(鬼)에게 혹을 떼인 이야기」는 "남을 부러워하는 것은 해서는 안 될 일인 것이다"라는 문장으로 마무리를 짓고 있으나, 실제 본문에 등장하는 옆집 노인의 경우 욕심이 많거나 마음씨가 나쁜 인물이라는 묘사는 없다. 혹을 떼이는 노인의 경우도 도깨비들이 혹을 떼 주는 것이 특별히 선한 행위에 대한 보상이라고 볼 수 없다는 점이 주

---

6   권혁래(2013), 「그림책 〈토끼와 자라〉의 글과 그림의 상호작용에 대한 연구」, 『온지논총』35, 온지학회, 389~414면.

목된다. 이와 관련해서는 선행연구에서도 두 노인의 서로 다른 결론의 원인과 차이는 무엇인가에 의문을 제기하고 있다.

① 미우라 스케유키(三浦佑之): 처음 노인이 오니에게 혹을 떼이는 것은 그 춤이 너무 좋아서 오니들을 기쁘게 해주었기 때문이며, 선량하다는 등의 노인의 '마음'과는 상관이 없다.[7]

② 히로타 오사무(廣田收):『우지슈이모노가타리』에서 노인은 오니들의 춤판에 참가하고 싶어 한다. 여기에는 타산이나 의도는 없다. 그리고 춤을 잘 추었다는 것으로 혹을 제거한다는 복을 얻는다. 옆집 할아버지는 앞서 할아버지의 복을 부러워하고 따라했다가 혹을 더하게 된다는 불행을 맞는다. 여기에는 분명히 이야기의 마지막에서 말하듯이 남을 부러워하는 마음과 의도가 더해져 있다. 노인의 행위와 이를 흉내 내는 옆집 노인의 대조를 통해 옆집 노인의 실패는 '남을 부러워하는' 데에 기인한다는 것이 강조된다. 반대로 말하면 첫 번째 노인은 본래 타산이나 의도가 없다는 것을 의미한다.[8]

---

7   三浦佑之(1992),『昔話にみる悪と欲望』, 新曜社, p.263.

8   廣田收(2003),『『宇治拾遺物語』表現の研究』, 笠間書院, pp.208~209.

③ 모리 마사토(森正人): 노인의 내면의 변화가 먼저 있었으며 이것이 외형의 변화를 약속한다. 즉 노인은 오니들의 가치관을 공유함으로써 오랜 세월 불행의 원흉이었던 존재가 '복된 것'으로 받아들여졌을 때 혹이 자연스럽게 노인의 얼굴에서 떨어진 것이 아닌가 한다. 혹을 잃은 노인은 단지 '나무를 하는 것을 잊고' 집으로 돌아가 할머니에게 담담하게 사정을 이야기할 뿐, 이를 기뻐했다는 서술은 없다. 이것이 중요한 것이다.[9]

미우라와 히로타(①, ②)의 경우, 옆집 노인이 혹을 떼고자 하는 '의도'를 욕심이나 질투로 해석하고 있으며, 이에 반해 전자의 노인에게는 '의도'나 욕심이 없다는 점을 '선'으로 보았다. 그러나 옆집 노인의 '악'으로 해석되는 행위와 비교했을 때, 전자의 노인의 선행이 특별하거나 구체적이지 않다는 점은 여전히 의문으로 남는다. 모리(③)의 경우, 오니와의 교류를 통해 변화하는 '혹'에 대한 인식의 차이를 말하였다. 인간의 가치관과는 달리, 노인이 혹을 '복된 것'이라 하는 오니의 인식을 공유함으로써 혹에 대한 콤플렉스를 해소하게 되었다는 관념적인 의미로 해석하였다. 이는 선과 악의 대비와는 또 다른 해석이지만, 할아버지의 행위가 오니와의 관계를 통해, 즉 오니와 가치관을 공유함으로써 복을 받게 되었다는 시각은 시사하

---

9   森正人(2003), 「宇治拾遺物語瘤取翁譚の解釈」, 『国語と国文学』80巻6号, p.12.

는 바가 크다.

본고는 두 노인이 처하게 되는 서로 다른 결말이 단순히 춤 실력이나 선악의 행위에 대한 보상이 아닌, 두 노인과 오니의 관계에서 나타나는 차이라는 점에 주목하였다. 즉, 오니에게 춤을 보여주는 행위는 '신(정령)'에게 바치는 제의적인 성격이며, 노인이 예능인으로서의 '자격'을 갖추었기 때문에 '난폭한 신'이 '복 주는 신'으로 변신할 수 있었다고 해석한다. 이 경우 노인이 산속에서 하룻밤을 보내는 장소의 의미가 중요하다. 노인이 도깨비(오니)를 만나는 '나무구멍'은 단순히 하룻밤을 보내기 위한 적당한 장소가 아닌, 전통적으로 신이나 요괴 등 이계의 존재를 만나는 특별한 공간[10]이며, 노인의 춤을 제의적 측면으로 해석하는 배경으로도 중요한 의미를 지닌다.

한편 춤을 신격에 대한 제의적 의미로 해석할 경우, 일본의 가구라(神樂)와의 연관성을 유추해 볼 수 있다. 가구라란 신에게 바치는 무악(舞樂)으로, 고대에는 가미 아소비(神遊: 신의 유희)라고 칭하였으며, 신관이나 무녀, 산악수행자(修驗者), 혹은 특정 예능집단에 의해 행해졌다. 가구라는 궁중이나 신사에서 행해지는 미가구라(御神樂)와 민간에서 행해지는 사토가구라(里神樂)로 나뉘는데, 일반적으로 신을 소환해 풍요와 무병장수를 기원하며 신을 기쁘게 해드린 뒤 다시 신을 돌려보내는 내용으로 구성된다. 이와 관련하여 본고에서

---

10   고미네 카즈아키(小峯和明)는 일찍이 나무구멍이 현실과 이계가 연결되는 경계공간이며, 이곳에서 사람이 이계의 존재(오니, 텐구)를 만난다는 점을 주목하였다. 小峯和明(1999), 『宇治拾遺物語の表現時空』, 若草書房, pp.212~213.

는 혹부리영감의 춤과 웃음, 그리고 제의적 측면에서 주목할 만한 자료로서 일본 규슈(九州) 지역에서 '혹' 달린 면을 쓰고 공연하는 민간 가구라와 다노칸메(田の神舞: 밭의 신의 춤)를 제시하고자 한다.

2. 오니와 덴구의 양면성과 제의적 성격의 춤

일본 〈혹부리영감〉에 등장하는 이계 존재는 오니(鬼), 혹은 덴구(天狗)이다. 일본 고대문학에 등장하는 오니는 사람들에게 두려움을 주는 타계의 존재로서 이상하거나 추한 형태를 하고 있으며, 초인적 능력이 있어 인적이 드문 깊은 산 속에서 불가사의한 일을 일으킨다. 오니는 두려움의 대상인 동시에 경외의 대상이었으나, 중세 이후 불교사상이 민간으로 유포되면서 이들은 사회를 혼란에 빠뜨리는 존재이자 퇴치의 대상으로 전락한다. 그러나 민간신앙이나 예능에서는 이들을 접대하고 기쁘게 해주는 의례를 통해 복을 받는다는 인식이 여전히 남아 있었다.[11] 특히 덴구는 인간에게 두려움의 대상인 동시에 초인적인 능력으로 복을 주기도 하여 신앙의 대상이 되었다. 덴구는 원시적 신령관이 바탕이 되어 산악신앙에서는 야마부시(山伏: 산악신앙의 수행자)들의 수호신으로 모셔지기도 하고, 인간에

11　鬼: 『日本大百科全書』, ニッポニカ, JapanKnowledge, https://japanknowledge.com, (검색일: 2021년 8월 1일).

게 병법을 전수하는 존재로 여겨지고 했다.[12] 그러나 한편으로 덴구
는 폭풍우나 산에서 괴음을 일으키거나 사람들을 납치하는 난폭한
산신(山神)으로 인식되기도 하였다. 『샤세키슈(沙石集)』, 『다이헤이
키(太平記)』 등에서는 악한 덴구에 대한 공포심, 불교와 왕권에 도전
하여 역병을 일으키거나 역모를 도모하는 덴구의 이미지가 그려지
기도 하였다.[13] 이들 덴구가 신앙의 대상이 되어 예술이나 예능으로
흡수된 것은 산악종교인 수험도의 영향이 크며, 고된 수행을 통해
영력(초인간적인 능력)을 얻게 된 야마부시의 경우 산신으로서의 덴
구와 동일시되기도 하였다. 수험도의 사원에서는 정월에 수정회(修
正会), 3월에 법화회(法華會) 등의 법회가 열리는데, 여기서 '엔넨노마
이(延年舞)'[14]를 야마부시나 어린아이가 연기하기도 한다. 이때 가구
라(神樂), 덴가쿠(田樂), 산가쿠(散樂) 등의 예능에서 가면을 쓰고 춤
을 추는 경우도 있는데, 가장 많이 쓰이는 가면은 악마를 떨쳐낸다

---

12 현재 도쿄 외곽에 있는 다카오산 야쿠오인(高尾山薬王院)은 야마부시들의 수호신으
    로 덴구를 모신 사원으로 유명하며, 미나모토노 요시츠네(源義経)의 경우 유년기에
    교토 북부에 있는 구라마데라(鞍馬寺)에서 덴구를 만나 병법을 전수 받았다는 전승
    (『天狗の内裏』)이 있다.

13 『샤세키슈(沙石集)』券20, 「덴구가 사람에게 진언을 가르친 이야기(天狗ノ人ニ真言教タ
    ル事)」에는 진실된 지혜가 없으며 자만하고 교만한 행실을 하는 자는 덴구도(天狗道)
    라는 지옥에 떨어진다고 하며, 『다이헤이키(太平記)』卷27, 「운케이의 미래기(雲景未來
    記事)」에서는 스토쿠인, 고토바인 등 정치적 원한으로 원령이 된 인물들이 덴구를 앞
    세워 세상을 혼란스럽게 하려한다는 내용이 전해진다. 또한, 16세기 일본어로 간행
    된 기독교 성자전인 『산토스의 작업(サントスの御作業)』(サンバルラン伝)에는 사탄을 덴
    구라고 번역하여 덴구를 반사회적 존재로 그렸다.

14 엔넨노마이(延年の舞)는 사원에서 법회 후에 벌이는 연회와 춤을 말한다. 헤이안시대
    (8-12세기)에 귀족들의 연회에서도 크게 흥행하였다.

고 하는 오니 가면 혹은 덴구 가면이었다.[15] 민속학자 오리구치 시노부(折口信夫)는 봄에 풍작을 기원하는 민속예능인 '다아소비(田遊び: 밭 놀이)'에 등장하는 오니와 덴구에 대해 다음과 같이 말한다.

> 밭 놀이에는 오니가 등장한다. 때로는 동시에 덴구인 경우도 있다. 옛날에는 이 둘이 같은 것이어서 오니나 덴구가 나와 밭 놀이를 하는 몸짓을 하였다. 그런데 민간의 행위라는 것이 참 안타깝게도, 오니나 덴구라는 이름에 휩쓸려 결국 이를 방해하는 존재로 해석하게 되고 지금은 오니와 덴구를 항복하게 하는 의식으로 변하였다. 물론 이렇게 변하게 된 것은 신과 정령의 경쟁, 정령의 항복이라는 과거로부터의 인식이 이유라고 보는 경우도 있다. 그래도 지방에 따라서는 오니를 소중히 대하는 곳도 있다.[16]

다아소비는 씨뿌리기에서 수확까지 벼농사의 일련의 과정을 간단한 동작과 춤을 통해 보여주는 내용으로 구성된다. 이 행위는 신이 인간에게 직접 보여준다는 내용이거나 신의 명령을 받아 토지의 신(정령)이 복종하는 의미로 해석되기도 한다. 이 때 노부부(尉·

---

15   天狗:『世界大百科事典』, JapanKnowledge, https://japanknowledge.com, (검색일: 2021년 9월 1일).

16   折口信夫著, 折口信夫全集刊行会編(1995),「鬼と天狗」,『折口信夫全集』3, 中央公論社, p.440.

姥)나 요괴(오니나 덴구)의 탈을 쓴 인물이 농사의 유래를 설명하고 춤을 추는데, 부부가 등장하는 경우 성적인 행위나 대사가 동반되는 경우도 있다. 오니나 덴구가 신이 아닌 토지의 신으로 해석될 경우, 이들과의 대립과 복종, 그리고 함께 춤을 추는 행위를 통해 농작을 방해하는 신에서 풍작을 보장해주는 신으로 변화한다. 이는 오리구치의 대표적인 민속이론이라고 할 수 있는 '마레비토'의 구조와도 밀접한 연관성을 지닌다. '마레비토'란 공동체의 외부에서 정기적으로 방문하는 신적인 존재로 이들을 정성스럽게 접대하면 복을 받는다는 개념이다. 공동체를 방문한 신을 소홀히 대하면, 복이 아닌 역병이나 천재지변 등의 재앙을 내리기도 한다. 또한 일본 농촌사회에서는 산신(山神)이 봄이 오면 민간으로 내려와 밭의 신(田の神)이 되었다가, 가을에 다시 산으로 돌아간다는 신앙이 있다.[17] 양면성을 지닌 신이 봄이 되면 마을로 내려오고(山神·마레비토), 이를 마을 사람들이 춤과 잔치로 맞이하면 복을 얻는다는 구조는 다아소비의 본질이라고도 할 수 있다. 오리구치는 근세 이후 오니나 덴구의 신적인 요소가 점차 쇠퇴하여 농사를 방해하는 요괴적인 측면이 강조되었으나, 일부 지역전승에서는 여전히 신적인 성격을 지닌 고대의 흔적을 찾을 수 있다고 말한다. 그리고 이 두 존재는 사람들에게 해를 끼치는 성격에서 진혼의 제의(가구라)를 통해 복을 주는 존재로 변하

17 山神과 田の神에 대한 제의(마츠리)와 신앙에 대한 연구는 야나기타 구니오의 연구가 대표적이다. 柳田国男(1989), 「山の人生」, 「山神とオコゼ」, 『柳田国男全集』 4, 筑摩書房, pp.77~254, pp.419~429.

는 것이다. 이러한 관점에서 보았을 때 혹부리영감에 등장하는 오니나 덴구 또한 할아버지의 춤을 통해 즐거워하고 복을 주는 존재로 변화하였다고 해석할 수 있다. 이어서 할아버지가 목격하는 오니들의 술자리에 대한 묘사에서도 의례적인 행위의 흔적을 볼 수 있다.

붉은 몸에는 푸른 옷을 검은 몸에는 붉은 샅바 같은 것을 걸치고, 놀랍게도 눈이 하나인 자도 있고, 입이 없는 자도 있으며, 뭐라 형용할 수 없는 자들 백여 명이 자신이 있는 나무구멍 앞에서 태양처럼 붉은 불을 활활 피워 놓고 비좁게 자리 잡았다. 너무 놀라 정신을 차릴 수가 없었다. 두목처럼 보이는 오니가 윗자리에 자리 잡았다. 좌우 두 줄로 늘어앉은 오니의 수는 헤아릴 수 없었다. 그 모습은 어느 오니나 말로 다 표현하기 어려울 정도였다. 술을 권하며 노는 모습은 이 세상 사람과 다를 바 없었다. 수차례 술잔이 오가고 두목 오니는 특히 취한 듯이 보였다. 말석에서 어린 오니가 일어나서 쟁반을 머리에 올리고 뭐라고 알아듣기 힘든 말을 지껄이더니 상좌에 있는 오니 앞으로 나아가 무언가 계속해서 말을 건네는 듯했다. 상좌의 오니가 술잔을 왼손에 들고 웃으며 자지러지는 모습은 이 세상 사람 같았다. 젊은 오니는 춤을 다 추고 제자리로 돌아갔다. 아래쪽 자리에서 차례로 나와 춤을 추었다. 춤을 못 추

기도 하고 잘 추기도 했다.[18]

위『우지슈이』에서는 오니들이 말로 형용할 수 없을 정도로 이상하고 무서운 모습을 하고 있지만, 술자리를 벌이고 춤추며 노는 장면은 "이 세상 사람과 다를 바 없다"고 하였다. 고라이 시게루는 오니들의 술자리를, 앞서 언급한 야마부시들의 법회에서 벌어지는 '엔넨노마이'와 연관이 있다고 하였다. 야마부시들이 오니나 덴구와 동일시되는 인식이 바탕이 되고, 야마부시들이 차례로 나와 춤을 경쟁하고 승자에게 상을 내리는 '엔넨노마이'의 내용이 오니들의 연회 장면에 반영되었다는 것이다. 또한 수행을 통해 주술적인 힘을 얻게 된 야마부시들이 민간에서 병을 치유했던 것과 연관시켜 야마부시들의 연회에 우연히 참가하게 된 노인이 상으로 혹을 치료받은 이야기라고 해석하였다.[19] 한편 오니들이 술자리에서 둥글게 둘러앉는 것이 아니라, 좌우로 나란히 늘어서 앉은(横座) 모습이 헤이안 시대 (10-11세기경) 귀족들의 연회모습을 반영한 것이라고 해석한 경우도 있다.[20] 실제로 헤이안 시대의 기록물에는 귀족들의 연회에 정체 모를 노인이 뛰어 들어와 춤을 추고 웃음을 유발하여 큰 상을 받고

---

18 小林保治・増古和子 校注(1996), 『宇治拾遺物語』, (『新編日本古典文学全集』), 小学館, pp.30~31.

19 五来重(1991), 「혹부리영감의 오니와 야마부시의 엔넨(瘤取り鬼と山伏の延年)」, 『鬼むかし』, 角川書店, pp.165~213.

20 奥村悦三(1985), 「瘤をなくす話」, 『研究紀要』23, 光華女子大学文学部, pp.26~43; 廣田収 (2003), 『『宇治拾遺物語』表現の研究』, 笠間書院, pp.102~123.

돌아갔다는 기록이 있으며, 이 이야기가 일본 '혹부리영감'의 바탕이 되었을 것이라고 한다.[21]

이상의 엔넨노마이와 귀족들의 연회는 혹부리영감 설화의 부분적인 묘사에 대해 구체적인 배경을 제시하고 있다는 점에서 의미가 있다. 다만 본고가 주목하는 점은 술과 춤, 그리고 이로 인한 웃음을 통해 난폭한 신을 복 주는 신으로 변화하게 한다는 측면에서 연회(술자리)와 춤이라는 요소를 신적인 존재(오니나 덴구)에 대한 의식이나 의례로 보고자 하는 것이다.

3. 이계의 존재를 만나는 '나무구멍'의 공간적 의미

『우지슈이』에서 노인은 비바람을 피하기 위해 들어간 '나무구멍'에서 오니들을 만난다. 『우지슈이』 이후의 텍스트에는 '나무구멍' 이외에도 낡은 사당이나 낡은 신사에서 오니를 만나기도 하지만, 현대의 민간전승(昔話)이나 동화책은 대다수가 오니를 만나는 공간으로 '나무구멍'이 등장한다. 한국의 〈혹부리영감〉에서 노인이 도깨비를 만나는 장소는 산 속의 빈집이나 절인 경우가 많은데, 이 공간의 의미에 주목한 연구는 찾아보기 힘들다. 김유진은 한국의 〈혹부리영감〉에서 도깨비가 등장하기 적합한 공간은 빈 집이나 오막살이

21　『御堂関白記』寛弘7年(1010년) 7月17日条의 「아쓰히라 친황(敦平親王)의 元服式 연회」에 대한 기사에서 이러한 내용이 확인된다. 廣田収(2003), 전게서, pp.164~165.

등의 외딴 곳이며, '나무구멍'은 찾아볼 수 없다고 하였다.[22] 반면 일본의 경우 '나무구멍'은 오니나 신과 같은 이계의 존재를 만나는 중요한 공간으로 주목받아왔다.

> '죽어도 어쩔 수 없지.' 하며 오니의 연회에 춤추며 뛰어든 오키나(翁, 노인)는 산 속의 이계로 들어간 것이라 할 수 있다. 나무구멍에 들어가 그곳에서 나왔을 때는 단순한 나무꾼이 아닌 에보시를 코에 건 예능인으로 변신한 것이라 할 수 있다. '구멍'이라는 공간, 이것은 단순히 비를 피하기 위한 장소가 아니다. 오키나를 변신시키는 독특한 공간으로 오니라는 이계의 존재와 조우를 가능케 하는 장소이다.[23]

위에서 고미네 카즈아키는 노인이 들어 간 '나무구멍'은 단순히 비를 피해 하룻밤을 보내는 공간이 아닌, 이계와 소통하는 경계의 공간이며, 이 공간을 통해 노인이 예능인으로 변신할 수 있었다고 말한다. 고라이 시게루 또한 구멍이 생길 정도의 큰 나무는 신이 빙의하는 신목을 의미하며, '구멍'이라는 것은 오니가 동굴에 산다는 관념을 반영하고 있다고 하였다.[24] 이 신목은 지상과 천상의 세계를

22 　김유진(1990), 「혹부리할아버지의 구조와 의미」, 『청람어문교육』3, 106면.

23 　小峯和明(1999), 『宇治拾遺物語の表現時空』, 若草書房, pp.212~213.

24 　五來重(1991), 전게서, pp.171~172.

연결하는 '세계수', 혹은 '우주목'을 의미한다. 현재도 일본에는 수령 천 년 이상이 되는 나무를 신성시하여 신목을 모시는 신사가 각지에 분포하고 있다.

〈사진 1〉 도카쿠시신사(戸隠神社): 長野県長野市[25]　　〈사진 2〉 기노미야신사(来宮神社): 静岡県 熱海市[26]

　이 신목이 배경이 되어 이계의 존재와 만나는 이야기로 가장 많이 인용되는 설화는 12세기 설화집 『곤자쿠모노가타리슈(今昔物語集)』 권13 제34화 「덴노지(天王寺)의 승려 도코(道公)가 법화경을 암송하여 도조신(道祖神)을 구한 이야기」이다.

　어느 날 구마노를 나와 본래의 절인 덴노지에 돌아가려
고 기이 지방(紀伊國) 미나베 군(美奈部郡)의 바닷가를 지나

25　사진: 일본 여행기 블로그, 長野県戸隠神社参道.
　　https://www.tfm.co.jp/miraizukan/index.php?itemid=129491&catid=2855, (검색일: 2021년 8월 1일).
26　사진: 戸隠観光なび. https://togakushi.org/jinjya/okusya/(검색일: 2022년 2월 25일).

가는 동안에 해가 저물고 말았다. 어쩔 수 없이 그 주변의 큰 나무 근처에 묵기로 했다. 한밤중에 이삼십 명의 말 탄 사람이 이 나무 근처로 다가왔다. '누구일까.' 하고 생각하고 있자 무리의 한 사람이 "나무 아래 노인은 있느냐?"라고 외쳤다. 그러자 나무 아래에서 "노인은 여기에 있습니다."라고 대답하는 소리가 들렸다. 이것을 들은 도코는 놀라고 수상히 여겨 '이 나무 아래에 사람이 있었던가?'라고 생각하고 있는데, 다시 말 탄 사람이 "빨리 나와 따르도록 하라."라고 말했다.[27]

위 이야기에서 나무아래 사는 노인이란 '도조신'[28]이라고 하여 마을 입구나 언덕 등의 길에 세워져 역병을 막고 길가는 사람들을 지켜주는 신이다. 말 탄 사람들은 역병의 신으로, 이 설화에 등장하는 도조신은 역병을 막아주기는커녕 늙고 쇠약해 역병의 신을 안내하는 처지가 되었음을 한탄한다. 이를 안타깝게 여긴 도코 스님이 법화경을 독송하여 도조신을 구한다. 도코가 도조신과 역병의 신을 조우하는 장소가 '큰 나무 아래'라는 것에서 나무가 이계의 존재를 만나게 하는 경계로서 기능하고 있음을 볼 수 있다. 이와 같이 나무아래에서 밤을 지새우려다가 신령을 만나는 이야기는 근대의 민간전

---

27   池上洵一 校注(1993),『今昔物語集』3, (『新日本文学大系』), 岩波書店, p.256.

28   도조신(道祖神): 악령이 침입하는 것을 막고, 통행인이나 마을사람들을 재난으로부터 지키기 위해 마을입구, 언덕, 길 등에 모셔지는 신.

승에서도 확인된다.

> 어느 날 밤에 산 속에서 움막을 지을 여유가 없어 한 커
> 다란 나무아래에 마물(魔物)을 피하는 금줄을 자신과 나무
> 주위에 세 번씩 두르고 총을 세워 들고 잠이 들었는데, 깊
> 은 밤이 되어 무슨 소리가 들려 일어나보니 큰 스님의 형
> 상을 한 것이 붉은 옷을 날개처럼 파닥거리며 그 나뭇가
> 지를 덮고 있었다. '우왓!' 하며 놀라 총을 쏘니 결국 날개
> 짓을 하며 공중으로 날아가 버렸다.(『遠野物語』 62화 (1910
> 년))[29]

위 『도노모노가타리(遠野物語)』에 등장한 사냥꾼은 산 속에서 밤
을 지내게 되고 나무아래에서 붉은 옷을 입고 스님의 형상을 한 알
수 없는 존재를 만난다. 사냥꾼이 금줄을 둘러서 자신을 보호하고자
하는 행위는 이미 나무아래에서 '마물'을 만날 가능성에 대해 인지
하고 있음을 보여준다.

『일본의 옛날이야기(日本の昔話)』의 「산신의 화살통(山の神の靫)」
은 나무구멍에서 이계의 존재를 만난다는 점과 더불어 등장인물이
비파를 켜고 노래를 하는 예능인이라는 점은 특히 주목할 만하다.

---

29   柳田国男(1989), 상게서, p.38.

옛날 어느 곳에 맹인 비파법사가 있었습니다. 법사가 비파상자를 등에 짊어지고 혼자 여행을 하다가 산속에서 길을 잃고 날이 저물었습니다. 어쩔 수 없이 커다란 나무그늘에 비파상자를 내려놓고 그곳에서 하룻밤을 지내고자 하며 커다란 나무를 향해 다음과 같이 말했습니다. "산신님 저는 길을 잃고 밤이 되었으니 오늘밤은 이곳에서 머물게 해 주십시오. 그리고 들으시기에 하찮을지 모르나 여행 중인 법사의 비파 한 곡조를 들려드리겠습니다."하고 비파를 꺼내어 『헤이케 이야기』의 한 소절을 읊었습니다. 그러자 높은 곳에서, "매우 즐겁구나. 한 소절 더 들려주거라"하는 소리가 들렸습니다. 이상하게 여겼지만 원하는 대로 같은 『헤이케 이야기』의 다른 소절을 읊었습니다.(『日本の昔話』,「산신의 화살통(山の神の靱)」(1934년))[30]

맹인 비파법사는 일본 중세시대에 각지를 돌아다니며 곡조를 붙인 이야기를 들려주던 떠돌이 예능인이다. 『헤이케 이야기』는 비파법사들이 노래하던 대표적인 이야기로, 12세기에 멸족한 헤이씨(平氏)집안의 영화와 쇠퇴를 내용으로 하여 죽은 헤이씨 일족의 영혼들에 대한 진혼의 의미를 담고 있다. 산신에게 노래를 바치고 기쁘게 해준 답례로 산신은 길 잃은 비파법사가 마을로 안전하게 돌아가

---

30   柳田国男(1990), 『柳田国男全集』25, 筑摩書房, p.29.

도록 길을 안내해 준다. 이 이야기의 '예능'으로 신을 기쁘게 해주고 답례를 받는다는 이야기 전개는 '춤'으로 오니를 기쁘게 한 노인의 이야기와 동일하다. 일본의 〈혹부리영감〉에서 노인이 오니를 만나는 나무구멍은 일본문학에서 이계의 존재와 조우하는 특별한 공간적 배경이며, 앞서 확인한 오니들의 의례적인 술자리와 제의적 성격의 춤도 특정한 공간에서 행해져야만 하는 당위성을 보여준다. 그리고 신에게 바치는 춤은 누구나 가능한 것이 아닌, 특별한 존재, 즉 신관(神官)이나 예능인과 같은 자격을 구비해야만 한다는 관점을 보여준다. 이 점에서 한국와 일본의 〈혹부리영감〉에 등장하는 두 노인의 행위와 결말은 차이가 있다.

4. 경계의 존재와 예능인으로서의 춤

노인을 단순히 춤을 잘 추는 인물이 아닌, 예능인과 같은 특정계층의 인물로 보는 것은 『우지슈이』에서 노인이 '사람들과 어울리지 못하고 나무를 해서 생계를 이어갔다'는 내용에서도 유추가 가능하다. 아카사카 노리오는 유랑 예능인들과 정착 농경민들의 공동체와의 관계를 다음과 같이 분석하였다.

정주해 있는 농경민들에게는 떠돌아다니는 죽은 영혼
이나 원령에 대한 공포와 신앙이 있었다. 이를 어령신앙이라는 형태로 정립한 것이 공동체의 질서 밖에서 정주민들을 대안시(對岸視)하는 주술종교자이며, 유랑 예능인이었다. 신령을 받아들이고 신의 말을 전하며 신으로 변신하는 자는 대부분 무녀나 승려, 혹은 신의 사람이라고 하는 유랑 종교인이었으며, 그들은 진혼과 주술을 행하고 사령(死靈)이 표의하기도 하였다.[31]

위 인용문에서 공동체를 위협하는 것은 죽은 자의 혼령이나 원령만이 아니라, 앞서 보았던 덴구나 오니도 포함된다. 이러한 존재를 진혼을 통해 공포를 해소하거나 이익을 주는 존재로 변화시키는 일은 종교인이나 예능인이 수행하였다. 그러나 이계의 존재와 소통이 가능한 능력을 지닌 자는 그 이질성으로 인해 공동체에 완전하게 속하지 못하였으며, 전국을 떠돌아다니거나 마을의 외곽이나 산기슭, 강변 같은 경계에 거주할 수밖에 없었다. 〈혹부리영감〉의 노인 역시 혹이 달렸다는 '이질적' 외모로 인해 공동체에 속하지 못하고, 산에서 나무를 해서 생계를 이은 경계의 인물이었다. 미우라 스케유키 역시 공동체와 노인의 관계를 통해 〈혹부리영감〉을 분석하였다.

공동체에서 떨어져 나와 부인과 둘이서 사는 노인으로 이 오키나의 입장을 상징적으로 보여주는 것은 얼굴에 달

---

31   赤坂憲雄(1999), 「鎮魂としての芸能と境界」, 『異人論序説』, 筑摩書房, p.230.

린 커다란 혹이다. 어느 날 산에서 오니를 만난 오키나는 오니가 부는 피리소리에 마음이 동해 참지 못하고 무서운 것도 잊은 채 망건의 끈을 코에 걸고 허리에 도끼를 꽂은 우스꽝스런 모습으로 오니 앞으로 뛰어간다. (중략) 이것이 오니(=신)를 기쁘게 하고 오키나는 장애가 되는 혹을 떼어낸다. 이로 인해 노인은 그를 내친 공동체로 받아들여지게 되지만, 반대로 그는 신과 접촉할 수 있는 모도키(광대적 성격의 예능인)의 능력을 상실한 것은 명백하다.[32]

이상과 같은 '나무구멍'이나 '혹'이라는 상징성을 통해 노인이 경계의 존재라는 해석은 이미 다수의 선행 연구에서 행해졌다. 그러나 옆집 노인이 앞선 노인과 똑같이 '나무구멍'에서 오니를 만났지만 혹을 떼지 못한 이유를 과연 춤을 잘 추지 못했다거나 남을 따라 하고자 하는 욕심 때문이라고 할 수 있는지에 대해서는 의문이 남는다. 고미네가 지적했듯이, '나무구멍'을 통해 앞선 노인이 예능인으로 변신했다면, 옆집 노인 또한 상세한 설명을 그대로 따라함으로써 역시 예능인으로 변신할 수 있어야 했다. 옆집 노인이 혹으로 인한 불편함(공동체에서의 소외)을 해소하려고 한 것을 보면, 그 역시 공동체 밖에 살았던 경계의 존재였다. 근대의 텍스트는 '옆집 노인' 유형이라는 화형에 맞추어 처음부터 '착한 노인'과 '욕심 많은 노인'

32   三浦佑之(1992), 『昔話にみる悪と欲望』, 新曜社, p.260.

이라는 수식어를 부여해서 자연스럽게 선악의 대비를 그리고 있으나, 『우지슈이』의 경우 노인들에게 착하다거나 욕심이 많았다는 묘사는 하지 않았다. 미우라의 경우도 예능인으로서의 성격은 첫 번째 노인에서만 이야기하고, 선악에 대한 묘사는 없지만 옆집 노인은 결국 마음에 욕심이 많아 혹 떼기를 실패했다고 결론지었다.

『우지슈이』의 이야기 말미에서 편자가 말한 '남을 부러워하는 것은 해서는 안 될 일인 것이다'라는 말은 '혹 뗀 것'에 대한 부러움을 말한다. 필자는 혹 떼기의 성패에서 두 노인의 차이는 예능인으로서 신에게 춤을 바칠 수 있는 자격의 유무에서 비롯되었다고 해석한다. 즉 첫 번째 노인은 '나무구멍'을 통과했기 때문에 예능인으로서 재탄생한 것이 아니라, 이미 예능인이었기 때문에 나무구멍을 통과한 것이다. 반대로, 두 번째 노인은 예능인이 아니었기 때문에 나무구멍을 통과할 수 없었다. 다음은 노인이 오니들의 술자리에 뛰어들어 춤을 추는 장면에 대한 본문이다.

오니가 "오늘의 술자리는 어느 때 보다 즐겁구나. 그런데 이보다 더 신기한 춤을 보고 싶다"라고 말하자, 노인은 무언가에 홀렸는지 혹은 신불이 그렇게 하도록 이끌었는지, '에잇, 뛰어나가 춤을 추고 싶다.'는 마음이 들었으나 어쨌든 한번은 참았다. 그러나 오니들이 내는 소리가 더욱 흥에 겨워지자 "에잇 모르겠다. 그냥 나가서 춤을 추자. 죽어도 어쩔 수 없지." 하며 나무구멍에서 망건을 코까지 늘어뜨리고 허리춤에 도끼를 단 채 상좌에 앉아 있는 오니 면전으로 뛰쳐나갔다. 오니들은 깜짝 놀라, "뭐야?" 하며 소리쳤다. 노인은 몸을 움츠렸다 폈다 하며 모든 춤사위를 보여주었고, 몸을 비틀거나 꼬면서 '이얍!' 하며 장단을 맞춰 뛰어다니며 춤을 추었다. 상좌에 있는 오니를 비롯하여 모여 있던 오니들은 놀라면서도 즐거워했다. 상좌의 오니 는 "오랜 세월 이런 자를 만난 적은 없구나. 노인은 앞으로 술자리에 꼭 참가하도록 해라"고 말했다. 노인은 "말씀하 시지 않아도 반드시 올 것입니다. 이번에는 갑작스러워서 춤사위도 잊었습니다. 다시 보여드릴 수 있다면 다음에는 제대로 된 춤을 보여드리겠습니다."라고 말했다.[33]

위에서 오니들의 흥겨운 춤과 음악에 "무언가에 홀렸는지 혹은 신불이 그렇게 하도록 이끌었는지"라는 부분을 고미네는 예능인으 로 변신하는 순간으로, 신 내림과 비슷한 장면이라고 해석했다.[34] 그 러나 만일 신 내림의 상태에 이르렀다면 노인이 술자리에 뛰어들고

33　小林保治·增古和子(1996), 상게서, p.31.
34　장정희는 이 장면에 대해 「일본의 경우 '나무구멍' 속에 있던 노인은 서투른 오니들 의 춤 잔치를 보고 "귀신에라도 홀린 듯, 아니면 신불神佛이 그리 시키신 것인가, 무 턱대고 달려 나가" 오니 앞에서 춤을 추는 적극성을 보인다. 노인의 태도는 자신의 춤을 과시해 보려는 욕망을 잘 보여준다.」라고 설명하였다. 그러나 이는 자신의 춤을 보여주고자 하는 욕망은 과시이기보다는 예능인으로서 당연한 심리라고 보고 싶다. 장정희(2012), 「'혹부리영감譚'의 한·일 간의 설화소 비교와 원형분석」, 『한국학논집』 48, 계명대학교 한국학연구소, 402면.

싶은 마음을 억누르거나 죽어도 상관없다는 각오는 필요치 않았을 것이다. 혹여 신 내림의 상태라고 해도 '나무구멍'이라고 하는 경계의 공간을 거친다는 것만으로 누구나 가능한 것은 아닐 것이다. 즉 노인은 이미 예능인으로서 신 내림을 받고 춤을 바칠 수 있는 자격을 구비하고 있었던 인물로 해석할 수 있다. 노인은 자신도 모르게 뛰어나간 것이 아닌, 어쩌면 죽을 수도 있는 상황에서 큰 각오를 하고 자신의 춤을 보여주고 싶다는 예능인으로서 욕망으로 마지막 무대에 오르는 순간인 것이다. 그리고 최고의 춤을 선보인 노인의 무대는 오니들을 감동시키고 찬사를 얻게 된다.

노인의 춤에 만족한 오니는 그에게 다음에 또 오라고 하는데 기꺼이 참석하겠다고 하는 노인을 믿지 못하고 혹을 떼어 담보로 삼고자 한다. 노인은 오니에게, "눈이나 코를 떼신다고 하면 상관없지만, 혹은 제발 봐주십시오. 오래도록 지니고 있던 것인데 떼어 가신다고 하니 이치에 맞지 않습니다."라고 말한다. 많은 사람들은 이 말을 오니가 혹을 가져가도록 확신을 주기 위해 기지를 발휘한 것으로 해석해 왔다. 그러나 혹 담보는 처음부터 오니가 제시한 것이며, 이에 대해 노인이 굳이 확신을 줄 필요는 없었다. 오히려 노인의 거부는 있는 그대로 해석할 수도 있다. 즉 생의 마지막일 수도 있는 최고의 춤을 추고 난 노인에게 더 이상의 욕심은 없었을 것이며, 실제로 혹을 '오래도록' 지니고 있었기에 큰 장애로 여기지 않았을지도 모른다. 일본 근대작가 다자이 오사무(太宰治)는 1945년에 발표한 단편소설 〈혹부리영감〉에서 노인이 혹을 자신의 손자라고 하며 소중히 다루는 것으로 설정하고 있다.

　　혹은 고독한 노인에게 있어서 유일한 말동무였기 때문
　에 그 혹을 떼인 노인은 조금 쓸쓸했다. 그러나 한편으로
　는 홀가분해진 뺨에 아침바람이 스치는 것도 나쁘지는 않
　았다. 결국은 잃은 것도 얻은 것도 없이 일장일단(一長一
　短)이라고 해야 하는 것인가. 오랜만에 맘껏 노래하고 춤
　을 춘 것이나마 득이라고 할 수 있지 않을까.[35]

　다자이의 소설은 기존의 혹에 대한 노인의 인식을 새롭게 해석하
고 있다는 점에서 주목할 만하다. 또한 다자이의 소설 속 노인처럼
혹을 손자처럼 귀여워하는 정도는 아니었지만 『우지슈이』의 노인
이 혹을 떼고 싶지 않았을 수도 있다는 것은 오니를 향해 "이치에 맞
지 않습니다(すぢなき事に候ひなん)"라고 말하는 할아버지의 대사를
통해서도 유추해 볼 수 있다. 여기서 말하는 '이치'란 비록 오니라 하
더라도 정도에 어긋나는 일은 하지 않는다는 "오니와 신은 옳지 않
은 일은 걷지 않는다(鬼神に横道なし)"라는 속담을 떠오르게 한다. 이
는 헤이안 시대(10세기경)의 슈텐도지(酒呑童子)라고 하는 유명한 오
니가 죽기 전에 마지막으로 한 대사로 잘 알려져 있다. 오에산(大江
山)이라고 하는 깊은 산에 숨어 사람들을 납치해 잡아먹는 오니를

35　　太宰治(1993), 「瘤取り」, 『お伽草紙』, 新潮社, p.230.

퇴치하고자 다섯 명의 무사가 야마부시(산악수행자)로 변장을 하고 슈텐도지를 찾아간다. 슈텐도지는 이들을 손님으로 받아들여 술과 음식을 접대하는데, 야마부시는 독이 든 술을 슈텐도지에게 먹여 죽인다. 슈텐도지는 오니임에도 불구하고 야마부시들을 수호하는 산신으로서의 양면성을 볼 수 있는데, 이러한 호의를 죽음으로 되갚는 인간들에게 아무리 악한 오니라 하더라도 인간만큼은 잔인하시는 않다는 의미로 인간을 비판하는 말이다. 혹부리 영감의 경우 자신이 춤으로 즐겁게 연회를 마치고 다시 오겠다는 약속까지 했음에도 불구하고 자신을 의심하는 오니들에게 슈텐도지의 대사를 인용하여 거부하고 있는 것이다. 결국에 혹 떼인 할아버지는 혹이 사라진 뺨을 어루만지며 나무를 하는 것도 잊고 돌아오는 장면은 다자이의 소설에서의 쓸쓸함까지는 아니더라도 허탈함이 느껴지는 대목이라고 할 수 있다.

이어서 옆집 노인이 혹 떼기를 실패하는 이유와 과정을 살펴보고자 한다. 옆집 노인이 혹을 떼기는커녕 오히려 혹을 하나 더 달고 돌아온 이유는 명백히 춤을 잘 추지 못했기 때문이다. 그는 전자의 노인처럼 사람들과 어울리지 못하는 경계에서 살았고 '나무구멍'을 통했음에도 불구하고 예능인으로 변화하지 못한 것은 본래 예능인이 아니었으며 신에게 춤을 바칠 수 있는 자격이 없었음을 의미한다. 공동체와 외부의 경계에 거주하는 계층은 종교인만이 아닌 병자나 장애가 있는 경우도 마찬가지로 공동체에서 소외되어 살아가야만 했다. 얼굴에 혹이 있다는 것은 병이나 장애라고 할 수는 없지만 남들과 다른 외모를 하고 있다는 것만으로도 차별의 대상이 되었으며 전생의 업 때문이라는 관념이 존재했다.[36] 옆집 노인은 혹 때문에 공동체 밖에서 살았지만 춤을 잘 춘 노인은 혹이라는 특징과 함께 예능인이라는 두 가지 요인이 있었다는 점을 지적하고자 한다. 즉 두 노인의 결정적인 차이는 단순히 춤을 잘 추고 못 추고에 있는 것이 아닌, 이계의 존재와 소통이 가능한 능력(예능인)과 춤을 바칠 수 있는 자격의 유무라고 할 수 있다. 『우지슈이』의 '남을 부러워하는 것은 해서는 안 될 일인 것이다'라는 교훈은 단순히 남의 행운(어쩌면 행운이 아닐 수도 있지만)을 부러워하는 것이 아닌, '자격이 없음에도 불구하고' 남을 부러워하고 따라 해서는 안 된다는 것을 경계하고 있는 것이다.

5. 광대적(道化)성격의 가면과 제의
―규수 지역의 혹 가면(こぶ面)을 중심으로―

오니들을 즐겁게 만족시킨 노인은 망건을 코까지 늘어뜨리고 '몸을 움츠렸다 폈다' 하고 '몸을 비틀거나 꼬면서' 장단에 맞추어 춤을 추었다고 한다. 머리에 쓰는 망건을 코까지 늘어뜨렸다는 것은 얼굴

---

36 『곤자쿠모노가타리슈』권15 제6화 「목 아래에 혹이 있는 히에산의 스님이 왕생한 이야기(比叡山頭下有瘻僧、往生語)」에는 목덜미에 혹이 있어 의사에게 치료를 받아도 낫지 않고 옷으로 가리기도 어려워 점점 사람들과 멀어져 홀로 산 속의 암자로 들어가 전생의 업보를 알고자 하는 스님이 등장한다.

을 거의 가린 상태로 마치 가면을 쓰고 있는 것 같은 모습을 연상시킨다. 본 장에서는 노인의 우스꽝스러운 춤과 가면에 주목하여 일본 규슈(九州) 지역에서 혹이 달린 가면(こぶ面)을 쓰고 공연하는 '다노칸메(밭신의 춤: 田の神舞)'와의 연관성에 대해 살펴보고자 한다.

먼저 노인의 혹의 위치를 보고자 하는데, 본고가 주목하는 혹의 구체적인 '위치'에 대한 문제는 선행연구에서 거의 다뤄진 적이 없다. 그 이유는 얼굴에 혹이 달렸다는 점에서 일반화되었으며 근현대에 다양한 그림으로 묘사되는 혹이 턱 아래에 달린 형태로 정형화되었기 때문이다.[37] 이하 일본의 혹부리영감 설화가 수록된 주요작품을 정리해 보았다.

[표1] '혹부리영감' 수록 작품의 내용 비교

수록작품	등장인물	이계의 존재	혹의 위치	장소	춤
『宇治拾遺物語』 (1215~1244년경)제3화	오키나翁	오니鬼	오른쪽얼굴 右の顔	나무구멍 木のうつほ	舞
『五常内義抄』(1264년경) 智-제14조	법사法師	덴구天狗	이마 額	낡은 사당 御堂(古堂)	田楽
安楽庵策伝『醒睡笑』 (1623년경)1권(전반부), 6권(후반부)수록	선문禪門	덴구天狗	눈 위 目の上	낡은 사당 古辻堂	踊り

---

37 혹의 위치에 대해서는 독일, 프랑스의 경우 등에 혹이 달려 있다는 언급은 있다. 竹原威滋(1997), 「異界訪問譚における山の精霊たち-世界の「瘤取り鬼」をめぐって-」, 『説話-異界としての山』, 翰林書房, pp.238~267. 장정희(2012), 상계서, pp.389~393.

姜沆『睡隱錄』(1658년) 卷三 雜著 瘤戒條	어떤 사 람某甲	山鬼	이마 額	산 속 山間	舞
『産語』(？ : 太宰春台 (1680-1747)의偽書説)	진나라에 사는 혹이 난 사람 晉人, 瘤者	鬼	목덜미 項	빈 집 空舍	舞
『日本昔話通觀』(20c)38	할아버지 爺 남자男	덴구, 오니, 여우, 요괴, 원숭이 등	뺨(頰)이 다수 이마 額	나무구멍이 다수. 산 속, 관음당, 산 속의 신전등	踊り

　표에서 볼 수 있듯이 근대 이전의 작품에는 뺨이나 목덜미보다
는 눈 위나 이마에 혹이 있다는 점이 두드러진다. 『우지슈이』의 경
우 단순히 얼굴이라고 하고 있으나, 이 역시 이마일 가능성은 배제
할 수 없다. 『産語』의 경우 일본 근세의 유학자로 알려진 다자이 슌
다이(太宰春台: 1680-1747)가 소개한 중국의 문헌이라고 알려져 있으
나, 슌다이의 위서(偽書)일 가능성에 대한 주장도 있다.[39] 이 책은 전
근대의 텍스트로는 유일하게 노인의 목덜미에 혹이 있다고 하였는
데, 일본인이 아닌 진나라(중국)의 사람이라고 하였다. 근대 이후에
일본 각지의 옛날이야기를 수록한 『일본무카시바나시통관(日本昔
話通觀)』에는 뺨에 혹이 있는 경우가 다수를 차지하며, 이와테현(岩

38　『일본무카시바나시통관(日本昔話通觀)』(1977-1990) 전26권. 전국분포. 100여화. 김용
의는 『일본무카시바나시통관』에 수록된 혹부리영감을 등장인물, 장소, 이계의 존재,
기원대상, 잔치, 저당 등의 항목으로 분류하였다. [표1]은 이 내용을 참고 하였다. 김
용의(2011), 『혹부리영감과 내선일체』, 전남대학교출판부, 41~52면.

39　永吉雅夫(1989),「太宰春台と「産語」」,『追手門学院大学文学部紀要』23, 追手門学院大
学, pp.314~301.

手県)에서 수집한 자료에는 이마에 혹이 있는 경우도 확인된다.[40] 지금까지 혹은 뺨이나 목덜미에 달려 있다고 당연시했다는 점에서 이마에 혹이 있다는 예는 이야기의 전개나 표현에 있어서 새로운 시각을 제시해 준다. 예를 들어 한국과 일본의 〈혹부리영감〉에서 가장 큰 차이점이 춤과 노래라는 점에서도 '혹'이 어떠한 기능을 하는가는 생각할 여지를 준다. 즉 일본의 〈혹부리영감〉은 춤 실력의 차이에 있어서 '혹'은 아무런 역할도 하지 않는다는 점이 주목된다. 한국의 〈혹부리영감〉에서 '혹'은 '노래주머니'라는 기능이 있는데, 일본의 경우, 혹 안에 무엇이 들어있다는 인식은 없다.

일본의 경우에는 상황이 다르다. 노인의 혹은 얼굴 부위에 돌출되어 있는 신체의 일부에 지나지 않는다. 혹은 신명나게 추는 노인의 춤 솜씨와는 무관하게 묘사된다. 또 신체의 위치를 고려하더라도 한국의 '혹'은 노래가 나오는 목청과 바로 인접해 있지만, 일본의 '혹'은 몸 전체를 움직여 동작을 끌어내는 '춤'이라는 행위와 크게 인접해 있다고 보기 어렵다. 노인의 혹이 오니들의 눈길을 끌지 못했던 이유도 이것과 관계가 있다.[41]

---

40 稻田浩二·小澤俊夫 편,『일본무카시바나시통관』, 이와테 현 에사시시 岩手県江刺市, 이마에 혹이 있는 할아버지가 큰 숲에 있는 관음님께 7일 밤낮으로 소원을 빌었다. (額にこぶのある爺が大森の観音様に七日七夜の願をかける).

41 장정희(2012), 상게서, 2012, 397~398면.

장정희는 한일 〈혹부리영감〉 설화에서 혹이 춤과 노래 실력에 어떠한 영향을 주었는지를 분석한 결과, 춤보다는 노래의 경우에 혹이 보다 중요한 역할을 했다고 하였다. 그러나 이는 혹이 성대와 가까운 목덜미, 혹은 뺨에 있다는 전제 하에 가능한 해석이다. 만약 이마에 혹이 있다고 한다면 의미는 매우 달라질 것이다. 다만 이마에 혹이 있다는 노인의 외형은 한국 자료에서는 확인되지 않으며, 일본의 자료에서만 볼 수 있다.

오니에게 바치는 예능이 노래가 아닌, 춤이라는 것은 앞서 보았듯이 일본 제의에서 예능이란 '춤(舞)'라는 것과 연관되어 있다. 앞서 고찰한 '다아소비'에서도 춤이 중요한 요소라는 점을 확인하였다. 현대에도 '다아소비'와 비슷한 성격으로, 풍요를 기원하는 마쓰리(祭)가 일본 각지에서 행해지는데, 특히 일본 규슈 지역의 '다노칸메'는 혹부리영감을 연상케 하는 혹 달린 가면을 쓰고 춤을 춘다는 점에서 주목된다.

다노카미(밭의 신, 田の神)는 일본의 농경사회에서 벼농사의 흉작을 막아주고 풍요를 가져다주는 신으로 숭배되어 왔는데, 곡령신이나 물의 신 등의 성격도 있으며, 산신신앙이나 선조(祖靈)신앙과 깊은 관계가 있다고 알려져 있다. 그런데 규슈 지역에는 현재도 밭이나 논 가운데 놓인 다노카미의 상이 발견된다. 그리고 이 지역에서는 겨울에서 봄에 이르는 시기에 한해의 풍작을 기원하는 가구라가 행해지는데, 밭의 신이 등장하여 춤을 추는 '다노칸메'라는 종목이 있다. 이 경우 노인 가면이나 얼굴이 비뚤어진 형상의 가면을 쓰고

우스꽝스러운 몸짓으로 관객의 웃음을 유발하는데, 일부 지역에서는 이마에 혹이 달린 형태의 가면이 발견된다.

〈사진 3〉田の神(加久藤神社)　　〈사진 4〉こぶ面(菅原神社)　　〈사진 5〉臣下面(金丸諏訪神社)[42]

　이상의 가면은 현재 마쓰리에서 실제로 사용되고 있지는 않지만, 규슈 미야자키현 시이바촌의 도네가와가구라(宮崎県 椎葉村 十根川神楽)에서는 혹 달린 가면을 쓰고 춤을 추는 영상을 확인할 수 있다. 시이바촌의 가구라는 현재 중요무형민속 문화재로 지정되어 있다. 시이바촌 공식홈페이지의 설명에 따르면, 현재 시이바촌 88개의 촌락

42　규수의 유후인(由布院)에 있는 숲의 공상 뮤지엄(森の空想ミュージアム:)은 다카미 켄지 (高見剛)가 다년간 수집한 민속가면을 전시한 박물관이다. 2008년 90점의 가면을 규슈국립박물관에 기증하여 현재 100점의 가면을 전시하고 있다고 한다. 사진은 다카미 켄지가 운영하는 블로그를 출처로 하며 각각의 가면의 소장처와 이름은 이즈미 후사코(泉房子)의 저서를 참고 하였다.
　　森の空想ブログhttps://blog.goo.ne.jp/kuusounomori/e/332ff6a6a514962fca0e1896689 19452,(검색일: 2021년 8월 1일); 泉房子(2014), 『南九州における神楽面の系譜:王面から 神楽面への展開』, 鉱脈社, p.112, p.124, p.128.

〈사진 6〉 도네가와가구라 중 万才 영상의 한 장면 [44]

중에 26개 지구에서 가구라가 행해지고 있다. 가구라는 신관이나 민간의 대대로 정해진 집안에서 담당하였는데, 전승자의 부족과 고령화로 인해 점차 그 수가 줄어들고 있다고 한다.[43] 특히 도네가와(十根川) 지구의 가구라에서 공연되는 만자이(万才)라는 춤은 센지좌(センジ座)와 곤지좌(コンジ座)라고 하는 두 사람이 가면을 쓰고 등장하는데, 센지좌는 혹이 달린 가면을 쓴다. 곤지좌는 원숭이 가면을 쓰고 등장하는데, 두 사람이 서로 장난을 치거나 쫓고 쫓기는 내용의 춤을 추다가 신관이 가져온 술병을 차지하고자 한바탕 소동을 벌인다. 이 가운데 객석으로 뛰어들어가 관객과 함께 춤을 추기도 하며 웃음을 유발한다. 규슈 지역의 민간예능을 연구하고 민속가면 수집가로 알려진 다카미 켄지(高見乾司)는 만자이에 대해 다음과 같이 설명한다.

43　시이바촌 지역홈페이지, http://www.vill.shiiba.miyazaki.jp/index.php, (검색일: 2021년 8월 1일).

44　1991년 2월 21일 촬영(시이바촌 도네가와가구라 보존회), 国指定重要無形民俗文化財 椎葉神楽 十根川神楽-https://www.youtube.com/watch?v=onuGQ5l-xlg, (검색일: 2021년 8월 1일). 宮崎県教育委員会 제공.

시이바촌 도네가와의 '혹 가면'은 난폭한 신에 거칠게 대들고, 난폭한 신을 흉내 내면서 장난치거나, 신이 가진 천이 달린 방망이를 빼앗으려고 한다. 또는 관객석에 들어가 젊은 여성을 껴안거나 성교하는 동작을 한다. 전체적인 분위기는 웃음으로 가득차고 환성이 터진다.[45]

난폭한 신은 원숭이탈을 쓰고 있는데, 원숭이는 산신의 사자(使者), 혹은 산신 그 자체이기도 하다. 난폭한 신과 함께 춤을 추고 장난을 걸어 웃음을 유발한다고 하는 과정은 다아소비에서 오니나 덴구(산신)가 등장해 춤을 추는 내용과 매우 흡사하다. 혹이 달린 가면은 그 형상만으로도 우스꽝스러운 표정의 광대(道化) 가면으로 분류된다. 〈혹부리영감〉 설화와 직접적인 연관성을 말할 수는 없으나, 신에게 바치는 제의인 가구라에서 혹이 달린 존재가 신을 기쁘게 한다는 구조는 〈혹부리영감〉 설화의 제의적인 성격을 설명함에 있어서 의미하는 바가 크다. 또한 우스꽝스러운 춤을 통해 웃음을 유발한다는 점에서도 혹부리영감이 춘 이상하고 괴이한 춤을 연상시킨다. 이는 일본에 전승되는 〈혹부리영감〉 설화의 제의적 성격과 춤의 의미를 구현하고 있다는 점에서 향후 보다 자세한 연구가 요구된다.[46]

---

45 高見剛・高見乾司(2012), 『神々の造形・民俗仮面の系譜』, (「九州の民俗仮面」增補新装版), 鉱脈社, p.146.
46 참고로 도네가와지역의 도네가와신사(十根川神社)에는 야무라스기(八村杉)라는 수령

6. 결론

본 연구는 일본의 〈혹부리영감〉 설화에 있어서 노인이 춤을 춘다는 모티브를 일본 고유의 제의적 구도가 바탕이 되고 있음을 재조명하고, 옆집 노인과의 대조적인 결말은 예능인으로서 신에게 춤을 바칠 수 있는 '자격'의 문제로 인한 것임을 지적하였다. 노인의 춤을 제의적 성격으로 해석했을 때, 이 춤은 난폭한 신을 복을 가져다주는 신으로 변화시키는 가구라의 진혼적 성격과의 유사성을 통해 확인할 수 있었다. 또한 신과의 교류를 가능케 하는 요소로 '나무구멍'의 공간적 의미와 공동체에서 소외되어 살아가는 예능인의 '조건'에 주목하였다. 혹이 달리고 이계와의 교류가 가능한 '나무구멍'을 통과했다는 동일한 조건에도 불구하고, 옆집 노인이 목적을 달성하지 못한 배경에는 단순히 춤을 잘 추지 못했기 때문이 아닌, 신에게 춤을 바칠 수 있는 자격을 지닌 예능인이 아니었기 때문이라고 해석하였다. 그리고 〈혹부리영감〉의 제의적 성격은 규슈 지역에서 혹이 달린 가면을 쓰고 행해지는 민간 가구라의 진혼과 풍요를 기원하는 내용을 통해서도 확인할 수 있었다. 지금까지 한일 양국의 〈혹부리영감〉 설화에 대한 비교연구는 본 이야기의 원천자료나 전승관계를 밝히고자 하는 문제에 집중되어 왔다. 설화의 전파에 대한 주제는 중요

800년의 神木을 모시고 있다는 점에서도 혹부리영감에 등장하는 나무와의 관련성이 주목된다.

한 문제이지만 향후 연구에 있어서 양국의 다양한 관점에서 이루어진 선행연구에 대해 공유함으로서 각각의 고유한 특징과 의미를 고찰하는 연구가 활발해지기를 기대한다.

참고문헌

원문 출전

서적·잡지 논문

김용의(2011), 『혹부리영감과 내선일체』, 전남대학교출판부.

김유진(1990), 「혹부리할아버지의 구조와 의미」, 『청람어문교육』3, 청람어문교육학
회.

김종대(2006), 「혹부리영감譚의 형성과정에 대한 試考」, 『우리문학연구』20, 우리문학
연구회.

장정희(2012), 「혹부리영감譚의 한·일 간의 설화소 비교와 원형분석」, 『한국학논집』
48, 계명대학교 한국학연구소.

오호선 글, 윤미숙 그림(2014), 『혹부리영감과 도깨비』, 길벗어린이.

柳田国男(1989), 『柳田国男全集』4, 筑摩書房.

_____(1990), 『柳田国男全集』25, 筑摩書房.

永吉雅夫(1989), 「太宰春台と「産語」」, 『追手門学院大学文学部紀要』23, 追手門学院
大学.

五來重(1991), 『鬼むかし』, 角川書店, 1991.

三浦佑之(1992), 『昔話にみる悪と欲望』, 新曜社.

池上洵一校注(1993), 『今昔物語集』3, (『新日本文学大系』), 岩波書店.

太宰治(1993), 「瘤取り」, 『お伽草紙』, 新潮社.

折口信夫著, 折口信夫全集刊行会 編(1995), 「鬼と天狗」, 『折口信夫全集』3, 中央公論
社.

小林保治·増古和子 校注(1996), 『宇治拾遺物語』, (『新編日本古典文学全集』), 小学館.

竹原威滋(1997), 「異界訪問譚における山の精霊たち―世界の「瘤取り鬼」をめぐっ
て―」, 『説話-異界としての山』, 翰林書房.

小峯和明(1999), 『宇治拾遺物語の表現時空』, 若草書房.

赤坂憲雄(1999),「鎮魂としての芸能と境界」,『異人論序説』,筑摩書房.

森正人(2003),「宇治拾遺物語瘤取翁譚の解釈」,『国語と国文学』80巻6号.

廣田収(2003),『『宇治拾遺物語』表現の研究』,笠間書院.

高見剛·高見乾司(2012),『神々の造形·民俗仮面の系譜』(「九州の民俗仮面」増補新装
　　　版),鉱脈社.

泉房子(2014),『南九州における神楽面の系譜:王面から神楽面への展開』,鉱脈社.

기타자료

森の空想ブログhttps://blog.goo.ne.jp/kuusounomori/e/332ff6a6a514962f-
　　　ca0e189668919452, (검색일: 2021년 8월 1일).

시이바촌 지역홈페이지, http://www.vill.shiiba.miyazaki.jp/index.php, (검색일: 2021년 8
　　　월 1일).

国指定重要無形民俗文化財椎葉神楽 十根川神楽-https://www.youtube.com/
　　　watch?v=onuGQ5l-xlg, (검색일: 2021년 8월 1일). 宮崎県教育委員会
　　　제공.

일본대백과전서(日本大百科全書,ニッポニカ),JapanKnowledge, https://japanknowledge.
　　　com, (검색일: 2021년 8월 1일).

사진: 戸隠観光なび. https://togakushi.org/jinjya/okusya/(검색일: 2022년 2월 25일).

사진: 블로그여행기.https://blog.goo.ne.jp/sugi713/e/35ff8b020aeaaecadd56d55a58f-
　　　c55d0, 来宮神社本州一の樹齢約2000年の大楠, (검색일: 2021년 8월 1
　　　일).

우라시마浦島전설의 근세적 변용
—'일본'을 의식한 구상의 등장—

한경자

1. 들어가며

에도(江戸)시대에는 우라시마 전설을 소재로 한 작품이 다수 간행되었다. 그 작품들은 우라시마 전설에 다른 전설들을 자유롭게 조합하고 있다는 특징이 있다. 예를 들면 구사조시(草双紙)에는 우라시마 전설에 모모타로(桃太郎)·원숭이의 생간(猿の生き肝)·서왕모(西王母)·소가모노가타리(曽我物語)·다와라 도다(俵藤太)·다이쇼칸(大職冠)·인어 이야기 등을 연결한 작품이 다수 존재한다.

우라시마 전설을 소재로 만든 지카마쓰 몬자에몬(近松門左衛門: 1653-1724)의 조루리(浄瑠璃)에는『마쓰카제 무라사메 소쿠타이카가미(松風村雨束帯鑑)』(1707년경 초연)와『우라시마 연대기(浦島年代記)』(1722년 초연)의 두 작품이 있다. 필자는 졸고「리메이크 되는 우라시마 전설『마쓰카제 무라사메 소쿠타이카가미』『우라시마 연대기』」

및 「지카마쓰의 우라시마모노 조루리의 구상」에서 두 작품 모두 우라시마 다로의 고향을 '일본'이라고 부르고 있는 것에 주목하여 고찰한 바가 있다.[1] 이들 고찰에서는 지카마쓰의 작품에서 우라시마 다로는 왕위계승을 둘러싼 극 중 대립의 해결에서 활약을 하고 있다는 점, 그리고 두 작품 모두 일본을 의식한 구조를 지니고 있다는 것을 지적했다.

『마쓰카제 무라사메 소쿠타이카가미』는 우라시마의 세계에 마쓰카제(松風) 무라사메(村雨) 이야기[2]와 조와(承和)의 변[3]을 결합한 작품이며『우라시마 연대기』는 마유와왕의 변[4]의 이야기를 결합한 작품으로 이들 사건은 극 중에서 '일본' 대 '외적'이라는 대립의 구도를 이루고 있다.[5]

---

1   韓京子(2019), 「リメイクされ続ける浦島伝説『松風村雨束帯鑑』『浦島年代記』」, (長島弘明 編『奇と妙の江戸文学事典』), 文学通信, pp.252~259, 韓京子(2021), 「近松の浦島物浄瑠璃 の構想」, 『国語と国文学』98(2), pp.52~68. 본고는 이들 논문을 바탕으로 하여 요미혼 『龍都朧夜語』에 대한 분석을 더한 고찰임을 밝혀둔다.

2   스마(須磨)에 유배된 아리와라노 유키히라(在原行平)와 그에게 총애를 받은 해녀 마쓰 카제와 무라사메 자매의 이야기.

3   조와 9년인 842년에 도모노 고와미네(伴健岑) 다치바나노 하야나리(橘逸勢) 등이 닌묘 (仁明)천황의 황태자 쓰네사다(恒貞)친왕을 옹립하고 반역을 도모한 사건.

4   안코(安康)천황이 마유와왕(眉輪王)의 아버지인 오쿠사카노황자(大草香皇子)를 살해하 고 어머니인 나카시히메노미코토(中蒂姫命)는 황후가 되었는데 어린 마유와왕이 안 코천황을 시해하고 대신(大臣)인 가즈라키노 쓰부라(葛城円) 저택에 숨었으나 오하쓰 세황자(大泊瀬皇子; 유랴쿠천황)에 의해 살해된 사건.

5   『우라시마 연대기』의 우라시마의 인물상에 대해서는 기타니 호긴(木谷蓬吟)이 우라 시마 다로를 "야마토다마시(日本魂)를 불어넣은 무사도의 세례를 받은 우라시마 다 로의 인격은 지카마쓰의 독창적인 산물"이라고 하고 있다. 木谷蓬吟編(1922), 『大近松 全集』第六巻『浦島年代記』해설, p.187, 또한 木谷蓬吟(1942), 『私の近松研究』(一家言叢書

이상의 두 논문에서는 소설에 관해서는 조루리와『우라시마 연대기』를 소재로 한 구사조시만을 고찰의 대상으로 했기 때문에 그외의 구사조시 작품을 포함한 소설류의 고찰은 충분히 하지 못했다. 우라시마 전설을 소재로 한 요미혼(読本)『다쓰노 미야코 오보로요가타리(龍都朧夜語)』(기뵤시[黄表紙]『웃프루이 지요노 이시부미(十六嶋千代之碑)』의 전거)는 우라시마가 용궁을 방문할 때 용궁에서 미리 '일본인 온다'고 경계하는 등 '일본'을 의식한 작품이 되어 있다.

본고에서는 우라시마 전설을 모티브로 한 에도 시대 조루리 작품들의 '일본'을 의식한 구상이 어디에 유래하는 것인지에 대해 요미혼『다쓰노 미야코 오보로요가타리』의 분석을 통해 고찰하고자 한다.

2. 조루리와 우라시마 전설

오토기조시(御伽草子: 가마쿠라(鎌倉)시대부터 에도 시대 초기에 성립된 소설류의 일종)의『우라시마 다로』에서는 '일본'이라는 단어가 등장하지 않으며 그림에서 오토히메의 의상이 이국풍으로 그려지는 일이 있어도 지상을 '일본'이라고 부르고 있지는 않았다. 그러다 에도 시대의 우라시마 전설을 소재로 한 고조루리(古浄瑠璃) 부터 변화가 보이기 시작한다.

---

3. 全国書房)의「일본국민으로서의 우라시마 다로」에서는 "전설의 몽환적 인물인 우라시마 다로를 완전히 대일본제국국민으로 창조하였다."고 하고 있다. pp.114~125.

고조루리『우라시마 다로(浦嶋太郎)』[6](간분[寛文: 1661-1673] 말경) 는 우라시마 전설을 소재로 한 고조루리 중 가장 오래된 작품이다.[7] 그 외의 우라시마 전설을 소재로 고조루리에는『우라시마 다이묘 진 고혼지(浦島大明神御本地)』[8](겐로쿠[元禄: 1688-1704] 무렵)와『이 세게구 유라이 쓰케타리 우라시마 류구이리(伊勢外宮由来附浦嶋龍宮 入)』[9](성립 및 상연 정보 미상)가 있다. 그밖에 가가노조(加賀掾)의『우 라시마 다로 칠세연(浦島太郎七世縁)』이 있었다고 하는데 현재 소재 를 알 수 없어 그 내용은 확인할 수가 없다.

우선 우라시마 전설을 소재로 한 이들 고조루리 작품과 지카마쓰 의 조루리에서 '일본'적 요소가 어떻게 가미되어 가는지 확인해 보 기로 한다.

1)『우라시마 다로』

『우라시마 다로』는 유랴쿠(雄略)천황의 시대에 시나노(信濃)지방 에 있었던 이야기로 줄거리는 다음과 같다. 우라시마 다로와 다마요 리히메(玉よりひめ)는 도가쿠레 다이묘진(戸隠大明神)에게 점지 받아

---

6   鳥居フミ子(1992),「古浄瑠璃「浦嶋太郎」」, (水野稔編『近世文学論叢』), 明治書院, pp.439~458.

7   鳥居フミ子(1974),「中世説話と古浄瑠璃―古浄瑠璃「浦嶋太郎」の場合―」,『実践国文学』 (5), 実践女子大学, pp.27~34.

8   古浄瑠璃正本集刊行会編(1992),『古浄瑠璃正本集』角太夫編第二, 大学堂出版, pp.151~172

9   林晃平(2018),『浦島伝説の展開』, おうふう, pp.531~553.

태어났다. 어느 날 도가쿠레산(戶隱山)에서 꽃구경을 하고 있었던 다마요리히메와 모치즈키 다유(望月太夫) 도모카게(ともかげ)사이에 싸움이 일어나는 데 우연히 지나가던 다로가 다마요리히메를 돕는다. 다마요리히메는 다로를 찾아가나 다마요리히메의 부모가 그들 사이를 반대하여 다로를 쫓아버린다. 다마요리히메는 슬퍼하며 바다에 몸을 던졌지만 거북의 도움으로 용궁에 가게 된다. 다마요리히메는 그 후 거북으로 모습을 바꾸어 다로에게 낚이며 재회하게 된다. 그 후 두 사람은 용궁에서 칠백여 년을 살지만 고향이 그리워져서 귀향하게 된다.

이 작품은 마지막 장이 결여되어 있어 이후의 전개 및 결말은 알 수가 없다. 우라시마 다로가 잡은 거북의 인연으로 용궁에 갔다가 귀향한다는 우라시마 전설의 기본 줄거리는 계승하고 있지만 우라시마 전설을 그린 오토기조시의 내용과는 사뭇 다른 모습을 보여주고 있다.

도리이 후미코(鳥居フミ子)씨는 고조루리『우라시마 다로』와 중세 설화의 차이점에 대해서 다음과 같은 점을 들고 있다.[10] (1) 시나노 지방을 배경으로 설정, (2) 우라시마 다로와 다마요리히메가 도가쿠레 다이묘진의 점지로 태어난 아이로서 등장, (3) 신혼담(神婚譚)의 성격의 변형, (4) 다마요리히메를 둘러싼 우라시마와 모치즈키의 전투장면의 설정, (5) 거북의 보은담의 변형, (6) 궁전의 사계에 대한

---

10   鳥居フミ子(1974) 전게 논문. pp.27~28.

상세한 묘사, (7) 서왕모의 복숭아 전설의 삽입 등이다.

필자는 그밖에 용궁에서 우라시마 다로와 다마요리히메의 고향을 '일본'으로 부르고 있다는 데 큰 차이가 있다고 본다. 실제로 그 이후의 조루리에서는 '고향'이 아니라 반드시 '일본'이라고 하고 있다. 그런 점에서 이후의 조루리에 미친 영향은 크다고 할 수 있다.

여기서 고조루리 『우라시마 다로』에서 '일본'이라는 말이 등장하는 장면을 확인해 보자. 용궁의 물고기들이 어부들에 잡혀 지상으로 올라가는 것을 "일본세계로 끌어올려지고"라고 하고 있으며 또한 "당(唐)과 천축(天竺)의 섬에 구만팔천의 물고기들이 밤낮으로" 끌어올려진다고 표현되어 있다. 여기서 '일본', '당', '천축' 등 용궁에서 지상을 나라로 구별하여 부르고 있다는 점이 주목된다.

그 외에도 『우라시마 다로』에서는 지상에서 용궁으로 온 다마요리히메에게 개명을 시키거나 입고 있던 의복을 갈아입히기도 한다.[11] 오토기조시의 『우라시마 다로』에서도 용궁이 타향·이계로 그려져 있었지만 한층 더 의식적으로 이계임을 표현한 것이라고 말할 수 있다.

다마요리히메는 시나노의 바다에서 재회한 다로를 용궁으로 데리고 가서 부부로 지내다가 '고향'에 돌아가기 위해 용궁의 왕에게 작별 인사를 청한다. 그러자 왕은 "일본으로 돌아갈 선물로 무엇을

---

11   「うろこの衣を引さげいで、これ召されよ女郎と、かの衣を着せ申す」「御名を変へ
     て、とうなんくは女と名付るぞ」

줄까?[日本に帰る土産になにをか取らせん]"라 말하며 "너희들이 일본으로 돌아가도 이 상자를 열어서는 안된다.[日本に帰るなら、此はこをあくる事あるべからず]"며 보물함을 건네주는 등 두 사람의 고향을 '일본'이라고 부르고 있다.

현재 소재가 밝혀진 우라시마 전설을 소재로 한 고조루리 중 가장 이른 것으로 추정되는 이 작품은 용궁이 이계로서 지상세계와 구별하여 묘사되고 있으며 우라시마 다로와 다마요리히메의 고향을 반복적으로 '일본'이라고 부르는 것을 확인할 수 있다.

2) 『우라시마 다이묘진 고혼지(浦島大明神御本地)』

『우라시마 다이묘진 고혼지』는 본지수적(本地垂迹) 이야기와 우라시마 다이묘진의 유래 이야기로 시작된다. 줄거리는 다음과 같다.

(제1단) 유랴쿠천황의 시대에 단고(丹後)지방 미즈에(水江)의 시마네 쇼지(島根庄司; 쓰쿠요미노미코토(月読尊)의 차남 시마네의 미코토(島根の尊)의 후예)는 백제에서 도착한 배에 실려 있던 상자를 아들 다로 마사토시(正とし)에게 왕궁으로 가져가도록 말한다. 마사토시는 도중에 어부들의 그물에 걸린 거북을 구한다. 마사토시가 왕궁에 도착해서 상자를 열자 그 안에서 백제왕이 일본 왕에게 보낸 편지가 나온다. 편지에는 상자의 내용물이 일체경(一切経)이며 석가의 입적 후 중국으로 건너간 것인데 일본으로 보낸다는 내용이 적혀 있었다. 명법도(明法道) 박사인 아즈마노 아야쓰카(あづまのあやつか)가 이를 일

233

본을 파멸시키기 위한 외국의 책략이라고 주상했기 때문에 천황은 일체경을 소각하기로 했다. 그런데 천황이 일체경을 불에 지피자 용신이 나타난다. 그 광경을 본 사람들은 경외감을 품고 경장(経蔵)을 지어 일체경을 안치한다. 그 공으로 마사토시는 이름을 우라시마 다로(浦島太郎)로 개명을 하고 천황으로부터 단고의 토지를 하사받는다.

(제2단) 우라시마는 귀향할 때 만난 해녀(해녀 모습으로 지내고 있던 히메)를 데리고 돌아와 부부가 된다.

(제3단) 우라시마 부부에게 쓰루와카(鶴若)가 태어난다. 실은 히메는 우라시마가 살려준 거북으로 은혜를 갚기 위해서 지상으로 돌아와 우라시마와 부부가 되었지만 정체가 발각될 것이 두려워 바다로 돌아가 버렸다. 우라시마가 쓰루와카와 함께 히메를 따라 바다에 들어가자 거북이 나타나 용궁으로 데리고 간다.

(제4단) 용궁에서 환대받으며 지내던 우라시마는 고향의 부모가 그리워져 일본으로 돌아간다.

(제5단) 우라시마는 용궁에서 돌아와 칠대 후손을 만난다. 우라시마는 준나(淳和)천황에게 유랴쿠천황 때 용궁에 갔다가 지금 귀향했다고 말해도 믿어주지 않자 용궁에서 받은 보물함을 연다. 보물함에서 나온 자운(紫雲)으로 인해 우라시마는 한순간에 노인 모습으로 바뀌었고 사실은 자신은 시마네의 미코토임을 밝힌다. 또한 불도를 모르는 일본에 일체경을 가져다주기 위해 나타난 것이라고 말하고 후에 그는 우라시마 다이묘진(浦島大明神)으로 모셔진다.

『우라시마 다이묘진 고혼지』에서는『우라시마 다로』와 같이 용궁 사람들은 다로의 고향을 '일본'이라 하고 있다. 용왕은 우라시마 다로를 '이것은 일본의 사위군요[是は日本のむこがねかや]'라고 환영할 뿐만 아니라 우라시마에게 히코호호데미노미코토(彦火火出見尊: 야마사치히코(山幸彦))가 형 우미사치히코(海幸彦)의 낚싯바늘을 찾기 위해 와다쓰미(綿津見)신궁을 찾아왔고 와다쓰미신의 딸인 다마토요(玉豊)히메와의 사이에 우가야후키아와세즈노미코토(鸕鶿草葺不合尊)가 태어났다는 이야기를 들려주었다. 또한 그 후에도 용미(龍尾)를 가진 왕자가 태어났기 때문에 궁중에서는 옷자락을 길게 끌게 되었다는 고사를 인용하는 등 오토기조시의『우라시마 다로』에서는 언급된 적이 없었던 용궁과 일본 황실의 깊은 인연에 대해 새롭게 삽입하고 있다.

이 조루리가 특징적인 것은 우라시마 다로가 불교 전래에 관련되는 인물로서 설정되어 있는 것이다.[12] 단고 지방에 건너간 일체경 함에 들어 있던 편지에는 백제왕이 '일본은 불법연(仏法縁)의 나라'이므로 일체경을 보낸다고 쓰여 있었다. 제5단에 이르러 결국 우라시마는 자신은 신이며 '왕법'을 돕기 위해 우라시마의 모습을 빌려 나타난 것이었다고 밝힌다. 우라시마 다로는 우라시마 다이묘진으로

---

12 林晃平(2001), 『浦島伝説の研究』(おうふう)에 의하면 린센지(臨川寺)의 유래담(1756년)에서는 벤자이텐(弁財天)을, 간후쿠지(観福寺) 유래담에서는 관세음보살상을 용궁에서 가지고 돌아왔다고 쓰여 있어, 우라시마 관련 사원의 유래담에는 우라시마 다로와 불교와의 관련을 확인할 수 있다.

모셔질 뿐만 아니라 일본의 안녕을 위해 불교를 전파하는 역할을 담당하고 있었던 것이다. 이 점이 오토기조시『우라시마 다로』와의 차이라 할 수 있다.

3)『이세게구 유라이 쓰케타리 우라시마 류구이리』

이 작품에는 유랴쿠천황의 시대에 있었던 이세외궁의 천궁이 배경으로 등장한다.[13] 줄거리는 다음과 같다.

(제1단) 단고지방의 우라시마 미쓰나리(光成; 여기서는 편의상 우라시마라 한다)는 도요우케 다이묘진(豊受大明神)을 이세(伊勢)지방 와타라이(度会)로 이송할 때 경호를 하라는 명을 받는다.

(제2단) 이세 국사(国司)의 거짓 주상으로 인해 우라시마는 영지를 몰수당하고 고향으로 돌아가 어부가 된다. 우라시마는 거북을 낚은 인연으로 용궁에 가서 용녀와 부부가 되어 지낸다.

(제3단) 용궁으로 범천국(梵天国)의 야차(夜叉)가 찾아와 용녀를 강제로 데려가려 한다. 우라시마는 그것을 막기 위해 야차들과 맞붙어 그들을 쫓아낸다. (제4단은 생략)

(제5단) 제석천(帝釈天)은 범천·마리지천(摩利支天)에게 용궁 토벌을 명령한다. 우라시마는 제석천 앞에서 목이 잘리지만 지니고 있던 아마테라스오미카미(天照大御神)의 부적에 의해 다시 살아난다.

---

13   「天皇在位二十一年ニアタリテ天照太神ノ神託アルニヨリテ。二十二年ノ九月ニ初テ豊受太神ヲ。伊勢国度会郡山田原ニ祠アル今ノ外宮ナリ」(『日本王代一覧』)。

(제6단) 그 후 우라시마는 용궁으로 돌아와 3년을 보냈지만 어머니와 아내, 자식이 그리워 귀향한다. 지상으로 돌아온 우라시마는 칠대 후손을 만나 그 동안의 사정을 이야기한다. 용궁에서 받은 보물함을 열자 우라시마는 선인(仙人)으로 변했고 그 후 우라시마 묘진(浦島明神)으로 모셔진다.

이 조루리에는 일본에 대해 강한 긍지를 가지는 우라시마의 모습이 그려져 있다는 특징이 있다. 용궁에서 야차와 우라시마가 맞붙는 장면이 있다. 야차가 용녀를 끌고 가려는 모습을 본 우라시마는 "알고도 모르는 척 하는 것은 일본의 수치이다.[其侭聞置事、是日本の知恥なり]"라고 말한다. 그리고 자신은 "일본에서 모르는 사람이 없는 우라시마 다로 미쓰나리라고 하는 사람"이라 말하며 야차를 상대로 싸운다. 여기서 우라시마는 "일본에서 잘 알려진 힘센 자"이자 무용을 갖춘 인물로 묘사되고 있다. 우라시마는 야차와 권속들을 토벌하며 "조산변토(粟散辺土)라 하나 일본의 무사는 모두 이 정도이다.[粟散辺土ゝ申せとも日本の兵は誰もかくこそ候なり]"라며 일본 무사의 용맹함을 강조해서 말한다.

우라시마는 이어진 범천국 측의 철선귀(鉄仙鬼)와의 대결에서 다시 "나는 대일본국에서 잘 알려진 우라시마 다로 미쓰나리[是は大日本国に隠れ無浦嶋太郎光成]"라고 스스로 이름을 밝힌다. 그의 등장은 "화려한 차림의 무사가 씩씩하게 걸어 나오며[花やかに出立たる武者しつハと歩行出]"처럼 용맹한 무사다운 모습으로 묘사된다. 그러나 우라시마는 잡혀서 목을 베일 상황에 놓인다. 그 때 우라시마의 가슴이 빛나며 오대존명왕(五大尊明王)이 나타나 천지화합에 대해 말하고 일본은 "대일여래(大日如来)의 본국이며 또한 천왕이 우라시마를 두려워하는 것은 그의 품 속에 아마테라스오미카미가 계신 까닭[大日如来の本国なり、亦浦嶋が天王に被恐子細は、忝も懐中に天照大神座す故なり]"이라고 말한다. 우라시마는 이세외궁의 천궁 시에 아마테라스태신궁(天照太神宮)이라고 쓰여진 팻말을 받아 부적으로 지니고 있었기 때문에 신력에 의해 살아날 수 있었던 것이다.

오토기조시에서는 어부였던 우라시마가 『이세게구 유라이 쓰케타리 우라시마 류구이리』에서는 무사로서 등장할 뿐만 아니라 불의를 간과하는 것을 일본에서는 수치라고 하고 소국이라도 일본의 무사는 용감하다고 하는 등 '일본'에 자부심을 가지는 인물로 그려지고 있다. 또한 아마테라스오미카미의 부적으로 살아난다는 설정은 신의 영험을 나타내는 방법 중 하나이지만 수치에 대한 의식이 나타나는 모습과 일본에 대한 자긍심을 가지는 모습 등 지카마쓰의 『고쿠센야캇센(国性爺合戦)』과 공통되는 설정이 되어 있어 주목된다.

4) 『마쓰카제 무라사메 소쿠타이카가미(松風村雨束帯鑑)』

줄거리는 다음과 같다.

(제1단) 닌묘(仁明) 천황의 세자가 갑자기 죽어 후견인인 유키히라(行平)와 승정(僧正) 헨조(遍昭)는 우연히 만난 우라시마의 아이를 세자로 대신 둔갑시키고 마쓰카제(松風)를 그 유모로 하기로 한다. 그

러나 우라시마의 아이가 사람의 젖은 먹지 않고 생선만 좋아하는 것을 왕위찬탈을 노리는 선제(先帝)의 왕자 쓰네사다 (恒寂) 소즈(僧都)와 무구라마루(葎丸)가 알게 된다. 두 사람은 세자를 암살하려다 세자의 친모인 용녀 오토히메(乙姫)에게 들킨다. 다시 세자가 납치당하려 할 때 히로사와(広沢) 연못에서 용녀가 나타나 보검과 아들을 데리고 돌아가 버린다.

(제2단) 우라시마는 고향으로 돌아갔지만 마을 사람들에게 도둑으로 오해받아 어려움을 겪고 있던 중 우라시마의 육대 후손인 쇼지(庄司)의 도움으로 이름을 밝히지 않은 채 그의 하인이 된다. 쇼지의 아들 유라타(由良太)는 마쓰카제를 숨기고 있었다. 이에 칙사가 찾아와 쇼지와 유라타에게 유키히라와 마쓰카제들을 세자를 살해하고 하급민의 자식을 대신 세자로 세웠을 뿐 아니라 보검까지 분실한 죄로 처벌하라고 명한다. 쇼지와 우라시마는 그들이 가짜 칙사임을 눈치채며 다툰다. 그 때 보물함이 열리면서 우라시마는 순식간에 백발의 노인이 된다. 우라시마는 모든 경위를 밝히고 신력으로 무구라마루를 물리친다.

(제3단) 용녀가 가져간 보검을 유키히라를 그리워하는 마쓰카제와 무라사메가 용궁으로부터 되찾는다. (제4단은 생략)

(제5단) 용신의 가호에 감사하기 위해 히로사와의 연못에 교겐(狂言)을 봉납한다. 그곳에 쓰네사다 소즈가 나타나 사실은 자신은 이국 바다의 악룡(他方海の悪龍)이며 일본에서 위세를 떨치려 했다고 털어놓았으나 우라시마에 의해 토벌당한다.

『마쓰카제 무라사메 소쿠타이카가미』에서는 우라시마가 거북(용녀)과 만나 용궁에 간 것은 생략되어 있고 제1단에서 우라시마는 오토히메와의 사이에서 태어난 아이를 안고 나타난다. 그때 우라시마는 "여기는 일본인가? 나는 단고 지방 미즈노에의 우라시마 다로라고 하는 자[ム、こ、は日本か。某は丹後の国。水の江の浦島太郎と申者]"라고 말한다. 즉, 『마쓰카제 무라사메 소쿠타이카가미』에서 우라시마의 등장 첫마디가 이곳이 일본인지 확인하는 것이다.

『마쓰카제 무라사메 소쿠타이카가미』에서는 『우라시마 다이묘진 고혼지』처럼 일본 황실과 용궁과의 인연에 대해 이야기하는 장면이 설정되어 있다. 유키히라는 우라시마가 자기 자식이 세자를 대신하기를 주저하자 "황공하게도 진무(神武)천황의 어머니 다마요리히메는 용신의 딸이다. 우리나라의 황통의 모계는 용녀인 것이다. [忝くも神武天皇の御母玉依姫は龍神の娘。我国の皇統御母方は龍女ぞや]"라고 일본 천황도 용신의 후손임을 말하며 우라시마를 설득한다. 그러나 우라시마가 아이의 등에는 비늘이 있을 뿐만 아니라 생선만을 먹는다고 다시 거절하자 유키히라는 한술 더 떠 "오진(応神) 천황의 비늘 있는 꼬리가 길어 오랜 후까지 의복의 옷자락을 길게 하기 시작했던 것[応神天皇は鱗の尾筒ながき世迄。御衣に裾を引クはじめぞや]"이라고 오진 천황도 용미가 있었던 것이라 말하고[14] 아무 문제도 되지 않는다고

---

14 오진천황의 용미에 관한 기술은 『고지키(古事記)』와 『일본서기(日本書紀)』에는 볼 수 없고 속어의 기원과 신사나 사원의 유래담, 고사 등을 해설한 『진텐아이노쇼(塵添壒囊鈔)』(1532)에 용미의 어원 설명이 쓰여 있다.(「応神天皇。海神ノ御末ナル故ニ。龍尾御座

한다. 유키히라가 우라시마의 자식을 세자로 둔갑하기 위한 구실로 이야기 된 것이긴 하지만 지카마쓰는 작품 속에서 용궁과 관련된 일본 황실의 고사를 거듭 언급하고 있다.

5)『우라시마 연대기』

줄거리는 다음과 같다.

(제1단) 안코(安康)천황은 병약하여 양위를 결심한다. 쓰부라노 오토도(円の臣)는 뇨고(女御)인 딸 나카시(中蒂姬)히메가 만삭이 지나도 산기가 없자 순산과 남아 출생의 소원을 빌기 위해 가신인 하야토(隼人)와 헤마(平馬)에게 구메(久米)의 선인(仙人)과 황학(黃鶴), 거북을 잡아오도록 명한다. 어부 우라시마 다로는 아내와 아들 고타로하고 신사참배를 마치고 돌아오는 길에 어부들에게 잡힌 거북을 살려준다. 우라시마들은 거북을 찾는 헤마와 싸운다.

(제2단) 구메의 선인을 찾으러 가쓰라기산(葛城山)에 들어간 모로무네(諸宗)와 하야토는 천황과 뇨고를 저주하던 오오쿠사카노오미(大草香の臣)를 발견해 살해한다. 오하쓰세(大泊瀬)의 왕자(유랴쿠천황)는 나카시히메가 출산할 때까지 제위에 오르기로 하고 천황과 나카시히메와 친자 맹세의 술잔을 나눈다. 그 때 오쿠사카노오미의 시체에서 빠져나온 영혼이 날아든 술잔을 나카시히메는 자신도 모르게 들이킨다. (제3단 생략)

メ。是ヲ隱サン為ニ裝束裾ト云者ヲ作リ始テ是ヲ引キ彼ノ尾ヲ令隱給ケル也。」)

(제4단) 나카시히메가 비정상적인 상태로 낳은 아이는 가쓰라기 산에 버려진다. 안코천황이 그 아이를 찾아 산에 들어가니 새빨간 사내아이가 나타나 보복을 위해 나카시히메의 태내에 들어갔다가 환생한 마유와(眉輪)왕이라고 말한다. 마유와왕은 삼국을 마계(魔界)로 만들 것이라 말하고 안코천황을 살해했지만 바로 유랴쿠천황과 우라시마 등에게 살해된다. 그 후 우라시마는 고향으로 돌아가는데 쓰부라노 오토도에게 습격당해 바다에 가라앉지만 용궁에 이르게 된다. 그곳에서 우라시마는 오토히메를 다시 만나 함께 보냈지만 아들 고타로가 마음에 걸려 돌아가기로 한다. 그러자 용왕이 거울에 우라시마의 칠대 후손들의 모습을 비추어 보인다. 우라시마는 칠대의 손자가 하세베(長谷部)의 구니오사(国長)에게 이쓰쿠시마(厳島)의 신직(神職)을 빼앗기고 게다가 대가뭄으로 천황이 고통스러워하는 모습을 보고 서둘러 귀향한다.

(제5단) 준나 천황의 행차가 있어 기우제에 나타난 우라시마는 신상을 밝히지만 아무도 믿어 주지 않자 용궁에서 받은 보물함을 연다. 우라시마는 순식간에 노인의 모습으로 변하고 가짜 신직은 미쳐 버리고 세상은 안정을 되찾는다.

『우라시마 연대기』에서는 제4단의 용궁성의 장면에서 반복적으로 '일본'이라는 말이 등장한다. 우선 용왕은 우라시마가 오토히메를 구해준 답례로 오토히메와 우라시마를 일본에서 지냈을 때의 모습으로 만나게 한다. 그 우라시마를 보며 시녀들은 '일본의 사위'라고 반긴다. 또한 우라시마가 고향 '일본'으로 돌려달라고 하자 용왕은 우라시마에게 '일본의 세월'의 경과를 보여주기 위해 보명왕경(寶明王鏡)으로 유랴쿠천황으로부터 32대 천황까지 이야기하면서 우라시마의 '자손번영'과 '일본의 모습'을 보여주게 된다.

여기서 우라시마는 거울에 비친 일본의 모습을 보며 "지금 일본의 주인은 무슨 왕이시냐.[今、日の本の御主は。何とか申天王やらん]"며 지금 왕이 누구인지 궁금해한다.『우라시마 다이묘진 고혼지』에서도 우라시마가 7대의 손자에게 "지금 임금의 이름은 뭐라고 하시나.[たゞいまの帝の御名は何と申ぞや]"라고 묻는 장면이 있던 것처럼『우라시마 연대기』에 대해도 우라시마 전설에 관련된 작품 중의 전개가 개인의 이야기로부터 나라를 둘러싼 이야기가 되는 것으로 우라시마가 현 천황에 신경을 쓰는 인물로서 조형되어 있다.

더욱이 우라시마는 거울에 비친 칠대 손자의 수난과 일본의 곤궁한 상황을 보면서 가뭄으로 인해 일본 천황의 수심이 깊은 모습에 안타까워하며 일본을 위해 후손을 위해 귀가를 서두른다. '일본'이 용궁에서 본 이계(異界)라는 의미를 담아 사용되었을 뿐만 아니라 우라시마에게 나라를 생각하고 위하는 의식이 나타나 있다는 점이 주목된다. 즉 시나노(信濃)나 단고(丹後)의 지방이라는 한정된 지역 이야기 혹은 일개 가문의 이야기가 아니라 일본 나라에 관한 이야기로 변경되고 있는 것이다.

3. 조루리 극 중의 악으로서의 외적(外敵)·외도(外道)의 설정

이상과 같이 조루리에서는 우라시마 전설을 소재로 하면서도 중세의 오토기조시까지는 볼 수 없었던 '일본'이라는 말이 등장한다. 우라시마가 온 지상을 일본으로 부르고 있었을 뿐만 아니라, 『이세게구 유라이 쓰케타리 우라시마 류구이리』, 『우라시마 다이묘진 고혼지』, 『우라시마 연대기』에서는 극 중 대립 구도의 구상에서 일본이 의식되고 있다. 하지만 고조루리에서는 그 대립 해소에 우라시마가 그다지 중요한 역할을 담당하고 있지는 않았다.

한편, 지카마쓰의 우라시마 전설을 소재로 한 조루리에서는 우라시마 다로가 극 중 세계에서 악에 의해 혼란해진 질서 회복에 공헌하는 주요 인물로 등장한다. 극 중 대립 구도에서 일본과 적대하는 쪽에 외적을 설정하고 우라시마에게 신력(神力)으로 일본을 구하는 활약을 하게 하고 있는 것이다.

『우라시마 연대기』에서 마유와왕은 사실(史実)로서의 오쿠사카 황자와 나카시히메 사이의 자식이 아니라 원한으로 인해 외도(불교가 아닌 사도(邪道)를 신앙하는 자로 신앙을 방해하는 신통력을 지니며 온갖 요술을 부리는 자)가 된 오쿠사카노오미(마유와 옹)의 환생인 것으로 등장한다. 연모의 원한에서 비롯된 오쿠사카노오미의 저주가 안코천황의 다리를 움직이지 못하게 하고 나카시히메의 출산을 가로막았던 것이었다. 그러나 모로무네에게 살해됨으로써 그의 강한 일

넘은 마력(魔力)을 지니게 되어

> 너를 비롯하여 유랴쿠천황. 일본의 인민을 잡아죽여, 신
> 도의 뿌리를 뽑고 이국의 유교, 불교도 모두 타파하고 삼
> 국 모두 마계로 만들 것이다. 그 시작으로 너의 목을 제육
> 천의 제물[汝をはじめ雄略天皇。日本の人民つかみ殺し、神道の
> 根をたやし、異国の儒道仏道も悉く打ちやぶり。三国ともに魔界と
> なさん手始め。汝が首第第六天の生贄]

로 삼겠다고 말하며, 안코천황을 비롯한 일본 백성을 살해하고 나아
가 신도뿐만 아니라 유교 불교를 파멸하고 삼국을 마계로 만들 것을
계획하게 되었다.

『마쓰카제 무라사메 소쿠타이카가미』에서 반역을 기도하는 자를
'이국 바다의 악룡[他方海の悪龍]'이라는 외적으로 묘사함으로써 그
집념의 격렬함을 표현한 것과 같은 모습이 『우라시마 연대기』에서
도 볼 수 있다. 마유와왕이 안코천황을 죽여 그 목을 바치겠다는 제
육천(第六天)은 욕계(欲界) 육천의 최고위에 자리한 천으로 타화자재
천(他化自在天)이라고도 한다. 그 주인은 제육천마왕(마왕, 마라, 마혜
수라(摩醯首羅))으로 불도를 방해하는 존재이다.

지카마쓰는 마유와왕에 의한 안코천황 시해를 마에게 홀린 마유
와왕이라는 이형(異形)의 소행으로 설정했다. 그 과정에서 오쿠사카
노오미의 복수 대상은 개인이나 일본이 아니라 삼국으로 차원이 바

꿰었다. 결국 마유와왕은 유랴쿠천황과 우라시마 등에 의해 죽게 된다. 결국 마유와왕의 최후는 신력(유랴쿠천황의 '신력 응호의 화살')에 의한 '조적 외도' 퇴치라는 형태였다.

지카마쓰의 조루리에 있어서 악으로서의 외적이나 외도-마왕-의 설정은 중세 문헌에 제육천이나 마혜수라라고 불리던 마왕이 일본을 위협하는 존재로서 등장했던 것과 맥을 같이 한다. 지카마쓰는 조와의 변(承和の変)과 관련하여 폐위된 쓰네사다(恒貞) 친왕과 그의 아버지 오쿠사카황자를 주살한 안코천황을 죽인 마유와왕을 천하 요란을 기도하는 '이국 바다의 악룡'과 외도의 마왕으로 묘사하였다. 특히 『우라시마 연대기』에서는 사회를 혼란에 빠뜨리는 악을 개인적인 욕망에 의한 전횡이나 단순한 악역이 아닌 초인적인 존재에 의한 소행으로 설정함으로써 스케일이 큰 대립으로 그려내고 있다. 이러한 점에 지카마쓰 조루리의 특징이 있다고 하겠다.

4. 소설 속 우라시마 전설

교호(享保)의 개혁 이후 조루리를 소재로 한 구사조시가 다수 간행되었다.[15] 우라시마 전설을 소재로 한 구사조시는 메이와(明和)기에 간행이 집중되었는데 이러한 구사조시에는 우라시마 전설을 소

---

15 高橋則子(2002), 「江戸における『国性爺合戦』の受容―浄瑠璃抄録物草双紙の視点から―」, 『近松研究所紀要』(13), pp.1~22.

재로 한 조루리의 특징이라고 할 수 있는 '일본'을 의식한 부분은 계승되고 있는 것일까. 결론부터 말하면 지카마쓰의 『우라시마 연대기』를 소재로 한 구사조시에서 '일본'은 원작 이상의 의미를 가지지는 않았다. 『곤자쿠 우라시마 바나시(今昔浦島咄)』에서 용궁에서 우라시마가 오토히메의 '일본의 모습으로 대면'하였다고 나왔던 장면은 『우라시마 연대기』와 동일하지만 외도적 악의 존재가 설정되지 않아 대립의 구도를 지니지는 않는다.

그 외 우라시마 다로와 용궁의 유녀 사이에서 태어난 인어의 이야기를 내용으로 하는 기뵤시 『하코이리무스메 멘야 닌교(箱入娘面屋人魚)』(산토 교덴(山東京伝)·1791년)가 있다. 우라시마가 유녀 오코이(お鯉)가 있는 유곽이 있는 나카스(中洲)에 대해 "어제까지 인간계의 영지였던 나카스도 오늘은 용궁의 지배가 되었으니"라는 표현이 나온다. 에도의 나카스 지역이 '인간계'에서 용궁에 의한 지배로 옮겨갔다고 하고 있는 것인데 이 작품에서도 '일본' 대 '용궁'이 아니라 '인간계' 대 '용궁'이라는 인식이었음을 알 수 있다.

이와 같이 구사조시의 우라시마를 소재로 한 작품은 다수 있지만 '일본'을 의식적으로 사용한 작품은 많지 않다고 할 수 있다. 그런 가운데 우라시마의 전설을 소재로 한 기뵤시 『웃프루이 지요노 이시부미(十六嶋千代之碑)』는 우라시마가 용궁을 찾을 때 바위 위에 '일본인 온다'는 의문의 글자가 나타나는 등[16] 우라시마를 '일본인'이라고

16　「岩上に十六字の文句現るゝ事」「名月已没一人連十倉中物尽二人来ス木」「名月已没とは

의식한 표현이 등장하는 작품으로 주목된다. 이 작품은 요미혼(読本)인 『다쓰노미야코 오보로요가타리(龍都朧夜語)』를 전거로 하고 구상 뿐 아니라 문장까지 그대로 사용하고 있는 부분이 많다.

요미혼 『다쓰노미야코 오보로요가타리』는 우라시마 전설에 해저와 용궁과 관련되는 이야기인 원숭이의 생간(猿の生き肝)·다이쇼칸(大職冠)·다와라 도다(俵藤太)의 이야기가 결합된 전개를 가진다. 흥미로운 점은 지카마쓰의 조루리를 토대로 한 구사조시와 달리 우라시마를 일본인이라고 부르는 등 '일본'이란 말이 의식적으로 사용되고 있는 것이다.

『다쓰노미야코 오보로요가타리』의 줄거리는 다음과 같다. 히코호노데노미코토(彦火火出見尊)가 용궁으로 가게 된 장면부터 시작한다. 히코호노데노미코토는 도요타마(豊玉)히메와 관계를 맺지만 히메가 이무기라는 정체를 알고 일본으로 돌아가 버린다. 도요타마히메가 앓아 눕자 용왕의 명으로 거북이 히코호노데노미코토의 모습을 살피러 일본으로 향하였으나 이미 일본에서는 수백 년이 지나 있었다. 거북은 해명을 위해 우라시마를 데리고 용궁으로 돌아간다. 용궁에 온 우라시마는 오토히메와 결혼하게 된다. 우라시마가 일본으로 돌아가자 오토히메는 앓아 눕는다. 그 치료를 위해 원숭이의

明の字の月没て日の字なり一人連十とは一人は大の字大の字と十の字と連れば本の字也倉中物尽とは倉の字の内の物尽れは人といふ字なり二人乗木とは木の字の上へ人といふ字を二字書時は是来の字也是を合て読時は日本人来といふの四字なり」広島文教女子大学研究出版委員会(1988),『読本研究』第二輯下套, 渓水社, p.46.

생간을 구하러 거북이 이부키산(伊吹山)으로 향한다. 거북은 원숭이의 생간을 오토히메에게 주었지만 그 후 원숭이의 아들은 부모의 원수를 갚을 것을 미카미산(三上山) 거대 지네에게 부탁한다. 그 후 면향불배(面向不背)의 구슬 이야기로 넘어간다. 사메에몬(鮫右衛門)은 빼앗은 구슬을 해녀에게 빼앗겨 용왕에게 질책당하자 앙심을 품고 미카미산의 지네와 한 패가 되어 용궁을 공격해 죽이고 대왕이 된다. 이에 다와라 도다 히데사토(秀郷)가 세타(瀬田)의 다리에서 이무기(오토히메)에게 용궁의 재흥을 부탁받았다며 나타나 거대 지네를 물리치고 용왕으로부터 포상을 받고 일본으로 귀국한다.

히코호노데노미코토가 용궁에서 지상으로 돌아오는 것은 '일본으로 돌아가시는 일[日本へ帰り給ふ事]'로 가메에몬이 미코토의 모습을 살피러 가는 것도 '일본으로 향하다[日本へ向かふ]', 그리고 우라시마가 용궁에서 돌아올 때도 역시 '일본으로 돌아가다[日本へ帰る]'라고 표현된다. 히코호노데노미코토와 도요타마히메의 이야기도 우라시마 전설도 '지상' 혹은 '육지', '고향'으로 표현되고 있었지만 이 작품에서는 모두 '일본'으로 표현되고 있다. 더욱이 미카미산의 지네와의 대립에 대해서도 '일본이 우리나라를 넘본다.[日本より我国をうかがふ]'라고 하고 있다. 이 지네를 퇴치하는 것은 '대일본 아마노야네(天児屋命)의 후예 다와라 도다 히데사토'이며 용왕은 '신국의 위력'을 빌려 조적을 토벌하는 것이라고 표현되어 있다.

이 후지와라 히데사토(다와라 도다)는 다이라노 마사카도(平将門)를 토벌한 인물로 알려져 있다. 히데사토가 세타 가라하시(唐橋)에 나타난 이무기의 부탁으로 미카미산에 사는 거대 지네를 토벌했다는 전설이 있어 무용이 뛰어난 인물로 평가받았다. 이무기는 용녀의 화신이며 오토기조시 『다와라 도다 이야기』에서 용녀는 다와라 도다의 강인한 모습을 보고 거대 지네의 퇴치를 부탁했었다.

여기서 주목되는 것은 오토기조시 『우라시마 다로』와는 달리 이미 『다와라 도다 이야기』에서 지상은 '일본'으로 되어 있었다는 점이다. 지네 퇴치를 한 도다는 용궁에 초대받는데 그 때 용궁의 술잔치를 보고 "주연(酒宴)의 의식이 일본과는 많이 달라[酒宴の儀式日本には樣変りて]"라고 말하거나 용왕이 도다에게 선물을 주면서 "일본의 보물로 삼으시오.[日本国の宝に為し給へ]"라고 말하고 있다. 『다와라 도다 모노가타리』에서 미카미 산의 지네는 '산의 신'(산에 의거하는 세력)을 상징하고 이무기는 '물의 신'(강에 의거하는 세력)을 상징한다고 한다.[17] 다와라 도다는 외래세력으로 세타 쪽에 붙어서 '지네'의 세력을 퇴치하고 새로운 지배영역을 확보한 것으로 알려져 있다. 그 다와라 도다가 속한 것이 요미혼 『다쓰노미야코 오보로요가타리』에서는 '일본'이라고 되어 있는 것이다.

다와라 도다는 이무기에게 지네 퇴치를 부탁받았을 때 다음과 같이 말하며 퇴치에 나서겠다고 하고 있다.

내가 의지하는 신의 은총이 있었기에 일본 60여 지역 중

---

17   小松和彦(2015), 「龍宮からの贈り物—『俵藤太物語』」, 『異界と日本人』, pp.69~70.

에서 나를 찾아 온 것이다. 특히 용궁과 일본과는 금태양부(金胎両部)의 나라라 하니 아마테라스오미카미도 본지(本地)를 대일(大日)의 모습으로 감추고 수적(垂迹)을 창해의 용신으로 나타나 보였다고 들었으니 거절할 수는 없다.

[我が頼む神の恵みのましませばこそ、日本六十余州にぬきんでて我を目当てて来たるらめ、なかんづく龍宮と和国とは金胎両部の国なれば、天照太神も本地を大日の尊像にかくし、垂跡を蒼海の龍神に現はし給へりと承り及ぶ時は、異議に及ぶまじ。]

이와나미(岩波)출판사의 신일본고전문학대계(新日本古典文学大系) 『무로마치 모노가타리슈(室町物語集)』하『다와라 도다 모노가타리』의 다지마 가즈오(田島一夫)의 교주에 의하면 '용궁과 일본은 금태양부(金胎両部)의 나라'라고 하는 것은 "밀교에서는 우주의 모든 것은 대일여래(大日如来)의 시현(示現)으로 금강계와 태장계라고 하는 두 개의 세계로 구성되어 있고 용궁과 일본이 각각 금강계와 태장계를 나타내는 것이며 양자가 하나가 되어 완전한 불국토(仏国土)가 된다고 하는 본지설(本地説)을 의미한다고 한다. 아마테라스오미카미와 용신은 태장계의 대일과 금강계의 대일의 수적신이며 본지신(本地身)은 동일하기 때문에 다와라 도다는 지네 퇴치를 맡은 것이었다.

한편, 요미혼『다쓰노미야코 오보로요가타리』에서는 "일본 고슈(江州) 이부키(伊吹) 산골 미카미(三上) 모모타루(百足; 지네)라는 호걸이 우리나라를 멸망시려고 계획하고 있다.[日本江州伊吹山奥三上百足

といふ豪傑ありて我国を亡さんと企て]"고 하며 '일본 무쌍'의 모모타루는 호걸로 등장한다. 모모타루에게 용궁을 빼앗긴 용왕은 서쪽 바다에 황궁을 마련하고 후지와라 히데사토(다와라 도다)와 함께 거병하고 계략을 세우고 있었다. 모모타루는 다와라 도다의 공격으로 패색이 짙어지자 마술과 요술을 펼치며 저항하지만 결국 다와라 도다가 '남무하치만대보살(南無八幡大菩薩)'이라고 기원하며 쏜 화살에 맞아 죽게 된다. 그리고 다와라 도다는 용왕으로부터 포상을 받고 일본으로 귀국하는 것으로 이야기는 결말을 맺는다.

다와라 도다가 등장하는 것은 권4로 오토히메가 세타의 다리에 나타나 다와라 도다에게 "신국(神國) 가호의 위세를 업은 사람의 힘이 아니면 다시 용궁이 영화를 되찾기는 어렵다.[神国応護の威勢をかり人力にあらずんば再び龍宮の栄へ覚束なしと]"고 생각하며 용궁 재흥에 도움을 청했다. 오토히메는 용궁의 재흥은 '신국 가호'의 위세를 업은 사람에 의해 이룰 수 있다고 보았다. 다와라 도다도 궁극적으로는 '남무하치만 대보살'을 기원하며 신의 힘으로 모모타루를 토벌했다. 결국 용궁의 중흥은 신국 일본의 다와라 도다에 의해 이루어졌다.

우라시마 다로의 등장에 즈음하여 '일본인 온다'는 글자가 나타난다는 수수께끼를 사용하여[18] 용궁에서의 국가적 위기인 것처럼 '일

---

18   바위에 「名月已没一人連十倉中物尽二人乗木」라는 16글자가 나타난다. 「명월이몰이란 명이란 글자에서 월을 없애면 일이란 글자가 된다. 일인연십이란 일인은 대라는 글자이며 대의 글자를 십에 이으면 본의 글자가 된다. 창중물진은 창이란 글자의 안

본'을 부각시켰지만 우라시마가 대립의 대상이 되거나 모모타루 토벌에 큰 도움이 되는 존재로는 그려지지 않았다. 『다쓰노미야코 오보로요가타리』는 모모타루 토벌을 통한 용궁 재흥 이야기를 중심으로 하여 용궁과 관련된 전설을 연결하고 있다. 용궁을 위협하는 마술 요술을 부리는 모모타루를 토벌하기 위해서는 신국 일본의 사람의 힘이 필요하다는 구상이었고 그래서 '일본'이라는 표현이 의식적으로 사용되었다고 하겠다.

5. 나오며

오토기조시 『다와라 도다 모노가타리』에서 알 수 있듯이 중세에는 용궁에서 본 지상은 '일본'이라고 불리고 있었다. 이 이야기 속 신의 힘을 업은 자가 적(마적인 존재)을 퇴치하는 부분이 조루리에도 받아들여졌다. 에도 시대의 우라시마 전설을 소재로 한 작품들에서 '일본'의 등장은 지상 혹은 용궁의 질서를 위협하는 존재와의 대립과 평정을 그려내는 데에 매우 효과적이었다고 할 수 있다. 또한 양부신도(兩部神道)적인 생각 즉 일본은 대일여래의 본국이라는 생각

쪽을 없애면 인이란 글자가 된다. 이인승목이란 나무란 글자 위에 인이란 글자를 두 글자 쓰면 이것은 래라는 글자가 된다. 이것을 이어서 읽으면 일본인 온다는 의미가 된다. [明月己没とは明の字の月没て日の字なり一人連十とは一人は大の字大の字と十の字と連れば本の字也倉中物尽とは倉の字の内の物尽れは人といふ字なり二人乗木とは木の字の上へ人といふ字を二字書時は是来の字也是を合て読時は日本人来といふの四字なり]」

이 우라시마전설을 소재로 한 조루리에 있어서 '일본'을 구상하게
되는 바탕에 있었다고도 할 수 있을 것이다.

참고문헌

원문 출전

古浄瑠璃正本集刊行会編(1992),『古浄瑠璃正本集』角太夫編第二、大学堂出版.

佐竹昭広 [ほか]編(1992),「俵藤太物語」『新古典文学大系 室町物語集下』、岩波書店.

近松全集刊行会編(1987),『近松全集』第5巻、岩波書店.

近松全集刊行会編(1994),『近松全集』第12巻、岩波書店.

広島文教女子大学研究出版委員会(1988),『読本研究』第二輯下套, 渓水社.

正宗敦夫編纂・校訂(1936), 行誉『塵添壒嚢鈔』(1532) 日本古典全集刊行会.

서적·잡지 논문

木谷蓬吟編(1922),『大近松全集』第六巻『浦島年代記』, p.187.

木谷蓬吟(1942),『私の近松研究』(一家言叢書3、全国書房) pp.114~125.

小松和彦(2015),「龍宮からの贈り物―俵藤太物語」」,『異界と日本人』, pp.69~70.

高橋則子(2002),「江戸における『国性爺合戦』の受容―浄瑠璃抄録物草双紙の視点
　　　　から―」,『近松研究所紀要』(13), pp.1~22.

鳥居フミ子(1974),「中世説話と古浄瑠璃―古浄瑠璃「浦嶋太郎」の場合―」『実践国
　　　　文学』(5), pp.27~34.

鳥居フミ子(1992),「古浄瑠璃「浦嶋太郎」」, 水野稔編『近世文学論叢』, 明治書院,
　　　　pp.439~458.

林晃平(2018),『浦島伝説の展開』, おうふう, pp.531~553.

韓京子(2021),「近松の浦島物浄瑠璃の構想」『国語と国文学』98(2), pp.52~68

韓京子(2019),「リメイクされ続ける浦島伝説『松風村雨束帯鑑』『浦島年代記』」, 長島
　　　　弘明編『奇と妙の江戸文学事典』, 文学通信, pp.252~259.

무라사키 시키부의 상상력,
『겐지 이야기』의 구성력[1]

—제1부 33첩의 세계를 추동하는 힘, 비오는 밤의 여인 비평론—

김소영

1. 머리말: 세계문학의 조건

일본의 헤이안시대 문학을 대표하는 『겐지 이야기(源氏物語)』(11C 초 성립, 이하 『겐지』)에는 늘 "일본문학의 걸작" "최고봉"이라는 수식어가 따라붙는다. 지금에 와서는 세익스피어의 작품처럼 여러 나라의 언어로 번역되고 있고, 각국의 감수성을 반영한 번역본이 시대마다 지속적으로 버전업되어 출간될 정도로 "세계문학"으로서 견고한 위치를 차지하고 있다. 전체 54첩으로 구성된 대장편 『겐지』가 이처럼 일본문학을 대표하는 최고의 고전이자 세계문학의 반열에 오르기까지 과연 어떤 문학적 열정과 제도적 개입이 있었던 것일까?

헤이안 당대에 이미 취미적 교양으로서의 귀족 여성들의 열띤 몰

---

1   본고는 2010년 발표한 논문 「頭中将と光源氏 ―「雨夜の品定め」の寓意性―」(『国文学研究』161, 早稲田大学国文学会, 2010)을 수정·가필한 것이다.

입이 먼저 있었다. 하지만 그보다는 오히려 천황을 비롯한 귀족 남성들의 학문 영역으로 포섭되면서 헤이안 말부터 형성된 주석사의 전통이 『겐지』 고전화[2]에 첫 초석을 놓았다고 볼 수 있다. 다음으로 메이지유신 이후 일본 국민이 일본어(가나)로 쓴 자국문학사 구축이 근대국가 형성의 중요 과제로 대두되면서 일본의 국민성을 체현한 국민문학으로서의 『겐지』의 재발견, 그리고 이후 1925년부터 1933년까지 영국 문학계의 취향에 맞추어 번역한 아서 웨일리(Arthur David Waley, 1889~1966)의 완역본 출현과 웨일리 번역본에 대한 유럽 사회의 경탄, 또 그러한 현상이 일본 사회로 역작용하여 일으킨 겐지붐이 『겐지』 정전화(正典化)에 크게 기여하게 된다.

물론 한동안 서구 문학관의 영향 아래 『겐지』를 소설로 진화하기 이전의 문학 형태로 보려는 시각도 있었지만 현재는 유럽 중심적 기준에서 탈피하여 역사상 "가장 오래된 소설" 형식으로 평가하려는 비판적 시각 또한 심심찮게 볼 수 있다. 『겐지』의 소설 여부를 판단하는 기존 논의의 중요한 척도 중 하나는 작품으로서 탄탄한 완결성, 즉 구성력(構成力)이었다. 대장편이면서도 구조적 통일성을 갖지 못하고 이야기들이 조각조각 단편화되어 있다거나, 인물 조형에 있어서 일관되지 못한 점 등이 문학적 결함으로 종종 거론되어 왔던 것인데, 이러한 점들은 서구로부터 근대문학 개념을 수용하는 과정

---

2   참조 金小英(2014), 「『源氏物語』の読者—女性の読み物から男性の学問へ—」, 『일본연구』15, 부산대학교일본연구소, pp.81~101.

에서 인식되고 발견된 것이라 할 수 있다. 이는 작가 무라사키 시키부의 상상력, 이를테면 이야기(物語, 모노가타리)의 구성력과 직결되는 문제이기도 하다.

본고에서 주목하는 것은 장편으로서의 이같은 『겐지』의 구조, 즉 구성력이다. 특히 남자 주인공 겐지(源氏)와 그 대척점에 있는 인물 도노주조(頭中将)의 인물 조형에 초점을 맞추어 어떤 일관성이 발견되는지, 발견된다면 작품의 전체 구조에 어떻게 영향을 미치고 있는지 제1부[3]의 서두 '비오는 밤의 품평회(雨夜の品定め)'와 중반부 '그림 겨루기(絵合わせ)'의 두 장면 분석을 통해 살펴보고자 한다.

2. 『겐지』를 둘러싼 기존 인물론

보통 『겐지』에서 인물론이 가능해지는 것은 "미오쓰쿠시(澪標) 권"[4]부터라고 한다. 제1부의 14번째 이야기인 이 권을 경계로 사건 중심에서 작중 인물의 내면으로 이야기가 바뀌고 있다고 보기 때문인데, 미오쓰쿠시 권의 가장 큰 특징이라면 히카루 겐지(光源氏)의

---

[3] 전54첩으로 구성된 『겐지』는 3부로 나눌 수 있다. 제1부는 주인공 겐지의 전반생을 다룬 기리쓰보(桐壺) 권부터 후지노우라바(藤裏葉) 권까지 33첩의 세계, 제2부는 겐지의 후반생을 다룬 와카나(若菜) 상권부터 구모가쿠레(雲隠) 권까지 8첩의 세계, 제3부는 겐지의 죽음 이후 그 후손들의 이야기가 전개되는 니오노미야(匂宮) 권부터 유메노우키하시(夢浮橋) 권까지 13첩의 세계로 구분된다.

[4] 참조 増田繁夫(1971), 「源氏物語作中人物論」, 『国文学解釈と鑑賞』449, p.120.

복귀와 레이제이 천황(冷泉帝)의 즉위라고 하는 정치 상황의 변화이다. 이에 따라 "작중 인물의 언동의 양상"[5]도 "비약"적이라 할 만큼 이전의 권과 "연속성을 갖고 있다고 보기 힘든 경향"을 보인다. 이와 관련하여 일찍이 시미즈 요시코(清水好子)가 『겐지』의 인물 조형은 모노가타리의 구상과 장면의 의도에 "봉사하고 제약 당하는"[6] 특징을 가지고 있음을 지적한 바 있다. 이를 모노가타리 전체의 본질로 파악한 모리 이치로(森一郎)는 『겐지』의 인물 조형이 "한 인물의 필연을 추구(追求)해 가는"[7]것이 아니라 모노가타리의 구상/주제에 "봉사"하는 형태라고 주장하였다. 모리의 이 같은 견해는 "인물론의 근간을 규정하는 뛰어난 제언"[8]으로 많은 이들로부터 찬동을 받았고, 마스다 시게오도 근대소설과는 다른 "고대 모노가타리로서의 겐지 이야기의 작중 인물의 양상을 명확하게 지적"[9]했다고 평했다.

이 같은 인물론의 중심에 도노주조가 있다. 스마(須磨) 권까지 겐지의 가장 막역한 벗이던 인물이 그림 겨루기(絵合) 권에서 일변하여 겐지와 대립하는 악역으로 전환한다고 보았기 때문이다. 하지만 과연 "일변"한다고 보는 게 타당한 이해일까? 문제는 도노주조가 사

---

5 마스다 시게오(増田繁夫), 위의 논문, p.123.

6 清水好子(1965), 「物語作中人物論の動向について」, 『国語通信』78, pp.14~19.

7 森一郎(1969), 「源氏物語における人物造型の方法と主題との関連」, 『源氏物語の方法』, 桜楓社, p.201.

8 大朝雄二(1971), 「藤壺」, 『源氏物語講座3』, 有精堂, p.324. 다만 '후지쓰보(藤壺)'에 관해서는 모리의 의견에 동의하기 어렵다는 견해를 내놓는다.

9 増田繁夫(1991), 「源氏物語作中人物論の視角」, 『国文学』36-5, p.13.

실상 처음으로 등장하는 '비오는 밤의 품평회'의 해석 방법에 있는 건 아닐까? 기존 논의에서는 도노주조가 이 장면에서 내세우는 여자론을 일반론으로 취급하고, 겐지 또한 수동적으로 듣기만 하는 역할로 이해하는 경향이 있었다. 그때문에 '비오는 밤의 품평회'가 가진 우의성(寓意性)은 모호해지고, 미오쓰쿠시 권 이후의 도노주조와 히카루 겐지의 대립관계, 나아가 도노주조의 인물 조형과 긴밀히 연관되어 있는 단서를 놓치게 된 것으로 보인다.

본고는 '비오는 밤의 품평회'가 적어도 『겐지』 1부 33첩의 세계를 읽어내는 실마리가 내재되어 있다는 관점에서 도노주조와 겐지가 내뱉는 여자에 관한 발언과 태도에 주목하여 그 우의성을 먼저 파악할 것이다. 그런 다음 '그림 겨루기'와의 비교 고찰을 통해 이를 논증하고 뒷받침할 것이다. 이는 '비오는 밤의 품평회'에서 드러난 겐지와 도노주조의 여자를 둘러싼 관점 및 자세의 차이가 이후 정권 다툼의 장이 되는 '그림 겨루기'에서 다시 부각되고 표면화되기 때문이다.

두 장면의 비교 고찰은 개인적이고 사적인 두 사람의 여성관·윤리관이 어떻게 물질적인 힘, 정치적인 힘으로 변환되는가를 드러내 보여줄 것이다. 또한 일찍이 통일성이 결여되어 있다고 판단된 도노주조를 비롯한 겐지의 인물 조형에 있어서도 "일관성"이라는 측면에서 재검토의 시좌를 제공하게 될 것이다.

3. 길상천녀(吉祥天女)를 향한 도노주조와 겐지의 웃음

'비오는 밤의 품평회'는 손 있는 날에 걸려 궁중에서 근신(物忌み)하는 겐지의 처소로 도노주조가 찾아오는 장면으로 시작된다. 자신의 방 안 수납장에 놓인 연애 편지에 강한 호기심을 내비치는 도노주조에게 몇 편을 읽어준 겐지가, 도노주조에게도 이런 편지가 많을 테니 그걸 보여주면 깊숙이 감추어둔 다른 연서들도 보여주겠다고 자극한다. 하지만 도노주조는 자기에게는 보여줄 만한 것이 없다며 다음과 같이 덧붙인다.

> 이 사람이다 싶을 만큼 흠잡을 데 없는 여자는 좀처럼 없다는 것을 깨닫는 중입니다. 그저 겉으로만 운치 있게 글을 슥슥 써내려 가거나 그때그때 상황에 따라 제법 훌륭하게 응수하는 여성들은 신분에 따라 꽤 있는 것 같습니다. 허나 어느 한 방면으로 뛰어난 사람을 고를라치면 절대로 빼놓을 수 없겠다 싶은 여자는 어지간해서는 없습니다.
>
> (帚木① pp.56~57)[10]

자신의 경험에 근거해 완벽한 여인은 없다며 개탄하는 도노주조

---

10 이하 『겐지』를 비롯한 일본 고전 인용은 특별한 언급이 없는 한 쇼가쿠칸(小学館)의 신편일본고전문학전집(新編日本古典文学全集, 약칭 '신전집')을 따랐으며, 한국어역은 필자 번역이다.

의 확신 어린 주장에 겐지는 일부 동의하면서도 미소를 머금은 채 "쓸 만한 장점 하나 없는 사람이 있을 수 있겠는가"라며 판단을 보류한 형태로 묻는다. 도노주조는 "아무런 장점도 없는 시시한 여자와 흠잡을 데 없는 뛰어난 여성은 둘다 마찬가지로 드물다" "훌륭한 집안 출신의 여성에게 따라붙는 찬사라는 것도 실상은 주변 사람들이 그 결점을 감추고 부풀려 놓은 거짓에 지나지 않는 경우가 많다"며, 오히려 "중류(中の品) 계급 여자가 타고난 기질이나 제각기 지닌 취향(おもむき)도 확연하여 구별되는 점이 여러모로 많다"(帚木① p.58)고 그 매력을 예찬한다. 마치 "모든 것을 알고 있기라도 하는 듯(いとくまなげなる気色)" 구는 도노주조의 모습에 흥미를 느낀 겐지는 되묻는다.

> 그 신분을 어떻게 봐야 합니까? 무엇을 기준으로 상중하 세 계층(三つの品)으로 나눌 수 있겠습니까? 원래 높은 신분으로 태어났지만 이제는 영락하여 지위도 낮고 평범한 삶조차 꾸릴 수 없는 사람과 보통 신분으로 태어나 높은 벼슬자리에 올라 우쭐대며 집안을 장식하고 누구에게도 지지 않겠다며 벼르는 부류와 어떻게 구별할 수 있겠습니까?
>
> (帚木① p.58)

때마침 당대의 호색인 사마노가미(左馬頭)와 도시키부노조(藤式部丞)도 근신을 위해 찾아오고 도노주조의 입담도 물이 오른다. 겐지의 물음에 도노주조는 가문과 경제력의 불균형한 상태를 중류로 분류하고 다음과 같이 중류 계급을 두둔한다.

"별 볼 일 없는 〔3위 이상의〕당상관(上達部)보다 4위 비참의(非參議)¹¹ 중에 세상 평판도 실망스럽지 않고 집안 내력도 빠지지 않은 자가 여유롭게 처신하며 지내는 모습은 참으로 보기 좋습니다. 집안에 부족한 것 하나 없으니 〔재력을〕아끼지 않고 눈부시도록 고이 기른 딸이 흠잡을 데 없이 잘 자란 예도 많을 것입니다. 〔그런 딸이〕궁중에 출사하여 뜻하지 않은 행운을 잡는 사례도 많지요"라고 하였다. 〔겐지가〕(a) "모두 풍족함(にぎはしき)에 달려 있나 봅니다"하고 웃자 도노주조는 "마치 딴 사람처럼 분별없는 말씀을 하십니다"라며 (b)못마땅해한다(憎む).

(帚木① pp.59~60)

사안과의 거리두기라는 측면에서 두 사람의 차이를 살필 수 있는 장면이기도 하다. 이미 앞서 살펴본 것처럼 자신의 경험에 근거해 마치 모든 것을 다 알고 있기라도 하는 양 완벽한 여인은 없다고 확

---

11 '참의'는 조정의 고위관료로 보통 벼슬 품계 4위 이상의 유능한 관료가 임명되었다. 원문의 '비참의'는 ① 벼슬 품계는 3위 이상이지만 아직 참의가 되지 않았거나, ② 4위로 한 번 참의에 임명된 적이 있는 자, ③ 4위라도 참의 자격을 갖고 있는 자를 가리킨다. 도노주조가 말하는 "4위 비참의"는 세번째 의미이다. 참고 신전집 주석, p.59.

신하는 도노주조의 태도에 대해, 겐지는 반드시 거기에 찬성하지는 않으면서도 판단을 보류한 형태로 도노주조를 상대했었다. 여기에서도 도노주조는 중류 계층 여성의 찬미에 힘을 주고 있다. 하지만 겐지가 (a)에서처럼 웃으면서 가볍게 반박하자 (b)에서 "못마땅해 (憎む)"하는 태도는 힘이 들어간 만큼 무너지기 쉬운 면모를 보인다. 사태를 관망하는 겐지에게 허를 찔러 숨김없이 감정을 드러내는 솔직함은 대결의 장면에서는 언제든 약점으로 나타날 수 있는 법이다.

도노주조의 열띤 지론에 이어 사마노가미와 도시키부노조가 자신들의 체험담을 늘어놓으면서 본격적인 중류 계급 여성론이 전개된다. 그 과정에서도 겐지와 도노주조의 태도는 대비적이다. 사마노가미의 이야기를 듣는 도노주조와 겐지의 태도부터 살펴보자.

> 사마노가미가 인물 비평 박사가 되어 열변을 토한다. 도노주조는 사마노가미의 견해를 끝까지 들으려고 열심히 상대하고 있다. …〔사마노가미가 자신의 연애담을 풀려고 자세를 고쳐 앉자〕 겐지 님도 눈을 뜨셨다. 도노주조는 사마노가미의 말에 깊이 빠져 턱을 괸(頬杖をつきて) 채 마주 앉아 계신다. 마치 스님이 삶의 도리를 밝히는 법당처럼 느껴져 익살(をかし)스럽기도 하지만 이런 분위기에서는 자연 은밀한 밀회담도 털어놓게 마련이다.
>
> (帚木① pp.69~71)

〔사마노가미가 사귄, 손가락을 깨문 여자와 바람기 있는
여자와의 연애담을 듣고 난〕도노주조가 여느 때처럼 고개
를 끄덕인다. 겐지는 한 쪽 볼에 미소를 띠우고 '그렇구나'
라고 생각하시는 모습이다. 〔겐지가〕 "둘 다 듣기 거북한
이야기로군요"하니 모두들 웃으신다.   (帚木① pp.80~81)

　인용문에서 보는 것처럼 도노주조는 사마노가미의 이야기에 몰
두한 나머지 "깊이 빠져 턱을 괴고" "고개를 끄덕"이면서 강하게 동
감하는 모습을 보여주는 데 반해, 겐지는 느긋하게 "몸을 기대(添ひ
臥し)"(帚木① p.61) 앉아 졸거나 "한 쪽 볼에 미소를 띠우고" 농담처
럼 한마디 불쑥 내던지며 웃는 모습과는 대조적이다.
　무언가에 빠져들어 열중하는 모습을 남에게 보이지 않고 열띤 대
화를 차분하게 들으면서 느긋한 자세로 상대의 의표를 찌르듯 한마
디 내던지고 농담을 건네는 겐지의 "최고 귀족의 모습"[12]은 "으뜸 중
의 으뜸(上が上)"(帚木① p.61)의 여인을 가려 뽑아 배우자로 맞이하더
라도 만족할 수 있을 것 같지 않다며 화자(語り手)에 의해 이미 앞쪽
에서 이상화된 바 있다. 이에 비해 도노주조에 관해서는 모노가타리
안에서 수심에 잠긴 인물들의 슬픔을 시각화하는 표현으로 쓰이던
"턱을 괸"[13] 모습이 사마노가미의 연애담에 열중하는 모습으로 쓰여

12　玉上琢弥(1964),『源氏物語評釈第一巻』, 角川書店, p.205.
13　겐지가 첫번째 부인 아오이노우에(葵の上)의 죽음에 상심해 눈물을 글썽거리며 "턱
　　을 괸(頬杖)"(葵② p.55) 모습이나 전 사이구(斎宮)가 어머니 로쿠조노미야스도코로(六

"여자 이야기에 어울리지 않는 불법청문(仏法聽聞)"(신전집 주석 p.71)의 자리처럼 "익살"스러운 재미를 연출하고 있다. 이상적인 여인상을 둘러싼 두 사람의 관점 차이는 다음 글에서 다시 확인할 수 있다.

> A. 도노주조가 "… 남녀 사이는 이렇듯 제각각이어서 비교하는 건 무리일 것입니다. 가지각색의 좋은 점만을 모조리 갖추고 나무랄 데 하나 없는 사람이 이세상에 있을까요? 그렇다고 길상천녀(吉祥天女)에게 애정을 품는다면 불향(佛香) 내음이 나 신령스러운 기분이 들 테니 그 또한 질색입니다"라고 하자 (c)모두 웃고 말았다(みな笑ひぬ).
>
> (帚木① p.84)

> B. 〔사마노가미가 여자론을 마무리하자〕겐지 님은 오로지 한 분〔후지쓰보〕만을 줄곧 생각하신다. 이 이야기에 비쳐보더라도 모자라지도 넘치지도 않고 비할 데 없는 분이시라는 생각이 드니 한층 먹먹해졌다. (帚木① pp.90~91)

인용문 A에서 이상적인 여인을 필요로 하지 않는 도노주조의 견해가 다시 한번 반복되고 있음을 알 수 있다. 훌륭한 여인이 있다는 소문을 듣고 찾아가보면 나무랄 데 하나 없는 사람은 없다고 개탄하

条御息所)의 옆에서 "턱을 괸(頰杖)"(澪標② p.312) 채 슬픔에 잠긴 장면 등이 있다.

면서도 그것이 어떤 결점도 없는 완전무결한 여인을 희구하는 바람으로 이어지지 않고 오히려 '길상천녀'처럼 완벽한 여인을 아내로 맞이한다면 그것이야말로 부처처럼 향내 나고 사람냄새 나지 않아 흥이 깨질 것이라며 웃어넘기고 있다.

하지만 여기에 반응하는 겐지의 심리는 은밀하고 미묘하게 어긋나 있다. 완전한 여인은 없다고 개탄하는 도노주조의 앞서의 말에 "모두가 그런 건 아니지만(いとなべてはあらねど)"(帚木① p.57)이라고 여겼던 부분이나 중류 계층에서만큼이나 "상류 계층에서도 이상적인 여인은 찾아보기 힘들다(上の品と思ふにだにかたげなる世を)"(帚木① p.61)고 여긴 겐지의 심리에서는 오히려 이상적인 여인을 실제 만난 경험과 그러한 최고의 여성을 희구하는 마음이 내비치고 있기 때문이다. 그 점에서 (c)의 "모두 웃고 말았다(みな笑ひぬ)"의 표현은 대단히 시사적이다. 여기에 대해서는 다마가미 다쿠야(玉上琢弥)가 다음과 같은 지적을 하고 있다.

> 고게쓰쇼(湖月抄)[14] 본은 "~라며 모두 웃으셨다(とて、みなわらひたまひぬ)"라고 하였다. 4명 중 지문(地の文)에서 경어 "하시다(たまふ)"가 붙는 것은 겐지이다. "웃으셨다(わらひたまひぬ)"라고 했다면 겐지도 웃은 게 된다. …"모

---

14 에도 시대에 기타무라 기킨(北村季吟 1624~1705)이 저술한 『겐지』 주석서. 그때까지 나온 『겐지』의 주석서를 집대성한 것이다.

두 웃었다(みなわらひぬ)"라고 하면 겐지는 웃지 않은 게 된
다.[15]

실제 『겐지 이야기 대성(源氏物語大成)』과 『겐지 이야기 별본집성
(源氏物語別本集成)』[16]을 확인한 결과 해당 원문들에서도 경어 "하시다
(たまふ)"가 탈락된 "모두 웃었다(みなわらひぬ)"이다. 이는 달리 말하
면 『고게쓰쇼』의 원문에만 보이는 "모두 웃으셨다(みなわらひたまひ
ぬ)"의 존경 표현은 겐지를 의식한 『고게쓰쇼』의 독자적 해석에 따
른 원문 수정으로 볼 여지가 크다는 것이다.

히로세 유지(広瀬唯二)도 같은 입장에서 인용문의 "모두 웃었다(み
な笑ひぬ)"에 나타난 미묘한 경어 표현의 조작 효과를, 모두 웃고 있
는 와중에 히카루 겐지 혼자만은 웃지 않았다는 것을 독자에게 전하
고 있다고 보았다. 나아가 겐지가 웃지 않은 것은 "'길상천녀'에게도
뒤지지 않는 완벽한 여성으로서 사모해" 온 후지쓰보가 그 심중에
떠오른 때문이라고 결론지었다.[17]

『겐지』의 이야기를 이끌어가는 화자는 귀인을 곁에서 모시는 궁
녀, 즉 뇨보(女房)이다. 그 때문에 당대의 신분제도를 반영하여 상당
히 치밀하게 경어가 구사되어 있다. 이는 "인물 조형의 독자성을 천

15 　다마가미 다쿠야(玉上琢弥), 위의 책, p.235.

16 　현존하는 수십 여 종의 『겐지』 필사본을 비교 대조하여 완성한 교본(校本).

17 　広瀬唯二(1996), 「「雨夜の品定め」における光源氏」, 『武庫川国文』47, p.30, p.35, p.37.

명할 뿐 아니라"[18] 한 "인물을 작품 내에 명백히 규정하는 작품의 구조적인 특질을 해명하는 수단도 되어" "표현공간의 다각적 의의에 대한 분명한 이해를 가능케 하는" 것이기도 하다. 아키야마 겐(秋山虔)도 『겐지』의 "경어 행위"[19]가 "인간 관계의 극적인 약동성의 조형에 참여"하고 있다고 지적한 바 있다.

그렇다면 민감한 독자의 인상에 겐지의 웃음 소리는 들리지 않았을 것이다. 만약 작자의 정밀한 계산하에 "다마우(たまふ)"를 쓰지 않은 것이라면 히로세 유지의 지적처럼 후지쓰보를 떠올리고 있는 겐지의 마음을 암시하기 위해서였을 가능성이 크다. 실제 사마노가미의 여성론이 끝나는 인용문 B에서 "완전한 이상형의 결상(結像)"[20]으로서 겐지의 심중에 후지쓰보가 상기되고 있는 점도 이를 뒷받침한다.

겐지에게 후지쓰보를 상기시켰다고 할 수 있을 길상천녀는 풍만하고 아름다운 여신으로 중생에게 복덕을 가져다주는 천녀로서 일본에서는 나라시대 이후 활발하게 신앙의 대상이 되어 왔다. 도상으로도 그려져 남성이 길상천녀상에 연정을 품은 이야기는 『니혼료이키(日本霊異記)』[21] 이하 설화집에 꾸준히 보인다. 불교 경전 속 여신으로서 남성의 사랑의 대상이 되기도 하였으며, 『겐지』 이전에 성립한

---

18 室伏信助(1989), 「敬語」, 『源氏物語事典』, 学燈社, pp.174~175.

19 秋山虔(1984), 「源氏物語の敬語」, 『王朝の文学空間』, 東京大学出版会, p.200.

20 村井利彦(1982), 「帚木三帖仮象論」, 『源氏物語IV』, 有精堂, p.77.

21 헤이안 초기에 성립한 최초의 불교설화집. 『니혼료이키』 중권 제13화에 「애욕을 일으켜 길상천녀상을 사모하고 감응하여 신기한 일이 일어난 이야기(生愛欲恋吉祥天女像感応示奇表縁)」(pp.159~161)가 있다.

『우쓰호모노가타리(うつほ物語)』에서는 완벽한 아내, 최고의 여성[22]을 나타내는 비유적 표현으로도 쓰이고 있다.

사실 겐지에게도 후지쓰보는 이미 이전부터 더할 나위 없는 최고의 여성이며, 아내로 맞이하고 싶을 만큼 가슴 아리게 만드는 동경의 대상이었다. 그 점은 하하키기(帚木)의 이전 권인 다음의 기리쓰보(桐壺) 권에서도 살필 수 있는데, 앞의 인용문 B와도 긴밀하게 연동되어 있다.

> 마음속으로는 그저 후지쓰보의 자태를 더할 나위 없이 빼어나다고 그리워하시며, 그러한 사람을 아내로 맞고 싶다고, 나무랄 데 없이 훌륭한 분이시지 라며 애틋해하셨다. … 어린 마음 한가득 〔후지쓰보만을〕 품고서 가슴이 미어질 듯 괴로워하셨다. (桐壺① p.49)

이 직후에도 새롭게 조영한 겐지의 저택 니조인(二条院)에 맞아들여 함께 하고 싶은 "마음에 품은 사람(思ふやうならむ人)"(桐壺① p.50)으로 상기되며 기리쓰보 권은 막을 내린다. 이는 필연적으로 이상적 여인을 "지상화(地上化)"시키고 자신의 곁에 둘 대상으로서 "후지쓰

---

22 헤이안 귀족 남성으로서 나무랄 데 없는 가네마사의 매력을 "길상천녀조차 어찌할 줄 몰라 마음을 빼앗길 만한 대장(吉祥天女にもいかがせましと思はせつべき大将なり)"(内侍のかみ② p.161)이라고 천황이 칭찬한다거나, 왕후가 "길상천녀 같은 천하의 미녀를 가진 자(天下の吉祥天女を持ちたる者)"(国讓下③ p.278)라 할지라도 자신의 딸을 소홀히 하지 못할 것이라고 자부하는 장면들이 있다.

보의 이미지를 짊어진"[23] 겐지의 현실적인 처 무라사키노 기미(紫の君)의 등장을 촉구하게 된다.

보통 겐지와 후지쓰보 사이의 금기적 사랑의 원형에 대해서는 『이세모노가타리(伊勢物語)』의 남자 주인공 나리히라(業平)와 3명의 고귀한 신분의 여성, 즉 니조(二条)·고조노기사키(五条の后)·이세사이구(伊勢斎宮)와의 관계에서 찾는 게 일반적이다. 또 고대 설화의 관점에서는 백조처녀(白鳥処女) 설화와의 관련성이 자주 거론되었지만 인용문 A에서 겐지가 웃지 않은 점에 주목한 본고의 검토에 따르면 길상천녀 또한 후지쓰보를 읽어내는 데 중요한 실마리를 쥔 존재라는 점을 살필 수 있었다. 발상의 원천이라는 측면에서 우러러 찬미할 완벽한 여인으로서의 길상천녀를 사랑한 『니혼료이키』의 설화에 주목할 필요가 있었던 것인데, 근세의 『겐지』 주석서인 『다마노오구시(玉の小櫛)』 이하 현대 주석서에 이르기까지 해당 설화를 주석으로 덧붙이고 있으면서도 그 상관관계에 대해서는 별다른 논의가 없었다.

그렇다면 『니혼료이키』와 『겐지』 사이에 구체적으로 어떤 접점을 찾을 수 있을까? 우선 길상천녀상에 연정을 품은 우바새(優婆塞)가 근행 때마다 "천녀처럼 아름다운 여자를 저에게 주소서(天女の如き容好き女を我に賜へ)"(p.159)라고 기원하는 부분은 후지쓰보의 대리자로서 무라사키노 기미의 등장 근거와의 유사성을 읽어낼 수 있다.

---

23   오아사 유지(大朝雄二), 앞의 논문, p.334.

또 꿈 속에서 천녀와 하룻밤 관계를 맺고 황공해하는 우바새가 이후 수행자로서 길상천녀를 숭배하고 영원의 여성으로 갈구하게 될 것으로 것으로 예상되는 측면은 겐지가 후지쓰보와의 밀회를 아련한 꿈처럼 여기고 후지쓰보를 이상화하는 지점과 맞닿아 있다. 나아가 길상천녀의 속성이 부귀와 번영을 가져다주는 여신인 점을 감안하면, 천황가의 자손으로 태어나 신하로 강등된 겐지가 그 후 절대적인 권위와 권세로 영화를 구가할 수 있었던 것은 "후지쓰보와의 비밀스런 공동관계가 원점"[24]이라고 파악할 수 있는 면 또한 후지쓰보와 길상천녀의 적극적인 조응 관계를 측량해 볼 수 있다.

'비오는 밤의 품평회'의 장면은 이처럼 겐지와 도노주조의 사안을 대하는 태도와 희구하는 여성상의 차이를 배태시켜 가치관의 충돌을 미리 예견해 놓았다고 할 수 있겠다.

자신의 생각을 미숙한 형태 그대로 드러내지 않고 도노주조로부터 이야기를 이끌어내는 겐지의 관망하는 태도에서는 고도의 감정 통제 능력이 간취되는 한편 모든 것을 다 아는 듯 힘주어 이야기하면서도 사소한 반박에 곧바로 감정을 노출하는 도노주조의 모습에서는 적절한 판단을 필요로 할 때 상황의 진위를 가늠하는 균형 감각을 잃기 쉬운 면모가 노출되었다.

이상적인 여성을 둘러싼 관점의 차이도 은연중 관찰되었다. 도노주조의 이상적인 여인상은 중류 계급의 여자를 평가하는 부분에서

---

24   鈴木日出男(1993),「天上の女藤壺」,『国文学』38-11, p.63.

확연히 드러났다. 각자의 기질이나 제각각의 생각, 기호가 확실하여 다른 것과 구별되는 "취향(おもむき)"에 미점(美点)을 두고 있었는데, 이는 여러 주석서에서 지적하고 있는 것처럼 '개성(個性)'이라고 부를 만한 것이었다. 도노주조는 또 고만고만한 고위 귀족보다 비참의 4위가 충분한 재력을 들여 눈부실 정도로 잘 키운 딸들 중에 입궐하여 천황의 총애를 받는 일도 많다는 점도 강조하였다. 그의 이야기를 종합하여 보면 재력 있는 중류 집안에서 교육받은 중류 계층의 여성이야말로 개성이 뚜렷하여 매력이 있다는 예찬의 맥락이 드러난다. 이와 달리 겐지에게 있어서 이상적인 여인이란 길상천녀에 빗댈 만한 완전하고 이상적인 여인 후지쓰보로 대변되었다.

세속적인 번영과 공적인 승인을 중시하는 도노주조의 발언에서는 현실주의적인 면이 여실히 드러나 있었고, 길상천녀와 같은 이상의 여성 후지쓰보를 갈구하는 겐지의 자세에서는 완전한 것, 이상적인 것으로 상승하려는 인간 정신의 기본적인 욕구가 깃들어 있었다. 서로간의 가벼운 조롱과 해학 속에서 나타난 두 사람의 지향성의 차이는 뒷날 '그림 겨루기' 권의 유희의 장에서 구체적이고 동시에 대립적으로 검증된다.

4. 정치적 세계로의 변환, 모노가타리 그림 경연

그림 겨루기 권은 겐지가 양녀인 전 사이구(斎宮)를 레이제이 천황에게 들여보내는 장면에서 시작된다. 미오쓰쿠시 권에서 이미 딸 고키덴뇨고(弘徽殿女御)를 후궁으로 들여보낸 곤노주나곤(權中納言= 도노주조)의 입장에서 전 사이구의 입궐은 자신의 정치적 입지를 뒤흔드는 불안 요소일 수밖에 없다. 그때까지 막역한 벗이자 경쟁자였던 두 사람 사이에 금이 가는 것도 이 권부터이다. 그로 인해 도노주조의 인물묘사에서도 "변모"라고 할 정도로 일변하여 "통일되지 않은 점"[25]조차 보이게 된다. 관련 내용을 다음에 인용한다.

〔도노주조는〕경쟁심이 세고 현대풍의 화려한 성격이어서 행여 뒤질세라 명인들을 불러들여 엄하게 입단속을 시키고 다시없을 그림들을 최고의 종이에 그리게 하셨다. "모노가타리그림이야말로 지향하는 의미가 드러나 볼 만하지"라며 독특한 매력과 내용이 담긴 모노가타리를 골라 그리게 하셨다. … 〔천황이 이 그림들을 사이구뇨고와 같이 보려고 해도 도노주조는〕쉽사리 내어주지 않고 꼭꼭 감추고 사이구뇨고에게 들고 건너가시는 것을 아까워하며 내놓지 않자 〔이를 겐지〕 대신께서 들으시고 "곤노주나곤의 마음보 유치한 것은 여전하다"며 웃으셨다.

(絵合② pp.376~377)

25   松尾聡(1971),「頭中将」,『源氏物語講座3』, 有精堂, p.357.

〔겐지가〕 이렇게 그림을 모으신다는 것을 들으시고 곤 노주나곤은 한층 마음을 써서 두루마리, 표지, 끈 장식을 마침내 갖추셨다. … 〔겐지는〕 이왕이면 천황께서 더 즐길 수 있도록 해 드리고 싶어서 정성껏 그림을 모아 〔양녀인 사이구뇨고에게〕 바치셨다. 양쪽에 모두 다채로운 그림들이 모였다. 모노가타리 그림은 〔사이구뇨고의〕 우메쓰보(梅壺) 처소에서는 섬세하고 정겨움을 느끼게 하는 점에서 뛰어나 보이는 이름 높고 유서 깊은 옛 모노가타리뿐이고, 〔도노주조의 딸〕 고키덴 쪽에서는 그즈음 세간에서 참신하고 흥취 있는 것만으로 골라 그리게 하여 한눈에 보아도 화려하고 세련됨에 있어서는 단연 앞서 있었다.

(絵合② p.379)

확실히 도노주조에게 호의적이었던 이전의 어투[26]와는 달리 위 인용문에서처럼 "경쟁심이 세고 현대풍의 화려한(かどかどしくいまめきたまへる御心)", 즉 모나고 드러내기 좋아하는 부정적인 측면이 강조되어, 겐지에게도 "마음보가 유치(御心ばへの若々しさ)"하다고 조소당

---

26 그림 겨루기 권 이전의 도노주조는 겐지에게도 밀리지 않을 정도로 뛰어난 인물로 묘사되어 있다. 겐지의 초월적인 미를 강조하고 돋보이도록 하는 장면에서조차 겐지와 비견할 만한 인물로 소개(帚木① p.54)하거나 설사 겐지에게 뒤진다 할지라도 도노주조의 뛰어난 면모(紅葉賀① p.311, 花宴① pp.353~354) 또한 잊지 않고 화자는 찬양하였다. 겐지가 스마로 물러난 불우의 시절에도 당시의 권력을 두려워하지 않고 일부러 유배지까지 찾아와 깊은 우정을 보여준 남자다움(須磨② p.213)도 강조되어 있었다.

하고 있다.

이처럼 도노주조의 인물상에 큰 변화가 일어나는 이유에 대해 스즈키 히데오(鈴木日出男)는 무엇보다도 히카루 겐지의 인생과 가장 긴밀히 연관되면서 조형되고 있기 때문이며, 그같은 변화는 "구 좌대신(左大臣) 가의 장남으로서 후지와라 씨의 권문 가계를 유지"[27]해야 하는 입장에서는 "필연적인 경과"라 보았다. 미나모토(源) 씨 대 후지와라(藤原) 씨의 정치적 대립에 따른 것이라 본 것인데, 이는 도노주조의 인물상을 다루는 많은 논의들이 최종적으로 다다르는 결론이기도 하다. 하하키기 권의 "황녀의 아들 주조(宮腹の中将)"라는 표현에서 그 조짐을 보는 논의,[28] 기리쓰보 권에서 겐지와 정치적으로 대립하는 우대신(右大臣) 가의 딸 시노기미(四の君)를 정처로 삼고 마키바시라(真木柱) 권에서 "니조의 대신(二条の大臣)"으로 불린 점을 들어 "구 우대신 가계를 계승한 것이며, 그렇다면 구 좌대신 가계의 후지쓰보 = 히카루 겐지 측과 정치적 대항관계"[29]에 설 수밖에 없는 당시 권력 관계의 구도에서 변모의 필연성을 주장하는 논의들이 그 예이다. 다사카 겐지(田坂憲二)도 "스마 권 이전과 미오쓰쿠시 권 이후와 분리해 생각하는 것은 이제 상식"[30]이라는 전제하에 인물상에 "변용"이 요청된 정치 상황에 관해서는 곤노주나곤(도노주조)이 구

27 鈴木日出男(1981), 「内大臣(頭中将)論」, 『講座源氏物語の世界5』, 有斐閣, p.200.

28 渡辺実(1991), 「頭中将」, 『源氏物語講座2』, 勉誠社, pp.182~190.

29 野村精一(1982), 「頭中将」, 『源氏物語必携Ⅱ』, 学燈社, p.88.

30 田坂憲二(1993), 「頭中将の後半生」, 『源氏物語の人物と構想』, 和泉書院, p.75, pp.80~81.

우대신 가의 세력을 흡수하여 그 지원을 받은 것에 근본 원인이 있다고 분석하였다.

딸의 입궐과 입후(立后)가 권문의 가계를 유지·확대하는 수단이자 다음 세대의 정권 창출의 포석이 되는 당시 현실에서 보면, 미나모토 씨 대 후지와라 씨라는 정치적 도식으로 이해하는 것은 어쩌면 당연하다. 하지만 두 사람의 대립 상황을 낳은 겐지와 도노주조 각자가 가진 요인, 또 도노주조의 성격상의 부정적인 측면은 이미 '비오는 밤의 품평회'의 단계에서 암시되어 있었다. 다만 해당 장면에서는 지극히 개인적이고 사적인 영역을 넘지 않았으나 정권의 유지와 계승을 다룬 '그림 겨루기' 장면에 이르러 물질적·정치적 힘을 획득할 만한 자는 누구인가라는 주도권의 문제로 크게 전환되면서 그에 따른 시점의 변화가 일어난 것으로 보인다.

두 사람의 주도권을 둘러싼 정권 투쟁의 매개물은 "모노가타리그림(物語繪)"이다. 모노가타리 그림이 "지향하는 바(心ばへ)", 즉 일종의 취향을 드러낸다고 한 도노주조의 발언에서도 확인할 수 있는 것처럼 두 사람이 각자 옹립한 딸들에게 헌상하는 그림들은 그들이 짊어진 가치관, 이상을 반영하는 물적 증거라 할 수 있다.

겐지는 "이름 높고 유서 깊은 옛 모노가타리" 『다케토리 이야기(竹取物語)』와 『이세모노가타리』를 바치고, 도노주조는 "그즈음 세간에서 참신하고 흥취 있는" 『우쓰호모노가타리』와 『정삼위(正三位)』를 골라 헌상한다. 이 그림들은 후지쓰보 중궁 앞에서 좌우로 나뉘어 두 번에 걸쳐 다음과 같이 그 가치를 겨루게 된다.

〔첫번째 경연〕 우선 모노가타리의 시조인 다케토리 할아버지 이야기와 우쓰호의 도시카게 이야기로 서로 겨루었다. 〔왼쪽 편〕"갸냘픈 대마디가 세월을 거듭하며 오래되다 보니 정취 있는 마디는 없지만 가구야 아가씨가 이 세상의 더러움에 물들지 않고 드높이 오르신 숙연(思ひのぼれる契り)은 고결하여 신들의 세상 일인 것만 같아 사려 깊지 못한 여자로서는 짐작조차 못하겠습니다"라고 하였다. 그러자 오른쪽 편에서 "가구야 아가씨가 오르셨다는 하늘(雲居)은 아닌 게 아니라 다다를 수 없는 곳이니 누구도 알기 어렵습니다. 이 세상에서의 인연을 대나무 속에서 맺으셨으니 미천한 신분으로 여겨지는군요. 한 집안에서는 환히 빛나셨을지 모르지만 궁중의 황송한 빛과 함께 하지는 못하셨지요. … 〔그와 달리 도시카게는〕 뜻하는 바를 이루고 마침내 타국에서도 우리 나라에서도 귀하고 값진 재능(ありがたき才)을 널리 알리고 이름을 남긴 깊은 마음(ふかき心)을 전하고 있는데 그림도 당토(唐土)와 일본을 나란히 배치하여 다양한 정취가 배어 있는 점은 역시 비할 바가 없습니다"라고 하였다. …그림은 … 현대풍으로 나무랄 데 없어 눈이 부셨다. …

〔두번째 경연〕 다음으로 『이세모노가타리』에 『정삼위』를 겨루었으나 여전히 승부가 나지 않았다. 이번에도 오른쪽은 정취 있고 호화롭게(にぎははしく) 궁정 주변을 비롯한

요즘 세상의 풍경을 그렸는데 근사하여 한층 볼만하였다.

〔왼쪽 편의〕헤이 나이시가

이세 바다의 깊은 마음 헤아리지 못한 채

伊勢の海のふかき心をたどらずて

오래된 흔적이라고 파도여 지울 것인가

ふりにし跡と波や消つべき

세상에 흔한 연애사건을 제법 그럴싸하게 꾸며낸 이야기
에 휘둘려서 나리히라의 이름을 얕잡아 보아서는 안되겠
지요, 라고는 하였으나 기세에 눌려 있었다.

이에 오른쪽 편의 스케가

구름 위 궁궐에 오른 드높은 마음으로는

雲のうへに思ひのぼれる心には

천길 이세 바다도 한결 얕아 보이네

千ひろの底もはるかにぞ見る

〔후지쓰보 중궁이〕"효에의 큰 따님(兵衛の大君)의 높은 뜻
은 과연 내버리기 아깝지만 나리히라의 이름을 얕잡아 볼
수는 없을 것입니다"라고 말씀하시고, 중궁께서 읊기를

보기에 볼품없고 오래되었을지언정

見るめこそうらふりぬらめ

해를 거듭해 온 이세 바다 어부의 이름을 가라앉힐 수
있겠는가

年へにし伊勢をの海人の名をや沈めむ

이렇게 여자들이 요란하게 서로 다투니 두루마리 한 첩에
우열의 말들을 다 담아도 쉽게 결말이 나지 않았다.

(絵合② pp.380~382)

이상에 보이는 뇨보들의 좌우 논평은 겐지와 도노주조를 대변한
다고 했는데, 왼쪽 = 겐지 측은 혼탁한 세상에 봄을 두고도 더러움에
물들지 않고 천상의 세계로 돌아간 가구야 아씨의 "정신의 고결"[31]
함과 "고대로의 회귀" 이념에 크게 공감하고 있음을 알 수 있다. 이
에 대해 오른쪽=도노주조 측은 지상주의라 할 만한 "궁정 예찬, 왕
위 예찬의 정신"[32]에 근거해『우쓰호모노가타리』로 반박한다. 예컨
대 가구야 아씨가 승천한 "하늘(雲居)"은 누구도 알기 힘든 영역인
까닭에 말할 방법이 없다며 그 무렵의 도덕적 사회적 기준에 근거해
가구야 아씨의 비천한 신분과 후궁이 되지 않은 점을 결점으로 들고,
『우쓰호모노가타리』의 도시카게(俊蔭)가 "귀하고 값진 재능(ありがた
き才)"을 외국과 일본의 조정에 널리 알린 점을 높이 평가한다.

이때 좌우 양측이 각각 사용한 가구야 아씨의 "드높이 오르신 숙
연(思ひのぼれる契り)"과 도시카게의 "깊은 마음(深き心)"[33]이라는 구절

---

31   신전집의 주석, p.383.

32   清水好子(1961),「源氏物語「絵合」巻の考察」,『文学』, 岩波書店, p.43.

33   신전집이 저본(底本)으로 삼고 있는 오시마본(大島本)에는 "옛 마음(古き心)"으로 되어
      있다. 하지만 기타 저본에 "깊은 마음(ふかき心)"으로 된 경우도 많아, 신전집에서도
      '깊은 마음(ふかき心)'이 "더 적절하다"(p.382)는 주석을 덧붙이고 있다. 이를 받아들여
      해석을 시도해 보았다.

에 주목해, 다음에서 겨루게 되는 모노가타리를 보면 양측의 가치판단의 차이는 훨씬 확연히 드러난다.

　두 번째 그림 경연에서 왼쪽 편은『이세모노가타리』를, 오른쪽 편은『정삼위』를 출품한다. 왼쪽 측은 인용문에서처럼『이세모노가타리』의 "깊은 마음(ふかき心)"을 상찬하지만, 오른쪽에서는 신분이 그다지 높지 않은 "효에의 큰 따님(兵衛の大君)"[34]이 천황의 총애를 받아 '정삼위'에까지 "드높이 오른 마음(思ひのぼれる心)"를 극구 칭찬한다. '비오는 밤의 품평회'에서 집안의 충분한 재력 속에서 개성 풍부하게 성장한 중류 계급의 여성이 천황의 총애를 받은 점을 평가한 도노주조의 말과 연동하고 있음을 알 수 있다. 이때 겐지는 "모든 게 풍족함(にぎははしき)에 달린 것인가"라고 놀렸지만, 도노주조 측이 인정한『정삼위』는 그때와 마찬가지로 "정취 있고 화려하게(にぎははしく)" 즉 풍족한 궁정 주변과 요즘 세상의 풍경을 그린 것으로, '비오는 밤의 품평회' 때와 같은 가치관이 공명하고 있다. 이후에 천황 앞에서 다시 한 번 겨뤄진 그림 경연에서도 왼쪽은 고풍스러운 그림을, 오른쪽은 거기에 전혀 뒤지지 않는 "화려한(にぎははし)"(絵合②p.386) 그림을 출품한다.

34　효에부(兵衛府) 관료의 장녀. 다마가미 다쿠야는 "효에부는 장관이라도 종4위에 해당하며 〔3위 이상의〕 공경은 아니다"(『源氏物語評釈第四巻』角川書店, 1965, p.44)라고 하였으며, 신전집도 "중류 귀족 이상은 아니다"(p.383)라고 주기하고 있다. 참고로『정삼위』는 여주인공이 "당시 여관(女官)으로서 고위(高位)였던 정삼위"(石川徹, 「物語文学の成立と展開」,『講座日本文学3 中古編Ⅰ』, 三省堂, 1968, p.145)에 올라 영화를 누린 이야기로 알려져 있다.

양측의 관점을 비교해 보면『이세모노가타리』의 "깊은 마음(ふかき心)"은 가구야 아씨의 "드높이 오른(思ひのぼれる)"반세속적인 면과 공명하면서도 도시카게의 세속적인 "깊은 마음(ふかき心)"과 대립하고『정삼위』의 "드높이 오른 마음(思ひのぼれる心)"과 질적인 차이를 분명히 하고 있다. '비오는 밤의 품평회'에서 언뜻언뜻 내비쳤던 두 사람의 이상주의의 차이를 뒷받침하고 방향 지으면서 필연화하고 있음을 알 수 있다. '비오는 밤의 품평회'에서 나타난 세속적인 번영과 공적인 승인을 중시한 도노주조의 주장은 국내외 조정으로부터 인정받은 도시카게와 천황의 총애를 받아 중류 계급의 여성으로서는 믿기 힘들 정도로 높은 지위에 오른 효에의 큰 딸(兵衛の大君)의 삶의 방식과 되울리고 있는 한편 길상천녀에 빗대어 있던 겐지의 이상적인 것을 향한 갈앙, 그리고 가구야 아씨의 고결한 정신과 몰락해도 빛나는 나리히라의 자유로운 마음과는 긴장관계를 이루고 있다.

다만 왼쪽 편의 논법은 당시의 세태를 반영한 오른쪽 편의 주장에 밀리게 되고, 이 장면에서만 일관되게 "중궁(中宮)"[35]으로 불리는 후지쓰보의『이세모노가타리』의 칭양에 의해 겨우 열세를 면하게 된다. 조정의 권위를 상징하는 '중궁'이라는 호칭은 선행 연구의 지적대로 겐지 측의 정치적 입장을 견고히 하는 한편 우러러 받들고 숭앙되어야 할 조정의 지향성을 내보이기 위해서 요청될 수밖에 없었던 것이다.

35   시미즈 요시코(淸水好子), 앞의 논문, p.44.

중궁과 레이제이 천황 앞에서 두 차례에 걸쳐 치른 그림 경연은 겐지의 승리로 끝난다. 성스럽고 초월적인 존재 히카루 겐지를 돋보이도록 역할 지워지고 세속적이고 현실적 세계를 짊어진 도노주조에게 어차피 이길 가망은 없었는지 모른다. 다만 그것을 인정하게 하는 방법으로서 모노가타리의 동의 내지 합의를 이끌어내는 절차로서 그림 겨루기라는 유희를 도입한 점은 의미 깊다. 레이제이 천황을 중심으로 한 새로운 정권이 들어선 시점에서 이를 존속시키고 견고히 하기 위해서는 정권 담당자의 권위나 집행력뿐만 아니라 먼 훗날까지 전해져야 할 새로운 도덕과 이상, 가치관이 구축될 필요가 있었을 것이며, 모두가 기꺼이 복종할 정도의 설득력이 있어야 했을 것이다. 주도권의 행방이 중요해지는 이유인데, 다카다 히로히코(高田祐彦)의 주장처럼 "후궁의 패권 경쟁이 그림 경연이라는 형태로 전개되는 이상, 승리를 얻기 위해서는 높은 수준의 문화가 보유"[36]될 필요가 있었다. "높은 수준의 문화의 힘"은 사람들의 감동을 그러모으고 "그에 따라 저절로 인심을 장악하게 되기 때문"이다. 그림 경연에서의 겐지의 승리는 겐지 측의 도덕 또는 이상이 사람들의 동의를 얻어 물질적 힘으로 전환하는 순간이었던 것이다.

　'비오는 밤의 품평회'가 가진 우의성은 이처럼 도노주조를 둘러싼 인물론적인 이해를 해치는 게 아니라 오히려 '그림 겨루기' 권에서 전개될 정치 투쟁의 전망으로서 기능하고 있었다.

36　高田祐彦(2003), 「光源氏の復活」, 『源氏物語の文学史』, 東京大学出版会, p.248.

이는 도코나쓰(常夏) 권에서 도노주조(이때는 내대신)의 다음 발언에 보이는 딸의 교육관을 통해서도 명확히 드러난다. 겐지에게 주도권을 빼앗긴 이후 대결의식을 점점 불태우는 도노주조가 우연히 딸 구모이노가리(雲居雁)의 방에 들렀다가 조심성 없이 낮잠을 자는 모습을 보고 타이르는 장면이다.

여자란 모름지기 몸가짐에 조심하고 자신을 잘 지켜야 합니다. 마음이 해이해져 함부로 행동한다면 품위 없겠지요. 그렇다고 몸을 바짝 긴장시켜 부동명왕이 다라니를 염송하고 손가락으로 인(印)을 맺고 있는 모습이어서도 보기 흉합니다. 사귀는 사람에게 지나치게 서먹하게 대하거나 거리를 두는 것도 고상하게(気高きやう) 보일지 모르나 밉살스럽고 사랑스럽지 않은 법입니다. 태정대신[겐지]께서 장래 황후감으로 여기는 [아카시] 아씨를 어느 한쪽으로 치우치지 않게 두루 미치도록 하여 한 가지 재능만 튀지 않도록 하면서도 미숙함으로 인하여 불안해 하지 않도록 융통성 있게 가르치신다 들었습니다. 과연 일리 있는 방법이지만 사람이란 모름지기 생각할 때나 행동할 때나 자신의 취향이라는 것이 있어서 [그 따님도] 성장하시면 그 나름의 인품을 갖게 되실 것입니다. 아카시 아씨가 어엿하게 자라 입궐하실 즈음 그 기량이 어떨지 정말 궁금할 따름입니다. (常夏③ pp.239~240)

여자가 갖추어야 할 몸가짐을 가르치면서도 그렇다고 "부동명왕이 다라니"를 읊고 인(印)을 맺는 듯한 자세로 뻣뻣하게 굴어서는 안 된다고 훈계하는 장면은 '비오는 밤의 품평회'의 여자론과 긴밀하게 조응하고 있음을 알 수 있다. 신전집은 겐지의 자녀 교육 방식을 조롱하는 도노주조의 논평에 대하여, 겐지가 외곬스런 "편집(偏執)을 싫어하여 조화와 중용을 중시한 점은 종종 다른 곳에서도 보이지만 내대신의 개성 존중의 주장을 뒷받침하는 기사"는 이 장면뿐으로 "이 장에서 두 사람의 대립성을 보다 선명히 하기 위한 기술인가"(p.239)라고 주석을 덧붙이고 있으나 도노주조의 개성 존중의 경향은 '비오는 밤의 품평회'에서 이미 살펴 본 대로이다. 이때 도노주조는 길상천녀 같은 고상하고 "기품 있는(気高き)" 여성을 "불향 내음 나서 신령스러운 기분이 든다"며 꺼려했지만 겐지에게 여자가 가진 "고상함/기품(気高さ)"은 기리고 칭찬받아 마땅한 미점 중 하나였다. 수많은 여성과 관계 맺어온 겐지는 모노가타리 안에서 신분의 높고 낮음에 관계없이 각각의 여성들이 가진 미점을 평가해 왔는데 흥미롭게도 겐지의 정치성을 지탱하는 여성들에게는 일관되게 "기품(気高さ)"[37] 있는 모습이 긍정되고 찬양되고 있음을 확인할 수 있다.

---

37 아오이노 우에(帚木① p.91, 若紫① p.227)와 후지쓰보(賢木① p.110), 무라사키노 우에(若菜上④ p.89), 아카시노 기미(明石② p.264), 아키코노무 중궁(澪標② p.312)이 그 예이다.

5. 맺음말: '비오는 밤의 품평회'의 우의성

이처럼 '비오는 밤의 품평회'의 여성론은 겐지와 도노주조의 관계에서도 유효하게 기능하고 있으며 그 우의성은 적어도 제1부의 장편적 전개를 이해하는 데 있어서도 중요한 시좌를 제공하고 있다.

'비오는 밤의 품평회'에서 서술된 겐지의 지향성이 완전한 것을 추구하는 인간 정신의 기본적인 욕구를 상징하는 것이라고 한다면, 도노주조의 그것은 당대에 통하는 현실주의를 대표하는 것이었다. '그림 겨루기'는 그 위상의 차이를 '모노가타리 그림'으로 구체적으로 검증하고 겨루게 함으로써 개인적 또는 사적인 가치를 물질적인 힘, 정치적인 힘으로 전환시켜 주도권의 문제로 크게 치환시켰다고 할 수 있다. 두 사람을 둘도 없는 벗으로 묘사하면서도 근본적인 차이를 여성론의 행간에 은밀히 배태시켜 모노가타리의 진행과 함께 팽창시키고 그림 겨루기라는 정권 경쟁의 장에서 전면 부각시켰던 것이다.

도노주조의 인물 조형과 관련해서도 기존의 해석처럼 미오쓰쿠시 권 이후, 특히 그림 겨루기 권에서 필연적으로 변모한다고 보는 게 아니라 '비오는 밤의 품평회'에서의 도노주조의 존재 양상과 조응하고 있음도 확인하였다. 어떤 사안과 마주하여 쉽게 휩쓸리지 않는 겐지의 유연함과 우아함은, 사태와 거리두기를 하지 않은 채 곧바로 빠져드는 도노주조의 기질과 대비되면서 서로를 되비추는 효과를 내고 있었다. 하지만 이때 화자는 도노주조에 대해 결코 부정적이지 않았다. 다만 오래도록 지속되어야 할 권력의 향방을 논의하는 '그림 겨루기' 장면에 이르러 그 성격의 부정적인 면이 강조되었던 것뿐이다. 겐지의 경우에 있어서도 도노주조와 빈번히 대조되는 형태로 그 탁월성은 두드러졌는데 '비오는 밤의 품평회' 이후 일종의 일관성을 인정할 수 있었다.

비오는 밤의 여인 비평에 나타난 두 사람의 존재 양상은 이렇게 모노가타리의 전개와 인물 조형의 저변에 중요하게 작용하면서 '그림 겨루기' 장면과 부합하고 있어 제1부의 총서(總序)로서 손색이 없었다. 작가 무라사키 시키부의 상상력은 적어도 제1부 구성에 있어서만큼은 모노가타리의 구조에까지 의식적이든 무의식적이든 상당히 면밀하게 미치고 있음을 인정할 수 있겠다.

참고문헌

원문 출전

阿部秋生ほか校注·訳(1994-1995), 『源氏物語 ①②』新編日本古典文学全集, 小学館.

中田祝夫校注·訳(1995), 『日本霊異記』新編日本古典文学全集, 小学館.

中野幸一校注·訳(1999-2002), 『うつほ物語 ②③』新編日本古典文学全集, 小学館.

서적·잡지 논문

金小英(2014), 「『源氏物語』の読者—女性の読み物から男性の学問へ—」, 『일본연구』 15, 부산대학교일본연구소, pp.81~101.

秋山虔(1984), 「源氏物語の敬語」, 『王朝の文学空間』, 東京大学出版会.

石川徹(1968), 「物語文学の成立と展開」, 『講座日本文学3 中古編Ⅰ』, 三省堂.

大朝雄二(1971), 「藤壺」, 『源氏物語講座3』, 有精堂.

鈴木日出男(1981), 「内大臣(頭中将)論」, 『講座源氏物語の世界5』, 有斐閣.

鈴木日出男(1993), 「天上の女藤壺」, 『国文学』38-11.

清水好子(1961), 「源氏物語「絵合」巻の考察」, 『文学』, 岩波書店.

清水好子(1965), 「物語作中人物論の動向について」, 『国語通信』78.

高田祐彦(2003), 「光源氏の復活」, 『源氏物語の文学史』, 東京大学出版会.

田坂憲二(1993), 「頭中将の後半生」, 『源氏物語の人物と構想』, 和泉書院.

玉上琢弥(1964), 『源氏物語評釈第一巻』, 角川書店.

玉上琢弥(1965), 『源氏物語評釈第四巻』, 角川書店.

野村精一(1982), 「頭中将」, 『源氏物語必携Ⅱ』, 学燈社.

広瀬唯二(1996), 「「雨夜の品定め」における光源氏」, 『武庫川国文』47.

松尾聡(1971), 「頭中将」, 『源氏物語講座3』, 有精堂.

増田繁夫(1971), 「源氏物語作中人物論」, 『国文学解釈と鑑賞』449.

増田繁夫(1991), 「源氏物語作中人物論の視角」, 『国文学』36-5.

村井利彦(1982), 「帚木三帖仮象論」, 『源氏物語Ⅳ』, 有精堂.

室伏信助(1989), 「敬語」, 『源氏物語事典』, 学燈社.

森一郎(1969),「源氏物語における人物造型の方法と主題との関連」,『源氏物語の方法』, 桜楓社.

渡辺実(1991),「頭中将」,『源氏物語講座2』, 勉誠社.

'엿보기垣間見'가 만들어내는 상상력

—『겐지 이야기源氏物語』가 그리는 남성들의 사랑—

김정희

1. 들어가며

프랑스의 문학자 장 르세(Jean Rousset)의 연구에 따르면 서양의 고전문학에서 남녀의 만남은 서로의 시선을 교환하는 것에서부터 시작된다고 한다.[1] 이에 반해서 일본의 헤이안 시대(平安時代, 794년 ~1185년) 작품들은 당시 귀족 여성들이 주로 실내에서만 생활했다는 점에서 남성들이 그녀들의 모습을 몰래 훔쳐보는 것으로 사랑이 시작된다. 다시 말해서 남성들의 일방적인 시선에 의해 여성들의 신체가 노출되는 방식으로 이야기가 시작되는 것이다.

남성이 여성을 '엿보는' 행위는 실제 사회적으로 금기를 침범하는 관계가 아니어도 그 장면을 바라보는 독자로 하여금 금기를 침범하

1 　ダニエル・ストリュウーブ(2009), 「垣間見」, (寺田澄江・高田裕彦・藤原克己編), 『源氏物語の透明さと不透明さ』, 青土社, p.12.

는 듯한 감정을 가지게 한다. 또한 엿보기는 독자가 엿보고 있는 쪽의 인물에게 동화되는 것을 요구하며, 등장인물의 눈앞에서 펼쳐지는 장면을 바라보고 감동을 느끼게 한다. 그와 동시에 독자는 눈앞의 정경을 바라보는 등장인물을 바라보고 있다. 따라서 엿보기는 이중성을 그 본질로 한다. 등장인물이 바라보는 장면과 그 등장인물이 바라보고 있는 모습을 독자들이 바라보는 두 개의 장면의 연합인 것이다.[2]

헤이안 시대 모노가타리(物語) 작품에는 엿보기 수법이 다양하게 사용되고 있다. 『이세모노가타리(伊勢物語)』를 비롯하여 『우쓰호모노가타리(うつほ物語)』에서도 남성이 여성을 엿보는 것을 계기로 이야기가 시작된다. 모노가타리 작품 중에서도 특히 『겐지 이야기』에는 이러한 엿보기 장면이 반복해서 등장한다. 그러나 이러한 장면 설정은 각각의 캐릭터와 이후의 전개를 의식하며 다르게 변주(變奏)되고 있다.

본고에서는 『겐지 이야기』에서 네 명의 세대가 다른 남성들이 여성의 신체를 엿봄으로서 이야기가 전개되는 예를 살펴보고자 한다. 구체적으로는 주인공 히카루 겐지(光源氏, 이하 '겐지'로 칭함)와 그의 아들인 유기리(夕霧), 유기리의 친구인 가시와기(柏木), 그리고 겐지의 또 다른 아들인 가오루(薰)의 엿보기 장면을 중심으로, '엿보기'라는 방법이 어떻게 변주되어 스토리를 전개해 가는지, 인물의 캐릭

---

2   위의 논문, pp.11~12.

터와는 어떻게 관련을 맺어가는지에 대해서 분석해보고자 한다. 이와 같이 작품 속에서 엿보기가 어떻게 변주되는지를 분석하는 것은 일본의 고전문학이 이야기를 만들어가는 상상력의 근원을 밝히는 작업이라고 할 수 있을 것이다.

2. 겐지와 무라사키노 우에(紫の上)의 만남

산에 핀 벚꽃이 안개 사이로 살짝 보인 것처럼 살짝 본 그 사람의 모습이 그립습니다.

山ざくら霞の間よりほのかにも見てし人こそ恋しかりけれ

(『古今集』恋一・479)[3]

위의 와카(和歌)는 헤이안 시대의 유명한 가인(歌人)인 기노 쓰라유키(紀貫之)가 읊은 것으로, 안개 사이로 희미하게 보이는 찬란한 벚꽃에 대한 동경을 사랑의 대상과 오버랩시켜 표현한 것이다. 이와 같이 헤이안 시대의 사람들에게 안개 사이로 희미하게 보이는 벚꽃은 동경의 대상을 상징하는 하나의 표상[4]이었다고 할 수 있다.

「와카무라사키(若紫)」권에서 겐지는 학질에 걸려 요양을 위해 기

---

3 高田祐彦(2009),『古今和歌集』, 角川ソフィア文庫, p.217.

4 고대부터 헤이안 시대 문학작품에 나타난 벚꽃에 관해서는 原岡文子(2003),「『源氏物語』の「桜」」,『源氏物語の人物と表現』, 翰林書房, pp.382~414로부터 많은 시사점을 얻었다.

타야마(北山)를 찾아간다. 그곳의 정경은 다음과 같이 표현되고
있다.

　　약간 깊이 들어간 곳이었다. 3월 말이기 때문에 헤이안
　　의 벚꽃은 전부 한창 때를 지났다. 산에 핀 벚꽃은 아직 한
　　창인 때로 (산 속으로) 들어가자 안개 낀 경치도 운치있게
　　보이기 때문에 이러한 모습도 익숙하지 않으시고 쉽게 움
　　직일 수 없는 신분이시기 때문에 신기하게 느끼셨다.

(若紫① p.199)[5]

　수도인 헤이안경(平安京, 현재의 교토시(京都市) 일부)의 벚꽃은 이
미 한창 때가 지났지만 산 속의 벚꽃은 한창 때로 게다가 그곳은 안
개가 낀 공간이었다. 익숙하지 않은 환경에서 겐지가 바라보는 경치
는 기타야마에서 과연 겐지가 어떠한 경험을 하게 될지 독자로 하여
금 호기심을 불러일으키는 환상적인 모습이다. 이 산에 있는 승려를
찾아간 겐지는 우연히 여성이 살고 있는 듯이 보이는 곳을 엿보게
된다. 그곳에는 보통 사람처럼은 느껴지지 않는 비구니가 있었고,
그 곁에서 굉장히 귀여운 얼굴을 한 여자아이를 발견한다.

---

[5]　　본문은 阿部秋夫·秋山虔他校注(2000),『源氏物語①-⑤』(『新編日本古典文学全集』), 小学
　　館에 의하며, 권 명, 권 수, 페이지를 표시하였다. 이하 본문은 필자가 번역하였고 일
　　본어 원문은 생략하였다. 단, 와카는 원문을 인용하였으며 필요에 따라서도 원문을
　　표기하였다.

10살 정도 되어 보이고 하얀 속옷에 야마부키가사네(山
吹襲) 등 익숙한 옷을 입고 달려오는 여자아이는 함께 있는
여러 명의 아이들과는 견줄 수도 없을 정도로, 성인이 된
이후의 미모가 예상되는 매우 귀여운 용모이다.

(若紫① p.206)

때는 안개가 낀 저녁 무렵으로, 눈에 띄게 귀여운 얼굴을 한 여자
아이를 엿본 겐지는 "사실은 끝없이 깊은 마음을 품고 있는 분과 정
말이지 너무 닮아서 자연스럽게 눈이 끌리는 것이라고 생각하자 눈
물이 쏟아졌다."(若紫① p.207)라는 문장이 보여주듯이 그가 사랑하
는 후지쓰보(藤壺)의 모습과 닮았다고 생각한다. 이 아이에게 흥미
를 느끼게 된 겐지는 그 아이가 후지쓰보의 조카라는 사실을 알아낸
다. 그리고는 자신이 이 아이를 데리고 가서 키워야겠다고 결심한
다. 그녀를 책임지고 있는 할머니인 비구니에게 겐지는 자신의 뜻을
전하지만 그녀는 무라사키노 우에가 어리다는 이유로 거절한다. 겐
지가 비구니에게 보낸 와카에는,

저녁 무렵에 살짝 본 아름다운 꽃의 색을 보고 오늘 아침
은 걷히는 안개와 함께 떠나려고 해도 떠나지 못하고 있습
니다.

夕まぐれほのかに花の色を見てけさは霞の立ちぞわづらふ

(若紫① p.222)

295

산에 핀 벚꽃의 모습은 나의 몸에서 떠나지를 않습니다.

나의 마음을 모두 그곳에 두고 왔습니다만.

面影は身をも離れず山桜心のかぎりとめて來しかど

(若紫① p.228)

첫 번째 와카에서 '꽃의 색'이라는 표현의 꽃은 '벚꽃'을 의미한다. 헤이안 시대의 와카에서 '꽃'이라고 하면 '벚꽃'이라고 해석하는 것이 일반적이다. 이 와카에서도 안개와 꽃(벚꽃)이라는 표현이 함께 사용되고 있고 게다가 벚꽃은 전날 저녁 무렵에 안개 사이로 엿본 무라사키노 우에를 직접적으로 지칭하고 있다.

두 번째 와카 역시 겐지가 비구니에게 보낸 것으로 역시 무라사키노 우에를 산에 피는 벚꽃에 비유하고 있다. 헤이안경으로 돌아온 겐지는 무라사키노 우에의 모습이 자신의 뇌리에서 떠나지 않는다는 마음을 표현하고 있다. 후지쓰보와의 밀통과 그 후 그녀에 대한 사랑으로 애를 태우는 겐지는 후지쓰보를 닮은 조카 무라사키노 우에를 반드시 손에 넣어야겠다고 결심한다. 이 시점에서 무라사키노 우에는 후지쓰보를 대신하는 역할을 하고 있다. 그러나 그녀와 만나게 되는 엿보기 장면이 안개와 벚꽃이 핀 산속을 배경으로 이루어지고, 그녀 자체도 벚꽃에 비유되고 있다는 점에 주목해야 할 것이다. 이러한 요소를 앞에서 인용한 쓰라유키의 와카와 함께 생각해 보면, 무라사키노 우에가 장차 겐지에게 중요한 존재가 될 것이라는 점을 예감할 수 있기 때문이다. 즉 무라사키노 우에와의 관계가 시작되는 기타야마의 '엿보기' 장면이 벚꽃이라는 상징을 통해서 이루어지고 있는 것은 무라사키노 우에가 겐지의 이상적인 여성으로 성장해 갈 것을 암시하고 있는 것이다.

3. 유기리의 사랑과 두려움

겐지의 아들인 유기리는 그의 계모인 무라사키노 우에에 대한 소문을 일찍부터 듣고 있었다. 아버지 겐지가 만들어 놓은 로쿠조인 (六条院) 안에는 여러 명의 부인이 살고 있었지만 겐지가 가장 사랑하고 아끼는 여성은 단연 무라사키노 우에였다. 그녀에 대해서는 그 모습이나 성품에 대해서 칭찬이 자자했고, 따라서 유기리는 한번이라도 계모의 모습을 보고 싶다는 바램을 가지고 있었다. 그 때 뜻밖의 기회가 찾아온다. 태풍이 몰아치는 어느 날, 로쿠조인에 갔던 유기리는 바람에 심하게 흔들리던 발(簾) 사이로 무라사키노 우에의 모습을 엿보게 된다.

바람이 심하게 불어서 병풍도 한쪽으로 접어 놓았기 때문에 (방) 안이 뚜렷이 보인다. 히사시(廂)에 앉아계신 분은 다른 사람과 혼동할 여지도 없다. 기품이 있고 아름다워 그 빛나는 모습이 이쪽을 덮치는 듯하다. 봄날 새벽의 안개 사이로 아름다운 홍색 벚꽃이 흐드러지게 피어있는 것을 보고 있는 듯하다. 그 모습을 보고 있는 내 얼굴까지 덮을 것 같이, 상냥하고 정감이 넘치는 매력이 비할 데 없이 훌륭하다.……뇨보(女房)들도 각각 아름다운 모습을 하고 있는 것이 보이지만 눈을 돌릴 마음도 생기지 않는다. 다이진(大臣, 겐지)이 (무라사키노 우에로부터) 자신을 멀리하게 하고 가까이 접근하지 못하게 한 것은 이와 같이 보는 사람의 마음을 빼앗아버리는 모습이기 때문에 주의깊은 성격에서 혹시 이러한 일도 있지 않을까하고 걱정하셨던 것인가라고 생각하자 두려워서 그 자리를 뜨려고 하는데…   (野分③ pp.264~265)

인용문에서 주목을 끄는 것은 유기리가 무라사키노 우에의 모습을 안개 사이로 보이는 홍색 벚꽃으로 인식하고 있는 점이다(강조부분). 새벽과 안개, 홍색 벚꽃이라는 시간과 공간을 절묘하게, 회화적으로 만들어낸 장면으로,[6] 유기리의 가슴의 설렘을 극대화시키고 있다. 특히 홍색 벚꽃은 보통의 벚꽃보다도 한층 화려한 아름다움을 지니고 있다. 이러한 표현은 앞서 인용한 쓰라유키의 와카를 연상시키는데, 무라사키노 우에를 벚꽃에 비유한 것은 유기리가 계모의 신체를 눈으로 직접 확인함으로서 그 아름다움에 매료되어 동경의 마

---

6   시미즈 요시코(清水好子)는 이 작품의 묘사방법이 시각적·회화적이라는 점을 지적하고 있다. 清水好子(1980), 「場面と時間」, 『源氏物語の文体と方法』, 東京大学出版会, pp.72~83.

음이 확실하게 자리잡게 된 것을 드러낸다. 이와 같이 무라사키노 우에의 모습을 벚꽃으로 직유하는 것은 자타공인 그녀의 아름다운 용모와 내면을 한 폭의 그림처럼 구상화 한 것을 의미한다. 그러나 이러한 황홀한 순간을 경험한 직후, 유기리는 아버지의 주의 깊은 성격을 떠올리지 않을 수 없었다. 겐지는 유기리가 무라사키노 우에를 엿봄으로서 그녀를 연모할 가능성을 이미 짐작하고 있었던 것이다. 이러한 겐지의 추측은 그가 후지쓰보와 관계를 맺었다는 점에서 비롯되었다는 것을 독자들은 쉽게 읽을 수 있으며, 따라서 유기리가 계모를 범할 가능성을 예견할 수 있다.[7] 그러나 이 장면에서는 침범의 가능성이 황홀한 순간과 동시에 차단되고 있다. 유기리는 일어날 사태를 이미 짐작하고 있었던 아버지의 용의주도함에 두려움(강조 부분)을 느끼고 있는 것이다. 이와 같은 유기리의 두려움은 이어지는 장면에서 결정적인 감정으로 자리잡게 된다.

주조(中将, 유기리)가 가까이 가서 들여다보니 (무라사키노 우에)는 무언가를 이야기하고 있고, 다이진도 미소를 짓고 계신다. 부모라고도 생각되지 않고 젊고 귀품이 있으며 아름답고 용모가 훌륭하여 한창 때라고 여겨진다. 여자도 한창 때로, 정돈된 모습을 하고 있어 부족함이 없는 두

---

7   벚꽃이 금기의 침범과 관계가 있다는 것에 대해서는 原岡文子, 앞의 책, pp.397~411 를 참조.

분을 보니 (유기리는) 감격스럽게 생각되는데 바람이 이
복도의 격자문도 열어서 자신이 서 있는 것이 드러나게 된
다면 어떻게 하나라고 생각하니 두려워져서 그 자리에서
물러났다.　　　　　　　　　　　(野分③ pp.264~265)

　때마침 겐지는 무라사키노 우에의 처소로 오게 되고 나란히 있는
겐지와 무라사키노 우에의 모습에 유기리는 감격하면서도 자신이
계모의 모습을 본 것을 겐지가 알게 될까봐 두려운 마음을 가진다.
이와 같이 엿보기 직후에 반복되는 '두려워져서'(강조부분)라는 표
현은 자신을 경계했던 아버지가 자신이 계모의 모습을 본 것을 알게
될까봐 느끼는 두려움, 즉 금기의 침범을 우려하는 아버지에게 자신
의 무라사키노 우에에 대한 감정이 노출될까봐 두려워하는 마음이
라고 해석할 수 있다. 유기리의 두려움은 겐지를 통해서 촉발된 것
으로, 따라서 그는 자신의 욕망을 가슴 속에 묻어두며 금기 침범의
가능성을 이성으로 제어하고 있다.
　앞서 언급했듯이 등장인물의 '엿보기'는 독자의 공감을 유발하는
동시에 엿보고 있는 등장인물을 독자가 바라보는 이중구조로 되어
있다. 이러한 이중구조의 긴장 속에서 여성의 신체는 가장 아름다운
자연물로 승화되고 있는데 독자는 이러한 유기리의 심정에 공감하
면서도 위험을 직감한다. 또한 이 장면을 통해 유기리가 욕망과 이
성 사이에서 싸우는 모습을 보게 되고, 엿보기라는 한순간이 영원의
동경으로 확대되어가는 것을 보게 된다. 실제로 유기리는 무라사키

노 우에가 죽을 때까지 그녀에 대한 깊은 연모를 가슴에 품는다. 유기리는 이 장면에서 무라사키노 우에를 동경하게 되지만 결코 경계를 넘지않고 아버지가 만들어낸 세계를 바라보는 관찰자[8]로써 자리매김되는 것이다.

4. 금기의 설정과 자멸

유기리와 마찬가지로 겐지의 부인을 침범할 가능성을 가진 인물로는 제2부에 등장하는 가시와기를 들 수 있다. 실제로 제2부에서 일어난 가장 중요한 사건 중 하나는 가시와기가 겐지의 부인이자 황녀(皇女)인 온나산노미야(女三宮)와 밀통을 저지른 것이다. 이 황녀의 아버지인 스자쿠인(朱雀院)은 출가를 결심하고 가장 총애하는 자신의 셋째 딸을 돌봐줄 남편을 찾는다. 그 때 후보에 올랐던 사람 중 한명이 가시와기로, 그러나 황녀는 결국 그녀를 아버지처럼 돌봐줄 겐지와 결혼하게 된다.

그럼에도 불구하고 가시와기의 온나산노미야에 대한 집착은 쉽

---

[8] 高橋亨(1982), 「可能態の物語の構造—六条院物語の反世界」, 『源氏物語の対位法』. 東京大学出版会, pp.48~69에서 '관찰자'라는 표현은 주로 제2부에서 겐지의 세계가 무너지고 그것을 바라보는 역할로써 유기리를 정의하는 데 사용하고 있다. 필자는 이러한 측면에서가 아니라 이야기의 전개 방법으로, 많은 것을 알고 있는 '관찰자' 유기리가 과연 어떠한 사랑을 할 것인가 하는 「유기리권(夕霧巻)」의 이야기를 그리기 위한 포석이라는 점에 주목하고자 한다.

게 사라지지 않았다. 다조다이진(太政大臣)의 아들로 자존심이 강한 그는 온나산노미야가 무라사키노 우에의 위세에 밀린다는 이야기를 듣고는 겐지를 비판하면서 자신이라면 온나산노미야에게 그렇게는 하지 않을 것이라고 생각하고 그가 출가하기를 기다린다("다이노우에(対の上, 무라사키노 우에)의 위세에는 역시 눌리고 계신다"라고 세상 사람들도 전달하는 것을 듣고는 황송한 일이기는 해도 나라면 그런 근심을 하시게 하지 않았을 것이다. ……이 세상은 정해져 있지 않으니까 오토노노키미(大殿の君, 겐지)가 원래부터 원하고 계셨던 출가를 이루신 후에는) (若菜上④ p.136).

이러한 상황에서 햇살이 따뜻한 3월 어느 날 로쿠조인에서 공차기(蹴鞠) 놀이를 하게 된 가시와기는 저녁노을이 질 무렵, 우연히 온나산노미야가 서있는 모습을 엿보게 된다.

간노키미(督の君, 가시와기)가 여기(계단)에 (유기리에) 이어서 앉아 "꽃(벚꽃)이 많이 지는 군요. 바람도 꽃을 피해서 불면 좋을 텐데." 등 여러 말씀을 하시면서 온나산노미야가 계신 쪽을 곁눈질하니……머리카락의 끝부분까지 분명하게 보이는 곳은 실을 꼬아서 걸어놓은 것처럼 뒤로 끌려있고 그 끝이 풍성하게 정돈되어 있는 것이 매우 귀여운 느낌으로, 머리카락은 키보다 7, 8마디(21~24cm) 정도 길다. 입고 계신 옷자락이 길어서 남아도는 가냘프고 작은 체격으로 그 모습과 머리카락이 닿은 옆얼굴은 뭐라 말할

수 없을 정도로 기품이 있고 가련한 느낌이다. 저녁의 어
슴푸레한 빛 속에서 보았기 때문에 분명하지 않고, (실내)
안이 어두운 것도 정말이지 아쉽고 안타깝다.

(若菜上④ pp.139~141)

　이 장면에서 주목할 점은 그 배경인데, 벚꽃을 배경으로 가시와
기는 온나산노미야를 엿보고 있다(강조부분). 사실 가시와기의 엿보
기가 성립될 수 있었던 것은 온나산노미야와 그 주변에 있는 뇨보들
의 신중하지 못한 태도 때문이었다. 온나산노미야의 처소에서 나오
려는 고양이가 자신의 목에 메어있는 목줄을 당기는 사이에 발이 올
라가버렸고 그 사이로 방안이 훤히 들여다보이게 된 것이다. 이러한
상황에서 온나산노미야도, 주변의 뇨보도 아무도 발을 내리려고 하
지 않는 경솔한 태도를 보인다. 그럼에도 불구하고 가시와기는 그러
한 온나산노미야의 경솔함에 대해서는 전혀 신경쓰지 않고, 오히려
이 엿보기를 계기로 그녀에 대한 사랑의 감정을 증폭시켜 간다. 이
러한 정황 속에서 독자들은 유기리가 무라사키노 우에를 엿봤던 장
면과는 달리 가시와기의 경우에는 오랫동안 온나산노미야를 연모
했던 그가 이 순간에 느꼈을 감동에 대해서는 이해를 하지만 그의
운명에 대해서는 불길함을 느끼지 않을 수 없는 것이다.

가시와기의 '엿보기' 장면, 18세기 니시카와 스케노부(西川祐信) 〈겐지모노가타리도(源氏物語図)〉 중 「와카나 상(若菜上)」[9]

 이후 가시와기는 "완전히 기운을 잃고 툭하면 벚꽃나무에 눈을 돌리며 멍하니 있는 모습이다."(若菜上④ p.143), "이 꽃에서 저 꽃으로 옮겨다니는 휘파람새는 어째서 벚꽃을 특별히 소중한 자신의 보금자리로 삼지 않는 것인가(いかなれば花に木づたふ鶯の桜をわきてねぐらとはせぬ)."(若菜上④ p.146)라는 문장들에서 드러나듯이 벚꽃을 온나산노미야와 중첩시키고 있다. 인용한 와카는 겐지가 무라사키노 우에를 아낀다는 소문을 들은 가시와기가 '휘파람새'를 겐지에, '벚꽃'을 온나산노미야에 비유하여 벚꽃을 특별하게 여기지 않는 겐지를 비난하는 내용이다. 이와 같이 온나산노미야의 모습을 벚꽃과 중첩

9　京都文化博物館(2008), 「若菜上」, 〈源氏物語図〉, 『源氏物語千年紀展』, 京都府外, p.200.

시키는 것은 가시와기에게 그녀가 엿보기를 계기로 완전한 동경의 대상이 되었다는 것을 상징한다. 이러한 면에서 이 엿보기 장면은 유기리의 그것과 유사하지만 양자 사이에는 결정적인 차이가 있다. 바로 가시와기의 반응이다. 유기리가 아버지의 존재를 의식하여 두려워하면서 그 자리에서 바로 욕망을 억누른 것과는 달리, 가시와기는 위에서 인용한 와카에서 나타나는 것처럼 겐지를 비난한다. 그리고 공차기 놀이에서 온나산노미야를 엿본 것에 대해서 그는 특별한 의미를 부여하게 된다.

> 사이쇼(宰相, 가시와기)는 여러가지 결점을 아예 생각하
> 지 못하고 예상치 않게 발 틈으로 살짝 (온나산노미야의
> 모습을) 본 것에 대해서도 옛날부터 내가 품고 있었던 사
> 랑이 이루어질 징조가 아닐까하고 그 인연이 기뻐서 (온나
> 산노미야에게) 완전히 마음이 빼앗겨 있다.
>
> (若菜上④ p.144)

가시와기는 자신이 온나산노미야를 엿본 것에 대해서 두 사람이 맺어질 징조라고 여기며 자신의 사랑이 단순히 혼자만의 생각이 아니라고 믿기 시작한다. 그리고 자신이야말로 스자쿠인이 가장 아끼던 황녀인 온나산노미야를 이해할 수 있는 유일한 사람이라는 착각에 빠진다. 그러한 친구의 모습을 바라보는 유기리는 사실 온나산노미야가 미숙한 여성이라는 점을 인식하고 있었다((온나산노미야는)

어리고 느긋하실 뿐으로, 표면의 격식만큼은 훌륭하여 그야 말로 (겐지는) 전례가 될 정도로 소중하게 대하고 계시지만 눈에 띄게 사려분별이 깊은 분으로는 보이지 않아서(若菜上④ p.133)). 실제로 온나산노미야와 결혼한 겐지도 황녀임에도 불구하고 그녀가 성숙하지 못한 여성임을 알고 실망하면서 새삼 무라사키노 우에라는 존재의 소중함을 실감하고 있었다. 이와 같이 가시와기를 제외하고 온나산노미야의 주변에 있는 남성들은 그녀의 어리고 유치한 품성에 대해서 확실하게 자각하고 있었다는 것이 드러난다. 한편 무라사키노 우에를 동경하는 유기리는 자신과 똑같은 마음을 온나산노미야에게 품고 있는 친구를 바라보면서 "역시 (가시와기의) 모습이 이상하다. 귀찮은 일이 생기지는 않을까."(若菜上④ pp.154~155)라고 불안해한다. 이러한 점을 보았을 때 유기리와 가시와기의 사랑의 형태에서는 분명한 차이점이 드러난다. 즉 유기리의 시점을 통해 가시와기의 사랑은 상대화되고 있는 것이다.

한편 온나산노미야와의 관계를 운명으로 받아들인 가시와기가 그녀의 남편인 겐지를 전혀 의식하지 않았던 것은 아니다. 3월말 로쿠조인에서 개최된 활 겨루기 시합에 참가한 가시와기는 겐지의 모습을 보고 "왠지 두려워서 (겐지를) 똑바로 쳐다보지 못하는 심정으로 "이러한 마음을 가져서는 안 된다.""(若菜上④ p.155)라며, 유기리가 그랬던 것처럼 그에 대해서 두려움을 느끼고 스스로를 자책한다. 그러나 유기리가 무라사키노 우에의 모습을 목격한 그 자리에서 자신의 마음을 억제한 것과는 달리 이 시점에서 가시와기는 이미 온나산노미야에게 마음을 빼앗겨 자제할 수 없는 상태였다. 그로부터 4년의 세월이 지난 후에도 여전히 온나산노미야에게 집착하며 몰래 그녀를 방문하고 결국 두 사람의 밀통이 이루어진다.

사실 헤이안 시대에는 결혼한 여성과 남성의 불륜이 터부시되지는 않았다.[10] 이 시대에 가장 금기시되었던 것은 천황의 부인과 밀통하여 아이를 낳는 것으로, 이것은 황통(皇統)을 어지럽히는 결과를 초래할 수 있기 때문이다. 따라서 가시와기와 온나산노미야의 밀통이 일어나서는 안 되는 금기를 침범하는 행위라고는 볼 수 없다. 그럼에도 불구하고 작품에서는,

> (1) 가령 천황의 부인을 범하여 소문이 나더라도 지금 나처럼 괴로운 심정이라면 그것을 위해 목숨을 던져도 괴롭지는 않을 것이다. 그와 같은 대죄가 아니더라도 이 분(겐지)의 눈에 벗어나는 것이 정말이지 두렵고 면목이 없어서 견딜 수가 없다. (若菜下④ p.230)

라는 문장에서 드러나는 것처럼 '천황의 부인을 범(帝の御妻をもとり過ち)'한 것이라는 표현이 이 이야기 전체에서 반복되고 있다. 이 표현에 대해서는 고(故) 주석서 이래로『이세모노가타리』의 아리와라노 나리히라(在原業平)와 니조노키사키(二条后)의 사랑을 연상시킨다

---

10   藤井貞和(2007),『タブーと結婚』, 笠間書院, pp.123~135.

고 지적되어 왔다.[11] 겐지가 가시와기와 온나산노미야의 밀통사건에 대해서 눈치 챈 후 그의 내면을 서술한 문장에서도 이와 동일한 표현이 확인된다.

(2) 천황의 부인을 범하는 예는 옛날에도 있었지만 그것은 또한 이야기가 별개이다. 궁중에서 남자도 여자도 같은 주군을 친근하게 모시고 있는 사이에 어쩌다가 뭔가 그러한 사정도 있어서 마음을 나누게 되어 여러 가지 잘못도 일어날 수 있는 것이다. …… 이처럼 더할 나위 없이 소중히 모시고 속마음으로는 훨씬 더 마음이 가는 사람(무라사키노 우에)보다도 훌륭하고 아끼는 분으로 보살피고 있는 사람(겐지)을 두고 이런 짓을 저지를 줄이야 정말이지 이런 일은 유례가 없을 것이다.　　　(若菜下④ pp.255~256)

인용문(1)은 가시와기의, (2)는 겐지의 내면묘사이다. 가시와기는 온나산노미야의 밀통을 천황의 부인을 범하는 예와 비교하여 생각하고 있다. 마찬가지로 겐지도 천황의 부인을 범하는 예를 떠올리며 같은 군주를 모시는 남녀가 마음이 통하여 잘못을 저지르는 일은 있

11　가시와기의 이야기와 『이세모노가타리』의 나리히라와 니조노키사키와의 관련성에 대해서는 今井久代(1991),「柏木物語の「女」と男たち」,『源氏物語構造論』, 風間書院, pp.335~357; 室田知香(2007),「柏木物語の引用的表現とその歪み」,『日本文学』56-12, 日本文学協会, pp.11~24; 졸고(2009),「「帝の御妻をも過つたぐひ」という観念が照らし出すもの」,『日本学研究』27, 단국대학교 일본연구소, 249~270면 참조.

을 수 있지만 가장 아끼는 무라사키노 우에가 있음에도 불구하고 그녀보다도 더 극진히 온나산노미야를 보살피는 나를 두고 이런 일을 저지를 수는 없다고 생각한다. 즉 '천황의 부인을 범하는 예'와 비교해 봐도 두 사람의 밀통은 있을 수 없는 사건이라고 겐지는 인식하고 있는 것이다.

여기에서 인용문(1)에 대해서 자세하게 살펴보기로 하겠다. 가시와기는 설령 천황의 부인을 범하여 그것이 밝혀지더라도 각오하고 이룬 사랑이라면 죽음도 불사하겠다. 자신은 그러한 대죄를 저지른 것도 아닌데 겐지의 눈 밖에 날 것을 생각하니 '두렵'(강조부분)다고 느끼고 있다. 이와 같이 가시와기가 겐지의 부인과의 밀통을 천황의 부인과의 금기침범에 견주어 생각하는 것을 통해서 부각되는 것은 겐지의 절대적인 존재감이다. 가시와기의 겐지에 대한 공포감은 이후의 그의 운명을 결정하게 된다.

이와 같이 인용문 (1)(2)는 같은 표현을 매개로 하여 가시와기와 겐지 각각의 심리를 표현하고 있다. 그러나 그 내용은 대조적으로 인용문(1)은 가시와기의 공포가 극대화되고 있는 것을, 인용문(2)는 겐지가 분노를 느끼는 것을 그리고 있다. 이와 같이 '천황의 부인을 범한 예'라는 동일한 표현의 반복을 통해서 가시와기와 온나산노미야와의 밀통은 왜소화되고 따라서 그가 자멸할 수밖에 없는 이야기의 필연적인 전개가 이루어져 가는 것이다.

'천황의 부인을 범하는 예'라는 표현은 이 작품 안에서 또 다른 사건을 독자에게 상기시킨다. 다름 아닌 겐지와 후지쓰보의 밀통이다.

그러나 겐지는 가시와기와는 달리 후지쓰보와의 사랑을 통해서 아들을 얻고 그 아들이 레이제이 천황(冷泉天皇)이 됨으로서 영화의 절정에 이른다. 이러한 점에서 가시와기와 겐지의 차이는 명백하다. 로쿠조인을 조형하여 영화를 누리는 겐지와 온나산노미야의 신체를 엿본 후, 그녀의 단점을 알려고도 하지 않고 밀통을 저질러 자멸하는 가시와기. 가시와기의 '엿보기' 장면은 여성의 실체를 알지 못한 채 정열에 사로잡힌 남성의 파멸적인 사랑의 시발점이 되고 있는 것이다.

또한 가시와기의 사랑은 유기리와도 밀접하게 연결되어 있다. 밀통의 당사자들과 겐지 이외에 유일하게 두 사람의 사건을 눈치채고 있는 유기리에게 가시와기의 죽음은 그가 계모를 범했을 경우에 초래되었을 결과를 짐작케 하는 거울의 상(像)과 같은 역할을 하고 있다. 이와 같이 동일한 '엿보기'을 매개로 하면서도 유기리는 금기의 침범을 억제한 데 반해서 가시와기는 사회적으로는 금기가 아닌 경계를 침범하지만 스스로 금기를 설정하여 공포에 사로잡힌다. 이와 같이 '엿보기'라는 수법은 경계, 나아가 금기의 침범을 둘러싼 남성들의 사랑의 형태를 변주하면서 이야기를 전개시켜 나가는 출발점으로써의 역할을 하고 있는 것이다.

5. 가오루의 엿보기와 여성의 용모

제3부에서는 겐지의 아들인 가오루가 주인공으로 등장한다. 그는 자신이 겐지의 아들로 양육되었지만, 자신의 출생에는 뭔가 비밀이 있음을 일찍부터 직감하고 속세를 떠나 불교에 귀의하고자 하는 도심(道心)을 가지고 있었다. 다시 말해서 속세에 있으면서도 완전히 그 세계에 속하지도 못하고, 출가도 하지 않은 '속세의 승려(俗聖)'인 상태였다.

가오루는 어느 날 황자(皇子)였지만 정권싸움에 패하고 부인과 사별한 후, 속세를 등지고 우지(宇治)라는 곳에서 두 딸과 '속세의 승려'로 살아가는 하치노미야(八の宮)라는 인물을 알게 된다. 자신과 마음이 통할 것이라고 생각한 가오루는 하치노미야를 열심히 찾아가 서로의 마음을 이해하는 관계가 된다. 그러한 그가 속세에 완전히 발이 묶여버리는 사건이 일어난다. 하치노미야가 부재중에 우지를 방문한 가오루는 그의 두 딸인 오이기미(大君)와 나카노키미(中の君)의 모습을 엿보게 된 것이다.

　　(가오루가) 아가씨의 방으로 통할 수 있는 울타리의 문을 살짝 밀어 열고 보시니, 달이 아름답게 빛나고 안개가 전면에 피어있는 모습을 뇨보들이 발을 조금 말아올려 바라보고 있다. 스노코(簀子)에는 매우 추운 듯이, 가냘프게 마르고 구깃구깃해진 옷을 입고 있는 동녀(童女) 한 명과

동일한 모습을 한 어른들이 있다. 히사시노마(廂の間)에 있는 아가씨들, 한 명은 기둥에 조금 가려있는데 비파를 앞에 두고 채를 만지작거리며 앉아 있다. 구름에 가려있던 달이 갑자기 밝게 비추자 "부채가 아니라 채로도 달은 부를 수 있어요."라고 말하며 ① 살짝 보인 얼굴이 매우 귀품이 있고 윤기가 있어 아름다운 분인 듯하다. 곁에서 엎드려 있는 쪽은 고토(일본의 악기, 거문고와 유사) 위로 몸을 숙이고 "석양을 불러오는 채라는 것은 들은 적이 있지만 특이한 것을 생각하시는 군요."라고 말하며 ② 웃는 모습이 다른 한쪽보다 차분하고 깊은 소양을 갖춘 듯하다.

(橋姫⑤ pp.139~140)

이 장면에서는 앞 장에서 살펴본 엿보기 장면들과는 달리 벚꽃이 등장하지 않는다. 유기리와 가시와기의 이야기는 금기 침범과 깊은 관련이 있었다. 겐지와 무라사키노 우에의 만남의 경우에는 그 자체는 금기 침범과 관련이 없지만 이 장면이 후지쓰보와 겐지의 관계를 원경(遠景)에 두고 있고, 무라사키노 우에 역시 후지쓰보를 대신하는 역할을 하고 있다는 것을 고려하면 역시 금기 침범과 무관하다고는 할 수 없다. 이러한 남성들의 사랑과는 달리 가오루와 우지에 사는 아가씨들 사이에서는 어떠한 사회적인 금기도 성립되지 않는다. 단지 가오루의 이야기에서는 불도에 귀의하려는 생각을 가진 남성이 속세를 상징하는 여성과 과연 결혼을 할 수 있는가의 여부가 문제시되고 있다. 따라서 가오루의 '엿보기' 장면에서는 벚꽃 대신에 안개가 자욱하게 낀 밤에 환하게 비춘 달을 배경으로 설정하여 그 달빛을 통해서 그가 두 여성의 모습을 훔쳐보고 있다. 이 시점에서 그는 어느 쪽이 언니인지, 동생인지 알지 못한 채 두 여성의 아름다움에 마음이 흔들리고 호기심을 가지게 된다. 윤기있는 환한 용모를 가진 쪽이 동생 나카노키미(강조부분①)이고, 차분하면서 깊은 소양을 갖춘 듯이 보이는 쪽이 언니 오이기미(강조부분②)이다. 이 엿보기 장면에서 가오루는 처음으로 속세의 여성들에게 호기심을 품게 되지만, 이 시점에서는 그가 자매 중에 누구에게 마음이 끌렸는지는 분명하게 그려지지 않는다. 첫 번째 엿보기 장면은 '속세의 승려'인 가오루가 처음으로 여성에게 관심을 가지는 계기를 마련하기 위해서 설정된 것이라고 볼 수 있다.

이와 같이 아버지 하치노미야의 부재 중에 우지를 방문한 가오루를 자매 중에 누군가가 응대해야만 했는데 그 역할을 한 것은 언니인 오이기미 쪽이다. 그리고 가오루는 그녀에게 와카를 보낸다.

덧없이 물 위에 떠있는, 생각해 보면 모두가 똑같은 덧없는 세상의 모습이다. 나(가오루)만이 그처럼 물 위에 떠다니지 않고 옥으로 장식한 누대(樓臺)에서 평안하게 지내는 신세라고 할 수 있는가라고 생각하지 않을 수 없었다. 벼루를 가져오게 하시고 그 쪽(오이기미)에게 와카를 읊으셨다.

"얕은 여울을 지나가는 배의 노에서 떨어지는 물방울에 사공의 소매가 젖듯이 하시히메의 마음을 깨닫고 나도 눈물로 소매가 젖습니다.

橋姫の心を汲みて高瀬さす棹のしづくに袖ぞ濡れぬる

깊은 생각에 잠겨 계시겠지요"라고 써서 도노이비토(宿直人)에게 들려 보내셨다. 그는 정말이지 추워 보이는 차림으로 소름이 돋은 얼굴로 편지를 가지고 왔다. 아가씨로부터 온 답장은, 종이에 스며들게 하는 향 등이 보통의 것을 사용해서는 무안하게 여겨지는 상대(가오루)이기는 하지만 이와 같은 경우에는 바로 답장을 보내는 것이 무엇보다 중요하다고 생각하시어,

"노를 바꿔서 왔다 갔다 하는 우지의 사공은 아침저녁의 노의 물방울에 소매가 썩습니다. 저의 소매도 눈물로 썩어버리겠지요.

さしかへる宇治の川長朝夕のしづくや袖をくたしはつらん

저의 몸조차도 눈물로 물 위에 떠다니고 있습니다"라고 아주 아름답게 쓰셨다.   (橋姫⑤ pp.149~150)

이 장면의 직전에는 가오루가 하치노미야 댁의 뇨보에게서 예기치 않게 친아버지인 가시와기에 대해서 듣는 장면이 묘사되고 있다. 그 뇨보는 옛날에 자신이 가시와기의 유모였고 가오루에게 가시와기의 유언을 전달하고 싶다고 이야기한다. 이러한 상황에서 가오루

는 자신의 출생에 대해서 더욱 의문을 가지면서 현재의 자신의 처지에 대한 불안감을 느낀다. 마침 그 시기는 은어 잡이가 한창인 때로, 사람들이 그에 대해서 이야기하는 것을 듣고 가오루는 은어 잡이를 위해 배가 물위에서 흔들리는 모습을 연상하면서 세상의 무상함을 탄식한다. 그리고는 그의 심정을 오이기미에게 위에서 인용한 와카를 통해서 전달하고 있는 것이다. 가오루의 증가(贈歌)의 표현 중 '하시히메'는 우지교(宇治橋)를 지키는 수호신으로, 그는 오이기미를 하시히메에 빗대어 자신은 이러한 외딴 곳에서 살고 있는 그녀의 마음을 헤아리고 있기 때문에 눈물로 자신의 소매가 젖는다는 것을 강조하고 있다. 그에 대한 오이기미의 답가는 가오루의 표현(袖ぞ濡れぬる)을 받아서 '물방울에 소매가 썩습니다(袖をくたしはつらん)'라고 하면서 이쪽의 슬픔과는 비교가 되지 않는다고 하고 있다. 이러한 와카를 통해 가오루는 오이기미가 자신과 비슷하게 신세의 불안정함과 세상의 덧없음을 느낀다는 것을 알게 된다. 사실 오이기미는 아직 어렸던 동생과는 달리, 아버지의 정권싸움에서의 패배, 어머니의 죽음, 화재로 집을 잃은 일련의 사건들을 모두 지켜보았던 인물이다. 따라서 그녀는 이 세상이 얼마나 덧없는지를 잘 이해하고 있었고, 그렇기 때문에 당대 최고의 귀공자이면서 속세를 떠나고자 하는 가오루와 마음을 나눌 수 있었다. 이러한 기회들을 통해서 가오루의 마음이 언니에게 서서히 기울기 시작하는데, 그 마음을 확고하게 한 사건이 두 번째 엿보기 장면이다.

이 엿보기 장면은 『겐지 이야기』에서 매우 특이한 장면이다. 남성의 엿보기가 대부분 실외에서 내려진 발의 틈새를 통해 실내에 있는 여성을 엿보는 구조로 되어있는 것과는 달리, 가오루는 실내에서 맹장지의 구멍을 통해서 엿보고 있기 때문이다. 이러한 장면설정은 그가 자매의 모습을 아주 가까운 거리에서 냉정하게 관찰할 수 있다는 것을 나타낸다.

　　이쪽으로 통하는 맹장지 끝 쪽의 자물쇠를 걸어둔 곳에 구멍이 나 있는 것을 (가오루는) 이미 알고 있었기 때문에 바깥쪽에 세워 둔 병풍을 밀어놓고 훔쳐본다. ……우선 한 사람이 일어서서 기초노마(几帳の間)로부터 내다보며 (가오루와 함께 온) 사람들이 이쪽저쪽으로 왔다갔다 하며 모두 시원하게 더위를 식히고 있는 모습을 바라보신다. ① 짙은 먹색의 히토에(単)에 노란빛이 강한 진홍색의 하카마(袴)가 눈에 띄는 배색이 오히려 새롭고 화려하게 보이는 것은 그것을 입고 있는 사람의 성품 때문일 것이다. (부처님 앞에서 독경할 때) 걸치는 천을 형식적으로만 걸치고 염주를 소맷부리에 감추며 들고 계신다. 날씬한 모습이 아름다운 분으로, 머리카락은 우치키(袿)의 길이에 조금 못 미칠 정도이다. 머리카락은 끝까지 조금도 헝클어지지 않고 윤기가 나며 숱이 많은 것이 정말이지 훌륭하다. 옆얼굴의 인상도 "얼마나 귀여운 사람인가"라고 생각된다. 얼굴색과 윤기가 아름답고 부드럽고 느긋한 동작은 온나이

치노미야(女一宮)도 이러시겠지하고, 언젠가 슬쩍 본 적이 있는 그 모습과도 비교가 되어 자기도 모르게 탄식이 흘러 나왔다. 다른 한 사람이 무릎걸음으로 나와서 "저 맹장지에서 보고 있지는 않을까"하고 이쪽을 바라보시는 용의주도함은 방심하지 않는 모습으로, 이쪽은 소양이 있는 분처럼 여겨진다. ② 머리모양, 머리카락의 정도 등 조금 더 기품이 있고 우아한 모습이다. ……검은 겹옷 한 겹으로 아까 본 아가씨와 같은 색의 옷을 입고 계신데 이쪽은 부드럽고 우아한 분으로 마음속 깊이 전해지는 것이 있어서 애처롭게 여겨진다. 머리카락은 산뜻할 정도로 빠졌기 때문인지 끝이 조금 가늘어져서 이것이야말로 머리카락의 색이라고 해야 할까 비취색이 감돌아 매우 아름다워서 마치 실을 꼬아 놓은 듯하다. 보랏빛 종이에 적힌 불경을 한손에 들고 있는 손모양이 다른 아가씨보다 말라서 가냘퍼 보인다. 서 있던 아가씨도 장지문 입구에 앉아서 무언가 이상한 것이 있는지 이쪽을 바라보고 생긋 웃는 모습이 매우 귀엽다.

(椎本⑤ pp.216~219)

화려한 나카노키미의 용모(강조부분①)와 조심스럽고 신중한 성격을 그대로 반영한 듯한 우아하고 귀품있는 오이기미의 모습(강조부분②)이 대조를 이루고 있다. 가오루는 이 엿보기를 계기로 나카노키미와 오이기미를 확실하게 구분할 수 있었고, 따라서 신중하고 더 소양이 있어보이는 쪽이 언니인 오이기미라는 것을 알 수 있었다. 두 번째 엿보기 장면을 계기로 가오루는 오이기미에게 자신의 사랑을 호소하기 시작한다. 가오루의 두 번째 엿보기는 그가 오이기미를 확인하고 사랑의 대상을 확정하기 위해서 마련한 장면이라는 의미를 가진다고 할 수 있다.

하치노미야가 죽은 후 1주기가 다가오자 그 준비를 위해서 우지를 방문한 가오루는 그날 밤 병풍을 사이에 두고 마주한 오이기미에게 자신의 감정을 호소한다. 그리고는 병풍을 밀어버리고 안으로 들어가는데 오이기미는 그의 돌발행동에 당황하면서 강하게 거부한다.

> 이와 같이 아무것도 아닌 칸막이(物の隔て)에 방해를 받아 초조하게 생각하며 지내는 (가오루 자신의) 우유부단함을 얼마나 어리석은가 하고 생각하고 계신데……병풍을 살며시 밀어열고 발 안으로 들어가셨다. (오이기미는) 정말이지 두렵고 상반신만 안으로 들어가신 상태에서 붙잡혀 매우 화가 나고 비참하여 "당신이 격의없다(隔てなき)라고 하신 것은 이런 것을 말씀하시는 것입니까? 생각지도 못한 짓이군요."라고 질책하시는 모습이 아름다워 "격의없는(隔てなき) 마음이라고 한 저의 진심을 알아주시지 않으니 말씀드리고 이해해주시기를 바라는 것입니다. 생각지도 못했다고 말씀하시는 것은 무엇을 생각하고 말씀하시는 것입니까? 부처님 앞에서 맹세하겠습니다. 정말이지,

저를 무서워하지 말아주십시오. 항상 당신의 마음에 어긋나는 짓은 하지 않을 것이라고 생각하고 있습니다. 세상 사람들은 설마 이런 것은 상상도 못하겠지만 저는 사람들과 달리 특히 어리석은 자로 통하고 있습니다."라고 말씀하시고는 희미한 등불로 고상한 듯한 (오이기미의) 얼굴에 머리카락이 살며시 흘러내린 것을 쓸어넘기며 바라보시니 정말이지 흘러넘칠 듯이 아름다운 모습이다.

(総角⑤ p.234)

이 장면에서는 사물인 '칸막이', 사람 사이의 '격의'라는 의미를 가진 '隔て'(강조부분)라는 표현이 반복되고 있다. 둘 사이에 병풍 등으로 차단되어 생기는 거리를 없애는 것은 서로의 육체적인 거리가 사라지는 것을 의미한다. 그러나 오이기미가 칸막이를 열고 들어온 가오루의 행동을 책망하자 그는 자신은 격의없이 이야기를 나누고자 하는 것으로, 그녀가 마음으로 자신을 허락하지 않는다면 결코 선을 넘지 않을 것이라고 약속한다. 결국 가오루와 오이기미 사이에서는 아무 일도 일어나지 않고 그는 새벽에 그곳을 떠난다. 이후 홀로 남겨진 오이기미의 심리에 주목해 보면 그녀는 "나보다 용모가 한창인 나카노키미를 다른 사람들처럼 결혼을 시킨다면 얼마나 기쁠까."(総角⑤ p.240)하고 처음으로 가오루가 자신의 용모를 봤다고 생각하면서 자신보다도 어리고 한창 아름다운 동생을 그와 맺어주기로 결심한다. 이러한 오이기미의 심리는 가오루의 애정에 대한 불

안감을 자신의 용모에 대한 의식을 통해서 드러낸 것이라고 할 수 있다.[12] 즉 그녀는 세속의 무상함을 깨닫고 있는 인물이기 때문에 남성의 애정이 자신의 용모로 인해 변할 수 있다는 것을 인식하고 있는 것이다. 그러나 아이러니하게도 가오루는 이미 엿보기를 통해서 자매의 용모를 자세히 관찰하였고, 오이기미가 열등감을 느끼는 바로 그 용모에 마음을 빼앗긴 것이었다.

그러나 오이기미는 끝까지 가오루의 구애를 거절한다. 가오루는 자신을 나카노키미와 결혼시키려는 오이기미의 마음을 읽고 니오우노미야(匂宮)를 나카노키미와 맺어주고자 한다. 그러나 나카노키미와 하룻밤을 보낸 후 니오우노미야는 헤이안경에서 쉽게 우지를 방문하지 못하고, 동생이 버림받았다고 여기게 된 오이기미는 마음의 병을 얻게 된다. 가오루는 정성스럽게 그녀를 간병하면서 얼굴을 보여달라고 하지만 그녀는 자신의 얼굴을 소매로 가리고 보여주지 않는다.

"기분은 어떠십니까? 제가 생각나는 한 최대로 손을 써서 회복하시기를 기원했는데 그 보람도 없이 말씀하시는 것도 들을 수 없게 되어 버린 것이 정말이지 괴롭습니다. 저를 놔두시고 먼저 가버리시게 된다면 얼마나 원망스러

---

12 이에 대해서는 藤原克己(1990), 「紫式部と漢文学―宇治の大君と〈婦人苦〉」, 『国文論叢』 17, 神戸大学文学部国語国文学会, pp.1~14; 졸고(2007), 「宇治十帖の方法」, 『東京大学国文学論集』2, 東京大学国文学研究室, pp.44~46를 참조.

울지"라고 우시면서 말씀드린다. 아가씨(오이기미)는 이미 제정신도 잃으신 모습으로 계시지만 얼굴을 보이지 않게 가리고 계신다.　　　　　　　　　　(総角⑤ p.326)

오이기미는 가오루의 진정성에 감동하면서 이와 같은 남성은 다시없을 것이라고 깨닫는다. 그러나 그렇기 때문에 더욱 병들어 있는 자신의 얼굴을 가오루에게 보여줄 수 없었다. 그녀는 가오루의 자신에 대한 사랑이 변하는 것을 두려워했던 것이다.

이와 같이 '엿보기'를 통해서 드러난 여성의 용모의 문제는 남성의 애정의 문제와 관련되어 이야기의 아이러니한 전개를 이끌어내고 있다. 이 이야기에서 엿보기는 남성과 여성 사이에서 드러나는 용모에 대한 인식의 간극과 그와 관련된 남성의 애정의 문제, 나아가 무상이라는 작품의 테마를 이끌어내는 장치로 활용되고 있는 것이다.

6. 나오며

가오루는 오이기미가 죽어서야 그녀의 얼굴을 볼 수 있었다. 오이기미의 우려와는 달리, 그의 눈에 비친 그녀의 모습은 너무나 아름다웠다(소매로 가리고 계신 얼굴도 단지 주무시고 계시는 듯하여 평소와 달라진 점도 없고 정말이지 사랑스러운 모습으로 누워계신 것을(総角⑤

328)). 가오루는 그 얼굴을 바라보면서 드디어 부처님이 세상을 등지도록 이런 슬픈 일을 겪게 하는 것이라고 생각한다. 오이기미가 죽은 지 49일이 지나도록 헤이안경으로 돌아가지 않고 우지에 머물며 슬퍼하는 가오루는 다음과 같은 와카를 읊는다.

그분에 대한 그리움 때문에 견딜 수가 없어서 죽는 약을 구하고 싶으니 저 설산(雪山)으로 들어가 내 모습을 감춰버리고 싶구나.
恋ひわびて死ぬるくすりのゆかしきに雪の山にや跡を消なまし

(総角⑤ p.333)

앞서 살펴본 것처럼 가오루와 오이기미의 이야기에서는 특히 다양한 경계와 침범의 가능성이 반복적으로 제시되고 있다. 엿보기를 통한 경계 초월의 가능성, 아무 일 없이 가오루와 오이기미가 하룻밤을 지낸 장면에서 드러난 마음과 육체의 경계를 둘러싼 문제 등이 그것이다. 이러한 점은 불도(仏道)의 길을 선택하고자 하는 가오루가 결국 불도와 속세라는 경계 사이에서 갈등하는 주제로 귀결된다. 그리고 가오루는 죽은 오이기미를 생각하며 생(生)과 사(死)라는 경계를 넘으려고 한다. 그러나 그는 그 경계를 넘지 못하고 죽은 오이기미에 대한 집착 때문에 세속과 불도라는 경계도 넘지 못한다. 즉 가오루는 어느 것도 넘지 못하는 경계를 맴도는 사람으로써만 작품 내에서 존재하는 것이다.

이상에서 살펴본 바와 같이 『겐지 이야기』에서 '엿보기'는 실내와 실외를 차단하는, 또는 실내를 구분하는 물리적인 경계를 초월하는 행위이자, 금기 침범의 가능성, 남녀의 정신과 육체의 경계를 넘어설 수 있는 가능성을 암시하는 것으로 설정되어 있다. 뿐만 아니라 세속과 불도, 생과 사라는 절대적인 경계의 문제도 이끌어내고 있다. 위에서 살펴본 4명의 남성들은 모두 '엿보기'를 통해서 동경하는 여성들과의 만남을 이루지만, 끝내 사랑을 이루지 못하고 '대상의 부재' 속에서 자멸하거나 방황하는 존재로 그려지고 있는 것이다.

참고문헌

원문 출전

阿部秋夫·秋山虔他校注(2000),『源氏物語①-⑤』,(『新編日本古典文学全集』), 小学館.

서적·잡지 논문

今井久代(1991),「柏木物語の「女」と男たち」,『源氏物語構造論』, 風間書院.

京都文化博物館(2008),「若菜上」,〈源氏物語図〉,『源氏物語千年紀展』, 京都府外.

金靜熙(2007),「宇治十帖の方法」,『東京大学国文学論集』2, 東京大学国文学研究室.

_____(2009),「「「帝の御妻をも過つたぐひ」という観念が照らし出すもの」,『日本学研究』27, 단국대학교 일본연구소.

清水好子(1980),「場面と時間」,『源氏物語の文体と方法』, 東京大学出版会.

高田祐彦(2009),『古今和歌集』, 角川ソフィア文庫.

高橋享(1982),「可能態の物語の構造ー六条院物語の反世界」,『源氏物語の対位法』. 東京大学出版会.

ダニエル·ストリュウーブ(2009),「垣間見」,(寺田澄江·高田裕彦·藤原克己編),『源氏物語の透明さと不透明さ』, 青土社.

原岡文子(2003),「『源氏物語』の「桜」」,『源氏物語の人物と表現』, 翰林書房.

藤井貞和(2007),『タブーと結婚』, 笠間書院.

藤原克己(1990),「紫式部と漢文学ー宇治の大君と〈婦人苦〉」,『国文論叢』17, 神戸大学文学部国語国文学会.

室田知香(2007),「柏木物語の引用的表現とその歪み」,『日本文学』56-12, 日本文学協会.

히카루 겐지를 『겐지 이야기』에서 퇴장시키는 방법[*]

― 독자의 상상력을 통한 모노가타리 세계의 확장 ―

권도영

1. 머리말

실존의 진의가 불분명한 구모가쿠레 권(雲隱卷)를 제외하면 마보로시 권(幻卷)은 기리쓰보 권(桐壺卷)에서 시작하는 주인공 히카루 겐지(光源氏; 본고에서는 '겐지' 역시 동일인물)의 일생을 좇아 기록한 『겐지 이야기』(源氏物語) 정편의 마지막 권이 된다. 이 마보로시 권은 무라사키노 우에(紫の上)가 죽은 이듬해 1월부터 12월까지의 일 년이라는 시간을 한 달도 빠짐없이 적고 있다는 점에서 그 이전과는 양상이 판이하게 다르지만, 가장 사랑한 여인인 무라사키노 우에를 잃고 슬픔에 잠긴 겐지의 모습을 그린다는 점에서 미노리 권(御法卷)

---

[*] 「『겐지모노가타리』마보로시 권의 전개 방법―현세집착의 긍정을 드러내기 위한 세계의 해체―」(『일어일문학연구』119, 한국일어일문학회, 2021)에 실린 것을 수정 가필하였음을 밝힌다.

의 말미와 유사하다. 미노리 권에 이어지는 마보로시 권은 겐지가 무라사키노 우에의 죽음을 애도하고 출가를 망설이며 준비하는 시간을 적고 있다.

이 마보로시 권에서 그려지는 겐지의 모습에 초점을 맞춘 선행연구에 관해 먼저 언급하자면, 근년의 연구는 아쉽게도 다른 권들에 비해 그 양이 부족하다는 생각을 지울 수 없다. 연구의 양적인 부족은 마보로시 권 이후에 겐지가 어떻게 출가했는지 확인할 수 없다는 사실과도 연관이 있는 듯 여겨지지만, 어찌 되었건 마보로시 권의 겐지에게 초점을 맞춘 연구는 스즈키 히데오(鈴木日出男) 씨의 논고 이후로는 더딘 진전을 보인다.

스즈키 히데오 씨는 와카나 상권(若菜上巻) 이후 모노가타리 세계에서는 해체가 일어나고 있다는 후지이 사다카즈(藤井貞和) 씨의 지적[1]을 받아들여서 마보로시 권에서는 긴 생애의 시간 동안 출가라는 현세 이탈을 지향하면서도 현세집착에 허우적댈 수밖에 없었던 인간의 절망이 두드러진다는 것을 지적했다.[2] 문제의 핵심을 직시한 지적이지만, 여전히 마보로시 권에는 풀리지 않는 의문들이 남아있다.

무엇보다 마보로시 권의 일 년이 끝나가는 12월에 그려진 불명회(佛名會)의 장면을 대표적으로 들 수 있는데, 이 장면에서 겐지는 '용

---

1   藤井貞和(2010), 「源氏物語主題論」, 『源氏物語の始原と現在 文庫本』, 岩波出版社, pp.197~231.

2   鈴木日出男(1973), 「光源氏の最晩年—源氏物語の方法についての断章—」, 『学芸国語国文学』8, 東京学芸大学国語国文学会, pp.7~16.

모는 옛날의 광채보다도 더 많이 빛을 더해서 있기 힘들만큼 훌륭하게'(④幻 p.550) 그려진다. 이런 겐지의 용모 묘사에 대한 해석은 불교적인 구제의 상징[3]과 인간 히카루 겐지가 구제 받을 수 없다는 사실을 거꾸로 강조해서 드러내는 표현[4]으로 양분되어 있다. 이 두 견해는 상반된 주장을 하고 있지만 불교적인 구제를 긍정적인 것으로 보고 현세에 대한 집착을 부정적으로 여긴다는 측면에서는 동일하며, 나아가서는 출가를 바라온 겐지의 생각과 합치하는 면이 있다. 하지만 삶의 순간에 대한 관심이 중심[5]에 놓인『겐지 이야기』에서 겐지가 끝까지 현세집착을 부정적으로 받아들였는지 다시금 생각해볼 필요가 있을 듯여겨진다. 결론을 앞서 이야기하자면『겐지 이야기』의 정편에서는 불교적 구원을 바라며 현세의 집착을 벗어나야할 것으로 여긴 기존의 겐지 모습을 마보로시 권에서 해체하였다는 것이다. 그리고 이 해체로 인해서 모노가타리에서 그려지지 않은 겐지가 독자의 상상 속에서 구제를 얻은 인물로도 또 집착에서 벗어나지 못한 인물로도 해석될 수 있다는 것이다.

본고에서는 이 결론에 도달하기 위해서 마보로시 권을 전개시키

---

3   玉上琢彌(1967),『源氏物語評釈』第九巻, 角川書店, p.181.

4   松木典子(2000),「『源氏物語』幻巻御仏名の光源氏について―「古りぬる齢の僧」による光源氏賞賛の照らすもの―」,『中古文学』65, 中古文学会, pp.11~19.

5   高田祐彦(1996.11),「「あはれ」の相関関係をめぐって―『古今』,『竹取』から『源氏』へ―」『国語と国文学』73-11, 至文堂, pp.43~54; 藤原克己(1999.9),「源氏物語と浄土教―宇治の八宮の死と臨終行儀をめぐって―」,『国語と国文学』76-9, 至文堂, pp.13~26; 高木和子(2002),「光源氏の出家願望―源氏物語の力学として―」,『源氏物語の思考』, 風間書院, pp.304~324.

는 모노가타리의 방법을 확인하였다. 확인에 있어서는 우선 이야기의 전개를 통해 형성한 기존의 세계를 해체하며 전개하는 모노가타리의 방법을 호타루효부쿄노미야(蛍兵部卿の宮: 이하 '효부쿄노미야'역시 동일인물)가 등장하는 마보로시 권의 모두(冒頭)부분에서 확인하고, 겐지의 출가 바람과 불명회 장면의 순으로 살펴보았다.

2. 호타루효부쿄노미야의 매화

마보로시 권은 "겐지 님은 봄빛을 보시는 데에도 더욱더 어두운 기분에 어쩔 줄 몰라 하시는 듯이만…(후략)…"6(幻④ p.521)이라는 문장과 함께 시작한다. 해가 바뀌었음에도 여전히 무라사키노 우에를 잃은 슬픔에 잠긴 겐지의 모습이 봄빛과 대조된다. 이런 겐지의 모습은 자신에게 신년인사를 하기위해 찾은 사람들을 피해 홀로 발이 드리운 실내에 있는 모습에서도 찾을 수 있다. 겐지는 무라사키노 우에를 잃은 슬픔 속에 스스로를 가두고 다른 사람들과의 대면을 피했다. 그러나 겐지는 자신을 찾은 이복동생, 호타루효부쿄노미야에게만은 예외를 적용해서 대면을 허락했다.

---

6 「(源氏ハ)春の光を見たまふにつけても、いとどくれまどひたるやうにのみ…(後略)…」의 졸역이다. 원문은 『新編古典文学全集 源氏物語』를 출전으로 하며, 이해의 편의를 위해 필요에 따라서는 의역을 더하였다. 또한 인용의 뒤에는 출전의 권명, 권수, 페이지를 표기하였다. 이 방침은 이하 『源氏物語』의 인용에서도 동일하다.

내 사는 집은 꽃을 사랑해 반기는 사람도 없네 무슨
이유로 봄이 찾아왔던가

효부쿄노미야는 눈물을 조금 머금으시고,

　a)향기를 찾아온 보람 없이 a)꽃을 보러 찾은 사람이
라고만 말씀하시렵니까

　b)홍매화 아래로 걸어오시는 효부쿄노미야 님의 모습
이 대단히 매력적이어서, 겐지 님은 c)이 사람 외에는 꽃을
즐겨 찬양할 줄 아는 사람은 없으리라고 생각하며 바라보
신다.[7]　　　　　　　　　　　　　　(幻④ pp.521~522)

　인용에서 번역해 적은 '내 사는 집은…'의 와카(和歌)는 겐지가 호
타루효부쿄노미야에게 보낸 것으로, 그 내용과는 무관하게 와카를
보내는 행위가 대면의 허락이 된다. 겐지는 이복동생과의 대면을 허
락하면서도 그를 반길 수 없다. '꽃을 사랑해 반기는 사람'의 부재(不
在)로 인해 봄을 반길 수 없는 겐지는 무라사키노 우에의 죽음 이후
타인과의 대면에서 감흥을 느끼지 못하는, 불만에 가까운 슬픔을 느
끼고 있다. 와카를 통해 그런 겐지의 슬픔을 살핀 효부쿄노미야는
눈물로 그 슬픔에 공감하고는, 꽃의 향기를 찾아온 자신은 다른 사

7　　わが宿は花もてはやす人もなしなににか春のたづね来つらん
　　(兵部卿)宮、うち涙ぐみたまひて、
　　　a)香をとめて来つるかひなくおほかたの a)花のたよりと言ひやなすべき
　　b)紅梅の下に歩み出たまへる御さまのいとなつかしきにぞ、 c)これより外に見はやす
　　べき人なくやと(源氏ハ)見たまへる。

람들과는 다르다는 사실을 주장하는 와카를 적어 답했다. 이 효부쿄
노미야의 답가에서는 꽃의 매력이 시각적인 측면과 후각적인 측면
으로 세분된다.

헤이안 시대(平安時代)의 꽃 중에서 색과 향을 즐기는 대표적인 꽃
은 매화로, 이런 매화의 매력을 읊은 와카는 『겐지 이야기』보다 약
1세기 앞서 성립한 『고킨와카슈(古今和歌集; 이하 고킨슈(古今集))』부
터 확인할 수 있다. "그대 아니고서 누구에게 보여주리 매화꽃 빛도
향도 아는 사람이야 아는구나"[8](『古今集』春上 友則 38)나 "봄날의 밤
에 어둠은 어찌하랴 매화꽃 빛깔이 보이지 않아도 향기야 숨겨지
나"[9](『古今集』春上 よみ人知らず 41)라는 와카를 그 대표적인 예로 들 수
있다. 하지만, 『고킨슈』의 주요 가인(歌人)중 한 명인 오노노 고마치
(小野小町)의 가집에는 "빛깔도 향기도 익숙하구나 개구리 우는 우물
가에 무성하게 핀 황매화꽃"[10](『小町集』62)과 같이 황매화꽃의 빛과
향을 찬미하는 와카가 있다. 이런 예로부터 생각하면, 효부쿄노미야
의 와카에 이어지는 부분에서 '홍매화'를 들고 있는 것으로부터 그
가능성을 생각할 수는 있지만, 위의 증답만으로는 겐지와 효부쿄노
미야가 매화를 노래했다고 단정 짓기는 어려울 듯하다. 참고로, 고

8 　「君ならで誰にか見せむ梅花色をも香をも知る人ぞ知る」의 졸역으로, 원문은 『新編国
　　歌大観 : DVD-ROM版』에서 인용하였다. 이하 가집(歌集)의 인용에 특별한 표기가
　　없는 것은 모두 졸역이며 『新編国歌大観 : DVD-ROM版』이 출처이다. 또한, 인용 원
　　문의 한자표기는 편의를 위해 가감하였음을 밝힌다.

9 　春の夜の闇はあやなし梅花色こそ見えね香やは隠るる

10 　色も香もなつかしきかな蛙なく井手のわたりの山吹の花

대 일본에서 후각을 통해 꽃의 아름다움을 표현한 예는 한시의 영향이며, 와카에서는『만엽집(万葉集)』시대 후기(733년 이후)에, "귤꽃 아래 부는 바람이 향기로운 쓰쿠바(つくば)의 산을 그리워하지 않을 수 있을려나"[11](卷第二十 占部広方 4371)나 "매화꽃 향을 향기로워 하기에 밀리 있어도 마음은 언제나 그대를 생각하노니"[12](卷第二十 市原王 4500)와 같은 예를 보이기 시작했다.[13]

색과 향을 구분해서 향유하는 꽃을 매화로 국한할 수 없음에도 불구하고, 위 인용의 효부쿄노미야가 매화를 소재로 와카를 읊었다는 사실은 우메가에 권(梅枝卷)을 매개로 이야기할 수 있다. 효부쿄노미야는 우메가에 권의 겐지를 떠올리며 화려했던 과거의 기억과 마보로시 권에서 슬픔에 빠진 겐지를 대조시킨다. 이 대조를 통해 무라사키노 우에의 죽음이라는 사건이 겐지에게 있어서는 찬란한 영화(榮華)의 의미까지 무의미한 것으로 변모시켰다는 사실이 드러난다.

우메가에 권에는 겐지와 아카시노 기미(明石の君) 사이에서 태어난 딸, 아카시노 히메기미(明石の姫君)가 성인식(裳着)을 치르고 동궁(東宮)과 혼례를 준비하는 내용이 중심에 놓인다. 그 준비의 일환으로 겐지가 살고 있는 로쿠조인(六条院)에서는 여성들에 의한 조향(調

---

11   「橘の下吹く風の香ぐはしき筑波の山を恋ひずあらめかも」의 졸역. 원문은 中西進 (1983),『万葉集 全訳注原文付(四)』, 講談社에 의함. 이하『万葉集』의 인용은 이 각주의 규칙과 동일.

12   「梅の香をかぐはしみ遠けども心もしのに君をしそ思ふ」

13   瀧本那津子(2009),「『懐風藻』における嗅覚表現—『万葉集』との比較を通して—」,『人間 文化研究科年報』25, 奈良女子大学, pp.357~368.

香) 경합이 펼쳐지는데, 이 경합에서 효부쿄노미야는 겐지의 부탁으로 조향의 우열을 가리는 심판자를 맡았다.

　이월 십일 비가 조금 내리고 정원의 ⓑ홍매화 흐드러져서 ⓐ빛깔도 향기도 더할 나위 없는 때에 효부쿄노미야님이 내방하셨다. 아카시노 히메기미의 성인식과 입내가 오늘내일 일이 되었다는 문안 인사를 드리신다. 예전부터 특별한 사이셨기에 거리낌 없이 이런저런 말씀을 나누시고 꽃을 즐기며 계실 때…(중략)…겐지 님은 '이 기회에 로쿠조인의 여인 분들이 조향하신 것들을'이라는 생각으로, 각각의 사자(使者)를 통해 "이 저녁 비의 촉촉함 속에서 시험해보렵니다"라고 말씀드리니, 여인 분들은 이런저런 취향을 한껏 담아 바치셨다. 겐지 님은 "이것을 판정하시게. ⓒ누구에게 보여주겠는가"라고 말씀하시고 향로들을 가져오게 하셔서 시험하게 하신다. 효부쿄노미야 님은 "ⓒ아는 사람도 아닌데"라고 겸사를 하셔도 형용할 수 없는 냄새들이 과하고 덜한 조향 재료의 자그마한 결점을 구분하시고 어렵게 우열을 정하신다.[14]　　　(梅枝③ pp.405~408)

14　二月の十日、雨すこし降りて、御前近きⓑ紅梅盛りに、ⓐ色も香も似るものなきほどに、兵部卿宮渡りたまへり。御いそぎの今日明日になりにけることとぶらひ聞こえたまへり。昔よりとりわきたる御仲なれば、隔てなく、そのことかのことと聞こえあはせたまひて、花をめでつつおはするほどに、…(中略)…このついでに、(六条院ノ)御方々の合はせたまふども、おのおの御使して、(源氏)「この夕暮のしめりに試みん」と聞こ

이 인용은 효부쿄노미야가 로쿠조인을 내방하는 장면부터 조향 경합의 우열을 결정하는 부분까지로, 중략부분에는 한 때 겐지가 마음에 둔 적이 있는 아사가오사이인(朝顔斎院)이라는 여인이 아카시노 히메기미의 성인식과 입내를 축하하는 의미로 겐지에게 향과 의복 그리고 편지를 보낸 내용이 있다. 아사가오사이인의 편지는 지고 남은 꽃이 드문드문한 매화나무 가지와 함께 도착했는데, 이런 아사가오사이인의 취향에 관해『신편일본고전문학전집(新編日本古典文学全集)』의 주석에서는 "봄 지나고 모두 다 져버린 매화꽃 다만 향기 만큼은 이만큼 가지에 머물러있네"[15](『拾遺集』雑春 如覚法師 1063)라는 와카와의 유사성을 지적한다. 아사가오사이인의 편지에 적힌 "꽃향기는 져버린 나뭇가지에 머무르지 않아도 옮아간 소매를 옅게 물들이랴"[16](梅枝③ p.406)는 와카를 생각하면, 꽃이 진 후에 남은 향기를 읊은 와카를 언급한『신편일본고전문학전집』의 주석은 적절한 지적으로 보인다. 아사가오사이인의 선물과 편지 그리고 로쿠조인을 배경으로 펼쳐지는 여성들의 조향 경합을 염두에 두면, 향기는 우메가에 권을 이끌어가는 키워드의 하나가 될 것이다.

아카시노 히메기미의 성인식과 입내를 다루는 내용에서 향기의

えたまへれば、さまざまをかしうしなしてたてまつへり。「これ分かせたまへ。ⓒ誰にか見せん」と聞こえたまひて、御火取ども召して試みさせたまふ。(兵部卿)「ⓒ知る人にもあらずや」と卑下したまへど、言ひ知らぬ匂ひどもの進み、後れたる、香一種などが、いささかの咎をわきて、あながちに劣りまさりのけぢめをおきたまふ

15 春過ぎて散りはてにける梅の花ただたかばかりぞ枝に残れる
16 花の香は散りにし枝にとまらねどうつらむ袖にあさくしまめや

의미를 생각하는 데에 있어서는, 입내의 준비물로 향(香)이 포함되었다는 헤이안 시대의 역사적인 사실도 간과할 수 없지만, 조향과 관련된 내용에서 역사 속의 조향 명인(名人)이 등장한 기술(記述)에 주목한 가쓰마타 시오리(勝亦志織) 씨의 지적[17]이 시사적이다. 『우쓰호모노가타리(宇津保物語)』라는 모노가타리의 중심에 놓인 비금전수(秘琴傳授)의 이야기와 같이 조향의 상속계보(相續系譜)를 모노가타리 속에 정착시키려는 움직임이 있다는 것을 주장한 가쓰마타 시오리 씨는 『겐지 이야기』의 우메가에 권에서는 향기를 통해 겐지로부터 아카시노 히메기미에게로 이어지는 연애의 계보가 구축된다는 지적을 하였다. 매화의 향이 나뭇가지에서 소매로 옮아가는 것처럼, 겐지 연애의 역사를 이루는 여성들이 만든 향이 아카시노 히메기미에게 전해지는 내용을 통해 입내 후에 총애를 받게 될 아카시노 히메기미의 운명을 보장한다는 주장이다. 이 후 입내한 아카시노 히메기미가 후일 긴조테이(今上帝)라 불리는 천황의 총애를 받게 되는 사실을 생각하면 수긍할만한 주장이지만, 여기에서는 이런 아카시노 히메기미의 운명이 겐지의 운명으로 수렴된다는 사실에 주목하고자 한다. 즉, 여성들—엄밀히 이야기하자면 아카시노 기미—과의 연애를 통해 태어난 아카시노 히메기미의 장래가 결국은 외척으로서 앞날의 영화를 보장받는 겐지의 운명에 관한 이야기이며, 이런 운명

---

17   勝亦志織(2008), 「『源氏物語』「梅枝」卷文化戰略」, 『日本文学』57卷6号, 日本文学協会, pp.11~14.

이 꽃과 여향(餘香)에 비유되고 있는 것이다.

지난 사랑의 여운이 여향에 비유되는 예는『겐지 이야기』속편의 주인공인 우키후네(浮舟)에게서도 찾을 수 있다. 두 남성과의 삼각 관계에 괴로워하다 출가한 인물 우키후네는 출가 후에 과거의 사랑을 떠올리며 '소매 스친 사람은 보이지 않아도 꽃향기가 그 사람인가 밀려오는 봄날의 여명'[18](手習⑥ p.365)이라는 와카를 읊는데, 이 와카에서도 향기를 과거에 있었던 사랑의 여운에 대한 비유로 해석할 수 있다.

이런 예시에 비추어 마보로시 권의 효부쿄노미야가 읊은 와카를 생각하면, 이 와카에서는 무라사키노 우에를 향한 사랑의 여운이 남은 겐지의 위로라는 내방 목적이 드러난다. 이런 효부쿄노미야의 의도를 염두에 두고 다시 한 번 앞서 인용한 우메가에 권 부분과 비교하면, 마보로시 권의 인용 부분은 발상과 표현의 유사성을 통해 위 우메가에 권의 연상을 유도하면서 무라사키노 우에를 잃은 겐지의 슬픔을 극명하게 드러낸다는 사실을 확인할 수 있다. 두 인용의 밑줄 부분에서 발상과 표현의 유사성 또한 찾을 수 있는데, b)와 ⓑ에서 살필 수 있는 것처럼 모두 '홍매화'를 배경으로 하여 꽃의 매력을 향기와 빛깔로 구분하고 있다. 특히, a)와 ⓐ에서 보이는 꽃의 매력을 향기와 빛깔로 나누는 구분은 조향 경합 이후에 벌어진 우메가에 권의 연회에서 겐지가 읊은 와카에 단적으로 드러난다. 연회에서 매

18　袖ふれし人こそ見えね花の香のそれかとにほふ春のあけぼの

화 핀 로쿠조인에 마음을 빼앗겼다는 내용의 와카를 읊은 효부쿄노미야에 대해 겐지는 "빛깔도 향기도 물들어버릴 정도로 이 봄은 꽃 피는 집을 멀리하지 않고 있으면"[19](梅枝③ p.411)이라며 답했다. 이 겐지 와카의 '향기(香)'·'꽃(花)'·'봄(春)'·'집(宿)'이라는 표현들은 위에서 인용한 마보로시 권의 증답가에서 반복된다. 마보로시 권에서 자신의 '집'을 찾은 효부쿄노미야를 '봄'에 빗댄 겐지의 와카와 '꽃'을 '향기'와 빛깔로 구분한 효부쿄노미야의 와카는 우메가에 권을 떠올리게 만드는 장치이며, 이 장치에 의한 연상으로 인해 위 마보로시 권의 증답가에서 등장하는 꽃은 매화로 보장된다. 또한, 인용한 마보로시 권의 부분이 우메가에 권을 연상시키는 표현으로는 c)를 들 수도 있는데, c)의 전거(典據)가 되는 '그대 아니고서 누구에게 보여주리 매화꽃 빛도 향도 아는 사람이야 아는구나'라는 와카의 인용은 우메가에 권 인용 부분의 ⓒ에서도 찾을 수 있다.

이런 우메가에 권의 연상을 불러들이며 마보로시 권에 등장했음에도 불구하고 효부쿄노미야는, 우메가에 권과 구별되는 겐지의 모습을 목격한다. 우메가에 권에서 '봄'같은 효부쿄노미야가 떠나지 않기를 바랐던 겐지는 무라사키노 우에의 죽음을 경험하고 난 후에 '꽃을 사랑해 반기는' 사람이 없기 때문에 찾아온 '봄'을 반기지 못하는 인물로 변했다. 바꿔 이야기하자면 모노가타리 작자는 과거에 이룩한 영화(榮華)를 부정하는 겐지의 모습을 통해 그가 품고 있는 슬

19　「色も香もうつるばかりにこの春は花さく宿をかれずもあらなん」

품을 드러낸 것이다. 이런 모노가타리 작자의 방법은 마보로시 권의 시작 부분에서도 찾을 수 있다. 신년 인사 차 찾을 사람들을 피해 자신을 발 속에 가둔 겐지의 모습을, 그가 와카나 하권(若菜下卷)에서 무라사키노 우에에게 "스스로는 어릴 적부터 남들과 다른 모습으로 특별하게 자라서 지금 세상 사람들의 평가는 과거에도 예가 들물 것입니다. 하지만 또한 세상에 더 없는 슬픔을 경험하는 것도 다른 이보다 월등한 것입니다"[20](若菜下④ p.206)라고 한 말과 비교하면, 마보로시 권에서 일어난 균형의 붕괴를 발견할 수 있다. 마보로시 권의 모두에서 사람들을 피해 발 속에 스스로를 가둔 겐지에게는, 사람들의 평가가 더 이상 슬픔에 대치되는 가치를 지니지 못한다. 모노가타리 작자는 자신이 쌓아올린 세계를 스스로의 붓으로 붕괴시키면서 무라사키노 우에를 잃은 겐지의 슬픔을 드러내며 이야기를 전개시키고 있다.

3. 겐지의 출가 바람

무라사키노 우에를 잃은 후 마보로시 권의 겐지는 무라사키노 우에를 잃은 슬픔과 출가 바람의 혼재 속에서 일 년을 보낸다.

---

20 みづからは、幼くより、人に異なるさまにて、ことごとしく生ひ出でて、今の世のおぼえありさま、来し方にたぐひ少なくなむありける。されど、また、世にすぐれて悲しき目を見る方も、人にはまさりけりかし。

온나산노미야 님은 이렇다 할 깊게 깨우치신 도심도 없
으셨지만 이 속세에 원망스럽고 마음이 흐트러질 일도 없
으셔서 평온하게 방해 없이 수행을 하시며 불도에 전념하
셔서 속세를 멀리하시는 것도 겐지 님은 매우 부럽고, '이
렇게 얕은 여자의 도심보다도 늦어지게 되었다'고 안타깝
게 생각하신다[21]   (幻④ p.531)

위 인용에서는 겐지와 정식으로 결혼한 후 밀통사건에 휘말려 결
국 출가하게 된 온나산노미야(女三の宮)를 부러운 듯이 바라보는 겐
지의 심경을 확인할 수 있다. 이 부분을 통해 출가에 대한 겐지의 동
경을 살필 수 있는데, 마보로시 권에서 겐지는 출가를 동경하면서
도 여전히 출가를 하지 못하고 무라사키노 우에를 잃은 슬픔에 잠
겨있다.

출가를 바라는 겐지의 모습이 처음으로 명확하게 드러난 것은 아
오이 권(葵巻)이다. 아오이 권에서 겐지는 정처(正妻)인 아오이노 우
에(葵の上)의 죽음을 경험하는데, 겐지는 그 죽음의 원인을 제공한
로쿠조노미야스도코로(六条御息所)의 생령(生靈)을 목격한 후 '남녀
사이를 매우 혐오스러운 것으로 절감(切感)'[22](葵② p.47)하고 출가를

---

21   (女三ノ宮ハ)何ばかり深う思しとれることもおはせず、のどやかなるままに紛れなく行
      ひたまひて、一つ方に思ひ離れたまへるも(源氏ハ)いとうらやましく、かくあさへたま
      へる女の御心ざしにだにおくれぬることと口惜しう思さる。
22   世の中をいとうきものに思ししみぬれば

바랐다. 하지만 아오이노 우에가 남긴 어린 유기리(夕霧), 그리고 무라사키노 우에를 생각하고 마음을 고쳐먹는다(葵② p.50). 어린 유기리나 무라사키노 우에와 같이 남겨질 사람에 대한 걱정으로 인해 출가를 미루는 겐지의 모습은 무라사키노 우에의 죽음이 그려지기 전까지 반복해서 나타난다. 무라사키노 우에의 죽음이 있기까지, 속세를 떠나 출가하는 것을 동경하면서도 남겨질 사람에 대한 걱정으로 인해 출가하지 못하는 겐지의 모습을 통해서 모노가타리 작자는 성인군자도 연애광도 아닌 현실성을 띤 인물상을 창조할 수 있었다.[23]

> 겐지 님은 한번 출가를 하시면 얼핏이라도 이 속세를 돌아볼 생각을 품지는 않으셨고 무라사키노 우에 님과는 내세에는 같은 연꽃에서 자리를 함께하자고 서로 약속하시고 믿고 계신 사이시다. 하지만, 겐지 님은 현세에서 수행을 하시는 동안은 같은 산이라도 봉오리를 건너 서로 볼 수 없는 거처에서 떨어져 지낼 것만을 생각하고 계신다. 그러기에 겐지 님은 막상 출가를 결행하려는 때에는 무라사키노 우에 님이 이렇게 회복의 기미도 없는 모습으로 병이 무거워져서 매우 괴로워하시는 모습을 버려두기 어렵다. 또 오히려 산 속의 물 맑은 거처가 탁해지지는 않을지 걱정하고 주저하시는 동안에 단지 얕은 생각대로

---

23   주석5) 高木和子(2002)의 논문 p.305.

주저 없이 불심을 일으키는 사람들에게는 한없이 늦으시
는 듯하다.[24]   (御法④ p.494)

위 인용은 미노리 권의 모두 근처 부분으로 인용의 앞에는 출가를
바라는 무라사키노 우에의 심경이 적혀있다. 겐지는 자신이 출가하
기 전에는 무라사키노 우에의 출가를 허락할 생각이 없지만(若菜下
④ p.167), 잠깐 무라사키노 우에의 바람을 좇아 출가할 생각도 했다.
그러나 출가에 대해 높은 이상을 가진 겐지는 병든 무라사키노 우에
를 두고는 출가 후에도 수행에 전념할 수 없다. 이런 생각으로 인해
겐지는 출가를 단념하고, 이로 인해 무라사키노 우에는 결국 출가하
지 못한 채 죽음을 맞이한다. 무라사키노 우에의 죽음을 "어린 시절
부터 슬프고 무상한 세상을 알게 하려고 부처님 등이 권하신 이 몸
을 마음 굳게 먹고 지내서 기어이 이전에도 앞으로도 없으리라 여겨
지는 슬픔을 보는 구나"[25](御法④ p.513)라고 받아들이는 겐지의 심경
과 더불어 생각하면, 겐지의 출가에 대한 높은 이상은 그를 무라사

---

24 (源氏ハ)一たび家を出でたまひなば、仮にもこの世をかへりみんとは思しおきてず、後
の世には、同じ蓮の座をも分けんと(紫ノ上ト)契りかはしきこえたまひて、頼みをかけ
たまふ御仲なれど、ここならが勤めたまはんほどは、同じ山なりとも、峰を隔ててあ
ひ見たてまつらぬ住み処にかけ離れなんことをのみ思しまうけたるに、(紫ノ上ガ)かく
いと頼もしげなきさまになやみあついたまへば、いと心苦しき御ありさまを、(源氏ハ)
今はと行き離れんきざみには棄てがたく、なかなか山水の住み処濁りぬべく、思しと
どこほるほどに、ただうちあさへたる思ひのままの道心起こす人々には、こよなう後
れたまひぬべかめり。
25 いはけなきほどより、悲しく常なき世を思ひ知るべく仏などのすすめたまひける身
を、心強く過ごして、つひに来し方行く先も例あらじとおぼゆる悲しさを見つるかな

키노 우에를 잃은 슬픔 속에 가두기 위한 설정으로 보이기도 한다.

　무라사키노 우에의 죽음으로 인해 겐지에게는 출가를 막을 족쇄가 사라졌다. 그럼에도 불구하고 마보로시 권에서 겐지는 출가하지 못한 채 일 년을 보냈다. 앞서 언급한 것과 같이 출가에 대한 높은 이상을 가진 겐지는 슬픔으로 인해 출가하지 못하고 일 년의 시간을 보낸 것이다. 무라사키노 우에의 사후에 겐지가 '지금은 이 세상에 후일이 걱정되는 일은 남지 않게 되었다. 일심으로 수행에 전념해도 걸리는 것이 없겠지만 이렇게 전혀 누를 길 없는 흐트러진 마음으로는 바라는 길로도 들어가기 어려울 것이 아닌가'[26](御法④ p.513)라고 생각하는 부분에서는 무라사키노 우에를 잃은 슬픔과 출가의 관계가 드러난다. 슬픔에 찬 마음으로는 극락정토(極樂淨土)로 가는 길을 바랄 수 없다는 생각에서도 출가에 대한 겐지의 높은 이상을 살필 수 있다. 물론 마보로시 권 이후에 이루어진 것으로 추측되는 출가에서 겐지가 자신의 이상을 견지했는지 어땠는지를 확인할 길은 없다. 다만, 지금까지 확인한 미노리 권의 인용 부분부터 이어지는 일련의 전개를 생각하면 출가에 대한 겐지의 높은 이상은, 족쇄가 되는 사람이 남지 않은 상태에서도 여전히 슬픔과 출가 사이를 헤매는 겐지의 모습을 그리기 위한 설정이라고 생각할 수 있다. 마보로시 권의 일 년이라는 시간을 통해 모노가타리 작자는 현세에 대한 집착

26　今は、この世にうしろめたきこと残らずなりぬ、ひたみちに行ひにおもむきなんに障りどころあるまじきを、いとかくをさめん方なき心まどひにては、願はん道にも入りがたくや、

을 벗어버리지 못하는 인간의 모습을 그리고 있는 것이다.

그럼에도 불구하고 한편으로는 다음과 같은 의문이 여전히 남아 있다. 무라사키노 우에를 잃은 슬픔을 통해 인간에 대한 집착을 보이는 겐지를 그리면서 동시에 모노가타리 작자가 겐지를 끊임없이 출가를 바라는 인물로 그린 이유, 즉 집착에 사로잡힌 겐지에게 있어 '슬프고 무상한 세상'인 속세를 떠나는 출가의 의미는 무엇인가 하는 의문이다.

앞서 언급한 아오이 권에서 보이는 겐지의 출가 바람과 미노리 권에서의 '슬프고 무상한 세상'이라는 표현에서는 출가 발원이 염리예토(厭離穢土)에서 시작한다는 것을 엿볼 수 있었다. 그리고 우스구모 권(薄雲卷)에서 로쿠조노미야스도코로의 딸인 사이구뇨고(斎宮女御)에게 '내세를 위한 수행도 마음 가는 대로 전념하고자 생각합니다'[27](薄雲② p.461)라고 출가의 의지를 밝히는 부분에서는 그 출가가 정토를 위한 마음, 즉 흔구정토(欣求淨土)에서 비롯한다는 사실이 드러난다. 또한 스즈무시 권(鈴虫卷)에서 겐지가 사이구뇨고에게 다음과 같이 이야기한 부분에서는 극락정토를 위한 출가의 또 다른 의의를 추측할 수 있다.

그 불길은 누구도 벗어날 수 없는 것인 줄 알면서도 아침이슬마냥 목숨이 달려있는 동안은 버릴 수 없는 생각입

---

27   後の世の勤めも心にまかせて籠りゐなむと思ひはべる

니다.…(중략)…차츰차츰 그런 마음을 굳히셔서 로쿠조노
미야스도코로 님의 업화로 인한 연기가 걷히도록 하십시
오. 저도 그런 생각도 있으면서 어딘지 어수선한 듯해서,
조용한 출가 생활을 바라는 마음도 없는 듯한 모습으로 아
침저녁을 보내면서 스스로의 수행에 곁들여서 언젠가 조
용히 로쿠조노미야스도코로 님의 명복을 빌어드리리라는
생각도 말씀하신 것처럼 어리석은 것이었습니다.[28]

(鈴虫④ pp.389~390)

위 인용은 사후에 모노노케(もののけ)가 되어 수법(修法)과 독경(讀
經)을 불길로만 느끼며 괴로워하는 어머니 로쿠조노미야스도코로
의 내세를 위해 출가의지를 밝힌 사이구뇨고를 만류하기 위한 겐지
의 발언이다. 사이구뇨고를 달래서 출가를 막으려는 겐지의 의도는
중략부분에서 살필 수 있는데, 겐지는 어머니의 추선공양(追善供養)
을 위해 출가하려는 사이구뇨고에게 그 공양이 실패할지도 모르기
때문에 출가를 서두르다가는 자칫 사이구뇨고가 현세에 회한을 남
기는 결과에 이를지도 모른다는 이야기를 한다. 어머니 로쿠조노미
야스도코로의 추선공양을 위한 출가에 대한 집착을 경계하는 내용

---

28 その炎なん、誰ものがるまじきことと知りながら、朝露のかかれるほどは思ひ棄ては
   べらぬになむ。…(中略)…やうやうさる御心ざしをしめたまひて、かの御炎はるくべ
   きことをせさせたまへ。しか思ひたまふることはべりながら、もの騒がしきやうに、
   静かなる本意もなきやうなるありさまに、明け暮らしはべりつつ、みづからの勤めに
   そへて、いま静かにと思ひたまふるも、げにこそ心幼きことなれ

은, 비록 사이구뇨고의 출가를 만류하기 위한 발언이기는 하지만, 집착에 대한 겐지의 두려움을 엿볼 수 있다. 겐지의 발언을 뒤집어 보면, 살아있는 동안에는 집착을 벗어버릴 수 없는 모든 인간은 사후의 추선공양이 실패할 수도 있기 때문에 현세에 있는 동안에 죄업 소멸을 위한 수행에 전념해야 한다는 이야기로도 생각할 수 있다. 겐지에게 있어서 출가는 현세의 죄업 소멸을 위해 일심으로 수행에 전념하기 위한 방법이 되는 것이다.

이상의 내용을 뒤집어서 출가에 대한 겐지 생각의 특징을 다음과 같이 정리할 수 있다. 우선 겐지에게 있어서 출가는 다른 등장인물들의 출가와 마찬가지로 내세를 위한 준비라고 생각할 수 있다. 하지만, 앞서 미노리 권의 모두 근처 부분에서 확인한 것과 같이, 겐지는 집착을 벗어버린 후에 출가를 하고자 하는 높은 이상을 품고 있다는 점에서 다른 인물들과 구분된다. 물론, 마보로시 권의 일년이 끝나갈 무렵인 12월에 겐지가 "올해를 이렇게 참고 지냈기에 '이제는'이라며 속세를 떠나실 때를 가깝게"[29](幻④ p.546) 생각하고 죽은 무라사키노 우에의 편지를 태우며 슬퍼하는 모습에 비춰 생각하면, 겐지는 마보로시 권의 일 년을 보내고도 결국 현세에 대한 집착에서 자유롭지 못한 듯 보인다. 무라사키노 우에의 사후에 겐지가 이상적인 출가를 위해 슬픔에 '흐트러진 마음'이 가라앉기를 기다렸다는

---

29 今年をばかくて忍び過ぐしつれば、今はと世を去りたまふべきほど近く思しまうくるに

사실을 떠올리면, 겐지에게 마보로시 권의 일 년은 허망한 바람의 시간이 된다.

그럼에도 불구하고 마보로시 권의 일 년 동안 겐지가 이상적인 출가를 바란 이유는 로쿠조노미야스도코로의 내세를 둘러싼 스즈무시 권의 위 인용에서 찾을 수 있었다. 죽어서 불길에 싸인 로쿠조노미야스도코로를 통해 집착의 무서움을 알고 있는 겐지는, 사후에 극락정토를 보장받기 위해 집착을 버리고 출가하기를 고집했다. 집착에 대한 두려움으로 인해 겐지는 집착을 버린 후에 출가하겠다는 생각을 고집하여 출가를 미루고 허망한 바람의 시간을 보낸 것이다.

이상의 논의를 통해서 마보로시 권에서는 겐지가 현세뿐만 아니라 출가에 대해서도 집착하며 무라사키노 우에를 잃은 슬픔에 빠져 있다는 사실을 확인하였다. 현세에 대한 집착의 대척점에서 인간에 대한 집착에서 자유롭고자 한 겐지의 모습을 그리는 데에 일조한 그의 출가 바람이 새로운 집착이 되어 마보로시 권의 일 년 동안 겐지를 현세에 붙들어 둔 것이다.

4. 히카루 겐지의 매화

새로운 집착이 되어 겐지를 현세에 머무르게 만든 그의 출가에 대한 높은 이상의 효력은 겐지가 무라사키노 우에의 편지를 태우는 것을 끝으로 실질적인 종언을 맞이했다. 무라사키노 우에의 편지를 태우며 '저승산(死出山) 넘어간 사람이 그립다하여 흔적을 보면서도 여전히 어쩔 줄 몰라 하네'[30](幻④ p.547)'라고 노래한 겐지는 '흐트러진 마음'이 가라앉는 일은 결코 찾아오지 않으리라는 것을 깨달은 듯하다. 이 깨달음으로 인해 겐지는 무라사키노 우에를 잃은 슬픔에서 비롯된 '흐트러진 마음'이 진정된 후에 출가를 하고자 한 바람의 실현불능을 인정하지 않을 수 없었을 것이다.

집착에서 해방된 후에 출가하는 것이 불가능하다는 사실을 암시한 무라사키노 우에의 편지 소각 장면의 뒤에는 다음 불명회의 장면이 이어진다.

불명회도 올해로 끝이라 생각하시기 때문인지 겐지 님은 평소보다도 특히 석장(錫杖)을 두드리며 찬탄하는 목소리 등을 애틋하게 여기신다. 살날이 길어지기를 바라는 것도 부처님이 어떻게 들으실지 마음이 편치 않다. 눈이 매우 내려서 본격적으로 쌓였다. 겐지 님은 승려가 나가는 것을 앞에 부르셔서 술잔 등을 평소의 작법보다도 각별하게 하시고 따로 녹을 내리신다. 오랜 세월 동안 찾아오고 조정의 일도 봐서 눈에 익으신 승려의 머리가 점점 색이 변해 있는 것도 겐지 님은 애틋하게 생각하신다. 언제나 처럼 황족들과 당상관 등이 많이 찾아오셨다. 매화꽃이

---

30   死出の山越えにし人をしたふとて跡を見つつもなほまどふかな

조금 피기시작해서 마음이 끌리는데, 악기 연주 등도 있어
마땅하겠지만 그래도 올해까지는 악기 소리에도 목이 메
일 듯 한 마음이시기에 겐지 님은 때에 맞는 구절을 낭송
하도록 시키신다.

　그러고 보니 승려의 잔을 따르며 겐지 님은,

　　봄까지 남아 있을 명줄일지 몰라 눈 속에 물들어가

　　는 매화를 오늘 꽂아 꾸미리

　승려의 답은,

　　천년의 봄을 봐야 할 꽃이라고 기도하고 이 내몸은

　　내리는 눈과 같이 늙었구나

　사람들이 많이 읊었지만 다른 와카는 적지 않았다. 그
날은 겐지 님이 나와 앉으셨다. 용모는 옛날의 광채보다도
더 많이 빛을 더해서 있기 힘들만큼 훌륭하게 보이시는 것
을 이 나이든 승려는 이유 없이 흐르는 눈물도 멈출 수가
없었다.[31]　　　　　　　　　　　　　(幻④ pp.548~550)

31　御仏名も今年ばかりにこそはと思せばにや、(源氏ハ)常よりもことに錫杖の声々な
どあはれに思さる。行く末ながきことを請ひ願ふも、仏の聞きたまはんことかたはら
いたし。雪いたう降りて、まめやかに積もりにけり。(源氏ハ)導師のまかづるを御前に
召して、盃など常の作法よりも、さし分かせたまひて、ことに禄など賜す。年ごろ久
しく参り、朝廷にも仕うまつりて、御覧じ馴れたる御導師の、頭はやうやう色変りて
さぶらふも、あはれに思さる。例の、宮たち上達部など、あまた参りたまへり。梅の
花のわづかに気色ばみはじめてをかしきを、御遊びなどもありぬべけれど、なほ今年
までは物の音もむせびぬべき心地したまへば、時によりたるもの、うち誦じなどばか
りぞせさせたまふ。
まことや、導師の盃のついでに(源氏ハ)、
　春までの命も知らず雪のうちに色づく梅を今日かざしてん
(導師ノ)御返し、
　千代の春見るべき花といのりおきてわが身ぞ雪とともにふりぬる

불명회는 과거·현재·미래 삼세불(三世佛)의 이름을 읊으며 죄를 참회하고 장수를 기원하는 행사로, 우선 위 인용의 배경이 불명회로 설정된 이유에 주목하고자 한다. 『사이류쇼(細流抄)』라는 『겐지 이야기』의 주석서에는 '머리색이 점점'이라는 부분에 관해 '백발로 밤에 불명경을 읊는다(白髮夜礼仏名経)'의 인용을 지적[32]했다. '백발로 밤에 불명경을 읊는다'는 구는 백거이의 「경을 읊는 노승을 희롱하다(戱礼経老僧)」(『白氏文集』卷六十八)는 칠언절구의 승구(承句)로, 『와칸로에이슈(和漢朗詠集)』에도 실려 있으며, 이로부터 헤이안 시대에 꽤나 알려져 있었으리라 추측할 수 있다. 내용은 '향로에 타는 향과 등불 하나 / 백발로 밤에 불명경을 읊는다 / 몇 년을 불문에서 술을 마시고 / 지금에 이르기까지 취해서 깨지를 못하누나'[33]로, 오랫동안 불도(佛道)에 몸을 담고도 깨달음에 도달하지 못한 채로 불명경을 읊는 노승에 대한 백거이의 조소(嘲笑)가 담긴 시이다.

무라사키노 우에를 잃은 슬픔을 감추기 위해 봄부터 사람들과의 대면을 피하던 겐지가 다시금 모습을 드러낸 이 장면과의 괴리 때문인지 『사이류쇼』의 지적은 그다지 주목받지 못했다. 물론, 삼세불의

人々多く詠みおきたれど漏らしつ。その日ぞ出でゐたまへる。御容貌、昔の御光にもまた多く添ひて、ありがたくめでたく見えたまふを、この古りぬる齢の僧は、あいなう涙もとどめざりけり。

32　『사이류쇼』에는 「白頭夜禮佛名經の心あり」라는 주석이 있으며, 주석의 인용은 北村季吟著·有川武彦校訂(1982), 『湖月抄(下)』, 講談社, p.191에 의함.

33　「香火一炉灯一盞 / 白頭夜礼仏名経 / 何年飲著声聞酒 / 直到如今酔未醒」, 본문은 『新編日本古典文学全集 和漢朗詠集』의 말미에 있는 한시전문일람(p.453)에서 재인용한 것이며 번역은 논자의 졸필이다.

이름을 부르며 죄업을 참회하고 복을 기원하는 불명회를 '살날이 길어지기를 바라는 것도 부처님이 어떻게 들으실지 마음이 편치 않다'고 생각하는 겐지에게는 자조석인 모습을 찾을 수 있어서, 백거이의 시에서 드러난 조소를 떠올리게 하는 면은 있다. 하지만, 이 불명회가 마보로시 권의 일 년을 보내고도 여전히 '흐트러진 마음'을 가진 겐지를 그린 후에 이어진다는 것을 염두에 두면 백거이 시에 담긴 조소의 영향력은 보다 농후해진다. 즉, 집착의 무서움을 알고 집착에서 해방된 상태에서의 출가를 오래전부터 바라왔지만 여전히 집착에 사로잡힌 겐지를 향한 비웃음이 「경을 읊는 노승을 희롱하다」의 인용을 통해 명확하게 드러난다는 것이다.

모노가타리 작자는 이 불명회라는 설정을 통해 일찍부터 출가를 희망하여 깊은 도심을 품고 있으면서도 집착을 버리지 못하는 겐지를 향한 비웃음을 드러냈다. 그럼에도 불구하고 다시금 세상 사람들 앞에 모습을 드러낸 겐지의 모습은 '용모는 옛날의 광채보다도 더 많이 빛을 더해서 있기 힘들만큼 훌륭하게 보'인다. 모노가타리 작자의 겐지에 대한 평가는 이중적인 듯 보인다.

참고로 위 인용의 광채에 관해 진노 히데노리(陣野英則) 씨는 겐지와 광채(ひかり)가 관련된 정편(正篇)의 용례를 검토한 후에 마보로시 권 말미의 광채는 겐지가 살아온 모든 순간과 얽혀서 양의적 의미로 파악될 수 있다고 이야기했다.[34] 겐지의 광채에서 천황이나 보

---

34   陣野英則(2004), 「光源氏の最後の「光」—幻巻論—」, 『源氏物語の話声と表現世界』, 勉誠

살의 자질과 연결되는 플러스 이미지와 어둠과 죄와 같은 의미를 담은 마이너스 이미지의 공존을 읽어낸 가와조에 후사에(河添房江) 씨의 주장[35]에 대한 추인으로 볼 수 있다. 논자 역시 진노 히데노리 씨의 결론에는 찬동하지만, 겐지의 광채를 그의 모든 삶의 순간과 연결시키는 방법에 관해서는 재고의 여지가 있다고 생각한다. 오랜만에 사람들 앞에 모습을 드러낸 겐지의 광채가 종교적인 구원이라는 차원과는 무관한, 현세에 대한 집착을 버리지 못하는 것에 대한 평가를 드러내고 있는 듯 여겨지기 때문이다.

현세에 대한 집착을 긍정하는 모노가타리 작자의 태도는 위 인용의 매화를 대하는 겐지의 모습을 통해서 엿볼 수 있다. 앞서 살펴본 것과 같이 마보로시 권의 모두에 있는 매화는 겐지가 획득한 영화(榮華)의 상징이며, 그 영화에 대한 부정은 꽃과 봄을 반길 수 없다는 겐지의 와카를 통해서 엿볼 수 있었다. 이런 경향은 앞서 언급한 겐지가 온나산노미야의 거처를 찾은 장면에서도 드러난다. 온나산노미야에게 "봄에 마음을 쓰던 사람이 없어서 꽃의 색도 정취 없이만 보게 되는 것을, 불전의 장식으로 봐야 했던 것이었군요"[36](幻 ④ p.531)라고 이야기하는 겐지에게 있어서 눈앞의 꽃은 무의미하다.

出版, pp.225~239.

35 河添房江(2005), 「『源氏物語』の比喩と象徴—「光」「光る君」「光源氏」再考—」『源氏物語時空論』, 東京大学出版会, pp.189~236.

36 春に心寄せたりし人なくて、花の色もすさまじくのみ見なさるるを、仏の御飾りにてこそ見るべけれ

다만, 그 가치는 부처님에게 봉납되었을 때 비로소 나타난다. 눈앞의 현실에 감흥을 느끼지 못하고 출가를 바라는 겐지의 내면이 꽃을 통해 드러난 것이다. 또한, 무라사키노 우에가 니오우노미야(匂宮)에게 남긴 홍매화에서 섬휘파람새가 앉아서 우는 소리를 들은 겐지는 '심어 감상하던 홍매화꽃 주인도 없는 집에 모른 채 와서 앉아 우는 섬휘파람새'[37](幻④ p.528)라는 와카를 읊는 데, 여기에서 홍매화는 섬휘파람새와 더불어 무라사키노 우에의 부재를 느끼게 만드는 경물(景物)로 그려졌다. 이런 경물들과 무라사키노 우에 부재의 인지(認知)로부터 벗어나고자 하는 겐지의 내면은 '대체로 이 세상과는 달리 새 소리도 들리지 않을 산 깊은 곳으로 들어가고 싶은 생각만 더욱 심해지신다.'(幻④ p.529)는 서술과 이 서술 뒤에 이어서 황매화꽃을 보고 눈물 짓는 모습에서 살필 수 있다. 마보로시 권에서는 꽃이 무라사키노 우에를 잃은 겐지의 슬픔, 그리고 출가 바람을 드러내는 경물로 나타난다. 하지만 위 불명회의 '봄까지 남아 있을 명줄일지 몰라 눈 속에 물들어가는 매화를 오늘 꽂아 꾸미리'라는 와카에서 등장한 매화는 더 이상 출가와 슬픔의 색조를 띠지 않는다.

위 불명회 장면에서 겐지가 읊은 와카 속의 매화는 봄까지 남아있을지 어떨지 모를 덧없는 생명으로, 겐지는 이 유한한 생명을 머리에 꽂아 장식하겠다는 내용을 통해서 매화에 대한 애착[38]을 드러냈

---

37   植ゑて見し花のあるじもなき宿に知らず顔にて来るる鶯
38   日向一雅(2007), 「幻巻の光源氏とその出家―仏伝を媒介として―」, 『源氏物語へ 源氏物語から』, 風間書院, pp.144~159.

다. 무상(無常)한 생명인 매화에 대한 찬미와 이에 대한 애착에는 겐지가 높은 이상을 품고 지향해 온, 집착을 버린 상태의 출가와는 상반되는 가치가 녹아있다. 마보로시 권의 일 년을 보내고도 무라사키노 우에를 잃은 슬픔 즉, 집착을 버릴 수 없다는 깨달음에서 비롯한 변화로 보이지만, 그 변화는 갑작스럽고 또 근거를 찾기 힘들다. 다만, 이런 겐지의 변화를 '용모는 옛날의 광채보다도 더 많이 빛을 더해서 있기 힘들만큼 훌륭하게 보'인다고 적은 부분에서 그 변화가 긍정적으로 평가된다는 사실을 살필 수 있다.

이런 등장인물들의 시선을 통해 현세집착을 긍정하면서도 한편으로는 백거이의 시를 인용하여 출가를 실행에 옮기지 못한 겐지를 조소하는 모노가타리 작자의 태도는 이중적으로 보인다. 하지만, 겐지가 높은 이상으로 인해 출가를 실행에 옮기기 못했다는 사실을 염두에 두면 조소의 대상을 속세에서 집착을 버린 후에 출가하겠다는 생각, 즉 출가에 대한 이상에 국한할 수 있다.

앞 절에서 언급한 무라사키노 우에의 사후에 극명하게 드러난 이상적인 출가와 현세에 대한 집착의 모순은 겐지의 현세집착에 대한 긍정으로 수렴되며 『겐지 이야기』의 정편은 막을 내린다. 이런 현세집착에 대한 긍정의 자세를 염두에 두고 겐지의 마지막 와카인 '근심에 잠겨서 지나는 세월도 모르는 새에 한 해도 내 삶도 오늘로 끝이 났구나'[39](幻④ p.550)를 음미하면, 이 와카는 출가에 대한 이상에

---

39   もの思ふと過ぐる月日も知らぬ間に年もわが世も今日や尽きぬる

사로잡혀 삶의 순간을 흘려버린 후회로 다가온다.

5. 맺음말

　이상을 통해서 이야기 할 수 있는 것은『겐지 이야기』의 마보로시 권에서는 기존에 쌓아올린 이야기 세계의 해체가 있다는 것과 이를 통해 새로운 전개를 펼친다는 사실이다.

　『겐지 이야기』가 시작되는 기리쓰보 권(桐壺卷)에는 천황도 신하 도 아닌 겐지의 운명에 관한 수수께끼 같은 예언이 등장한다. 이후 이야기는 이 예언에 따라 진행되어 겐지는 지극한 영화(榮華)의 세 계에 도달한다. 이런 세계는 무라사키노 우에를 잃은 겐지의 슬픔을 드러내며 해체되었다. 물론, 이 해체는 아카시노 히메기미가 긴조테 이의 총애를 잃어서 겐지가 영화의 중심에서 밀려났다는 의미가 아 니다. 겐지는 여전히 천황의 외척으로써 변함없는 영화를 보장받고 있다. 다만, 무라사키노 우에를 잃은 슬픔으로 인해 현세의 영화에 대한 감흥을 느끼지 못하기 때문에 그의 영화 세계는 해체되었다고 볼 수 있다. 이처럼 모노가타리 작자는 겐지의 내면을 다루며 기존 의 세계를 해체하며 슬픔에 빠진 인물의 내면을 그린다.

　이런 경향은 주인공 겐지의 깊은 도심과 현세에 대한 집착에서도 살필 수 있었다. 이 상반된 두 성격을 기조에 두고 이야기를 전개해

온 모노가타리 작자는 마보로시 권에 이르러서는 본격적으로 이를 문제로 삼는다. 출가에 대한 높은 이상 즉, 구원을 보장받은 상태에서 출가하기를 바라는 겐지는 동시에 현세에 대한 집착을 떨쳐내지 못하는 인물로 그려진다. 이상적인 출가에 대한 집착으로 인해 겐지는 마보로시 권의 일 년을 속세에서 보낸 후에 결국 현세집착을 떨칠 수 없다는 사실을 깨달았다. 이런 깨달음이 있은 후 펼쳐지는 불명회 장면을 통해 모노가타리 작자는 집착을 떨친 상태에서의 출가라는 겐지의 이상을 부정하고 현세집착을 긍정하는 태도를 드러냈다.

마지막으로 이 모노가타리에서 출가한 겐지의 모습이 그려지지 않은 의미를 덧붙이고자 한다. 논자는 그 의미를 집착에서 자유로울 수 없는 인간 히카루 겐지의 이상성(理想性) 유지에 있다고 생각한다. 모노가타리 작자는 집착에서 자유로울 수 없는 겐지의 모습을 통해 현세집착으로 대변되는 무라사키노 우에를 향한 겐지의 사랑을 긍정할 수 있었다. 하지만 이 긍정은 겐지의 깊은 도심에 대한 부정이 된다. 모노가타리 작자는 겐지의 출가를 그리는 것을 피함으로써 그의 도심에 대한 직접적인 부정을 피할 수 있었다. 대신에 모노가타리 작자는 마보로시 권 이후를 독자들의 상상력이라는 방법을 통해 전개 시킨다. 제한적이기는 하지만 이 방법을 통해 겐지의 도심은 무라사키노 우에를 향한 그의 사랑과 더불어 이상성을 유지할 수 있는 것이다.

참고문헌

원문 출전

阿部秋生 外(1995), 『新編日本古典文学全集 源氏物語②③④⑥』, 小学館.

北村季吟著·有川武彦校訂(1982), 『湖月抄(下)』, 講談社.

「新編国歌大観」編集委員会(2012), 『新編国歌大観 : DVD-ROM版』, 角川書店.

中西進(1983), 『万葉集 全訳注原文付(四)』, 講談社.

서적·잡지 논문

勝亦志織(2008), 「『源氏物語』「梅枝」巻文化戦略」, 『日本文学』57巻6号, 日本文学協会, pp.11~14.

河添房江(2005), 「『源氏物語』の比喩と象徴-「光」「光る君」「光源氏」再考-」, 『源氏物語時空論』, 東京大学出版会, pp.189~236.

陣野英則(2004), 「光源氏の最後の「光」-幻巻論-」, 『源氏物語の話声と表現世界』, 勉誠出版, pp.225~239.

鈴木日出男(1973), 「光源氏の最晩年-源氏物語の方法についての断章-」, 『学芸国語国文学』8, 東京学芸大学国語国文学会, pp.7~16.

高木和子(2002), 「光源氏の出家願望-源氏物語の力学として-」, 『源氏物語の思考』, 風間書院, pp.304~324.

高田祐彦(1996.11), 「「あはれ」の相関関係をめぐって-『古今』『竹取』から『源氏』へ-」, 『国語と国文学』73-11, 至文堂, pp.43~54.

玉上琢彌(1967), 『源氏物語評釈』第九巻, 角川書店, p181.

日向一雅(2007), 「幻巻の光源氏とその出家-仏伝を媒介として-」, 『源氏物語へ 源氏物語から』風間書院, pp.144~159.

藤井貞和(2010), 「源氏物語主題論」, 『源氏物語の始原と現在 文庫本』, 岩波出版社, pp.197~231.

藤原克己(1999.9), 「源氏物語と浄土教-宇治の八宮の死と臨終行儀をめぐって-」, 『国語と国文学』76-9, 至文堂, pp.13~26.

松木典子(2000),「『源氏物語』幻巻御仏名の光源氏について-「古りぬる齢の僧」
　　　による光源氏賞賛の照らすもの-」,『中古文学』65, 中古文学会,
　　　pp.11~19.
龍本那津子(2009),「『懐風藻』における嗅覚表現-『万葉集』との比較を通して-」,『人
　　　間文化研究科年報』25, 奈良女子大学, pp.357~368.

하나시본噺本에 수록된 잡체시 연구

— 『잇큐바나시—休咄』의 산형시山形詩를 중심으로 —

황동원

1. 들어가며

하나시본(噺本)은 일본의 에도(江戸)시대(1603~1867)에 출판된 웃음과 골계를 추구하는 이야기책이다. 책의 구성은 수많은 단편 이야기 즉 소화(小話)들로 이루어져 있는 것이 일반적인 형태였으며, 주된 독자층은 서민들이었다. 하나시본 중에서도 뛰어난 작품만을 엄선해 모아놓은 「하나시본대계(噺本大系)」전19권만을 확인하더라도 328작품이나 되는 방대한 하나시본들을 수록하고 있는 것을 보면, 당시의 하나시본의 출판빈도와 인기가 얼마나 대단한 것이었는지는 충분히 가늠할 수 있으리라 생각된다.

그런데 그러한 「하나시본대계(噺本大系)」전19권[1]에 수록되어 있

---

1   http://base1.nijl.ac.jp/infolib/meta_pub/CsvSearch.cgi(武藤禎夫·岡雅彦 (1975~1979), 『噺本大系』 제1권~제19권, 東京堂出版(2021.03.02. 검색)). 일본의 國文學研究資料館에서

는 작품 중 한시들을 전체적으로 통독하다보면 시의 외형이 산을 닮아 있는 매우 독특한 작품을 접하게 된다. 무로마치(室町)중기의 기승(奇僧)이자 한시문의 대가인 잇큐(一休; 1394~1481)를 주인공으로 하는 『잇큐바나시(一休咄)』²(간분(寬文)8년(1668), 편저자불명)에 실려 있는 세 작품이다.

다음에 먼저 시의 외형적인 특징만이라도 파악할 수 있도록 작품을 명시한다.

위 작품을 포함한 『잇큐바나시』에 대한 대표적인 선행연구로는 일본고전문학대계74 『가나조시슈(仮名草子集)』³와 신편일본고전문

공개하고 있는 「噺本大系本文데이터베이스」를 활용하였다.

2   渡辺守邦(1996), 『仮名草子集』(『新日本古典文学大系74』), 岩波書店, pp.398~405. 본고에서는 이것을 텍스트로 한다.

3   2)의 전게서. pp.227~363.

학전집64『가나조시슈(仮名草子集)』[4]에서 행한 치밀한 주석연구를 들 수 있다(이하, 신대계(新大系)·신전집(新全集)이라 약칭함). 그러나 신대계(新大系)·신전집(新全集)은 주석서답게 위의 해당 작품들에 대한 주석에 초점을 맞춘 연구를 하고 있기 때문에, 시형(詩形)의 원류나 감상법의 특징 등에 대한 추구(追究)는 전혀 하지 않고 있는 아쉬움이 있다. 특히 본 작품들이 잇큐관련의 하나시본(噺本)에서 기행(奇行)으로 삶을 점철한 잇큐의 성정(性情)을 반영하듯 가장 기이한 형태를 하고 있는 중요한 한시자료들인데도 불구하고 연구현실은 초보적인 단계에 머무르고 있는 것이다.

따라서 본고에서는『잇큐바나시』에 수록되어 있는 산형(山形)의 한시와 유사하거나 그 원류로 추정할 수 있는 중국 잡체시(雜體詩)의 외형적인 특징 및 감상법 등에 대해서 살펴봄으로써,『잇큐바나시』에 실려 있는 한시의 원류 및 그 시적 특징들에 대해서 도출해내고자 한다. 단, 검토에 있어서는 작품의 시적내용이나 음운법칙의 준수여부 등에 중점을 두는 것이 아니라, 시의 외형적인 모습이나 감상법 등에 초점을 맞춘 연구방법을 택한다.

---

4   岡雅彦(1999),『仮名草子集』(『新編日本古典文学全集64』), 小学館, pp.323~425.

2. 『잇큐바나시』에 수록된 산형(山形)의 한시

먼저 권4의 4「一休高野山へ登り山形の詩を作り給ふ事(잇큐 고야산에 올라 산형(山形)의 시를 지으신 일)」에 수록되어 있는 작품부터 살펴보자.

(1)

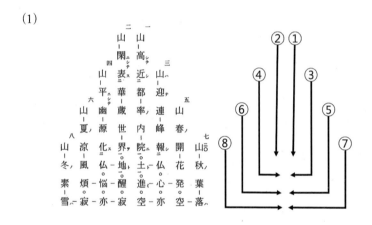

잇큐가 고야산(高野山)의 곤고부사(金剛峯寺)에 올라가 사방에 파노라마처럼 펼쳐져 있는 수많은 산들의 아름다운 경치에 감탄하여 읊은 작품이다. 무엇보다도 시어의 배치를 산을 닮은 오각형의 형태로 노래하고 있는 점이 눈길을 끈다. 아울러 위 예시에서는 생략을 하였지만 (1)의 밑에는 오각형의 한시를 독자들이 보다 쉽게 감상할 수 있도록 7언율시로 풀어서 명시해놓고 있다. (1)을 7언율시로 읽는 법은 작품의 오른쪽에 필자가 명시해 놓은 ①에서 ⑧까지의 화살표의 방향 및 순서와 동일하다. 또한 소화(小話)에서는 (1)이 산의 모습으로 구가한 소동파(蘇東坡)의 「경산사(徑山寺)」를 모방하여 읊은 것이라고 밝히고 있지만, 이미 졸고에서 밝힌 바와 같이, 이러한 외형을 한 소동파의 한시는 존재하지 않는다.[5] 허구인 것이다. 그러나 『잇큐바나시』에서는 차후에 검토할 (3)을 소동파의 「경산사(徑山寺)」로 소개하고 있다. 잇큐의 속전(俗傳)과 관련된 하나시본(嘲本)에서는 재미추구를 위하여 에피소드나 시의 전거(典據)를 종종 허구로 설정하는 경우가 있다.[6]

그러면 (1)의 외형적인 특징부터 살펴보자.

위에서부터 아래로 내려가는 각 행(行)을 각 층(層)으로 가정을 한다면, 이 작품은 총10층 구성이 된다. 예를 들면, 가장 위에 배치된 「산(山)·산(山)」이 1층이 되는 것이고, 그 아래에 배치된 「고(高)·한(閑)」가 2층이 되는 것이다. 또한 각 층을 구성하고 있는 자수(字數)는 1층 「두 문자」 → 2층 「두 문자」 → 3층 「네 문자」 → 4층 「네 문자」 → 5층 「여섯 문자」 → 6층 「여섯 문자」 → 7층 「여덟 문자」 → 8층 「여덟 문자」 → 9층 「여덟 문자」 → 10층 「여덟 문자」로 이루어져 있음을 확인할 수 있다. 자수(字數)를 상층에서부터 하층으로 내

---

5 졸고(2007), 「仮名草子·嘲本에 수록된 교시(狂詩)의 골계미와 김삿갓 한시(漢詩) 비교 연구」, 『日本語教育』 42, 한국일본어교육학회, pp.151~173. 「中國哲學書電子化計劃」 (https://ctext.org/wiki.pl?if=gb&res=105703&searchu=%E5%B1%B1)에 탑재되어 있는 『蘇東坡全集』에서 재차 검토를 하였다(2021.03.02. 검색).

6 岡雅彦(1983), 「一休俗伝考－江戸時代の一休説話－」, 『一休 蓮如』(『日本名僧論集第十巻』), 吉川弘文館, pp.230~259.

려가며 2자(1층·2층) → 4자(3층·4층) → 6자(5층·6층) → 8자(7층·8층·9층·10층)의 방식으로 두 문자씩 늘려가며 시형(詩形)이 산의 모습이 되게 읊고 있는 것이다. 또한 고야산(高野山)에서 조망하는 수많은 산봉우리들의 정경을 한시의 외양으로도 나타내고자 1층의 두 문자를 「산(山)」자로 배치함과 동시에 홀수 층인 3층·5층·7층의 좌우의 끝 문자에도 「산(山)」자를 배치하고 있는 모습이 보인다. 총8자의 「산(山)」자를 시각적으로 확연히 드러나는 최상층과 위층에 비하여 두 문자가 새롭게 추가되는 층의 양쪽 끝에 배치함으로써, 다방면에 솟아나있는 산봉우리들의 모습을 재미나게 형상화하고 있는 것이다. 나아가 고야산(高野山)의 사계절의 풍경을 구가하고자 6층과 8층의 좌우 끝 문자에 「춘(春)·하(夏)」 및 「추(秋)·동(冬)」을 배치하고 있는 이채로움도 보인다.

이어서 (1)을 쉽게 감상할 수 있도록 풀어놓은 7언율시에 대해서 검토해보자((1)~(3)의 번역은 저본(底本)을 근간으로 한 필자에 의함).

山高近都率内院,　　산은 높아서 도솔내원에 가깝고,
山閑表華蔵世界.　　산은 조용하여 연화장세계를 나타낸다.
山迎連峰報仏土,　　산은 연봉을 맞이하여 불토가 되었고,
山平幽源化仏地.　　산은 평평하고 아득히 깊어 불지가 되었네.
山春開花発心進,　　산 봄의 개화는 발심을 하게 만들고,
山夏涼風煩悩醒.　　산 여름의 시원한 바람은 번뇌를 깨닫게 한다.
山秋葉落空亦空,　　산 가을의 낙엽은 공(空) 또한 공(空)이고,

山冬素雪寂亦寂.　　산 겨울의 하얀 눈은 적(寂) 또한 적(寂)이로다.

이 7언율시에서도 고야산(高野山)의 수많은 산봉우리들을 강조하고자 전 구(句)의 첫 문자를 「산(山)」자로 배치하고 있는 특징을 간취할 수 있다. (1)이 산을 닮은 외형과 1층·3층·5층·7층의 좌우의 끝 문자에 「산(山)」자를 배치함으로써 다방면에 솟아나 있는 산의 모습을 형상화하고 있다고 한다면, 여기에서는 「산(山)」자를 확연하게 눈에 띄는 각 구(句)의 첫 문자로 노래하는 동두체(同頭體)를 활용해서 그것을 나타내고 있는 것이다. 동두체[7]는 재미를 추구하는 잡체시(雜體詩)의 일종이다. 오늘날에는 신문잡지 등에서 기시(奇詩)로 종종 소개되기도 한다. 신대계(新大系)·신전집(新全集)에는 동두체에 대한 언급이 일절 없음을 밝힌다. 또한 제5구·제6구인 경련(頸聯)과 제7구·제8구인 미련(尾聯)의 두 번째 문자를 사계절의 추이에 따라서 「춘(春) →하(夏) → 추(秋) → 동(冬)」으로 순차적으로 구가하고 있는 것도 확인이 된다. 이것은 (1)의 6층·8층의 좌우 끝 문자에 배치한 「춘(春)·하(夏)·추(秋)·동(冬)」자를 동시에 고려한 결과라 볼 수 있다. 「춘·하·추·동」자를 각 구(句)의 첫 문자에 순차적으로

7　중국의 무명씨가 지은 동두동심시(同頭同心詩)를 예로 든다. 「独守一方土, 独耕一畝田. 独居一斗室, 独享一朝閑.」(홀로 한 지역의 땅을 지키고, 홀로 자그마한 논을 경작하네. 홀로 하나의 작은 방에서 살고, 홀로 하루 아침의 한적함을 즐기네.) http://www.soundofhope.org/b5/2017/03/17/n795500.html. 「千古奇詩」로 소개된 작품이다(2021.03.02. 검색).

노래한 도연명(陶淵明)의 「사시가(四時歌)」⁸를 의식하지는 않았을까. 유명한 「사시가(四時歌)」가 기승전결의 첫 문자로 「추·하·추·동」자를 넣어 사계절의 아름다움을 읊고 있다고 한다면, 본 작품은 경련과 미련의 두 번째 문자에 「추·하·추·동」자를 배치하여 고야산(高野山)의 미려한 사계절 풍경을 노래하고 있는 것이다. 두 작품은 각 구의 첫 번째 문자와 두 번째 문자라는 차이점을 제외하면 사시(四時)를 연차적으로 구가하는 발상에 있어서는 공통된 점이 있다고 할 수 있다. 그리고 한시에서 매우 중요한 압운(押韻)⁹은 거성17 「산(霰)」음에 해당하는 「원(院)」, 거성10 「괘(卦)」음에 속하는 「계(界)」, 거성4 「치(寘)」음으로 분류하는 「지(地)」, 하평성9 「청(靑)」음 또는 상성24 「형(迥)」음인 「성(醒)」, 입성12 「석(錫)」음의 하나인 「적(寂)」자를 배치하여 전혀 음운법칙을 준수하지 않고 있다. 음운법칙에 구애받지 않고 자유롭게 시를 지으려고 한 작자의 의도된 운자선택이라고 볼 수 있겠다. 아울러 7언율시에서 반드시 지켜야할 함련(頷聯)·경련(頸聯)의 대구(對句)에 있어서는 경련은 아무런 문제가 없지만 함련은 조금 부족한 감이 없지는 않다. 왜냐하면 함련에 속한 두 구는 엄밀히 보면 대구가 아니라 대어(對語)를 구사하고 있기 때문이다. 그

---

8 「春水滿四澤, 夏雲多奇峰. 秋月揚明輝, 冬嶺秀孤松.」(봄날의 물은 사방의 못에 가득하고, 여름 구름은 기이한 봉우리를 닮은 것이 많네. 가을 달은 휘영청 밝게 빛나고, 겨울 산마루에는 고송이 빼어난 자태로 서있네.)

9 중국 평수(平水)출신인 유연(劉淵)이 만든 평수운(平水韻)에 따른다. 이하 동일. 평수운의 운목(韻目)은 石川忠久(1999), 『漢詩を作る』, 大修館書店, p.21에 실려 있는 자료를 이용하였다.

외에 수련(首聯)·미련(尾聯)도 모두 대구법을 구사하고 있다. 이처럼 작품전체의 연(聯)에 대구법을 적용하거나 의식하며 작시를 하는 것은 7언율시에서는 그다지 생소한 것이 아니었다.

실존인물인 잇큐의 작품은 아니지만 승려가 지은 한시답게 불교와 불교성지인 고야산의 풍경을 밀접하게 관련시켜서 노래하고 있는 한시이다.

다음으로 권4의 5「同 熊野にて山形の詩を作り給ふ事 付東坡徑山寺の詩の事(잇큐가 구마노에서 산형(山形)의 시를 지으신 일. 첨부, 소동파가 경산사 시를 지은 것)」에 수록된 두 작품을 고찰해보자. 이하의 (2), (3)이다.

(2)

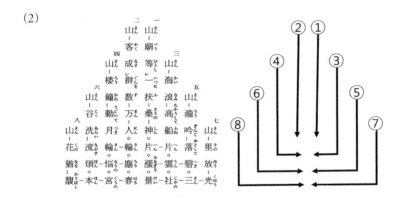

(2)는 음력2월 잇큐가 구마노혼구타이샤(熊野本宮大社)에 참배하여 벚꽃으로 물든 산과 계곡의 아름다운 경치를 보고 지은 시이다. (1)과 마찬가지로 소동파의 「경산사(徑山寺)」의 시형을 본떠서 읊은

것이라고 소화(小話)에서 밝히고 있다. 때문에 그 영향도 있어서 (1)
과 비교하였을 때 (2)는 시형이 오각형인 점, 총10층의 구조이며 2자
(1층·2층) → 4자(3층·4층) → 6자(5층·6층)→ 8자(7층·8층·9층·10층)
로 두 문자씩 늘려가며 산형(山形)이 되게 노래하고 있는 점, 층의 구
성과 층의 자수(字數)배치, 1층·3층·5층·7층의 좌우의 끝 문자가 모
두「산(山)」자인 점, 시의 감상법 등에 있어서 완전히 동일한 형태의
시이다. 유일하게 (1)과 다른 점은 (1)처럼 6층과 8층의 좌우 끝 문
자에「춘·하·추·동」과 같은 일종의 연어표현을 넣지 않고 있다는
것이다.

그렇다면 (2)를 저본(底本)의 요미쿠다시문(読み下し文)에 따라서 7
언율시로 나타내면 어떠한 외형적인 특징이 있을까.

山廟等一扶桑神,　　산의 신사는 부상국 최고의 신을 모셨기에,

山客成群数万人.　　산을 찾는 참배객이 무리를 짓기를 수만 명.

山海浪高船片片,　　산과 바다 파도는 높아 일엽편주는 하늘거리고,

山楼鐘動月輪輪.　　산 누각 종소리 울려 퍼지는데 달은 휘영청 밝네.

山滝吟落碧雲漲,　　산 폭포는 우렁차게 떨어져 푸른 구름 가득일고,

山谷洗流煩悩塵.　　산 계곡은 번뇌의 티끌을 씻어 내리네.

山里放光三社景,　　산 마을에 빛을 발하는 것도 삼사(三社)의 경치,

山花馥猶本宮春.　　산 꽃 향기로운 것도 또한 본궁(本宮)의 봄일세.

(1)과 동일하게 본 작품에서도 전 구의 첫 문자를「산(山)」자로 노

래하고 있는 동두체(同頭體)의 특징이 확인된다. 그 점을 제외하면 기타 외형적인 특이점은 보이지 않는다. 그리고 압운(押韻)에 있어서는 음운법칙을 준수하지 않았던 (1)과는 상이하게 모두 상평성11 「진(眞)」음에 해당하는 「신(神)·인(人)·륜(輪)·진(塵)·춘(春)」자를 배치하여 음운법칙을 정연히 지키고 있다. 또한 대구(對句)에 있어서도 반드시 대구로 구가해야할 함련(頷聯)·경련(頸聯)뿐만 아니라 수련(首聯)·미련(尾聯)도 대구가 되게 작시를 하고 있다.

구마노혼구타이샤(熊野本宮大社)에 모셔진 제신(祭神)들의 뛰어남과 봄이 깃든 신사주변의 다양한 경치들을 읊은 작품이라 할 수 있다.

(3)

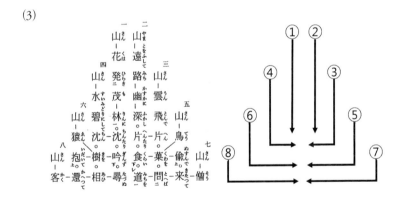

(1)·(2)의 모태가 된 한시로 작품에서 소개하고 있는 소동파(蘇東坡)의 「경산사(徑山寺)」이다.

(3)은 (1)·(2)보다는 외형적으로 삼각형의 산에 가까운 형태를 하고 있다. 총8층으로 이루어져 있으며, 1층에서 8층까지 두개의 층

을 하나의 페어로 하여 2자 → 4자 → 6자 → 8자로 두 문자씩 늘려가
며 시의 외형을 산형(山形)으로 만들고 있다. 총10층의 구조를 가진
(1)·(2)와 비교하면 9층·10층이 없는 작품이다. 그 이유는 본 작품
이 7언율시인 (1)·(2)보다는 자수(字數)가 적은 5언율시이기 때문이
다. 그러나 하층으로 내려가며 두 층마다 두 문자를 증가시켜 작품
의 외형이 산형(山形)이 되게 읊고 있는 점은 (1)·(2)와 그 궤를 같이
한다. 뿐만 아니라, 1층의 두 문자와 3층·5층·7층의 좌우 끝 문자를
「산(山)」자로 배치하고 있는 점이나 시를 읽어 내려가는 감상순서도
(1)·(2)와 완전히 동일하다. 그야말로 (1)·(2)의 원조다운 한시라고
평가할 수 있겠다. 단 (1)처럼 6층·8층의 좌우 끝 문자에 연어표현은
구사하지 않고 있다. 따라서 연어표현이 없는 (2)를 포함하여 종합
적으로 생각하였을 때, (1)의 연어표현구사는 이러한 산형시(山形詩)
의 일반적인 특징은 아니라고 볼 수 있겠다.

　이어서 (3)을 5언율시로 나타내고 그 특색들에 대해서 고찰해보
자. 단, 위에서는 ①과 ②의 순서를 저본(底本)에 따라서 명시하였지
만, 이하에서는 ②를 첫 번째 구, ①을 두 번째 구로 나타낸다. 그 이
유에 대해서는 (8)을 검토한 후에 언급하도록 하겠다. 신대계(新大
系)에서도 (1)·(2)의 번호부여방식을 참고해서인지 「句の肩に付けた
漢数字の一と二は逆か(구의 오른쪽 모퉁이에 달아 놓은 숫자 일과 이는 거
꾸로 된 것인가)」[10]라고 지적하고 있다.

10　2)의 전게서. p.403.

山遠路幽深,	산은 멀고 길은 깊고 그윽한데,
山花發茂林.	산꽃은 무성한 숲속에 피어있네.
山雲飛片片,	산 구름은 조각조각 하늘을 날고,
山水碧沈沈.	산의 물은 푸르디푸른데 깊고 고요하네.
山鳥偸菓食,	산새는 나무열매를 훔쳐서 먹고,
山猿抱樹吟.	산 원숭이는 나무를 안고 우네.
山僧来問道,	산의 스님이 찾아와 길을 물으니,
山客還相尋.	산의 풍류객이 돌아와서 서로 묻네.

(1)·(2)의 시상(詩想)의 모태가 된 한시답게 (1)·(2)와 동일하게 전구의 첫 문자를 「산(山)」자로 읊고 있는 동두체를 하고 있다. 운자(韻字)는 하평성12 「침(侵)」음으로 분류가 되는 「심(深)·림(林)·침(沈)·음(吟)·심(尋)」자를 선택하여 음운법칙을 준수하고 있다. 압운준수의 측면에서는 (2)와 동일하지만 (1)과는 많은 괴리를 두고 있는 것이다. 또한 대구(對句)에 있어서도 함련(頷聯)·경련(頸聯)에서 모두 대구가 되게 시를 짓고 있다.

산과 관련된 다양한 경(景)에 정(情)을 적절히 조화시키고 있는 작품이다.

3. 외형적으로 복층구조를 가진 한시의 시체(詩體)

3.1. 보탑시(宝塔詩)

삼각형형태의 복층구조를 가진 한시로 가장 대표적인 것은 보탑시(宝塔詩)이다. 종류는 단보탑시(單宝塔詩)와 쌍보탑시(雙宝塔詩)로 크게 나뉜다.

먼저 단보탑시(單宝塔詩)를 살펴보자. 시의 외형이 뾰족한 첨탑을 닮아있기 때문에 첨탑시(尖塔詩)라고도 부른다. 다음에 중국의 사천 사람들이 곰보를 놀리며 지은 시를 일례로 든다.[11] 제작연대 및 작자는 미상이다.

(4)

啥	뭐지
豆巴	콩이야.
滿面花	얼굴 가득한 꽃
雨打浮沙	모래밭 빗방울 자욱.
蜜蜂錯認家	꿀벌이 제 집인줄 알겠네.
荔枝核桃苦瓜	여지 열매와 복숭아 씨, 쓴 외
滿天星斗打落花	온 하늘의 별들이 지는 꽃잎 때렸나.

1층「한 문자」→ 2층「두 문자」→ 3층「세 문자」→ 4층「네 문자」
→ 5층「다섯 문자」→ 6층「여섯 문자」→ 7층「일곱 문자」로 상층

---

11   정민(1996), 『한시미학산책』, 솔출판사, p.271. 번역도 동서(同書)에서 인용함.

에서 하층으로 한 문자씩 늘려가며 보탑의 모양를 만들고 있다.『창
랑시화(滄浪詩話)』로 잘 알려져 있는 남송(南宋)의 엄우(嚴羽; 생졸년
미상)가 말한 「일자지칠자체(一字至七字體)」의 전형적인 형태를 하고
있는 것이다. 감상법은 가장 상층의 구(句)에서부터 하층의 구로 단
계적으로 내려오면서 가로읽기로 음미를 하는 것이다. 한시 중심부
의 두 구를 중심축으로 하여 우좌(右左)로 번갈아가며 구를 감상하는
(1)·(2)·(3)과는 확연히 다른 것이다. 그리고 압운은 모든 층의 마지막
문자에 하평성6「마(麻)」음에 속하는 「사(啥)·파(巴)·화(花)·사(沙)·가
(家)·과(瓜)·화(花)」자를 넣어 한시의 음운법칙에 따르고 있다.

　다음으로 쌍보탑시(雙宝塔詩)를 고찰해보자. 오늘날까지 비교적
잘 알려져 있는 당(唐)의 원진(元稹; 779~831)이 노래한 「다(茶)」[12]를
예로 든다(이하, (5)~(8)의 번역은 필자).

(5)　　　　　　　　　　茶.
　　　　　　　香葉, 嫩芽.
　　　　　　慕詩客, 愛僧家.
　　　　　碾雕白玉, 羅織紅紗.
　　　　銚煎黃蕊色, 碗轉麴塵花.
　　　夜後邀陪明月, 晨前獨對朝霞.
　　洗盡古今人不倦, 將知醉後豈堪夸.

12　http://www16.zzu.edu.cn/qtss/zzjpoem1.dll/viewoneshi?js=423&ns=024(2021.03.02. 검
　　색). 웹 사이트 상의 간자체로 된 작품을 필자가 번자체로 수정해서 명시함. 작품번호
　　는『全唐詩』第423卷 第024首에 해당한다.

(차. 향기로운 잎, 아주 여린 싹. 시인이 사모하고, 승려가 좋아
하네. 맷돌은 백옥으로 만들었고, 붉은 비단으로 체를 짰네. 차
솥에선 노란 꽃술로 끓더니, 찻잔에선 황록색 포말의 꽃으로 바
뀌었네. 밤에는 밝은 달을 맞이하고, 새벽에는 홀로 아침노을을
대하네. 모든 권태를 씻어주니 고금인이 싫어하지 아니하고, 취
한 후에야 알게 되니 어찌 자랑을 하지 않겠는가.)

1층을 제외한 모든 층은 두 구(句)가 반드시 일대(一對)가 되게 노
래하고 있다. 또한 각 구의 자수(字數)를 1층 「한 문자」→ 2층 「두 문
자」→ 3층 「세 문자」→ 4층 「네 문자」→ 5층 「다섯 문자」→ 6층
「여섯 문자」→ 7층 「일곱 문자」로 하층으로 내려가며 층마다 한 문
자를 증가시켜 보탑형태로 만들고 있다. (5)의 별형(別形)에는 1층의
「다(茶)」를 두 번 반복해서 읊은 작품도 있다. 이처럼 쌍보탑시는 가
장 상층에 해당하는 1층의 구를 한 문자의 한 구이거나 한 문자의 두
구로 짓는 것이 일반적이다. 그리고 시를 감상하는 법은 1층에서부
터 아래로 한 층씩 내려가며 가로읽기로 하면 된다. (1)·(2)·(3)과는
다른 감상법이다. 아울러 운자는 하평성6「마(麻)」음으로 분류가 되
는 「차(茶)·아(芽)·가(家)·사(紗)·화(花)·하(霞)·과(夸)」자를 배치하
여 법칙에 맞게 구가하고 있다. 즉 1층의 한 문자와 2층에서 7층까지
의 두 번째 구의 마지막 문자에 운자를 배치하고 있는 것이다.

3.2. 화염체시(火焰體詩)

화염체시라는 명칭은 시의 외형적인 형상이 불타오르는 화염을 닮았다는 것에서 비롯되었다. 넓은 범주로는 보탑시의 일종으로 본다. 1층의 한 문자에서 시작하여 7층의 일곱 문자로 끝내기 때문에 일질체(一叱體)라고도 한다. 반드시 7언절구의 동두체(同頭體)로 읊어야 하는 규율 즉 시규(詩規)가 있다.

다음에 작자미상의 작품을 소개한다.[13]

(6)
開
山満
桃山杏
山好景山
来山客看山
裏山僧山客山
山中山路転山崖

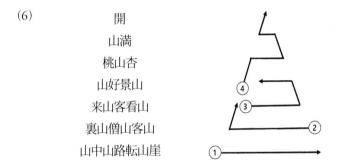

먼저 첨탑의 모양을 한 작품부터 살펴보자.

앞서 검토한 (4)와 외형적으로 동일한 구조를 하고 있음을 알 수 있다. 즉 1층「한 문자」→ 2층「두 문자」→ 3층「세 문자」→ 4층「네 문자」→ 5층「다섯 문자」→ 6층「여섯 문자」→ 7층「일곱 문자」로

---

13 시에 대한 기본적인 사항 및 용례는 「http://poemfunny.blogspot.com/2009/09/blog-post_8809.html(2021.03.02. 검색)」을 참조하였다. 또한 (6)을 포함한 이하의 (7), (8)의 감상법도 각 해당 웹 사이트에서 정보를 얻었다.

구성되어져 있는 것이다. 그러나 시를 감상하는 법에 있어서는 (4)와는 매우 다른 시체(詩體)이다. 단보탑시인 (4)가 상층에서부터 하층으로 내려오며 감상하는 것이라면, 화염체시인 (6)은 그와 반대로 불이 밑에서부터 위로 타올라가듯이 하층에서부터 상층으로 올라가며 감상을 해야 한다. 즉 7층인 「산중산로/전산애(山中山路/転山崖)」로부터 위로 거꾸로 올라가며 작품을 음미해야하는 것이다. 그리고 특기할만한 사항으로는 작품에 「산(山)」자를 총12회에 걸쳐서 노래하고 있는 점을 들 수 있다. 구체적으로는 「2층·3층」에 각각 1회 → 「4층·5층」에 각각 2회 → 「6층·7층」에 각각 3회로 두개의 층을 한 쌍으로 삼아 하층으로 내려갈수록 「산(山)」자의 분포도를 증가시키고 있는 것이다. 총12회에 걸친 「산(山)」자의 반복은 각기 총8회에 걸쳐서 「산(山)」자를 노래한 (1)·(2)·(3)보다도 많은 수이다. 그만큼 「산(山)」이라고 하는 시어에 중점을 두고 있는 작품이라 할 수 있다. 그리고 「산(山)」자를 특정한 층의 좌우 끝 문자에 배치하고 있는 곳은 4층밖에는 보이지 않는다. 이것 또한 1층·3층·5층·7층의 좌우 끝 문자에 「산(山)」자를 배치하고 있었던 (1)·(2)·(3)과는 사뭇 다른 모습이다.

이어서 (6)의 7언절구에 대해서 고찰하자.

山中山路転山崖,　산속의 산길은 산의 벼랑으로 바뀌고,

山客山僧山裏来.　산객과 산승은 산속 깊은 곳까지 왔네.

山客看山山景好,　산객이 산을 보니 산의 경치가 좋은데,

山桃山杏滿山開.　　산 복숭아꽃 산 살구꽃 산 가득히 피었네.

화염체시의 시규(詩規)에 따라서 7언절구로 노래하고 있을 뿐만 아니라 「산(山)」자를 활용한 동두체(同頭體)로 시를 짓고 있다. 「산(山)」자를 이용한 동두체(同頭體)의 작시는 (1)·(2)·(3)과 동일한 것이다. 또한 읊고 있는 장소는 상위하지만 각 구마다 「산(山)」자를 세 번씩 고르게 배치하고 있는 점도 확인이 된다. 앞서 살펴본 바와 같이 총12회에 걸친 「산(山)」자의 배치인 것이다. 그리고 압운(押韻)은 상평성9「가(佳)」음에 해당하는 「애(崖)」, 상평성10「회(灰)」음에 속하는 「래(來)」, 상평성10「회(灰)」음으로 분류가 되는 「개(開)」자를 선택하여 통운(通韻)으로 시를 짓고 있다. 통운(通韻)은 가까운 음을 통용하는 것이다. 여기서는 비록 통운(通韻)이긴 하지만 운자의 배치순서를 「A·B·B」음의 형태로 하고 있기 때문에 한시의 음운법칙에 위배되지는 않는다.

3.3. 질취시(迭翠詩)

질취시(迭翠詩)라는 명칭은 수많은 산들의 취녹색(翠綠色)의 산색(山色)을 뜻하는 「총만질취(叢巒迭翠)」에서 비롯되었다.[14] 시에 「산(山)」자를 중첩시켜야함은 물론이고 외형이 산의 형태가 되게 구가

14　시에 대한 기본적인 사항 및 용례는 「http://www.yasue.cc/si_chui9.html (2021.03.02. 검색)」을 참조하였다.

해야하는 시규(詩規)가 있다. 때문에 산형시(山形詩)라고도 부른다.
보탑시의 한 종류로 분류한다.

일례로 명(明)의 오경화(鄔景和: 1508~1568)가 지은 「유서산영광사
(遊西山靈光寺)」라는 작품을 살펴보자.

(7)
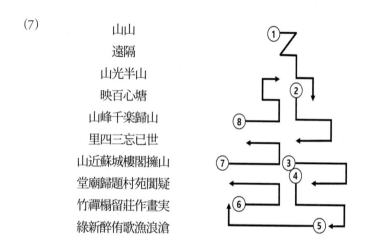

山山
遠隔
山光半山
映百心塘
山峰千楽歸山
里四三忘已世
山近蘇城樓閣擁山
堂廟歸題村苑闃疑
竹禪榻留莊作畫実
綠新醉侑歌漁浪滄

작품의 외형이 산을 닮은 오각형의 형태를 하고 있음을 알 수 있
다. 구조적으로 총10층으로 이루어져 있으며, 자수(字數)는 1층 「두
문자」→ 2층 「두 문자」→ 3층 「네 문자」→ 4층 「네 문자」→ 5층
「여섯 문자」→ 6층 「여섯 문자」→ 7층 「여덟 문자」→ 8층 「여덟 문
자」→ 9층 「여덟 문자」→ 10층 「여덟 문자」로 구성이 된다. 자수를
하층으로 내려가며 2자(1층·2층) → 4자(3층·4층) → 6자(5층·6층) →
8자(7층·8층·9층·10층)로 두 문자씩 증가시켜 산형시(山形詩)를 만들
고 있다. 또한 질춰시답게 1층·3층·5층·7층의 좌우의 끝 문자를 모

두「산(山)」자로 구가하고 있다. 총8회에 걸쳐서「산(山)」자를 노래하고 있는 것이다.

그런데 여기에서 주목을 하고 싶은 것은, 본 작품이 앞서 검토한 (1)·(2)와 완전히 동일한 외형적인 특징을 가지고 있을 뿐만 아니라, 본 작품에서「9층·10층」을 뺀 나머지 모습 또한 앞에서 고찰한 (3)과 정확히 일치한다는 점이다.

즉 다시 말하자면 (1)·(2)·(3)은 중국의 질취시의 외양(外樣)을 그대로 모방해서 만든 한시였던 것이다.

이어서 (7)을 7언율시로 나타내서 검토하겠다.

山山遠隔半山塘,	산과 산들은 멀찍이 떨어져 있고 그 중간쯤엔 못이 있는데,
心樂歸山世已忘.	마음의 즐거움 위해 산에 돌아오니 세상을 벌써 잊었네!
樓閣擁山疑閬苑,	누각은 산과 조화되어 신선이 살던 낭원(閬苑)인가 싶고,
村莊作畵實滄浪.	촌장(村莊)은 한 폭의 그림 같아 실로 창랑의 풍경일세.
漁歌侑醉新綠竹,	어부의 노래에 취기 더하는데 신록의 대나무는 무성하고,
禪榻留題歸廟堂.	선탑(禪榻)에서 시를 읊은 후 묘당(廟堂)으로 돌아왔네.

山近蘇城三四里,　　산에서 소주성(蘇州城)은 가까운 십이 리인데,

山峰千百映山光.　　수많은 산봉우리 있어 제각기 산색을 뽐내네!

　　이 7언율시는 「산(山)」자를 각 구의 첫 문자로 배치한 동두체(同頭體)의 형태를 취하지 않고 있다. 즉 (7)의 외형은 (1)·(2)·(3)과 동일한 질취시의 형태를 하고 있지만 7언율시로 풀어 놓았을 때는 서로 다른 형태가 되는 것이다. 또한 시를 감상하는 법에 있어서도 (1)·(2)·(3)이 시의 중심축인 수련(首聯)을 중심으로 우좌(右左)로 번갈아가며 음미를 하는 것이라면, (7)은 산형의 시를 12시에서 6시 방향으로 이등분하였을 때, 우측의 1층에서부터 10층으로 내려오며 음미한 후, 다시 좌측의 10층에서부터 1층으로 올라가며 음미를 하는 방식을 취한다. (1)·(2)·(3)과는 감상하는 법이 상위한 것이다. 자세한 사항은 (7)의 오른쪽에 명시한 감상법을 참조하길 바란다. 또한 (1)과 같이 경련(頸聯)과 미련(尾聯)에 속한 구의 두 번째 문자에 연어표현도 넣지 않고 있다. 압운은 하평성7 「양(陽)」음으로 분류가 되는 「당(塘)·망(忘)·랑(浪)·당(堂)·광(光)」자를 넣어 노래함으로써 음운법칙에 충실히 따르고 있다. 그러나 준수해야할 함련(頷聯)·경련(頸聯)의 대구(對句)에 있어서는 대어(對語)는 두 연(聯)에서 보이지만 법칙을 지키지 않고 있다.

3.4. 비안체시(飛雁體詩)

다음으로 비안체시(飛雁體詩)[15]에 대해서 고찰해보자. 비안체시는 시의 외양이 날아가는 기러기 떼의 형상을 본떠서 만든 안진(雁陣)과 유사하기 때문에 붙여진 명칭이다. 5언율시나 5언팔구(八句)의 형식을 취한다. 이 시체도 보탑시의 일종으로 본다.

청(淸) 강희제(康熙帝)의 재임연간(1661~1722)에 유전(流轉)되었다고 하는 작자미상의 작품을 예로 든다.[16]

(8)
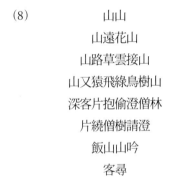
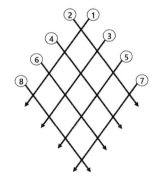

山山
山遠花山
山路草雲接山
山又猿飛綠鳥樹山
深客片抱偸澄僧林
片繞僧樹請澄
飯山山吟
客尋

비안체시는 이와 같이 시의 외양이 안진(雁陣)을 닮은 마름모형태로 읊어야 한다. 자수(字數)를 1층「두 문자」→ 2층「네 문자」→ 3층「여섯 문자」→ 4층「여덟 문자」→ 5층「여덟 문자」→ 6층「여섯 문자」→ 7층「네 문자」→ 8층「두 문자」로 배치하여 시형(詩形)을 마

---

15   시에 대한 기본적인 사항은 「https://www.itsfun.com.tw/%E9%A3%9B%E9%9B%81%E9%AB%94/wiki-7677021(2021.03.02. 검색)」을 참조하였다.

16   http://www.yasue.cc/si_chui8.html(2021.03.02. 검색).

름모형태로 만들고 있다. 또한 1층의 좌우 두 문자·2층의 좌우 끝 문자·3층의 좌우 끝 문자·4층의 좌우 끝 문자를 전부 「산(山)」자로 배치하고 있는 특이함도 확인할 수 있다. 동일한 한자를 총8회에 걸쳐서 구가해야하는 비안체시의 시규(詩規)를 반영하고 있는 것이다. 한편으로 그 점은 1층·3층·5층·7층의 좌우 끝 문자에 「산(山)」자를 총8회에 걸쳐서 읊었던 (1)·(2)·(3)과는 다른 모습이기도 하다.

그렇다면 위 작품을 5언율시로 나타내보자.

山遠路又深,	산은 멀고 길 또한 깊은데,
山花接樹林.	산꽃은 우거진 숲 옆에 피어있네.
山雲飛片片,	산 구름은 조각조각 하늘을 날고,
山草綠澄澄.	산 풀은 맑디맑은 푸른색일세.
山鳥偸僧飯,	산새는 스님 밥을 훔쳐서 먹고,
山猿抱樹吟.	산 원숭이는 나무를 안고 우네.
山僧請山客,	산의 스님이 산의 풍류객에게 청하니,
山客繞山尋.	산의 풍류객은 산을 찾아들어가 둘러보네.

위의 5언율시는 도식화된 마름모형태에서 구(句)를 우좌(右左)로 번갈아가며 사람 「인(人)」자의 형태로 비스듬히 읽어 내려간 것을 나타낸 것이다. 이것은 곧 비안체시의 감상법이 기러기 떼가 무리지어 날아가는 모습을 닮은 사람 「인(人)」자의 형태로 작품을 읽어야 한다는 것을 의미하는 것이기도 하다. 그리고 작품의 외형적인 특징

으로는 「산(山)」자를 활용한 동두체(同頭體)로 작품을 구가하고 있는 점을 들 수 있겠다. 이 작품 역시 산과 관련된 정경들에 중점을 두고 있는 것이다. 그리고 압운에 있어서는 하평성12 「침(侵)」음에 속하는 「심(深)·림(林)·음(吟)·심(尋)」자와 하평성10 「증(蒸)」음에 해당하는 「징(澄)」자를 혼용하고 있는 것이 간취가 된다. 운목(韻目)에서 두 음은 가까운 음이기 때문에 통운(通韻)으로 혼용을 하여도 큰 문제는 되지 않는다. 아울러 반드시 준수를 해야 하는 대구(對句)도 함련(頷聯)·경련(頸聯)에서 잘 지키고 있다.

그런데 본고에서 주목을 하고 싶은 점은, 이 5언율시가 ((8)과 비교하여 (3)의 상이한 곳의 밑줄은 필자),

(3)	山遠路幽深,	(8)	山遠路又深,
	山花發茂林.		山花接樹林.
	山雲飛片片,		山雲飛片片,
	山水碧沈沈.		山草綠澄澄.
	山鳥偸菓食,		山鳥偸僧飯,
	山猿抱樹吟.		山猿抱樹吟.
	山僧来問道,		山僧請山客,
	山客還相尋.		山客繞山尋.

와 같이, (1)·(2)의 시상의 원천이 된 (3)과 거의 동일한 시라는 것이다. 『잇큐바나시』에서는 (1)·(2)가 소동파(蘇東坡)의 「경산사(徑山

寺)」즉 (3)을 모방하여 지은 작품이라고 밝히고 있지만, 앞서 언급한 바와 같이 소동파에게는 이러한 한시가 없다. 따라서 이러한 점들을 종합적으로 고려해보면 (3)은 소동파의 한시를 모방한 것이 아니라, 청(淸)의 무명씨가 읊은 (8)을 전거(典據)로 하고 있다고 볼 수 있겠다. 이 점은 선행연구에서도 전혀 지적을 하지 않고 있는 사항이다. 그리고 (3)과 (8)의 본문을 비교해보면 (3)은 원작인 (8)에 비하여 총14자에 이르는 이자(異字)가 있다. 서사 등의 오류에서 기인한 (8)의 이형(異形)으로 보기에는 다소 많은 수의 이자(異字)가 발견되는 것이다. 특히 (8)의 압운에서 하평성12「침(侵)」음에 유일하게 속하지 않는 하평성10「증(蒸)」음인「징(澄)」자를, (3)에서 하평성12「침(侵)」음에 해당하는「침(沈)」자로 맞게 수정하고 있는 점은 다분히 의도적이라 하겠다.

따라서 (3)은 박래(舶來)되어진 (8)의 또 다른 이형(異形)이라기보다는『잇큐바나시』의 작자 또는 편집자의 의도에 의해서 일본에서 시어가 변형된 작품으로 봐야 타당하지 않을까. (3)이 수록된『잇큐바나시』가 간분(寬文)8년(1668)에 출판된 작품이고, (8)이 강희제(康熙帝)의 재임연간(1661~1722)에 만들어진 작품이라는 점을 염두에 두면, (3)은 1661년~1668년 사이에 청(淸)에서부터 일본으로 박래된 (8)을 보고 수정하여 만든 작품이라고 할 수 있겠다.

아울러 앞에서 (3)을 5언율시로 나타낼 때 저본(底本)에서 명시하고 있는 첫 번째 구와 두 번째 구의 순서를 바꾸어 명시한 적이 있다. 그것은 (3)의 원시(原詩)인 (8)의 구(句) 배열로 보았을 때 그것이 타당하다고 생각했기 때문에 그렇게 나타낸 것이다.

4. 나오며

이상,『잇큐바나시』에 수록되어 있는 산형(山形)의 한시와 중국의 보탑시(宝塔詩), 화염체시(火焰體詩), 질취시(迭翠詩), 비안체시(飛雁體詩)를 비교연구하여,『잇큐바나시』에 실린 작품들이 중국의 어떠한 시체(詩體)에서 비롯되었으며, 또한 감상법 등의 특징은 어떠한 것이 있는가에 대해서 검토하였다.

먼저『잇큐바나시』에서 소동파(蘇東坡)의 「경산사(徑山寺)」로 소개하고 있는 작품 (3)은, 청(淸)의 강희제(康熙帝)의 통치연간 중 1661년~1668년 사이에 중국에서 일본으로 박래(舶來)되어진 작자미상의 비안체시 (8)을 원작으로 한 질취시였다. 때문에 (3)은 질취시가 취해야하는 7언율시가 아닌 (8)처럼 5언율시의 형식을 취하고 있었을 뿐만 아니라 「산(山)」자를 이용한 동두체(同頭體)로 시를 짓고 있었던 것이다. 시규(詩規)상 비안체시는 동두체로 지어야하고 질취시는 동두체로 지으면 안 되는 것인데도 불구하고, 질취시인 (3)은 원시(原詩)이자 비안체시인 (8)을 의식해서인지 그것과 동일하게 동두체로 읊고 있었던 것이다. 게다가 (3)은『잇큐바나시』의 작자나 편집자의 의도에 의해서 (8)의 본문 중 총14자를 수정하여 만들었을 뿐만 아니라, 마름모형태의 시형(詩形)을 취하는 비안체시 (8)을, 외

형이 산의 형상이 되게 구가해야하는 질취시(迭翠詩)로 시체(詩體)를
바꾸었던 것이었다. 그러나 질취시는 본디 총10층 구조의 7언율시
로 읊어야하는 것이 정해진 법칙인데, (3)의 원시(原詩)인 (8)이 그보
다는 자수(字數)가 적은 5언율시 이다보니, 문자부족으로 인하여 총
8층의 구조로 밖에는 시를 지을 수 없었던 것이었다. 비록 (3)이 총8
층의 구조이기는 하지만 그래도 질취시의 특징을 잘 살려서 다방면
에 솟아나 있는 수많은 산들의 정경을 나타내고자 1층·3층·5층·7층
의 좌우의 끝 문자에 「산(山)」자를 배치하는 시규는 잊지 않고 있었
다. 또한 감상법에 있어서도 (3)은 관련된 시체(詩體)인 비안체시나
질취시와는 다른 매우 독특한 감상법을 가지고 있었다. 즉 산형시의
첨탑에 해당하는 곳에 있는 수련(首聯)의 두 구를 수직으로 읽은 후
에, 그것을 축으로 삼아 기타의 구들을 우좌(右左)로 번갈아가며 읽
어 내려가는 방법을 취하고 있었던 것이다.

그리고 (3)을 모방하여 지은 (1)·(2)는 질취시답게 총10층으로 이
루어진 산형(山形)의 형태로 시를 읊었음과 동시에, 다방면에 솟아
나있는 첩첩한 산들을 표현하고자 1층·3층·5층·7층의 좌우의 끝 문
자에 「산(山)」자를 총8회에 걸쳐서 배치하고 있었다. 외형적으로 산
을 닮은 오각형의 모습이나 각 층에 「산(山)」자를 배치하는 모습 등
에 있어서 중국의 질취시와 완전히 동일한 형상을 한 작품이었던 것
이다. 그런데 (1)·(2)를 7언율시로 풀어서 나타냈을 때에는 「산(山)」
자를 이용한 동두체의 한시가 되어, 동두체로 노래하지 않는 중국의
정통 질취시와는 다른 형태가 되었던 것이다.

향후에는 『잇큐바나시』에 수록된 한시의 내용적 특징들이 실존하였던 잇큐의 한시에 나타나있는 성정(性情)들과 비교하여 어떠한 연관성이 있는지에 대해서 고찰하는 것을 연구과제로 삼는다.

*본고는 「『잇큐바나시(一休咄)』에 수록된 산형(山形)의 한시 연구」, 『비교일본학』43 권, 한양대학교 일본학국제비교연구소, 2018년의 논문을 수정 및 가필한 것임.

참고문헌

인용 서적 및 논문

정민(1996), 『한시미학산책』, 솔출판사.

황동원(2007), 「仮名草子・噺本에 수록된 교시(狂詩)의 골계미와 김삿갓 한시(漢詩) 비교연구」, 『日本語教育』 42, 한국일본어교육학회.

石川忠久(1999), 『漢詩を作る』, 大修館書店.

岡雅彦(1983), 「一休俗伝考ー江戸時代の一休説話ー」, 『一休 蓮如』(『日本名僧論集第十巻』), 吉川弘文館.

岡雅彦(1999), 『仮名草子集』(『新編日本古典文学全集64』), 小学館.

渡辺守邦(1996), 『仮名草子集』(『新日本古典文学大系74』), 岩波書店.

기타자료

http://base1.nijl.ac.jp/infolib/meta_pub/CsvSearch.cgi(2021.03.02. 검색).

http://poemfunny.blogspot.com/2009/09/blog-post_8809.html(2021.03.02. 검색).

http://www.soundofhope.org/b5/2017/03/17/n795500.html(2021.03.02. 검색).

http://www.yasue.cc/si_chui9.html(2021.03.02. 검색).

http://www16.zzu.edu.cn/qtss/zzjpoem1.dll/viewoneshi?js=423&ns=024(2021.03.02. 검색).

https://ctext.org/wiki.pl?if=gb&res=105703&searchu=%E5%B1%B1(2021.03.02. 검색).

https://www.itsfun.com.tw/%E9%A3%9B%E9%9B%81%E9%AB%94/wiki-7677021(2021.03.02. 검색)

집필자 소개(원고 게재순)

양 샤오제(楊曉捷, X. Jie Yang)

문학박사, 캐나다 캘거리대학교 교수. 연구분야는 일본중세 문학. 저서로는 『鬼のいる光景―『長谷雄草紙』に見る中世』(角川書店, 2002年)와 『デジタル人文学のすすめ』(共著, 勉誠出版, 2013年) 등이 있다.

기바 다카토시(木場貴俊)

1979년 오카야마현에서 출생. 현 교토 선단과학대학 인문학부 강사. 전공은 일본 근세문화사이며 주요 저서로는 『怪異をつくる』(文学通信, 2020)와 『〈キャラクター〉の大衆文化』(편저, KADOKAWA, 2021) 등이 있다.

금영진

한국외국어대학교 일본어과 졸업. 규슈대학 대학원 인문과학부 국문학과 박사과정 졸업. 릿쿄 대학 일본학 연구소 외국인 특별 연구원. 일본학술진흥회 외국인 특별 연구원. 한국외국어대학교 일본언어문화학부 강의중심교수. 저서로 『東アジア笑話比較研究』(勉誠出版, 2012) 등이 있다.

김경희

일본 쓰쿠바대학에서 문학박사를 취득하고 현재는 한국외국어대학교 미네르바 교양대학에서 조교수로 재직 중이다. 일본 괴담소설과 하이카이를 전공하였고, 대표 논저로 『요괴: 또 하나의 일본의 문화코드』(역락, 2019), 『한일 고전문학 속 비일상 체험과 일상성 회복 – 파괴된 인류, 문학적 아노미』(제이앤씨, 2017), 『공간으로 읽는 일본고전문학』(제이앤씨, 2013), 『그로테스크로 읽는 일본문화』(책세상, 2008) 등을 함께 썼다.

웨 위엔쿤(岳遠坤)

1981년 중국 산동성 출생. 2014년 북경외국어대학, 북경일본학연구센터 문학코스에서 박사학위취득. 현재 북경대학 외국어학원 일본어언어문화계 조리교수. 우에다아키나리(上田秋成)를 중심으로 근세 문학은 연구하는 한편 근대에서 현대에 걸쳐 폭넓은 일본문학을 중국어로 번역하고 있다. 2011년 노마문예번역상(野間文芸翻訳賞)을 수상.

이시준

한국외국어대학교 일본어과 졸업 후, 도쿄대 총합문화연구과에서 문학박사학위를 취득. 현재 숭실대학교 일어일문학과 교수. 일본 고전문학을 전공하였으며, 대표 저서 및 번역서로 『今昔物語集 本朝部の研究』(大川書房, 2005), 『금석이야기집 일본부【一】~【九】』(세창출판사, 2016), 『일본 설화문학의 세계』(소화, 2009), 『일본불교사』(뿌리와이파리, 2005) 등이 있다.

조은애

숭실대 일어일문학과 강사. 동아시아의 불교설화, 일제강점기의
설화, 일본근대시기의 고전문학의 형성과 동화에 대한 연구를 하
고 있다. 주요 저서와 논문으로,『전설의 조선』(공역),『조선이야기
집과 속담』(공역),『동아시아의 불전문학』(공저),「일제강점기의 조
선설화집과 박물학―미와다마키『전설의 조선』을 중심으로」,「일
본 고전문학의 근대 대중화 양상과 국민동화―시마즈 히사모토(島
津久基)의 일본국민동화12강을 중심으로―」등이 있다.

한경자

도쿄대학에서 석사, 박사 학위를 받았다. 현재 아오야마가쿠인대
학 문학부 일본문학과 준교수.
관심 분야는 일본근세희곡 및 문화이며, 주요 논문으로는「근대 가
부키의 개량과 해외 공연」(『일본사상』, 2016.12),「식민지조선에 있
어서의 분라쿠공연」(『일본학연구』, 2015.9),「佐川藤太の浄瑠璃:改
作·増補という方法 (近世後期の文学と芸能)」(『国語と国文学』, 2014.5)
등이 있다.

김소영

부산대학교 일어일문학과 졸업. 일본 와세다대학대학원에서 일본
문학 석박사 학위를, 미국 컬럼비아대학에서 문학 석사 학위를 받
았다. 현재 부산대학교에서 강의하고 있다. 지은 책으로 연구서인
『헤이안시대의 웃음과 일본문화 平安時代の笑いと日本文化』(와세
다대학출판부, 2019)가 있으며, 옮긴 책으로『도요토미 히데요시』,
『종교개혁이야기』(2017세종도서 학술부문 선정),『청빈의 사상』등
이 있다.

김정희

일본문학전공. 도쿄대학에서 문학박사 학위를 취득하고 현재 경기대학교 일어일문전공에서 조교수로 재직 중이다. 일본문학과 문화에 대해서 연구하고 있다. 저서로는 『일본문화의 연속성과 변화』(보고사, 2018), 『はじめて読む源氏物語』(花鳥社, 2020)(공저) 등이 있으며 그 외에 다수의 논문을 발표하였다.

권도영

1977년 출생, 도쿄대학 문학박사. 일본고전문학 전공으로 현재 한양대학교 일본학국제비교연구소 연구원으로 재직. 논문으로는 「『가게로 일기(蜻蛉日記)』의 작자와 양녀입양」(『일어일문학연구』110, 2019.8), 「『겐지모노가타리』(源氏物語) 와카나 하권(若菜下卷)의 로쿠조미야슨도코로(六條御息所) 모노노케―무라사키노우에와의 관계를 중심으로―」(『일어일문학연구』114, 2020.8) 등이 있다.

황동원

한양대학교 일어일문학과를 졸업하고 동 대학원에서 일본근세문학으로 문학석사를 취득. 일본 쓰쿠바(筑波)대학 문예·언어연구과에서 일본근세문학의 한 장르인 하이카이(俳諧)를 연구하여 학술박사를 취득. 일본 이바라키(茨城)그리스도교대학 교원 및 문학부 겸임교수, 한양대학교 일본언어문화학부 BK21사업팀 연구교수, 한양대학교 일본언어문화학부 「박사 후 국내연수」(한국연구재단) 연구교수를 거쳐 현재 인덕대학교 비즈니스일본어과에서 교수로 재직. 하이카이(俳諧), 한시, 일본문화 등과 관련된 다수의 연구 업적 있음.

한양대 〈일본학국제비교연구소〉 비교일본학 총서 05

일본 고전문학의 상상력

초판 1쇄 인쇄 2022년 2월 18일
초판 1쇄 발행 2022년 2월 28일

엮은곳 한양대 일본학국제비교연구소
지은이 양 샤오제(楊曉捷) 기바 다카토시(木場貴俊) 금영진 김경희 웨 위엔쿤(岳遠坤)
　　　　이시준 조은애 한경자 김소영 김정희 권도영 황동원
펴낸이 이대현
편집 이태곤 권분옥 문선희 임애정 강윤경
디자인 안혜진 최선주 이경진 ｜ **기획마케팅** 박태훈 안현진
펴낸곳 도서출판 역락 ｜ **등록** 1999년 4월 19일 제303-2002-000014호
주소 서울시 서초구 동광로46길 6-6(반포4동 577-25) 문창빌딩 2층(우06589)
전화 02-3409-2060(편집부), 2058(영업부) ｜ **팩시밀리** 02-3409-2059
이메일 youkrack@hanmail.net
역락홈페이지 www.youkrackbooks.com

ISBN 979-11-6742-291-0 94830
　　　979-11-5686-876-7(세트)